에곤 실레
EGON
SCHIELE

백
년간의
잠

에곤 실레

EGON SCHIELE

백년간의 잠

초판 1쇄 인쇄	2016년 9월 28일
초판 1쇄 발행	2016년 10월 7일
지은이	임순만
펴낸이	홍행숙
펴낸곳	문학의문학
등록번호	105 91 90635
주소	서울 마포구 토정로 222 한국출판협동조합 422호
전화	02-722-3588
팩스	02-722-3587
ISBN	979-11-87433-01-9 (03810)

값은 책의 뒷면에 있습니다.

에곤 실레
EGON SCHIELE

백
년간의
잠

임순만 장편소설

문학의
문학

차례

일러두기

1. 외국 인명, 지명, 작품명 및 독음은 '외래어 표기법'에 따르되, 관용적 표기와
   동떨어질 경우 실용적 표기를 따랐다.
2. 편집자 주는 각 페이지의 아랫부분에 정리했다.
3. 신문, 잡지, 공연, 전시회, 곡명, 그림제목은 〈 〉로 통일했고, 단편제목은 「 」로,
   책 제목은 『 』로 표기했다.

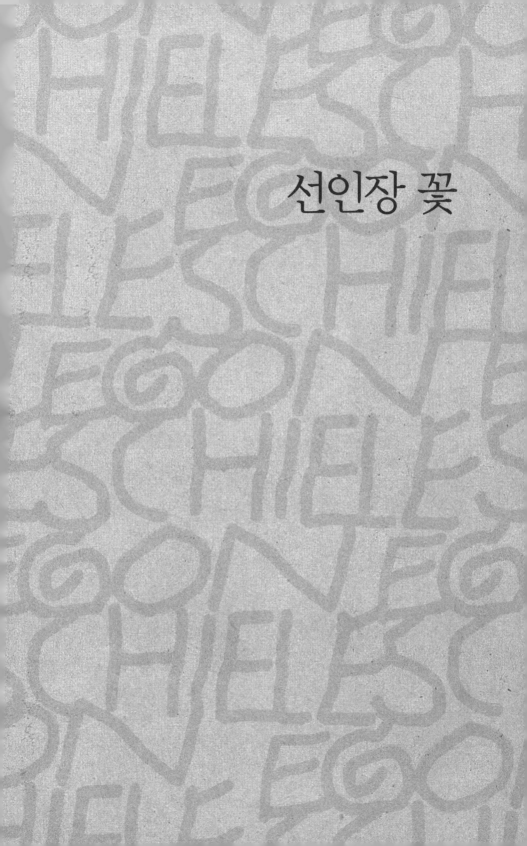

선인장 꽃

1

　이 도시는 게으름이 백합처럼 피어난다. 도시의 현관인 국제공항에도 그 꽃은 핀다. 제인은 슈베하트공항의 배기지 클레임을 따라가면서 음악에 귀를 기울인다. 중저음의 호른이 그녀의 청각을 연다. 말러의 교향곡 5번이다. 새벽 공항에서 말러의 교향곡을 들을 수 있는 도시는 이곳밖에 없다. 비엔나는 말러를 통하여 자신들의 자부심을 과시하고 있다.

　제인은 비행기가 뉴욕에서 빈까지 4200마일이 넘는 거리를 날아오는 8시간 30분 동안 밤이 새벽으로 변해가는 모습을 홀로 지켜보았다. 그녀는 5만 피트 고도의 밤하늘보다 더 완전한 암흑은 세상에 없다고, 에너지는 암흑으로부터 시작된다고 생각했다. 비행기가 곧 착륙한다는 기내방송이 나오자 제인은 유리창 블라인드를 밀쳐 올리고 창밖을 내려다보았다. 비행기의 왼쪽 날개가 먹이를 염탐하는 독수리처럼 강 위를 선회하고 있었다. 도나우 강은 하늘에서 떨어진 띠처럼 길게 늘어져 잿빛으로 번쩍거리고, 도시는 불을 밝히며 깨어나는 중이었다. 제인은 먼동이 떠오르던 카렌베르크 언덕을 떠올렸다.

　공항에 나와 있는 사람들은 가라앉는 말러의 음악에 맞추어 LCD 바다를 오가고 있다. 인포메이션 모니터에서 명멸하는 활자의 깜박거림을 제외하면 새벽의 공항 청사는 바다처럼 깊다. OS 코드에 불이 켜진다. 뉴욕에서 출발한 오스트리아 항공기의 짐이 도착했음을 알려준다. 그러나 짐이 언제 나올지는 알 수 없다. 게으름이 구석구석 만연해 있는 이 도시에서는 짐이 늦게 나오는 것도 미덕이다. 비엔나의 게으름은 새벽이면 냉정하게, 그러나 저녁이면 부드럽게 우아함을 자랑한다. 여기 여자들은 머리에 가득 컬을 넣고 주름과 레이스가 주렁주렁한 복식을 사랑한다. 양쪽 귀 위로 곱슬머리를 늘어뜨린 아마데우스의 동생 같은 남자들은 목에 크라바트를 두르고 바쁠 것 없다는 투로 뾰족뾰족하게 걸어간다.

이 도시의 게으른 자들은, 17세기 오스만투르크 제국의 사절단이 연회에서 선보임으로써 처음 유럽에 알려졌다고 하는 암흑의 음료를 30개가 넘는 브랜드로 개발해 골목마다 커피하우스라는 간판을 내걸면서 사람들을 더욱 나태하게 만들었다. 카페라는 이 공간은 한 시간이면 충분히 도타워질 수 있는 일에 대해 두 시간, 세 시간씩 교우하도록 게으름의 능력을 키워주는 합법적인 장소가 되었다. 그리하여 이들은 비밀을 간직하면서도 심중을 털어놓을 수 있는 카페문화를 발달시켰고, 게으름이 여유로움과 동격의 품위를 갖는다는 역설을 과시하기에 이르렀다. 제인은 비엔나중앙역에, 혹은 슈베하트 국제공항에 도착해 출구를 나올 때마다 벚꽃처럼 하늘거리며 내려앉는 선율을 보면서 이곳이 어느 도시 못지않게, 아니 어떤 도시보다 더 특징적으로 20세기를 만들어냈다는 사실을 깨닫곤 했다. 크리스토프 글루크, 프란츠 요제프 하이든, 볼프강 아마데우스 모차르트, 루드비히 판 베토벤, 프란츠 페터 슈베르트, 요하네스 브람스, 요한 슈트라우스로 이어지는 음악의 별들이 이 도시에서 떠올랐음을, 그 뒤를 이어 에두아르트 한슬릭, 구스타프 말러, 아르놀트 쇤베르크, 안톤 브루크너, 휴고 볼프 같은 음악가들이 만든 꿈이 펼쳐지고 있음을 그녀는 알고 있다.

모니터에 수하물이 도착했다는 불이 들어온 지 꽤 지났는데도 짐이 나올 기색은 없다. 호른의 맑은 음이 흐를 뿐이다. 호른에 맞추어 현이 춤을 추고, 오보에가 튀어오른다. 제인은 생각한다. 저렇게 맑은 배음을 이끌어내는 호른 주자는 삭발을 한 그 여성연주자가 아닐까. 낯선 도시에서 오래 전에 살았던 한 사람의 흔적을 찾는 일은 생각보다 훨씬 어려웠다. 지인들의 도움으로 실마리를 찾을 수 있을 것이라는 기대를 갖고 여러 차례 잘츠부르크를 탐방했던 제인은 번번이 별다른 소득을 얻지 못하자 마음을 달래려 한 번은 말러 교향곡 5번을 연주하는 모차르테움홀 음악회 표를 샀다. 트럼펫 팡파레의 요란함과 현의 다소곳함이 대립하던 음악이 스케르초 악장에 이르렀을 때 호른 연주자가 지휘자 옆으로 나와 서서 나팔을 불었다. 뜻밖에도 삭발을 한 그 연주자는 여성이었다. 그녀는 악단의 모든 악기와 골고루 조율하는 친화력 있는 음색으로 호른을 웅장하게 내뿜고 부드럽게 흩날렸다. 번쩍번쩍 거리는 호른의 시각적 효과와 포근한 연주 때문에 제인은 기침도 참고 몰입했다. 넘치지도 않고 모자라지도 않았다. 어떤 연유로 저 중저음 여자의 머릿속으로 바리캉이 지나갔는지 제인은 내내 그 생각을 했다. 별다른 소득도 없이 비엔나로 돌아오는 열차에서 제인은 그 여성 연주자를 알마의 분신이라고 정리했다.

교향곡은 현악과 하프의 연주만으로 이뤄지는 아다지에토로 접어든다. 공항은 아다지에토의 속도에 맞춰져있다. 모니터는 소리 없이 흐르고, 사람들은 바다 깊이 침잠해 있다. 지휘자는 아다지에토에서 갈등이나 고통을 버렸다. 그는 관악기 파트에는 아예 지시를 주지 않았다. 모차르테움홀의 조명 사이를 흐르는 바람 같은 지휘로 그는 찬탄의 숨소리마저 끼어들지 못하도록 청중들을 매혹시켰다. 바이올린 연주자들은 감질나게 현을 긁어가면서 디미누엔도로 청중들을 이끌고 갔다. 밤하늘에 켜져 있던 등이 하나하나 불을 끄듯, 아다지에토는 그렇게 사라져갔다. 멈춰있던 선율이 소멸했다. 그 공간에서 지휘자는 여전히 두 손을 들고 서 있었다. 한동안 허공에 멈춰있던 그의 지휘봉이 천천히 내려오기 시작했다. 지휘봉은 하늘에서 내려오는 하얀 깃털 같았다. 그때 제인은 말러가 보여준 비엔나의 불안, 그 뒤에 나타난 화가 에곤 실레의 남달리 퀭한 눈동자를 보았다.

캐리어 하나를 찾는데 40분이 넘게 걸렸다. 공항 곳곳에 포스터가 걸려 있다. 라운드테이블이 놓여 있고 주위에 12명이 둘러앉아 있는 그림이다. 제인은 포스터 속에 그려진 자신의 모습을 바라보았다. 테이블에 앉은 4명의 여성 중 한 사람이 제인이다. 검은 머리에 동그란 은테안경을 낀 동양계 여자. 서울에서 윤주 이모를 처음 만났을 때 이모는 그녀를 '윤채인!' 하고 불렀다.

중앙에 앉아있는 사람이 주인공인 에곤 실레다. 포스터 플래카드는 <사후 100년, 에곤의 친구들>이라는 제목을 달고 있다. 그 밑에 <에곤 실레 회고전과 국제심포지엄. 툴른 에곤 실레 미술관. am 10:00 oct 31, 2018.>라고 적혀있다. 실레가 세상을 뜨던 해의 포스터에는 9명의 인물이 등장했다. 그러나 그의 100주기를 기념한 이번 심포지엄 포스터에는 실레가 생전에 그리고 싶어 했던 친구들 12명을 그의 연구자들로 채워 넣었다.

제인이 캐리어를 밀고 밖으로 나오자 한 사내가 손을 흔든다. 다니엘이다. 체크무늬 베레모를 썼다. 큰 키에 마른 체구의 그가 제인에게로 성큼성큼 걸어왔다. 제인은 컬렉터가 자신이 소장한 그림의 화가를 닮아가는 것을 여러 번 보아왔다.

"다니엘, 마중 나오실 줄은 생각도 못했는데!"

"제인, 불편하지 않았어요?"

"아니요, 빈에 오면 기분이 상쾌해져요."

"지정토론자가 힐러리 베이즐이더군요."

"네, 많은 것을 배우게 될 것 같아요."

"지금 자허에서 아침 첫 토르테가 나올 시간이군요."

"아, 아인슈페너와 토르테!" 제인이 입맛을 다셨다.

차가 도나우 강 다리를 건널 때 다니엘이 옆 좌석의 제인에게 눈길을 주었다.

"원고에 언급된 L.A가 중요하다는 느낌을 주던데... 실레와 어떤 관련이 있나요?"

"게르티 여사도 예전에 그렇게 말하더군요. 오빠는 L.A도 뉴욕에도 가 본 적이 없다고요."

제인은 게르티가 세상을 뜨기 2년 전 자허 스위트룸에서 그녀를 만났다. 벌써 한 세대의 세월이 흘렀다. 사람들은 그렇게 떠나가고 잊혀간다. 제인은 실레가 여러 겹을 가진 화가라고 생각한다. 그는 순수하면서도 유치했고, 당당하면서도 멈칫거렸다. 말러 교향곡 5번에 비유한다면 실레의 그림은 뭔가 소리를 지르기 위하여 침묵을 유지했던 4악장에서 관악기들의 경쾌한 대화로 넘어가는 5악장 시작부분에서 끝났다. 실레의 그림에 해피엔딩은 없다. 실레는 세기 전환기, 직설의 시대에 살았다. 그때는 좋으면 흥분하고, 아니면 때려 부수는 시대였다. 지상에서의 나이 서른을 다 못 채우고 간 젊은 화가가 평생 전전긍긍했던 것은 빵과 물감과 여자모델 같은 그렇고 그런 것들이었다.

그래서 다행한 일인지도 모른다. 말러의 가장 복잡한 교향곡, 개정된 파트보와 총보가 여기저기서 계속 나타나고, 백년이 넘은 지금까지 세 번째 에디션이 나온 교향곡 5번이 초연되었을 때 이를 높게 평가한 사람은 거의 없었다. 지휘자로서는 이름을 얻었지만 작곡가로서의 말러는 고작 열아홉 연하의 알마 쉰들러에게 쓴 연애편지에 지나지 않는 교향곡이라거나 아무런 음악적 아이디어도 없는 작곡가라는 적대적인 비평을 받았다. 말러는 큰소리쳤다. 언젠가는 나의 시대가 올 것이다. 그러나 사후 50년 동안 이 교향곡은 거의 연주되지도 않았다. 지금은 말러를 언급하지 않으면 음악애호가라고 할 수도 없는 세상이 되었다. 실레의 그림도 유사한 운명을 갖고 있지 않은가. 언젠가 나의 그림은 세상 모든 미술관에 전시될 것입니다.

"제인, 빈에서 필요한 것이 있으면 내가 도움을 드리고 싶군요." 정면을 바라보고 있는 다니엘이 묻는다.

"감사합니다. 특별히 다른 계획은 없어요. 지금까지 써온 글을 이번 빈 방문 기간 중에 끝맺으려고 합니다." 제인은 뒷머리가 하얗게 변해가는 다니엘에게서 통통한 능청맞음이 사라져간다는 것을 느낀다.

실레의 삶은 1차세계대전 종전 직전에 끝난 데다 30년도 되지 않을 정도로 단명했기 때문에 분명하지 않은 부분이 많이 남아있다. 서로 상반된 내용이 연구자들 사이에서 오락가락하는 부분도 꽤 있다. 제인은 칼렌베르크 다니엘의 집을 다녀온 날부터 실레를 위한 비망록을 기록하기 시작했다. 때로는 컴퓨터로, 때로는 대학노트에 한 단어 한 단어 기록해 나갔다. 사실을 바탕으로 했지만 그 사실을 보완하기 위해 허구와 추론도 가미했다. 그러나 제인은 이 비망록이 온 생애를 예술적 열정에 사로잡혀 살다간 화가를 추적한 가장 정밀한 기록일 것이라고 자신한다.

차창 밖으로 젊은 남녀 한 쌍이 자전거를 타고 달린다. 제인이 말한다.

"사흘 후 툴른에 갈 때는 혼자 자전거를 타고 갈게요. 저는 도나우 강변의 자전거도로를 따라 비엔나에서 툴른까지 가는 길을 제일 좋아해요."

2

바람이 거세졌다. 저녁바람이 솔잎처럼 따갑다. 벌판의 나뭇가지들이 바람 속에서 비명을 지른다. 나무들은 벌판의 유령과 같다. 휘몰아치는 회색 바람에 맞서 대거리를 하며 흔들어댄다. 전나무는 쇠쇠 하는 소리를 내며 바람에 부딪치고, 자작나무는 쉬익쉬익 하며 맞선다. 쑥부쟁이와 억새들은 산발을 하고 나부낀다. 마른 잎사귀들이 공중으로 날아오른다. 에곤은 도나우 강을 따라 스트롬바트까지 가서 인부들이 화차에 짐을 싣는 것을 보고 오는 길이다. 화차에 실려 있는 당나귀들이 끼이끼이 하며 아이 울음 같은 소리를 냈다. 어이 화가 양반, 아버지는 건강하신가. 인부 한 사람이 에곤을 알아봤다. 상태가 조금 좋아지긴 했어요. 우리도 일이 끝났다. 어서 집으로 가거라. 에곤은 오후에 여기저기를 쏘다니며 세 시간을 보냈다. 스케치북에 당나귀 울음소리와 저녁 벌판을 휩쓰는 바람도 몇 장이나 그렸다. 선이 빠르고 변덕스럽게 흔들렸다.

에곤은 니벤베르크 마을 쪽으로 들어서며 기차가 아파트 뒤편을 달리는 것을 보았다. 그때였다. 에곤의 내부에서 팽팽하게 버티고 있던 줄 같은 것이 끊어지는 느낌이 들었다. 동시에 강력한 폭발음이 터져 나왔다. 그 소리는 지금까지 들어보지 못한 것이었다. 위에서 아래로 내리꽂히는 듯 짧고 강력한 폭발음이었다. 에곤이 아는 한 그런 소리는 기관차에서 나는 것은 아니다. 화차나 객차에서도 그런 소리가 나는 법은 없다. 소년은 멈추어서 무슨 일이 일어났는지 주위를 살폈다. 아무 일도 없었다는 듯 기차는 장크트푈텐 쪽으로 사라졌다. 주위는 조용했고 두 사람이 앞에서 휘적휘적 걸어갈 뿐이다. 그때 다시 한 번 똑같은 소리가 울렸다. 순간적으로 터져 나와 잔향조차 남기지 않는 폭발음이었다. 그러나 이번에도 주위에서는 아무런 반응이 없다. 마침 니벤베르크가세 쪽에서 수녀 한 사람이 걸어왔다. 수녀는 에곤을 기다렸다는 듯 살짝 미소를 보였다.

"수녀님, 들으셨죠?"

"뭐 말이에요?"

"폭발소리요."

"뭐가 폭발했나요?"

"방금 전에 두 번이나 폭발소리가 들렸잖아요. 이상하네요, 수녀님은 못 들었나요?"

"계속 조용했는데, 정말 이상하군요."

에곤은 기이하다는 생각이 들었다. 수녀는 에곤의 눈동자를 바라보며 미소를 보였다.

"지금 폭발소리를 들었다고요? 혹시 저녁때라서 갑자기 그런 소리를 들은 게 아닐까요?"

"저녁때 들리는 소리라고요?"

"해가 넘어갈 때나 폭풍이 몰아칠 때 어떤 굉장한 소리를 듣는 사람이 있대요. 뭉크처럼요. 노르웨이 사람 뭉크요."

에곤은 오싹해지는 자신을 느꼈다. 뭉크의 그림을 본 적은 있다. 에두아르트 뭉크는 다리 한복판에서 동생을 부르는 것인지, 비명을 지르는 것인지 아무튼 있는 힘을 다해 소리를 지르고 있었다. 그러나 그것은 석양이 가득한 배경에서였지 지금처럼 춥고 음산한 바람 속에서는 아니다.

"수녀님 이름을 물어봐도 돼요?"

"저는 안나에요. 안나 바셀."

"아, 그렇군요. 안나 수녀님!"

"바람이 거세군요. 금방 캄캄해졌네요. 집이 어느 쪽인가요?"

"저 앞 니벤부르크가세요."

"나도 이름을 물어봐도 될까요?"

"지금 말씀드리려고 했어요. 저는 에곤이에요, 에곤 실레요."

"에곤! 예쁜 이름이군요."

"건강하고 영리하다는 의미래요, 이제 됐지요? 그럼 안녕히 가세요."

에곤은 집을 향해 달음박질 쳤다.

아파트 입구에 왔을 때 그는 섬뜩한 느낌을 받았다.

아버지는 이미 돌아가신 상태였다.

아돌프는 완장과 칼이 달린 고위 철도공무원 제복을 입고 침대 위에 반듯하게 뉘어져 있었다.

"에곤, 이제야 오다니…"

어머니 마레 스쿠포바가 고모부 치하체크의 표정을 살피며 한탄을 한다.

누나 멜라니가 에곤을 못마땅한 눈으로 흘낏거린다.

치하체크가 에곤을 주시하고 있다.

"에곤!" 게르티가 다가와 오빠의 손을 잡는다.

그제야 에곤은 침대로 다가간다. 아돌프의 눈 아랫부분이 조금 열려 있다. 아들이 어쩔 줄을 몰라 한다.

치하체크의 표정이 일그러진다.

마레가 말한다. "에곤, 눈을 감겨드려라."

아들이 마지못해 아버지의 얼굴에 손을 얹고 눈을 쓸어내린다. 왼쪽, 그리고 오른쪽 눈. 아돌프의 눈이 감긴다.

서늘한 이질감에 머리가 쭈뼛 선다. 광대뼈가 억세다.

"너를 보시려고 눈을 감지 않으셨단다."

마레가 숨을 거둔 남편을 편안하게 해드리려고 노력한다.

죽은 사람은 아내의 중재노력을 받아들이지 못한다.

그의 얼굴엔 표정이 남아있지 않다.

오래된 책상 위에 화물운송장 꾸러미가 흐트러져 있다. 녹슨 난로 옆에 작은 의자가 있고, 침대 옆 낮은 협탁 위에는 작고 동그란 타구가 예전처럼 놓여있다. 살구색 바탕에 보랏빛 포도와 초록색 잎사귀 문양이 가득한 타구는 집안에서 가장 화려한 색깔의 도자기다. 에곤은 작은 도자기에 가래침을 뱉어놓은 것을 보고부터는 부모의 침실에 들어오는 것을 꺼렸다. 타구를 빼면 나머지는 전부 오래되고 칙칙한 살림살이들이다. 잿빛 커튼이 반쯤 걷힌 창밖은 캄캄하다. 난로도 켜지 않았다. 두 개의 촛불을 밝혀놓았지만 실내는 어두컴컴하다. 아돌프는 더 이상 공무를 담당할 수 없는 상태가 돼 쫓겨나다시피 툴른

역의 관저를 비워줘야만 했다. 가족들은 치하체크의 주선으로 실레가 김나지움을 다니고 있던 클로스터노이부르크로 나왔다. 이사를 온후에도 아돌프는 쓸모가 없어진 승객명부첩과 화물운송장을 밤늦게까지 들여다보면서 중얼거렸다. 그럼으로써 점점 더 두려워졌던 아버지, 그러나 이제 그 두려움이 완전히 사라졌다는 사실에 에곤은 소름이 돋는다.

"내일 날짜로 사망신고를 합시다. 연금을 조금이라도 더 받아야 하니까."

치하체크가 마레에게 설명한다.

"연금을 어떻게 더 받나요?" 멜라가 묻는다.

"오늘은 12월 31일이니까 내일이면 1905년으로 햇수가 바뀐단다. 햇수가 늘어나면 연금을 받는데 조금 유리하지."

에곤의 나이 열넷. 가족들이 툴른을 떠나 클로스터노이부르크에 와서 1년을 조금 지나 맞은 아버지의 죽음이다.

3

의전관이 나누어준 꽃 한 송이씩을 유족과 하객들이 돌아가며 싸구려 카드보드관 위에 올려놓는 것으로 장례는 끝났다. 아돌프의 유해는 클로스터노이부르크에서 툴른공동묘지로 돌아왔지만 가족들은 비석을 세우지 못했다. 고인의 여동생 마리 실레는 눈물을 흘렸다. 가족들은 모두 오래 전부터 아버지와의 이별을 각오했다. 아돌프의 투병생활에 가족들이 모두 힘들어했다. 날씨가 추워 공동묘지에서의 나머지 절차는 생략됐다. 에곤은 홀로 툴른 역으로 나왔다.

한적하다. 어릴 적 그가 유리창 밖을 내다보며 그림을 그리던 역사 2층의 관저는 사람이 살지 않는지 아무런 기척이 없다. 200㎡가 넘는 빌딩은 철도청 관사이기 때문에 주변의 회색 아파트와는 달리 크림색 외관을 갖고 있다. 반호프가세에는 칙칙한 진회색이나 고등색으로 변색돼가는 아파트들, 변화할 것이 없는 오래된 가옥들이 가로 세로로 뻗어나간 도로를 따라 사방으로 조밀하게 늘어서 있다. 관사는 큰 방이 네 개, 거실과 주방이 있고, 주방 옆에는 작은 방이 하나 딸려 있다. 젬마 아줌마가 그 방에서 일주일에 5일을 기거했다. 어머니 마레와 젬마 아줌마 사이에 이견이 있을 때 아돌프는 대부분 젬마 쪽에 섰다. "철도청에 고용된 직원이니까 잘 대해줘야 해요." 마레는 남편을 못마땅해 했다. 젬마가 없는 날이면 아돌프는 화를 냈다. 아돌프가 고함을 지르면 에곤과 게르티는 마굿간으로 달려갔다. 마레가 맞서 고함치는 소리를 남매는 마굿간에 숨어서 들었다. 더 이상 말을 먹이지 않는 빈 마굿간은 에곤이 게르티를 스케치하던 비밀 아지트였다.

역장실에 모르는 사람이 앉아있는 것이 유리창 너머로 보인다. 툴른을 떠나던 날이 떠오른다. 아돌프는 종일 입 꽉 다물고 있었지만, 일꾼들이 모든 짐을 싣자 마지막으로 관사에서 나올 때는 집안 모든 방문의 열쇠와 마굿간 열쇠 뭉치까지 들고 나왔다. 오래되어 쓸모없어진 화물운송장도 몇 꾸러미나 갖고 왔다. 에곤은 역사를 지나 도나우강을 따라 걸었다. 얼마를 걷다가 누가 선착장에 보트를 대는 것을 보았다. 린츠 할아버지다. 에곤은 발걸음을 돌린다. 린츠 할아버지는 오래 전 사고로 가족을 모두 잃고 여기저기를 다닌 끝에 5년 전 여행자 가방 하나와 갈색 오버코트 하나만을 걸치고 홀로 툴른에 정착했다고 하는 노인이다. 에곤이 기억하기론, 역전이나 광장을 청소하는 사람은 린츠 할아버지 한 사람뿐이었다. 린츠 할아버지가 광장에 버려진 휴지를 줍고 청소할 때 사람들은 그를 쳐다보지도 않고 와서 기차표를 샀고, 휴지를 버리며 어딘가로 갔다가 다시 돌아오곤 했다. 에곤은 린츠 할아버지가 기차표를 사는 것도, 교회와 시계탑이 있는 스테헨광장의 참나무 아래 벤치에 앉아있는 것도 본 적이 없다. 할아버지는 광장 벤치에 앉아있는 사람들과 어울리지는 않았지만, 에곤을 보면 말을 걸었고 동전을 두 개씩 주었다. 오래된 도시 툴른은 도나우 강 너머에서 몰아쳐온 눈이 녹으면 온통 진흙탕으로 바뀌었고, 보도블록 사이로는 잡초들이 자라났다. 광장 남쪽 끝, 화강암 벽돌로 세워진 교구교회는 매 시간마다 도시에 뎅! 뎅! 하는 메아리를 남기며 종을 울렸다. 날이 더워지면 교회 건너편 떡갈나무 아래 세워진 수레 옆에서 노새들이 낮잠을 잤다. 에곤은 툴른에 갈 곳이 없다는 사실을 깨닫는다. 오전에 장례미사를 치렀던 슈테판 교회 쪽으로 걸어간다. 운구가 교회에 도착하자 주임신부는 추모객들에게 고인 아돌프 오이겐 실레가 지역사회에서 얼마나 훌륭한 일을 많이 했고, 그러면서도 얼마나 소탈한 면모를 갖고 있었는지를 소개했다. 주임신부는 아돌프가 오스트리아-헝가리 제국 북 페르디난트 철도청 소속 툴른 기차역의 감독관이자 직원 40명을 거느린 최고위 공직자로서 지역사회에 이바지한 점을 소개했고, 그러면서도 나비채집과 광석수집과 인물데생에 남다른 취미를 가진 인격자임을 강조했다. 그러곤 이미 세상을 떠난 실레 가문의 조상들을 기리고 이어 미망인 마레 스쿠포바와 아들 에곤 실레, 두 딸 멜라니 실레와 게르트루드 실레를 위해 기도하고, 특히 어린 외아들 에곤 실레가 어버이의 크신 사랑에 힘입어 사회에서 존경을 받는 사람으로 성장할 것과 모친에게 효성을 다 하는 아들이 되어 줄 것을 기원하며 장례미사를 마쳤다. 이 교우를 예루살렘으로 인도하소서. 고인의 가족들을 보호해 주소서.

아돌프 오이겐 실레는 급히 마련한 툴른공동묘지에 묘석도 없이 안장됐고, 하관과 동시에 추모객들은 찬바람 속으로 흩어졌다.

출입문을 살짝 밀었더니 육중한 문이 소리도 없이 열린다. 저녁 어스름이 교회 내부에 가라앉고 있다. 에곤은 교회 뒤편 기둥 쪽의 좌석에 가 앉는다. 교회 안에는 아무도 없지만 자신의 모습이 쉽게 눈에 뜨이지 않도록 기둥으로 살짝 가려진 쪽 좌석에 앉는다. 그리고 앞쪽 좌석의 등받이에 이마를 묻는다. 아버지는 클로스터노이부르크로 나와 한 차례 자살을 시도했고, 두 번이나 집을 옮겨야 했다. 크리스마스를 앞두고 에곤은 요양을 위해 아버지를 모시고 어머니의 고향인 크루마우*로 가기로 되어있었다. 그러나 크루마우로 떠나기 전날 저녁, 집에 아무도 없을 때 아버지는 3층 아파트에서 투신을 했다. 다행히 아돌프는 아파트 잔디밭의 보리수나무 위로 떨어졌고 1층 주민에 의해 곧바로 발견돼 병원으로 옮겨져 생명에는 이상이 없었다. 그러나 아돌프는 지병 때문에 여러 병원을 전전해야 했고, 가족들은 병원비를 마련하느라 아파트를 좁은 곳으로 거푸 옮겨야 했다. 노래 소리가 들려온다. 한 남자가 오르간을 치며 작은 소리로 노래를 부르고 있

---

* 프라하에서 남쪽으로 200여 km 떨어진, 오스트리아와의 국경 근처에 위치하는 체코의 도시. 현재 이름은 체스키크룸로프.

다. 아버지의 삶은 54년을 일기로 고통스럽게 끝났다. 한때는 남부럽지 않은 봄날의 삶이었다. 에곤은 노랫소리를 따라간다. 귀에 익은 노래 <오 델 미오 아마토 벤(O del mio amato ben 오 사랑하는 나의 님)>이다. 노래는 앞 성가대 쪽이 아니라 뒤편 2층에서 흘러나온다. 오르간은 점차 장중한 음으로 퍼지고, 노랫소리도 간간히 들려온다. 중간 부분에서 희망을 노래하던 오르간의 높은 음이 돌연 헛됨을 노래하면서 톤이 바뀌며 몇 음계나 뚝 떨어진다. 마음은 희망에 가득 찼으나 나 이제 헛되이 부르네. 에곤의 마음도 오르간 음색처럼 몇 계단 떨어진다. 이제 아버지는 세상에 없다. 시신은 끔찍하기까지 했지만 오늘 밤부터 문을 닫아걸어야 한다고 생각하니 마음속에 찬바람이 일어난다. 오르간 선율은 잠시 후 다시 조용해진다. 침묵으로 마무리를 한 선율은 다시 한 번 같은 멜로디를 되풀이하며 이어진다. 오 사랑하는 님, 나 기쁨을 잃었네. 오직 눈물만이 나의 마음을 위로하네.

어두운 공간 속에서 오르간과 노랫소리가 마무리된다. 연주가 끝나자 어둠이 교회 내부로 가라앉는다. 누군가가 2층에서 내려와 에곤에게로 다가온다.

다가온 그가 에곤의 머리 위에 손을 얹는다.

"에곤, 하느님이 위로해주실 것이다. 나도 너의 슬픔과 함께한다."

에곤이 말한다.

"신부님!"

"그래, 너의 아픔을 안다. 하느님, 이 저녁에 아버지의 처소에 깃든 작은 아들을 위로하소서."

"신부님, 저는 아버지의 임종을 지키지 못했습니다."

"지나간 일이다. 에곤. 내가 기도를 해주마. 우리보다 더 아파하시는 하느님, 저희의 슬픔을 당신께 내맡기며 간절히 청하오니, 당신 빛과 사랑을 지금 여기에 보내소서. 임종도 못하고 아버지를 잃은 이 아들의 아픔을 어루만져 주소서."

에곤은 고개를 든다. 어둠 속에서 스테인드글라스의 찬연한 빛을 받으며 성모 마리아상이 상아빛으로 서 있다. 마리아상은 비극적으로 보인다. 에곤 네 이름의 뜻이 뭔 줄 알아? 건강하고 영리한 사람이라는 뜻이란다. 너는 아침 여섯시에 태어났다. 세상에 빛을 가져오는 시간이지. 에곤은 부부가 결혼한 지 11년 만에 얻은 아들이다.

에곤이 일어선다.

"어딜 가려고?"

"클로스터노이부르크로 돌아가겠습니다."

"오늘은 사제관에서 자고 가려무나."

"아닙니다. 집으로 가야겠어요."

"자주 오거라. 갓난아기 때부터 내가 너를 안아주었단다."

신부는 에곤에게 5크로네를 주었다.

그때 린츠 할아버지가 교회 문을 열고 안으로 들어섰다.

"에곤, 너를 기다리고 있었다."

린츠 할아버지가 홀바인 고체물감 6세트 한 상자를 주었다.

홀바인을 받은 에곤의 눈이 생기를 띄었다.

린츠 할아버지가 말했다. "또 만나자"

신부가 말했다. "에곤, 부디 용기를 잃지 말아라."

밤이 왔다.

4

에곤은 생후 18개월부터 색연필과 종이를 갖고 놀며 그림을 그렸다. 툴른역* 관저 2층 방에서 태어나 성장한 아이는 자신의 방 창문 밖을 내다보며 스케치북이나 거실바닥에, 드론워크 식탁보나 벽 위에 기차, 객실, 역 따위의 보이는 것은 무엇이든 그림으로 그려냈다.

"일곱 살 아이가 이렇게 정밀하고 관찰력이 뛰어난 그림을 그리다니! 여하튼 이 집안의 손재주는 알아줄 만해." 치하체크가 처음으로 아돌프와 에곤을 쳐주었다.

노트 양면에 스케치한 기차는 네 줄로 늘어서 있다. 맨 위에는 4량짜리 열차를 그렸다. 앞에는 증기기관차, 그 다음은 석탄차, 기차차장과 승무원들이 타는 작은 차량, 그리고 마지막은 긴 객차로 이어진다. 두 번째 줄에는 객차 3량을 그렸다. 윗줄 객차의 연장이라 형체만 그리고 나머지는 생략한 것이다. 세 번째 줄에는 각종 증기기관차 4대를 그렸다. 측면에서 본 차, 정면에서 본 차, 석탄을 싣고 연기를 뿜어내는 기관차, 길이가 짧은 기관차 등 각종 기관차의 특징을 세밀히 파악했다. 네 번째 줄에는 그리다만 기관차의 한쪽 귀퉁이만 보인다. 자를 대고 반듯반듯하게 그린 이 그림이 완성되었더라면 모든 기관차와 객차의 종류를 알려주는 팸플릿이 되었을 정도로 치밀한 눈썰미를 드러냈다. 석탄차와 연결돼 있는 차량의 유리창과 그 뒤에 연결돼 있는 객

---

* 빈에서 서북쪽으로 40km 정도 떨어진 도나우 강변의 도시. 세기전환기 오스트리아 철도 교통의 요충지였다.

차의 유리창은 가로와 세로의 크기, 직선과 곡선의 처리가 정교하다.

에곤은 창가에 놓인 책상 위에 올라가 그림을 그리고 있었다. 에곤이 창밖을 좀 더 자세히 보기 위해 창문틀에 매달리는 것을 본 마레가 창문에 책상을 놓아주었다. 그러자 에곤은 책상 위에 서서 종이를 유리창에 대고 그림을 그렸다. 에곤은 빨강색 옷을 입은 여자 승객을 그리던 터라 빨강색연필에 자주 손이 갔다. 그러다가 빨강색연필을 놓쳤다. 빨강색연필은 의자 밑 어디론가 굴러 사라져버렸다. 책상 위에 서서 거실 바닥을 살펴보고 있을 때 누군가 나타나 뒤에서 실레를 안아들었다. 아돌프였다.

"에곤, 그림 그리는 것이 그렇게 좋아?"

"그럼요, 좋구 말구요."

"내 말을 잘 들어라. 오늘 스케치북을 한 권 주겠다. 라틴어 공부가 끝나면 하루에 그림을 한 장만 그려야 한다."

"꼭 한 장만 그려야 하나요?"

"그래, 라틴어 숙제를 끝내야만 그릴 수 있다."

"두 장 그리면 안 돼요?"

"안 돼, 그리고 반드시 라틴어 숙제를 끝내고 그려야 돼."

다음날 저녁 아돌프가 관저로 돌아왔을 때 뜻밖의 광경을 보고 놀란다. 에곤의 벽과 방을 지나 거실 바닥과 벽에까지 그림이 나붙어있다. 길게 연결된 레일 위를 달리는 여러 종류의 기차들, 기차 정거장과 사람들, 터널과 산을 그려 놓았다. 스케치북 한 권을 다 사용한 것이다.

"에곤!"

아돌프가 갑작스럽게 고함을 쳤다. 놀란 에곤은 아버지 눈의 홍채가 수축하면서 동공이 확대되는 것을 보았다.

"내가 하루에 그림을 몇 장 그리라고 했지?"

"라틴어 숙제는 했어요."

"스케치북 한 권을 다 그린 거냐?"

"한 장으로는 안 돼요. 이걸 어떻게 한 장에 다 그려요?"

화가 난 아돌프가 그림을 뜯어낸다. 마레가 아돌프에게서 에곤의 그림을 빼앗으려다 아들프의 완력에 떼밀려 벽에 머리를 부딪치고 쓰러진다. 아돌프는 그림을 전부 뜯어 마구 찢은 후 벽난로에 처넣고 불을 붙인다. 아돌프가 마레와 에곤을 노려본다. 놀란 마레가 숨을 몰아쉰다. 아돌프가 벼락같은 고함을 지른다. "분명하다구요? 칵투스 블루메(kaktus blume, 선인장 꽃)라고요? 정말 틀림없다고요?"

가족들은 그런 아돌프를 처음 본다. 발작에 가까운 분노다. 멜라니가 마레를 주방 한쪽으로 이끌고 가 진정시킨다.

"엄마, 선인장 꽃이 어쨌다는 거예요?"

게르티까지 달려와 성화다.

"엄마, 제발 말 좀 해보세요."

"아무것도 아니다. 젬마가 이 꼴을 안 보았으니 다행이다. 네 아버지가 독한 약기운 때문에 저러시는 것이다. 선인장 꽃은 아주 드문 꽃이지."

에곤, 여기는 툴른이 아니야. 검표원들이 다 너를 지켜본다고.

에곤은 아침에 멜라(멜라니)가 건네준 포스트카드를 읽는다. 에곤이 학교를 결석하고 매일 기차를 타러온다는 것을 검표원들이 알고 있다는 것이다. 고자질쟁이! 에곤은 포스카드를 구겨서 바지 주머니에 집어넣는다. 멜라는 기차역 검표원이 됐다. 검표원 생활을 하면서도 모자나 퀼트가방을 만들어 팔기도 한다. 에곤의 일을 시시콜콜 엄마에게 일러바친다. 클로스터노이부르크 대수도원 광장에서 한 수녀가 에곤이 걸어오는 것을 바라보고 있다. 안나 수녀다.

"에곤 일찍 오네요."

"저는 아침 일찍 다니는 걸 좋아해요."

"맞아요. 아침 해가 뜰 때의 건강한 에곤이니까요. 오늘도 기차 타러 가요?"

"수녀님도 기차 좋아하세요?"

"기차 타는 것은 누구나 좋아하지요."

수녀가 종이봉투를 내민다.

"멜론잼을 넣은 롤빵인데 우리 수도원에서 제일 맛있는 쿠키로 유명해요."

봉투에서 달콤하고 고소한 냄새가 풍긴다. 막 구웠는지 따뜻하다. "수도원에서 쿠키를 파나요?"

"에곤에게 주려고 내가 만들었어요. 에곤이 이 광장 앞을 지나갈 줄 알고 기다렸지요."

"제가 광장을 지나갈 줄 알았다고요?"

"그럼요. 바로 이 시간에."

에곤은 수녀에게서 티아레꽃 향기를 맡는다.

"수녀님 저는 이걸 하나 드릴게요." 에곤은 색에서 연필 한 자루를 꺼낸다.

"4B 연필이에요."

"에곤의 그림을 봤어요."

"제 그림을 봤다고요?"

"김나지움 미술실기실에서 본 클로스터노이부르크 그림 말이에요."

"그 그림을 어떻게 보셨나요?"

"볼프강 파우커 신부님이 말씀하셔서 수도원에 다 알려졌어요. 주교님과 저와 몇 사람이 김나지움에 가서 봤어요. 다들 그림을 보고 감탄했어요. 수도원의 높고 뾰족한 첨탑이 기도하는 석상처럼 푸른 하늘을 우러러 서 있고, 그 아래 낮은 건물들이 옹기종기 들어선 전망을 밝은 색체로 뚜렷하게 그렸더군요. 김나지움학생이 그린 것이라고 믿어지지 않는 그림이었어요."

"그렇게 얘기하셨다니 기쁘네요."

"모두들 놀랐어요. 우리 학교에 이런 학생이 있다는 게 믿겨지지 않았어요. 루트비히 슈트라우흐 선생님이 설명해줬어요. 에곤이 지난해 아버지가 돌아가신 이후 학교에 잘 나오지 않고 혼자 방황하고 있다고요. 저는 그렇게 아름다운 그림을 그린 학생의 마음속에 큰 슬픔이 있다는 얘기를 듣고 충격을 받았어요. 그림을 그린 사람의 슬픔과 그림의 해맑은 감동 때문에요."

안나 수녀는 얼굴이 빨개진다.

"에곤 미안해요, 그래서 말인데요."

"네 말씀하세요. 미안해하실 필요는 없으니까요."

"너무 실망하지 말아요. 저는 에곤이 학교 결석하는 것을 나쁘다고 생각하지 않아요. 에곤 같은 학생은 공부를 많이 하거나 책을 많이 읽을 필요가 없어요."

에곤은 안나 수녀를 다시 쳐다보았다. 그런 소리는 지금까지 처음 들어보는 것이다.

"수녀님, 오늘 아침에 멜라가 제 책상 위에 포스트카드를 놓고 갔어요. 이제 기차도 타러 오지 말래요. 멜라는 늘상 툴툴거리고, 어머니께 고자질을 해요."

에곤은 구겨진 멜라의 포스트카드를 꺼내서 안나에게 보여준다.

"그러나 저는 학교 교실에 앉아있으면 견딜 수가 없어요. 유리창 햇살 속에서 선과 색깔이 폭포처럼 쏟아져 내리고, 환청이 들리기도 하고 그래요. 그렇지만 학교는 저를 조금도 이해해주지 않아요. 다른 학생들에게 방해가 된다고 그림도 못 그리게 해요. 그럴 때 저는 교사들이 적 같아요. 저도 학교에 적응하기 위해 애를 많이 썼지만 학교는 군대처럼 엄격하기만 한 걸요."

"멜라는 글씨를 예쁘게 쓰는군요. 에곤에게 뭐라고 하는 것은 동생을 사랑하기 때문일 거예요. 멜라의 마음씨를 구겨버리지 마세요."

"오늘은 기차역으로 가지 않을 게요."

"좋은 생각이네요.

"그런데 수녀님은 이상해요. 공부를 하지 않아도 괜찮다고요?"

"그래요. 에곤 같이 예술에 뛰어난 재능을 가진 사람은 공부에 억눌리면 안 된다고 생각해요."

"수녀님은 하느님을 믿으세요?"

"왜 그런 질문을 하죠?"

"저는 수녀님이 하느님을 믿지 않았으면 좋겠어요." 그때 흰 가운을 입은 한 사제가 다가왔다. 안나가 사제에게 목례를 보냈고, 사제는 뭔가 말을 하려는 표정을 지었다. 그러나 사제는 말을 꺼내지 않고 수도원으로 들어갔다.

"에곤, 저 신부님의 복장을 봤지요? 수도복 위에 흰 띠를 둘렀잖아요. 저 띠를 왜 두르는지 아세요?"

"우리가 툴른에서 기르던 강아지 끈처럼 보이는데요."

"아유, 에곤은 정말 재미있는 학생이네요. 지난번엔 뭉크처럼 폭발음을 들었다고 하더니."

"뭉크 이야기를 한 것은 수녀님이에요."

"그랬나요? 아우구스티노회 수사신부들은 수도복 위에 흰 띠를 두른답니다. 그 띠는 모니카 성녀가 아들인 아우구스티누스의 회개를 위해 눈물로 기도한 마음을 기억하기 위한 것이에요."

"저는 기도하는 사람을 보면 웃음이 나와요."

"에곤, 또 만나요."

에곤은 기차역 반대쪽 거리를 따라 걸었다. 한참 걷다가 돌아보니 대수도원의 두 개 첨탑이 나란히 솟아오른 것이 보인다. 훨씬 입체적이고, 서로 의지하는 것 같다. 에곤은 자신의 그림에 첨탑 하나만을 그렸다. 김나지움의 4층 꼭대기 미술실기실은 첨탑으로부터 측면에 위치하고 있어서 첨탑이 하나만 보였다. 화창한 날씨다. 기차를 포기한 에곤은 전에 살던 거리를 향해 걸어간다. 클로스터노이부르크 초등학교 바로 옆 집, 니벤부르크가세 8번지.

에곤은 학교를 한 바퀴 돌고나서 마가레테의 집 울타리에서 멈춘다. 에곤의 가족은 6개월 전까지만 해도 여기서 100m 떨어진 알브레흐트스트라세 64번지에서 살았다. 에곤은 2층 방을 사용하는 마가레테를 훔쳐보곤 했다. 그러나 부르베르크 가세로 이사를 한 이후 더 이상 마가레테를 훔쳐보는 것은 불가능해졌다. 그럴수록 에곤은 그리움과 기묘한 흥분에 사로잡혔다. 마침내 둘은 마가레테의 남동생을 통해 편지를 교환했다. 에곤은 그녀가 일요일에 가족들과 어디를 가는지를 알고 있다. 알고 있으면서도 마가레테가 휴일에 무엇을 하는지, 어디를 가는지 그런 중요하고도 신비로운 일상사를 자신에게 말해주지 않는데 대해 심한 질투심을 느낀다. 나무판자로 자신의 키 높이만큼 가지런히 세운 울타리에는 장미넝쿨이 가득 뻗어있고 진홍빛 꽃이 피어나기 시작했다.

6

에곤은 도나우강변을 따라 한동안 걸었다. 얼굴이 화끈거린다. 강변을 달리는 철로 위에 걸터앉는다. 얼굴이 화끈거리는 자신도, 커브를 그리며 달려 나간 레일도 모욕을 당하고 늘어져 있다. 머리카락을 쥐어뜯었다. 마가레테의 아버지 빌리엄은 마차를 몰고 시내방향으로 사라졌다. 한 마리의 노새가 끄는 4륜 마차다. 짐이나 끄는 커다란 노새. 빌리엄 파토넥 씨의 마차는 두 마리의 회색빛이 감도는 백마 리피자녀*가 끌던 아돌프의 랜도와는 비교도 할 수 없다. 에곤이 아버지와 마차를 타고 툴른 시가지를 지나가노라면 사람들은 툴른역의 최고위 감독관이자 역장인 아돌프 오이겐 실레와 그의 어린 아들 에곤 레오 실레를 부드러운 눈빛으로 바라보았고, 그럴수록 아버지는 당당했다. 아들은 혀를 날름거리며 사람들을 쳐다보았다. 에곤은 울타리에 바짝 다가가 살며시 집안 내부를 바라보았다. 울타리 옆의 빨랫줄에는 하얀 빨래들이 널려있다. 빨래를 가득 매달고 있는 빨랫줄은 임산부처럼 땅을 향해 볼록하게 배를 내밀고 있다. 마가레테 가족들의 옷가지를 바라보는 에곤의 가슴은 흥분되어 두근거렸다. 작은 브래지어도 하나 걸려있다. 에곤은 그것이 마가레테의 가슴을 감싸는 네스트라고 생각했다. 그 네스트는 작고 봉긋하게 아름다운 마가레테의 가슴을 감싸주다 이제 빨랫줄에 걸려 봄볕을 받고 있다. 에곤은 마가레테의 브래지어를 잡기 위해 손을 뻗쳤다. 그러나 빨랫줄은 그가 한껏 뻗친 손보다 훨씬 더 먼 거리에 있다. 에곤은 한 발을 울타리에 걸고 결사적으로 손을 빨래줄 쪽으로 뻗쳤다. 그때였다.

"거기 누구야?"

중년의 사내가 마차를 멈추고 에곤을 노려보았다. 마가레테의 아버지다.

"지금 뭘 하는 거지?"

"아, 아니에요. 아무 것도….."

몸 둘 바를 모르는 에곤에게 빌리엄은 경멸적으로 말했다.

---

* 합스부르크 황실의 마차를 끌던 슬로베니아 원산의 말. 비엔나의 스페인승마학교에서 교육용으로 사용할 만큼 달리기와 점프의 경쾌함을 자랑하는 명마다.

"빨리 여기서 사라져! 내 너를 기억해 두겠다."

에곤은 자신을 모멸감 속에 실컷 내맡겼다. 자신이 마가레테의 브래지어를 훔치려고 했던 것이었을까. 분명한 것은 손을 뻗어 그 네스트를 잡으려고 했다는 것, 그 외는 아무 생각도 없었다. 한때 두 마리의 백마가 끄는 마차를 타고 시내를 돌곤 했던 아버지와 아들은 누구에게서나 존경을 받는 부자였다. 아돌프는 툴른 역장이 되고 곧바로 아들 에곤을 얻자 한 쌍의 말이 끄는 마차를 구입해 귀족 스타일의 삶을 흉내 냈다. 그의 꿈은 황실을 중심으로 지위와 부가 부챗살처럼 겹겹이 퍼져나가는 국가에서 신흥명문가로서의 지위를 차지하는 것이었다. 대규모로 편성된 오케스트라와 같은 꿈이었다. 국가의 중심에는 황제의 궁성이 존재하고, 그 외곽 1선에는 오스트리아를 비롯해 위성국가들인 폴란드 체코 헝가리의 명문 귀족들이 대저택을 차지하고 살았다. 그 다음 2선으로는 남작이나 자작과 같은 가문의 귀족들, 정부고관들, 신흥 부유층들의 저택이 당당함을 자랑했다.* 아돌프는 축제가 열리면 궁중취주악대의 제2선에서 두 마리의 리피자너가 끄는 마차를 타고 퍼레이드를 펼치며 인도의 시민들에게 손을 흔드는 상위 1만 명 안에 드는 삶을 꿈꿨다. 회색빛 리피자너는 클수록 털이 흰빛으로 변해 회색빛 백마의 당당한 자태를 자랑했다. 아돌프 역시 빈의 오페라극장이나 부르크극장 앞을 지날 때면 그냥 지나치지 않고 공연되는 프로그램에 관심을 보였고, 연주의 흐트러짐이나 비약을 감식할 수 있는 안목을 갖추기를 희망했다. 그러나 아돌프는 에곤이 그리는 정교한 기차 스케치를 보면서도 아들이 화가가 될 것이라는 생

---

* 스테판 츠바이크 『어제의 세계』(지식공작소, 1995 곽복록 옮김) 37페이지 인용.

각은 꿈에도 하지 않았다. 철도기술자였던 그는 아들도 뛰어난 기술자가 될 것이라는 기대를 품었다. 아돌프는 아들의 뛰어난 드로잉 솜씨가 기술자나 건축설계사가 되는데 도움이 된다고 생각했을 뿐이다.

　에곤은 철로에 앉아 봄볕을 받으며 아버지를 생각한다. 가족들은 폭력적인 아버지가 죽은 이후 아무런 꿈도 없이 살아가고 있다. 학교는 자신에게 성벽이다. 비둘기 한 마리가 그 벽에 머리를 짓찧고 피를 흘리며 쓰러져 있다. 가족들은 아버지가 숨진 집에서 이사를 했고, 고모부 치하체크가 에곤과 게르티의 후견인으로 지정됐다. 멜라는 철도청에서 발행한 '모든 면에서 적절한 행동을 하고 있음을 증명함'이라고 기록된 업무적임자격증을 얻어 기차검표원이 됐고, 가족들은 서로 아무 말도 하지 않고 살아가고 있다. 툴른을 떠나올 때 계획했던 것들은 깡그리 잊어버렸거나 옆으로 치워버렸다. 먼저 처리해야 할 것들이 많고, 살아가기에 바쁘다보니 모든 계획들을 신지 않는 헌신짝을 신발장에 넣어두어서는 안 된다는 듯이 치워버리고, 아버지의 죽음에 대한 이야기 같은 것은 입 밖으로 꺼내지도 않고 살아가고 있다. 에곤은 자신이 세 살적에 죽었다는 엘비라를 떠올린다. 사진으로 본 엘비라는 눈이 예뻤다. 사진사가 가족사진을 찍기 위해 안쪽에 빨강 벨벳을 댄 커다란 드라큘라 망토를 치고 그 안에서 카메라 뷰파인더의 젖빛 유리를 들여다보며 조리개를 맞추다보면 거꾸로 상이 맺힌 피사체 중에서 엘비라의 반짝이는 눈이 모든 피사체를 압도했다고 한다. 그래서 사진사는 엘비라의 눈에 초점을 맞춘다는 거였다. 그렇게 눈이 예쁜 엘비라는 위로 두 명의 아이가 사산한 다음 장녀로 태어나 독일계 오스트리아인이었던 실레 가문의 당당함으로 살지 못하고, 바토리 가문이나 합스부르크 왕가의 오랜 통치를 받으며 형성된, 보헴이나 슬로바키아 사람들의 슬픔 같은 것을 갖고 학교를 다니다 나이 열 살이 되자 검정색 에나멜 구두를 품에 안고 죽었다. 초등학교 입학 무렵의 에곤은 어느 날 어머니와 함께 틀른 외곽의 시체공시소를 지나다 어머니가 엘비라를 생각하며 한동안 걸음을 멈추고 있던 장면을 기억한다. 눈이 아름다운 열 살 난 소녀의 죽음, 그 애는 얼마나 고통스러워하며 죽었을까. 죽음은 수건돌리기처럼 사뿐히 찾아와 그녀의 등 뒤에 수건을 내려놓고 사라졌고, 아무 것도 모르는 그녀는 검은 수건과 함께 술래가 되어 세상을 떠나간 것이 아닐까. 소녀는 아직 죽지 않았는데, 살아야 할 날이 너무나 많이 남았는데 의사와 어른들이 잠든 아이를 오인하여 그 아이에게 검은 수건을 씌어주었으며, 그녀는 아직 잠들지 않았다고, 라틴어 숙제를 해야 하고 에곤과 기차놀이를 해야 한다고 소리쳤지만 그 소리는 연약하고 검은 수건은 아이가 저항하기에 너무 강력해서 아무런 메아리도 남기지 못하고 잠들어버리고 만 것은 아니었을까. 학교에서 그림을 그리는 것이 그렇게 나쁜 것일까. 에곤의 목에서 자꾸 바튼 기침이 터져 나온다. 그는 일어섰다. 다시는 뉘벤부르크 가세에 나타나지 말라는 명령과 오늘 너의 행동을 기억하겠다는 무서운 저주로부터 탈출해야만 했다. 자신의 형이 되지 못한 두 명의 사산아와 열 살에 사라진 누나 엘비라에 대한 안타까움, 그리고 발작을 하다 끝내는 모든 재산을 불사르고 죽은 부친에 대한 증오를 떨쳐버리기 위하여 그는 집에 있는 책들의 목록을 만들고 도서를 정리하여 가족들과 친구들과 인부들이 볼 수 있는 철도 서고로 만들어야 한다고 생각했다.

에곤은 자리를 박차고 일어나 집으로 돌아온다. 그리고 창고에 처박아 두었던 조부와 부친의 책들을 끄집어 내린다. 먼지를 뒤집어쓰고 곰팡이 냄새를 풍기는 책들은 고서의 당당함을 자랑하고 있다. 자연과학도감 2권, 광석과 동물의 천국 2권, 나비채집 기술 1권, 유럽여행기 2권, 괴테전집 18권, 실러의 시집 2권, 현대 독일시선 1권, 자유를 위한 쾰른 영웅들의 투쟁기 1권, 19세기 독일민족문학 1권, 늙은 가정부의 비밀 1권, 로마와 비더마이어 시대의 문학 1권, 세계의 강 시리즈 3권…. 그날 실레는 103권의 도서목록을 만든다.

한 통의 등기우편물이 도착한다. 마레 스쿠포바 실레 부인과 후견인 레오폴트 치하체크 귀하. 본교에 보내주신 학부모님의 깊은 애정과 관심에 진심으로 감사드립니다. 본교에 재학 중인 학생 에곤 실레의 문제에 대해 상담하고자 하니 학생의 보호자께서는 1906년 5월 17일 목요일 오후 2시에 학교를 방문해 주십시오. 분데스레알 김나지움 학장 스테판 블루마우어.

유급과 중퇴

1

제인은 여덟 살 때 실레의 그림을 처음 보았다. 1965년 여름 구겐하임미술관에서 클림트와 실레 회고전이 열렸다. 미망인이 된 케네디 재클린이 전시회장에 나타난 것만으로도 넘치는 화젯거리가 되었다. 신문에 소개된 재키는 클림트의 황금빛 그림 <키스> 앞에 청바지를 입고 서 있었다. 제인과 함께 뉴욕에 사는 여동생 엘데라의 집을 방문한 신디는 어른이 동행할 경우에만 미성년자 입장이 가능한 전시회에 제인을 데리고 갔다. 아침부터 뜨거워지는 열기 속에서도 관람객들은 긴 줄을 서서 기다렸다. 사람들은 클림트의 그림에 몰렸다. 그러나 제인은 그림을 볼 줄 몰랐다. 제인은 사람들이 가장 많이 몰려든 <키스> 앞에서 사람들 구경을 했다. <유디트>나 <다나에> 앞에서도 그림을 한 번 쳐다보고 사람을 한 번 쳐다보고 했다.

제인은 신디의 손을 놓고 실레의 그림 전시장으로 갔다. 초록색 민소매 블라우스에 검은 스타킹을 신은 여인이, 곧추세운 왼쪽 무릎에 볼을 대고 앉아 있는 그림이 제인의 눈에 들어왔다. 이상한 그림이었다. 여자는 커다란 눈으로 화폭 대각선 방향의 가까운 곳을 바라보고 있었다. 제인은 여자가 응시하는 방향으로 가서 그림 속의 여자를 쳐다보았다. 초록색 블라우스를 입은 여자도 제인을 쳐다보는 것 같았다. 그녀는 쓸쓸해 보였다. 눈을 감고 있는 <키스>의 여인과는 아주 달랐다. 다음에 제인은 <갈색 배경의 자화상>이라는 그림 앞에 섰다. 불투명 구아슈와 투명 수채를 섞어 바른 그림에서 먼저 제인의 눈길을 끈 것은 화가의 산발한 머리와 짝눈이었다. 오른쪽 눈의 검고 큰 눈동자는 튀어나올 듯 선명한 데 비해, 그 절반 크기밖에 안 되는 왼쪽 눈은 흰자위가 가득했다. 산발한 머리와 이마의 깊은 주름, 강렬하고도 어긋난 눈동자를 가진 청년, 제인은 더 이상 말할 것이 없다는 듯 살포시 다문 청년의 입술을 보면서 조마조마해지는 자신을 느꼈다. 배경으로 그린 머리 뒤편의 갈색 사각형이 제인의 가슴을 먹먹하게 만들었다.

화가는 왜 짝눈이 되었을까. 어렸을 때 병을 앓았던 것일까. 다음에 제인은 가슴에 손을 얹고 있는 자화상을 보았다. 깨끗한 용모의 청년이었다. 저렇게 예쁜 자신을 화가는 왜 <갈색 배경의 자화상>에서 그토록 기이하게 그린 것일까. 왜 자신을 불쌍하게 그리는 것일까. 제인은 주위를 두리번거리며 나오다 전시장 마지막 코너에서 거울 앞에 선 실레의 세로 사진을 보고 그림과는 또 다른 충격을 받았다. 헐렁한 바지를 입고 주머니에 손을 찌른 채 측면으로 서서 거울을 바라보고 있는 청년은 고작해야 강아지 한 마리의 무게밖에 안 될 정도로 가냘파 보였다. 그래서 제인은 그가 입고 있는 하얀 셔츠가 옷감이 아니라 마른 백짓장 같다는 생각을 했고, 그런 옷을 입고 있는 꺼벙한 청년은 제인에게 들려줄 말이 아주 많으나 지금은 말을 해줄 수 없다는 표정을 짓는 것이라는 느낌이 들었다. 제인은 잠시 자신이 어떤 남자를 좋아하게 된다면 저런 남자가 될 것이라는 몽상을 했다. 제인은 사진 속의 청년에게 전달되지 않는 눈길을 던지며 전시회장을 나왔다.

신디는 제인의 손을 잡고 나선형의 미술관을 돌아 나오면서 그림에 대한 의견을 물었다. 제인은 선뜻 대답할 말이 떠오르지 않았다. 아름다웠어요, 하고 말하기에는 아름답지 않았고, 이상했어요, 라고 말하기에는 아름다움이 있었다. 제인의 머릿속이 산란해졌다. 한 아이가 공원에서 달리기를 하고 있었다.

제인은 오마하로 돌아오기 전 혼자서 지하철을 타고 구겐하임미술관을 찾아갔다. 입구에서 2달러를 내밀면서 제인은 용감하게 말했다. "며칠 전에 엄마와 함께 왔었어요. 이번에는 전시회 도록을 한 권 사려고요."

기념품점의 백인 아줌마가 제인의 눈을 들여다보았다. "도록을 그렇게 갖고 싶니?"

제인은 대답했다. "저는 오마하에서 왔거든요. 집으로 가기 전에 책을 한 권 사겠어요."

그녀는 다시 제인의 눈을 들여 보았다. "네 눈이 말해주는구나. 정말 도록을 갖고 싶다고."

제인은 오마하로 돌아와 두고두고 도록을 넘겨봤다. <에곤 실레, 정신병적인 완결자>라는 제목을 단 네 쪽짜리 설명문은 알 수 없는 단어로 가득 차 있었다. 제인은 그 글에 사용된 어려운 단어들을 사전을 찾아가며 읽었다. 그래도 여전히 뜻을 알기 어려웠다. '실레는 육체와 삶의 절대성을 본 화가다. 그는 요절한 많은 예술가들이 그렇듯 자신의 내부에 빠져 살았고, 그것을 화폭 위에 완결시킨 후 더 이상의 길을 발견하지 않고 죽었다.'

제인은 신디의 권유대로 대학에서 사회복지를 공부할 계획이었다. 그러나 실레의 그림을 본 후 차츰 생각이 바뀌었다. 실레는 제인에게 상상 속의 길동무가 됐다. 길동무 실레는 독특한 친구였다. 제인은 실레가 낯선 별에서 온 남자라고 생각한다. 그의 인상은 스물이 넘어서도 열 살 소년과 같았고, 조금은 날카로웠다. 키가 크고 바짝 마른 그는 유연하면서도 민첩한 몸동작을 갖고 있었다. 짙은 갈색의 머리카

갈색 배경의 자화상 Self Portrait with Brown Background
1912, 종이위에 구아슈와 수채 / 31.4 × 25.4cm, 개인소장

락이 흘러내려온 그의 얼굴은 깊은 눈동자와 가냘픈 어깨 때문에 우수가 드리워져 있는 것처럼 보였다. 그는 세상의 법도와 민심에 맞추지 않고 자신이 옳다고 믿는 것들을 추구하며 살았고, 자신이 관찰한 것을 곧이곧대로 그렸다. 그는 죽기 직전의 몇 달을 제외하고는 빵을 걱정해야 하는 처지였다. 어려서부터 신동이라는 소리를 들었던 그는 그림도 꽤나 많이 팔았다. 그러나 그는 광석이나 니켈을 줘버리듯 필요한 사람에게 가진 돈을 다 줘버리고 가벼운 주머니로 화실에 돌아와 굶주리며 그림을 그렸다.

비엔나 북서부 작은 도시 툴른의 기차역 관저 2층 방에서 태어난 실레는 유리창 밖으로 보이는 풍경을 그리다 빈으로 왔다. 일천년의 전통을 가진 예술 도시에서 그는 미술을 공부하고 문화예술인들과 교류했으나 틀을 벗어나는 것을 허락하지 않는 교육에 적응하지 못했고, 규격품의 삶을 살지 않았다. 클림트의 그림이 다시 조명받기 시작한 것은 사후 30~40년이 지나서였다. 두 번 다시 보기 어려울 것이라고 장담해도 될 만큼 신비로운 표정을 지닌 클림트의 여인들은 한 세대의 잠으로 충분했다. 그러나 실레 그림은 그보다도 훨씬 더 오랜 세월이 필요했다. 그만큼 실레는 대중들에게 받아들여지기 어려웠다. 그가 그린 인물들은 수척하고, 욕망 속에는 공포와 긴장감이 들어 있다. 감상자를 고통스럽게 하는 그림도 있고, 난해하고 기이하여 불편하게 만드는 그림도 적지 않다. 그는 도시 부르주아들이 기피하는 아이와 여인의 노골적인 누드, 기괴한 자화상 따위를 많이 그렸다. 죽은 후에는 나치정권으로부터 '퇴폐화가'로 몰려 그림이 불태워졌다. 그러나 실레의 그림은 사람들에게 아주 잊히지는 않았다. 제인은 그의 그림을 볼 때마다 통증을 느끼곤 했다. 제인은 실레의 발자취와 그림의 행방을 찾아 비엔나와 툴른, 크루마우와 노이렝바흐, 잘츠부르크와 뮌헨, 프라하와 부다페스트를 왕복했고, 뉴욕과 런던, 암스테르담과 파리, 서울과 도쿄를 날아다녔다.

2

마레는 네 사람 용의 접시와 포크, 나이프를 좁은 식탁 위에 올려놓는다. 자수사로 짠 민무늬의 식탁보는 용기의 달그락거리는 소리를 삼킨다. 빵과 닭고기 통조림이 저녁 식탁에 올라온다. 아이들은 누구도 닭튀김을 먹고 싶다거나 슈니첼 같은 음식 얘기를 꺼내지 않는다. 값이 싼 것이기는 하지만 그래도 모차렐라 치즈가 있는 식탁이다.

"에곤, 오빠가 제일 좋아하는 모차렐라야. 날마다 에곤을 위한 식탁이라니까!"

게르티가 입을 다물고 있는 에곤의 비위를 맞춘다.

"너희들 퍽도 좋겠다." 멜라가 게르티와 에곤을 쥐어박는다.

"다음 달에 다시 이사를 해야 할 것 같은데…." 마레가 하던 말을 멈춘다.

가족들은 벌써 네 번이나 이사를 다녀야 했다. 에곤은 엄마를 '마마 베토벤'이라고 부른다. 베토벤이 빈에서 여기저기 줄곧 이사를 다닌 것에 빗댄 말이다. 그러나 오늘 에곤은 입을 다물고 있다. 뭔가 낌새를 느끼고 있다. 그릇을 달그락거리는 소리, 조용히 음식을 씹는 소리만

한동안 이어진다. 마침내 마레가 입을 연다.

"에곤의 학교에서 통지가 왔다."

테이블 아래서 게르티의 발이 에곤의 발등을 살짝 밟는다.

"게르티, 가만히 좀!" 멜라가 짜증을 낸다.

"멜라, 아까부터 왜 그래?"

게르티가 벌떡 일어나 멜라에게 공격 자세를 취한다. 에곤은 게르티를 지원해주지 않고 침묵을 지키고 있다. 두 남매는 집안에서 연합군이다. 게르티는 아침 6시만 되면 에곤이 시계를 들고 와 '하나 둘 셋' 하며 성화를 부리는 통에 매일 침대에서 일어나자마자 30분간 모델을 서 준다.

"뭔 일인지 아직도 몰라? 창피해 죽겠어."

멜라는 들고 있던 포크를 테이블에 내려놓고 일어선다.

"멜라, 내가 학교에 가서 알아보겠다. 마저 먹어라."

마레는 처음으로 김나지움을 방문한다. 베이지색 블라우스와 검정 스웨이드 주름치마를 입고 흰 백을 들었다. 평소 좋아하는 핑크빛 진주 브로치는 달지 않았다. 치장을 하지 않았기에 오히려 단정해 보인다. 김나지움은 클로스터노이부르크 대수도원 광장에서 뒤쪽으로 다섯 블록 떨어진 부흐베르크가세 언덕 위에 L자 형태의 4층 건물로 서 있다. 마레는 치하체크의 권유에 따라 에곤을 크렘스로, 클로스터노이부르크로 보내야 했고, 오늘은 자신이 여기에까지 왔다는 생각을 한다. 자신들의 불민함과 거북함, 남에게 폐를 끼치며 사는 안타까움과 막막함 같은 여러 감정들이 교차한다. 치하체크는 에곤이 크렘스 김나지움에서 학업을 중단하게 되자 자신의 주말 별장이 있는 클로스터노이부르크를 추천했고, 에곤의 부모들은 치하체크의 의견과 다른 결정을 할 수 있는 처지가 되지 못했다. 프란츠 요제프 황제를 연상시키는 하얀 카이저수염을 입술 끝 부분에서 근사하게 올린 스테판 블루마우어 학장은 마레를 정중하게 맞는다.

"마레 실레 부인, 저희 학교를 방문해주셔서 감사드립니다. 유쾌하지 못한 말씀을 드리게 돼서 유감입니다."

"부끄럽습니다."

"대단히 안타깝게도 에곤은 예체능 과목을 제외하고는 모든 과목에서 학점을 얻지 못했습니다."

블루마우어는 에곤의 1905/1906학년도 성적이 나빠 유급이 불가피하다고 말한다. 그는 에곤이 학업에 진지한 모습을 보이지 않고 있으며, 학교에 나오는 날에는 그림에만 몰두해 수업분위기를 해치고 있기 때문에 유급을 시키고, 학교에서 그림을 그리는 것은 방과 후 정해진 시간에만 허락하겠다고 덧붙인다.

"앞으로 수업시간에 그림을 그리면 더 이상 받아들일 수 없다는 것도 동의해 주셔야 합니다."

에곤은 이미 한차례 유급을 한 적이 있다. 툴른에서 초등학교를 졸업하고 열한 살에 인근 도시 크렘스로 가 친척집에서 크렘스 김나지움에 다녀야 했던 에곤은 자유롭게 그림을 그릴 수 없고 규격화된 생활을 강요하는 학교에 적응을 하지 못했다. 1학년을 마치지 못하고 집으로 돌아온 에곤에게 부모들은 집에서 개인교습을 시켜 다음 해 클로스터노이부르크 수도원에서 운영하는 분데스레알김나지움으로 전학을 시켰다. 분데스레알은 가정교사가 보완해 준 크렘스김나지움의 1학년 과정을 인정하지 않았다. 에곤은 1학년 과정을 다시 공부해야만 했다.

교리문답 과정을 중시하는 엄격한 분데스레알에서 동급생들보다 두 살이나 많은 상태로 1학년 과정을 다시 공부해야 하는 에곤은 싫증을 느꼈다. 부친이 타계한 후 에곤은 학교에 가는 날보다 혼자 걸어 다니거나 야외에서 스케치를 하는 날들이 더 많았다. 왕복 15km가 넘는 하일리겐슈타트를 걸어갔다 오거나 돈이 생기면 기차를 타는 것이 그의 일과다. 아버지가 죽은 이후로는 무상으로 열차를 이용할 수도 없었다. 수도원 신부이자 김나지움 종교교사인 볼프강 파우커가 그런 에곤을 눈여겨봤다. 파우커는 혼자의 세계에서 살아가고 있는 에곤을 살펴보면서 그가 남다른 소묘 능력을 가진 학생이라는 것을 알았다. 파우커는 화가 루드비히 스트라우흐가 새로운 미술교사로 부임해오자 에곤에 대해 이야기를 해주며 관심을 가져줄 것을 부탁했다. 스트라우흐는 미술 실기실에서 에곤에게 간단한 정물 스케치를 지도했다. 에곤의 선은 간결하면서도 예민한 관찰력을 보여줬다. 그는 지금까지 에곤이 습작한 그림을 전부 가져오라고 했다.

다음날 스트라우흐는 에곤이 가져온 그림들을 넘기다가 '툴른의 대화재'라는 제목을 붙인 작은 그림에 눈이 멎었다. 세로 13, 가로 22cm의 작은 종이 위에 연필과 크레용으로 그린 그림은 낮게 위치한 집들 위로 불길이 치솟아 오르고 어두운 하늘에는 불똥이 어지럽게 흩날리고 있다. 스트라우흐가 그림을 확대경으로 살펴보면서 놀란 것은 그림에 등장한 인물 40여 명의 포즈와 크기와 인체비례였다. 대화재 앞에서 쩔쩔매는 사람들은 단 한 사람도 같은 포즈를 취하지 않고 저마다 각기 다른 자세로 우왕좌왕하고 있다. 점을 찍듯 작게 그렸지만 40여 명의 사람들 중 흐리멍덩하게 표현된 사람은 없다. 인체를 분명하게 관찰할 줄 아는 사람의 솜씨였다. 스트라우흐는 이런 관찰력과 소묘능력을 보여준 그림이 열한 살 때의 것이라는 점에서 놀라지 않을 수 없었다. 스투라우흐는 다음 날부터 과일이나 야채의 드로잉부터 시작해 풍경화의 다양한 음영해석 등 기초적인 부분부터 차근차근 에곤을 지도했다. 제자를 야외로 데리고 다니며 직접 그림 지도를 했고, 에곤이 자신의 개인 아틀리에를 사용하고 유화도 그리도록 배려해줬다.

파우커 신부는 또 김나지움에 가끔 들르는 비엔나 분리파 공동창립자인 화가 아돌프 보헴에게 에곤을 소개시켜 줬다. 에곤의 그림이 나날이 달라지는 것을 지켜보던 보헴은 어느 날 소년에게 돈을 줬다. 아버지를 여의고 누나가 기차검표원으로 근무하며 살아간다는 사정을 알고 도움을 준 것이다. 돈은 30크라운*, 실레에게는 매우 큰돈이다. 이런 사람들을 만나면서 에곤의 능력이 분출했다. 어느 날은 <미술실기실에서 본 클로스터노이부르크>을 그렸다(훗날 이 그림은 오스트리아 명화 중의 하나로 꼽히게 된다). 에곤에게 친구들이 생겨나기 시작했다. 에곤은 작곡가 지망생 아르투르 로벤스타인과 친하게 지내며 수업시간에 작곡을 연습하고 몰래 책상을 두드려 박자를 맞추며 놀았다.

어려서 신동이라고 자랑을 해왔던 에곤이 거듭 유급을 해야 하는 사정에 놓이자 마레는 가야 할 길은 저쪽인데 먼 이쪽에서 안절부절못하고 있는 자신들을 느낀다. 햇빛이 비치지 않는 구석진 곳에서의 날들이다. 봄날의 노란 꽃이 창밖에서 떨어져 내리고 있다. 남편 아돌프가 광기를 보이기 시작하면서 명랑했던 에곤은 외곬의 성격을 보이기

---

* 당시 대학등록금이 20크라운이었다.

시작했다. 집을 겉돌며 홀로 스케치북을 끼고 나돌아 다녔다. 말년의 아돌프는 점점 이상하게 변해갔다. 순간적인 격정에 사로잡히면 무서운 편집증을 드러냈다. 가족들은 오지도 않은 가상의 손님을 식탁에 앉히고 말없이 식사를 했고, 한밤에도 문을 열어놓아야 했다. 역장의 업무를 담당할 수 없는 상태가 되자 아돌프는 쫓겨나듯 관사를 내줘야 했고, 치하체크의 권유에 따라 실레가 공부하고 있던 클로스터노이부르크로 가족들이 이사를 했다. 아들의 스케치북을 불태우던 아돌프는 어느 날 극심한 광기에 사로잡혀 연금이 보장된 철도채권과 주식마저 모두 난로 불쏘시개로 태워버리고 말았다. 남편은 비극적으로 삶을 마쳤고, 모든 재산은 사라졌다. 그나마 희망이었던 에곤은 다시 유급을 해야 할 형편이다. 마레는 학교에 불려와 경고를 듣고 있는 자신과 부모의 품을 벗어나는 에곤의 모습을 상상해 본다. 그녀에게는 에곤을 붙잡아 줄 더 이상의 끈이 없다.

"학장님, 죄송합니다. 동급생들보다 3년이나 늦어지면 에곤이 학업에 완전히 흥미를 잃을까 걱정됩니다."

마레가 학교를 나올 때 스트라우흐 선생이 부축을 하며 말한다. "에곤은 남다른 재능이 있는 학생입니다. 희망을 잃지 마십시오."

부흐베르크가세 언덕을 홀로 내려올 때 마레의 눈에서 눈물 한 방울이 떨어진다. 스트라우흐는 희망을 잃지 말라고 했지만 간직해야 할 어떤 희망이 남아있는 것인지 그녀는 알지 못한다. 눈물 한 방울이 브라우스에 떨어졌다는 것을 깨달은 마레는 깜짝 놀란다. 그녀는 발걸음을 멈춘다. 남편이 죽었을 때도 흘리지 않았던 눈물 한 방울이다. 결혼 초 아이를 둘이나 사산하고 나서 그녀는 삶의 봄이 이우는 것이 아닌가 하는 불안감 때문에 심한 고통을 느꼈다. 임신 6개월을 넘기자 한동안 태동이 없었다. 태아의 심장박동도 느껴지지 않았다. 어느 날 명치와 아랫배를 동시에 찌르는 격한 진통이 왔다. 산부인과 의사가 어렵게 유도분만해낸 태아는 심하게 척추를 구부린 채 숨져있었다. 그 다음해도 그랬다. 두 번 모두 아들이었고, 원인불명이었지만 같은 형태의 자궁 내 사망이었다. 마레가 아이를 두 번째 사산하자 의사는 그녀를 따뜻한 방으로 안내해 위로를 하며 그녀가 무엇이든 실컷 말하도록 하고 정성껏 들어주었다. 마레는 신체의 모든 수분을 다 눈물로 쏟아내듯 펑펑 울고 나서, 그러고도 뺨 위로 번지는 눈물을 닦으며 저무는 봄날을 보았다. 다음날 그녀는 퇴원수속을 위해 찾아온 아돌프의 뒤통수를 보며 누구를 증오할 것도, 자신에 대한 연민에 빠질 것도 없다고 생각했다. 그녀는 앞으로 어떤 경우에도 울지 않으리라 각오했다. 그런데 이제 와서 눈물 한 방울이 떨어지다니. 마레는 그런 자신에게 화가 난다. 눈물 한 방울이 무엇 때문에 솟아올랐던 것일까. 그녀는 마음을 다잡는다. 아들의 학교를 처음 방문한 후 언덕을 내려올 때는 눈물 한 방울 쯤이야 나올 수 있는 법이라고. 학교를 뒤로 하고 마을이 내려다보이는 저녁 언덕을 내려올 때는 눈이 부신 것은 당연한 거라고. 그녀는 억센 손바닥으로 볼을 훔친다.

마레는 집으로 돌아와 여동생 올가에게 편지를 쓴다.

아무래도 에곤이 또래들보다 3년이나 뒤쳐진 상태에서 학업에 흥미를 보일 것 같지 않다. 네 남편 알렉산더가 운영하는 프린팅회사에서 에곤을 견습제도사로 받아주면 좋겠다.

처음으로 여동생에게 하는 부탁이다. 곧바로 올가의 답장이 도착한다.

우리는 그런 에곤을 받아들이지 않기로 결정했어요. 조카는 더 배워서 훌륭해져야 하고, 자신의 가치를 높여 사람들에게 유익한 일을 하는 존재가 돼야지요.

동생에게 거절당한 마레는 생각다 못해 에곤을 앞세워 비엔나로 후견인 치하체크를 찾아간다.

"제가 에곤을 빈으로 데리고 나와 미술공부를 시키고 싶어요. 후견인께서 학비를 지원해 주시면 안 될까요?"

치하체크는 하던 트럼프카드 놀이를 중단하지도 않고 실레에게 눈길을 던지며 말한다. "예술을 한다고 너에게 특별한 일이 생길 리가 없다. 그림을 그리다가는 결국 시장에서 손수레나 끌게 될 테지."

마레는 입술을 깨물며 치하체크의 집에서 나온다.

며칠 후 마레는 블루마우어 학장으로부터 에곤과 함께 학교를 방문해달라는 연락을 받는다.

학장이 새로운 제안을 한다. "에곤이 우리 학교를 떠나는 조건으로 학점을 인정해주는 것은 어떻겠습니까? 에곤이 여기서 공부를 계속하더라도 학업태도를 바꾸기는 어렵다고 판단됩니다. 적성에 맞는 학교를 찾는 것이 좋지 않을까요?"

곁에 있던 스트라우흐 선생이 말한다. "에곤이 빈 미술공예학교*로 진학하는 것은 어떨까요? 학교에 다니며 돈을 벌 수도 있고요."

마레와 에곤은 미술공예학교에 진학해 새로운 길을 찾자며 스트라우흐 선생의 제안을 받아들인다. 에곤이 그렇게 좋아하는 미술 아닌가. 달리 마땅한 방법도 없다. 학교를 나오는 모자에게 블루마우어 학

---

* 디자인이나 상업미술 분야의 실기교육을 중점적으로 교육시키는 빈의 명문 미술공립학교. 구스타프 클림트와 오스카 코코슈카를 배출했다.

장이 말한다. "부디 좋은 결과가 있기를 기원합니다. 좋은 결과가 있을 때까지 에곤의 우리학교 학적은 유지시키겠습니다. 에곤에게 학점을 부여하는 방안은 수도원 안나 바셀 수녀님이 수차례에 걸쳐 간곡히 부탁한 데 따른 것입니다."

3

에곤이 눈부시도록 하얀 칼라를 붙인 셔츠에 짙은 청색의 크라바트를 매고 검정색 수트로 성장(盛裝)을 했다. 오전 9시가 조금 넘었다. 마레와 함께 실러플라츠의 벤치에 앉아 요한 크리스토프 프리드리히 폰 실러 동상 뒤에 서 있는 빈미술아카데미* 건물을 바라본다. 에곤이 켁, 켁거리며 밭은기침을 한다.

붉은 화강암으로 지어진 르네상스식의 4층 건물이 광장의 메아리를 삼키며 남쪽 끝에 버티고 있다. 입구 양쪽에 각각 청동상이 하나씩 서 있고 2층 테라스에서는 6개의 대리석 조각상들이 페데스탈 위에서 한껏 팔을 펼쳐들거나 토가와 드레이퍼리를 휘날리며 포즈를 취하고 있다.

"클림트도 이 대학을 나오지는 못했단다." 마레가 에곤에게 말한다.

---

* 1692년에 설립된 중부유럽에서 가장 오래된 국립 미술전문대학. 중·동부 유럽 미술의 흐름을 이끄는 최고의 명문 미술대학이다.

"엄마가 클림트를 다 아시나요?"

마레는 대꾸를 하지 않는다. 켁, 켁. 에곤이 또 기침을 한다.

"아까부터 왜 자꾸 켁, 켁 거리는 거지?"

"이상해요. 목에서 개미 한 마리가 기어가는 것 같아요."

"목이 아프니?"

"아프다기보다는 울대가 간지럽고 목이 졸리는 것 같은데요."

마레가 실레를 살펴보면서 크라바트를 조금 풀어준다.

"괜찮다. 개미는 제 갈 길로 가는 곤충이니까."

마레와 에곤은 스트라우흐의 지도에 따라 빈미술공예학교에 지원서와 추천서, 그리고 자유화 세 점을 제출했다. 공예학교의 교수들은 에곤의 그림을 보더니 어디서 별도의 미술지도를 받았는지를 질문했다. 김나지움의 미술반에서 그림을 그린 것 외에 별도의 과정을 거치지 않았다고 했더니 교수들은 학생이 그림에 천부적인 재능을 보인다고 말했다. 한동안 검토를 거친 후 공예학교 교수들은 에곤이 응용미술보다는 정통 회화교육을 받는 것이 좋겠다며 빈미술아카데미를 추천했다. 미술공예학교에 입학하는 것 만해도 생각하지 못했던 것이었는데, 그보다 입학이 훨씬 어려운 미술아카데미로 가라고 하는 말을 듣고 어머니와 아들은 퇴짜를 맞았다고 생각했다. 그러나 교수들의 제안은 진정어린 것이었다.

에곤이 손톱을 물어뜯는다. 마레는 에곤이 못마땅해 어깨 좀 펴라고 소리치고 싶지만 애써 참는다. 그러곤 에곤의 손을 잡는다.

"들어가자."

마레는 한껏 용기를 낸다. 빈미술아카데미라는 성채를 노크하기 직전의 순간에 오히려 손톱이라도 물어뜯고 싶은 것은 그녀 자신이다.

마레가 에곤의 손을 잡아끌고 아카데미 입구로 다가가는데 후견인 치하체크가 나타난다.

"대체 그림을 공부시켜서 뭐 한단 말이요? 아들이라면 기술을 배워 앞으로 가정을 책임지도록 해야지요. 에곤은 외아들이 아닌가요?"

아카데미의 위용과 그 분위기에 취해 입학이라는 환상과 두려움에 젖어있던 마레는 치하체크의 도발에 깜짝 놀란다. 그러나 그녀는 단호하다.

"당신은 내 아이들의 후견인이지만 나의 후견인은 아니에요. 나는 에곤이 원하는 것을 하도록 하고 싶어요."

에곤은 마레가 치하체크에게 큰소리치는 것을 처음 본다.

치하체크가 더 크게 소리를 지른다. "그런 식으로 하니까 아이가 쓸모없어지는 거예요. 일찍부터 바로 잡아줘야 하는 것 아닌가요?"

마레는 분노에 사로잡힌다. 에곤이 쓸모가 없다는 말은 벌써 두 번째다. 그러나 아들이 지원서를 제출하는 날이라 애써 평정을 유지하며 톤을 조금 낮춘다.

"이 애는 눈이 예뻐요. 왜 쓸모가 없다고 자꾸 그런 말을 하지요? 보세요. 이 애의 눈동자를 보고도 그런 소리를 한다면 그 사람이야말로 쓸모없는 거예요."

에곤이 살짝 눈을 치켜뜬다.

"눈이 예쁘다구요? 나 원 참! 사내애가 눈이 예쁜 게 무슨 쓸모가 됩니까? 정작 멜라니조차 좋아하지도 않던데. 이 애가 거리에서 손수레를 끌고 다닐 모습이 벌써부터 훤히 보이는군!"

"뭐라구요? 거리에서 수레를 끈다구요?"

마레의 어깨에 걸려있던 낡은 펠트백이 분노한 듯 스르르 떨어진다.

백은 그녀의 속상함을 표현해주기라도 하듯 마레의 어깨에서 미끄러져 내려 땅에 거꾸로 처박힌다. 순간, 가방 안에 들어있던 물건들이 갖추갖추 쏟아져 나온다. 립글로스, 지갑, 손수건, 돌돌 말린 양말, 머리핀, 리본, 싸구려 팔찌, 올가에게서 받은 편지, 수첩, 열쇠뭉치…. 그야말로 손수레에서 파는 잡동사니들 같다. 에곤은 재빨리 물건들을 주워 가방에 쳐넣는다. 지나가던 여자가 못 본 체하면서도 흘깃흘깃 거린다. 작은 연필도 하나 있다. 4B연필이다. 에곤은 모친이 가방에 4B연필을 가지고 다니는 것에 흠칫한다. 그림 연필을 들여다보는 에곤을 치하체크가 찡그린 얼굴로 쳐다본다.

마레는 분함과 수치스러움에 몸을 떨면서 가방을 받아들고는 에곤의 팔을 거세게 움켜잡는다. 그러곤 아들을 이끌고 아카데미 계단을 올라간다. 대리석 계단이 저항하듯 빠드득거리는 소리를 낸다. 낮은 9개의 단을 올라가 중간 바닥에서 마레가 에곤의 손을 놓는다. 에곤이 다시 5개의 단을 올라가 대문을 연다. 나무대문은 육중하고, 그 문을 여는 에곤은 사슴처럼 바들거린다. 마레가 에곤의 뒤에서 억센 손으로 대문을 활짝 밀어제친다. 중앙 복도와 대강당이 나타난다.

4

아카데미 2층에 있는 게맬데갤러리에 오후의 햇빛이 비쳐든다. 에곤이 오래 전부터 와 보고 싶었던 비엔나 유명 갤러리 중의 하나다.

'미술사에 기록될 만한 작품들을 1600여 점 소장하고 있다.' 팸플릿을 보는 에곤의 가슴이 두근거린다. 생각했던 것보다는 좁은 공간이지만 아치형의 천정이 높고 전시공간이 길게 설계돼 있어 책에서 보던 황실의 분위기가 풍긴다. 좌우에 빼곡하게 전시된 그림들이 그윽한 공간에 흘러들어오는 채광으로 인해 페인팅의 깊이를 더하고 있다. 에곤은 어둑해져가는 갤러리 구석에서 안토니 반 다이크*의 초상화를 발견한다. 다이크가 열다섯 살 때 그렸다고 하는 초상화다. 에곤은 자신이 얼마 전에 그린 초상화와 분위기가 매우 흡사하다는 사실에 놀란다. 길게 늘어뜨린 헤어스타일과 놀란 듯 동그랗게 뜬 두 눈, 하얀 깃을 단 셔츠를 입고 측면을 돌아보는 구도, 뿐만 아니라 어두운 배경까지 자신의 그림과 너무 비슷하다. 어스름해지는 공간에서 보는 다이크의 초상화는 신비롭다. 에곤은 다이크에게서 화폭으로 오가는 친밀감을 느낀다. 에곤은 다이크와 자신이 같은 세계에 속해 있다는 것을 느낀다. 긴 머리칼 사이에서 반짝거리는 눈빛, 정면을 직시할 뿐 결코 열리지 않을 듯한 입술. 다이크가 말을 한다. 초상화는 네 그림의 출발점이자 너의 모든 것이다. 에곤은 액자 속의 다이크와 대화를 나눈다. 그래, 초상화는 내 그림의 모든 것이다. 너와 비슷해. 두 젊은이는 서로를 바라본다. 입을 다물고 있는 모습이 비슷하다.

"헤이, 친구!"

키가 훤칠한 청년이 에곤을 향해 다가온다. 자주빛 벨벳 양복을 입은, 한눈에 봐도 보기 드문 하얀 얼굴의 멋쟁이다.

"네가 에곤 실레지? 나는 안톤 파이스야. 토니라고 불러라."

* Antony van Dyke 1599~1641. 네델란드 화가

"토니, 너 근사하구나!" 에곤은 자줏빛 양복을 이렇게 멋지게 입은 젊은이는 처음 본다. 자줏빛 양복에 하얀 얼굴 때문일까, 파이스에게서는 치자나무 향이 느껴진다.

"너 역시 멋진 신입생이라고 소문이 자자해. 열 살처럼 보이는 애가 크라바트를 매고 다닌다고. 네가 이번 신입생 중 최연소야. 몇 년 전 열다섯에 입학한 막스 오펜하이머 이후 두 번째의 기록이라고 하던데. 너 열여섯 살 맞지?"

"그래, 너는?"

"너보다 세 살 많아. 앞으로 내가 너를 돌봐줄게."

"하인이 너무 귀족 같아서 부담스럽구나."

"하인이 아니라 보호자라고 하는 거다. 하하하."

에곤은 토니와 갤러리를 나오며 다이크의 그림을 뒤돌아본다. 열다섯에 저런 초상화를 그린 그림이 전시돼 있는 빈미술아카데미가 자신을 이끈다는 생각을 한다. 토니는 잘츠부르크에서 신학교를 다녔다고 했다. 신부가 되려고 했으나 마음을 바꿔 미술아카데미를 지원했다가 낙방을 한 후 빈으로 와 1년간 교습소에서 그림 공부를 했다고 한다.

순수회화에 재능이 있는 소수의 학생들을 엄선하는 빈 미술아카데미는 두 단계의 테스트를 거쳐 에곤의 입학을 허가했다. 첫 번째는 자연풍경 스케치와 순수 창작품 포토폴리오를 제출하는 것이었다. 이 과정을 통과하자 광장 풍경 수채화와 아카데미 실기실 드로잉을 테스트했다. 에곤은 테스트를 거치며 마음속에서 넘쳐 오르는 기쁨을 느꼈다. 지금까지 테스트를 받을 때 이렇듯 기쁜 적은 없었다. 이런 미술 실기 테스트라면 매일 받아도 즐겁기만 할 것 같았다. 열여섯 살 에곤은 최연소 입학생이 되었다. 대부분의 학생들이 김나지움을 졸업하고 빈에서 1~2년간의 개인교습을 거친 후 미술아카데미에 입학하기 때문에 보통 에곤보다 3살이 많았다.

결과가 발표되는 날 아침, 에곤과 마레가 아카데미로 갔더니 의외로 치하체크가 먼저 와 있었다. 에곤과 마레를 보고 그가 말했다. "지난번 쏟아진 처남댁의 가방에서 미술연필이 튀어나온 것을 보고 내 생각을 바꿨어요. 그게 다 여자의 부적 같은 것일 테지만."

마레가 그 말을 받았다. "에곤은 합격할 거예요."

"처남댁이 그것을 어찌 아시오?"

"후견인이 지금 그것을 부적이라고 말하셨으니까요. 그건 부적이 아니라 내 묵주예요."

아카데미 안으로 들어가니 사실이었다. 중앙홀 옆 복도의 벽보에 합격생의 이름이 알파벳순으로 적혀있다. 치하체크가 가장 먼저 실레라는 이름을 찾아냈다. 그는 벽보 아랫부분에서 '실레, 에곤 레오'라고 쓰여진 대문자를 오른손 검지로 짚어주었다.

그가 말했다. "에곤이 아카데미를 마칠 때까지 지원해주겠소."

"그렇게 해주세요. 에곤을 고모부님의 자식으로 여겨야지요." 마레의 표정이 당당하다.

아돌프의 여동생 마리 실레의 남편인 레오폴트 치하체크는 아돌프보다 9년 연상이었지만 자식을 두지 못했다. 그는 국립극장에 개인관람실을 매년 임대해 음악회에 빠지지 않을 만큼 여유 있는 중산층의 삶을 살았다. 마리의 주요 일과 중의 하나는 치하체크가 집에서 피아노 연습을 할 때 옆에 앉아서 악보를 넘겨주는 것이다. 그랜드피아노와 업라이트피아노를 갖고 있는 치하체크는, 아는 곡을 치더라도 마리가 곁에 앉아서 자신이 연주하는 페이지의 악보가 끝나기 전에 악보 위쪽으로 왼손을 뻗어 악보의 오른쪽 윗모서리를 잡아 다음 장을 미리 살짝 보여주는 섬세한 페이지터닝을 요구했다. 치하체크는 길 건너 우편국으로 달려가 아내에게 에곤이 국립 비엔나미술아카데미 입학시험에 합격했다는 전보를 쳤다.

실레 가족은 빈으로 나왔다. 비엔나 18구역 미하엘러스트라세 4번 지에 작은 집을 얻어 네 식구가 함께 살았다. 에곤은 레오폴트스타트 구역 치르쿠스가세에 있는 후견인의 집에서 숙식을 해결한다. 후견인 은 매주 에곤에게 적은 용돈을 주고, 에곤은 후견인의 집에서 쉴러플 라츠에 있는 학교까지 9개 정거장의 거리를 걸어 다닌다. 에곤과 같이 미술아카데미에 응시하였지만 낙방한 사람 중에 아돌프 히틀러가 있 다. 히틀러는 다음해에도 다시 미술아카데미에 도전했다가 낙방한다.

토니는 에곤을 이끌고 칼스플라츠 광장으로 달려간다. 오페라극장 앞 도로에서 티켓을 판매하는 사내들의 어깨를 톡톡 치거나 휘파람으 로 가볍게 응수해주고 극장 뒤편으로 뛰어간다.

"여기가 알베르티나 미술관이야. 네가 앞으로 여러 차례 오게 될 거 다." 토니는 빈의 뭐든지 다 알고 있는 체를 한다.

"이 미술관에서 오늘 내가 너에게 얘기하고 싶은 작품이 두 개 있 어. 알브레히트 뒤러의 <토끼>와 <기도하는 손>인데, 토끼는 언제나 나를 설렘으로 뛰어오르게 해. <기도하는 손>에 얽힌 이야기 알아?"

"어서 얘기해주렴."

"뒤러와 프란츠는 둘도 없는 친구였어. 둘 다 화가 지망생이었지. 그 러나 가난해서 둘 모두 그림에 전념할 수 없었대. 그래서 제비뽑기를 했지. 한 사람이 그림을 그리고, 한 사람은 일을 해서 돈을 벌어 도와 주기로 말이야. 한 사람이 성공한 후 서로 역할을 바꾸기로 했단다."

"뒤러가 그림을 그리는 제비를 뽑았다는 스토리가 되겠군!"

뒤러가 그림을 그리는 동안 프란츠는 열심히 일을 해서 뒤러가 그림에만 전념할 수 있도록 최대한으로 지원을 한다. 그림에 전념한 뒤러의 작품들이 팔리기 시작한다. 뒤러는 약속을 지키기 위해 프란츠를 찾아간다. 그러나 프란츠는 친구를 돕기 위해 몸을 돌보지 않고 일을 한 나머지 오른손을 다쳐 붓을 쥘 수 없는 상태다. 프란츠는 찾아온 친구를 원망하기는커녕 조용히 손을 모아 기도를 올린다. 그 모습을 보고 뒤러는 큰 감동을 받아 <기도하는 손>을 그린다.

"제법 아름다운 이야기인데!"

"프란츠가 기도한 내용이 뭔 줄 알아?"

"그것도 즉시 고해주기를 명하노라!"

"공이 어린 황세자 폐하의 궁금증을 풀어드리겠습니다. 뒤러를 위대한 화가가 되게 해 주십시오, 라고 기도했답니다. 그림을 잘 보면 기도하는 사람의 오른손 새끼손가락이 굽어진 것을 볼 수 있답니다."

하하하, 흐흐흐. 두 사람은 한바탕 신나게 웃는다.

"에곤, 우리 둘 중에서 누가 프란츠일까?"

"토니, 네가 당연히 프란츠지!"

"왜?"

"내가 먼저 그림을 팔 수 있을 테니까."

"그림을 어디서 팔지?"

"나는 이미 그림을 팔아봤어. 여행지에서. 스케치지만 말이야."

"너 같은 꼬마가 언제 커서 졸업을 하고 그림을 팔지 상상이 안 된다, 아이야. 뛰자!"

둘은 카페 뮤제움을 향해 달린다. 대로를 건너 몇 걸음 달리자 바로 초록색 간판을 단 뮤제움이 나온다.

"카페마다 서로 취향이 다르고 몰리는 패거리들도 정해져 있어. 여기는 아돌프 로스가 디자인했다는 이유만으로 빈의 명소가 된 카페야. 클림트와 그 패거리들이 나타난다고."

뮤제움은 다른 유명한 카페의 치렁치렁한 꾸밈과는 달리 심플하고도 감각적인 디자인으로 되어 있다. 실레가 지금까지 본 몇 개의 카페와는 달리 톤다운 된 정결한 분위기가 마음에 든다. 멜랑주, 브라우너, 카푸치너, 마리아 테레지아, 피아커, 모카….

"뭔 커피 종류가 이렇게 많지?" 에곤이 묻는다.

"수십 개의 이름을 내걸고 있지만 커피는 단 두 가지뿐이야. 순수 커피와 비순수 커피." 토니가 간단히 정리해준다.

"쓴 커피와 단 커피라는 말이야?"

"커피는 원래 쓰디쓴 지하세계의 산물이지. 거기다 인간들은 시럽 따위를 섞어 천상의 세계로 만들어낸다고. 빈이라는 도시도 마찬가지야. 엄청나게 복잡해 보이지만 딱 두 종류지. 카페 안의 세계와 카페 밖의 세계, 그 외에는 더 이상의 연구가 필요 없단다."

"카페가 이 도시의 구분점이라는 거야?"

"빈에는 카페가 600개가 넘어. 그러니 이쪽과 저쪽의 세계가 생겨나는 거지. 카페 안의 인간들도 역시 두 종류로 나눌 수 있단다. 모든 걸 다 아는 듯이 젠체하는 사교주의자, 또 하나는 입을 닫아걸고 있는 염세주의자. 사교주의자들은 최소한 두 시간을 떠들어대고, 염세주의자들은 또 그만큼 긴 시간 동안 입을 닫고 있지."

"클림트는 어떤 부류지?"

"그야 염세주의자지. '네'와 '아니오' 밖에 이야기하지 않는 지독한 염세주의자. 뭘 생각하는지 알 수 없는 몽상가."

한 젊은이가 문을 밀치고 들어오더니 두 사람에게로 다가온다.

"너희 둘은 항상 붙어 다니는구나."

토니가 에곤에게 그를 소개한다. "페스커야, 안톤 페스커."

토니가 묻는다. "너 어디서 오는 길이지?"

"길 건너. 스페인승마학교에 다녀오는 길이야."

"승마학교? 거긴 왜?"

"여자가 백마 리피자너를 타는데, 정말 근사했어! 말과 여자, 정말 환상적이더라."

굵은 저음이지만 투명한 느낌을 주는 목소리다. 머리가 조금 벗겨져 있다.

"페스커, 너는 여러 가지에 관심이 많구나! 에곤은 그림밖에 몰라."

"그래? 내가 극장 간판을 그릴 때 에곤은 김나지움 미술반에서 붓을 빨았다는 거지? 코너 돌 때 말이야, 상상해봐. 사과 같은 엉덩이를 뒤로 빼고, 가슴을 말 잔등이에 아주 바짝 붙이더라고, 죽여줬어."

실레가 입을 연다. "내가 그림밖에 모른다고? 한 가지 알려줄게. 리피자너는 백마가 아니야. 원래는 회색이라고. 털갈이를 하는 거지."

파이스와 페스커는 서로를 쳐다본다.

"에곤, 너 승마학교 주변에도 얼쩡거렸구나!" 페스커가 말한다.

"난, 스페인승마학교가 비엔나에 있다는 거 지금 알았어."

흰 칼라에 검은 크라바트를 둘러 금세 눈에 띄는 신입생 실레는 대학생이라기보다는 차라리 열두 살 정도로 보이는 소년 같다. 직접 풀을 먹여 만든 하얀 칼라가 달린 셔츠를 입고 짙은 갈색머리를 출렁거리는 실레가 학교 앞 실러플라츠에 나오면 여자들이 귀여운 대학생이

나왔다고 몰려든다. 빈은 유혹으로 가득 찬 도시다. 빈은 툴른과는 다른 세상이다. 걸음을 걷는 방식과 옷 입는 방법과 말하는 톤이 다르다. 점원들의 응대가 다르고 불빛이 다르다. 건물들은 아름다우면서도 견고하다. 부르크 공원에 동상으로 서 있는 모차르트는 한밤이 되면 높은음자리표로 만들어진 꽃밭으로 내려와 휘파람을 분다. 칼스플라츠 거리는 새벽부터 붐빈다. 가장 이른 시간에 청소부들이 쓰레기수레를 밀고 사라지면 거리에는 막 구워진 빵 냄새가 가득 퍼진다. 곧이어 <아름답고 푸른 도나우강>의 선율에 맞춰 왈츠를 추는 듯 경쾌한 스텝의 발걸음들이 종종걸음을 친다. 함께 맞춰 달리기에 딱 알맞은 트렘의 속도, 여행의 설렘을 유혹하는 온갖 차들의 기름 냄새와 기차의 기적소리. 중절모를 쓴 사내들의 나들이가 시작될 시간이면 피아커들이 또각또각 소리를 내며 달린다. 크라운이 높은 페도라 모자를 쓰고 채찍을 휘날리는 마부들은 중세에서 보낸 사자(使者)처럼 보인다. 신사들의 나들이 시간이 지나면 코르셋과 보디스로 허리를 바짝 졸라맨 여자들이 파딩게일 스커트를 입고 실크햇을 쓰고 나타난다. 저녁 무렵이 되면 플라츠는 더욱 흥미 넘치는 거리가 된다. 오페라 극장의 입장권 판매원들이 은백색 꽁지머리와 로코코 풍의 모차르트 복장을 하고 거리에 나와 행인들에게 호객 행위를 한다. 그들은 의외로 여러 가지를 판다. 아이들은 사라지고, 남자들은 술을 마신다. 어둠이 깔리면 비더마이어들은 카페로 몰려들어 밤 9시의 만남과 열정의 유희를 기다린다. 실레는 밤이면 나타나는 링슈트라세 거리의 가판대 아래에 동서양의 춘화가 있다는 것을 안다. 춘화야말로 비엔나를 비엔나답게 하는 은근한 명품이다. 비엔나의 춘화와 일본 유키요에 춘화를 한 장씩 얻은 날, 실레는 두 남녀가 동그고 서로 주체 못할 흥분으로 종잇

장까지 뜨거워지는 열락에 취해 있는 것을 보고 몸이 달아올라 견딜 수 없는 상태가 된다.

이야! 여자의 몸은 소년의 눈을 어른의 눈으로 성장시켜주는 비밀의 오아시스로구나!

꿈틀거리는 남자의 페니스를 받아들여 아교질처럼 녹아내리는 여자의 질을 감상하며 에곤은 드높은 탄성을 지른다. 그는 이런 기묘한 그림을 갖게 됐다는 기쁨에 겨워 보물처럼 그것을 서랍 깊숙이 넣어둔다. 실레는 낱장의 그림만이 아니라 인간의 다양한 성행위 체위를 묘사한 100장의 그림이 실린 책자가 있다는 것도 알게 된다. 페스커가 구해온 그 그림들을 보면서 실레는 인체 포즈와 변화, 신체 각 부분의 움직임에 따른 무게중심과 인체 비율, 눈에 보이지 않는 근육과 뼈대의 움직임 같은 것들이 얼마나 다양한지를 알게 된다. 조잡하게 인쇄된 것이었지만 그것은 아카데미에서 배우는 것을 보완해주었을 뿐만 아니라 아카데미의 제한된 학습보다 훨씬 다양하고 실제적이라는 것을 안다. 여기에 명암과 배경, 거리감과 입체감, 개성과 표현력까지 입히려면 인체 드로잉 하나만으로도 평생이 모자라겠다고 깨닫는다.

"고모부, 이번에는 포즈를 취해주실 차례예요. 음악회에 세 번 참석하면 모델 서 주시기로 했잖아요."

"지금 그런 거 할 시간이 없다."

"저는 모델이 필요하다는 것을 고모부님이 저보다 더 잘 아시잖아요."

실레는 바쁘다고, 그림에 대해서는 아는 것이 없다고 약속을 지키지 않는 치하체크를 기어이 이젤 앞에 세우고야 만다. 그는 아카데미에 입학하자마자 자신의 선택이 올바를 뿐만 아니라 굉장한 희망을 가지고 있다는 것을 후견인에게 보여주고 싶었다. 새로운 모델이 필요하기도 했지만, 무엇보다 후견인의 초상화를 그려 인정을 받고, 그가 자신에 대해 품고 있는 부정적 이미지를 변화시키고 싶다. 실레의 그림은 아카데미에 입학하자마자 빠른 속도로 발전했다. 입학 한 달 후 완성시킨 그의 자화상은 대각선 축에 어깨와 턱을 병치하고 약간 옆얼굴로 비켜선 가운데 음영과 실루엣이 풍부하게 살아나는 입체감 있는 구도를 선보였다. 슬하에 자식이 없는 고모네 댁에서 실레는 많은 시간을 보내며 후견인의 잔소리를 듣거나, 가정 음악 감상 시간을 갖거나, 부르크극장 음악회에 함께 갔다. 치하체크가 산책을 나서면 실레는 먼저 강아지를 끌고 나섰다. 실레는 눈이 백색이라고 하는 치하체크에 맞서 눈은 파란색이라고, 눈은 얼핏 백색 같지만 많이 쌓이면 분명히 푸른색으로 드러나지 않느냐고 주장하며 몇 시간씩 토론을 벌였다. 치하체크는 실레가 억지를 부리거나 궤변을 늘어놓는다고 생각하면서도 나름대로 자신의 논리를 전개하면서 오랫동안 떠들어대는 조카가 귀찮지만은 않았다. 들은 대로 성대모사를 잘 하고, 교수들의 표정을 곧잘 흉내 내고, 비엔나 방언의 다채로운 뉘앙스를 잡아내 익살을 떠는 조카가 아들처럼 소중하게 여겨지기도 했다. 실레는 후견인으로부터 잔소리를 들으면서도 초상화 모델을 서 달라고 조르고, 현재의 용돈은 부족하기 때문에 더 받아야하는 것이 사리에 맞는 것이라고 응석을 부리는 재주가 있다. 치하체크는 조카의 부탁을 못 이기겠다는 듯 포즈를 취해주면서 그림에 남다른 집중력을 보이는 실레를 주목하곤 했다.

"에곤. 이번 크리스마스에 뭘 해줄까? 원하는 게 뭐지?" 마리 고모가 묻는다.

"원하는 것은 용돈을 많이 받는 거지요. 또 있어요. 고모부와 부르크 극장에 함께 가지 않는 것을 두 번째로 원해요."

치하체크가 묻는다. "용돈이 아직도 부족하니?"

"그럼요. 제가 한 해 동안 고모부님 초상화를 유화로 여덟 점이나 그렸잖아요? 드로잉은 제외하더라도 말이죠."

"무슨 말인지 모르겠다. 미술아카데미 학생이 그림 그리는 것은 당연한 거거든."

5

아카데미에서 실레는 가장 어리면서도 뚜렷한 개성 때문에 쉽게 눈에 띈다. 학기 초 자유 드로잉시간에 롤 도화지에 하나의 대상을 선정해 일주일간 연이어 그려나가는 과제가 주어졌다. 다른 학생들은 자신이 정한 대상을 그리다가 지우거나 다시 시도하느라 분주하기 짝이 없다. 그러나 실레는 며칠간 책상에 앉아 조용히 정면을 바라보기만 한다. 파이스는 실레가 대형 과제를 벅차게 여기고 있구나 하고 생각한다. 페스커가 에곤에게 말을 건다.

"스페인승마학교는 빙빙 도는 그림인데, 연이은 그림으로는 잘되지 않는군. 에곤 너 왜 가만히 있지?"

실레가 입을 연다. "빙빙 도는 것을 직선으로 펼쳐서 속도를 만들어 내봐. 말이 뛰는 동작을 연달아 그리면 달리는 것처럼 되지 않아?"

마지막 날이다. 실레는 그제야 롤 페이퍼를 펼쳐 고정시킨다. 그리고 가벼운 손놀림으로 연필을 잡는다. 실레는 서두르지 않고 기차역 풍경을 그리기 시작한다. 가로로 길게 늘어선 프란츠 요제프역이다. 그가 여러 번 그 앞에서 서성거리며 마음속에 새겨둔 소재다. 실레의 손은 빠르기 그지없다. 그는 내부의 리듬에 맞춰 머리를 흔들고, 입술로 휘파람을 분다. 손은 춤을 추고, 발의 탭은 경쾌하다. 지우개는 사용하지도 않는다. 잘못된 선에는 다시 선을 덧보태 음영을 강조하거나 동적인 느낌을 준다. 머릿속에 들어있는 사진을 롤 페이퍼에 찍어내듯 옮겨낸다. 롤 페이퍼 끝부분에는 툴른 쪽으로 떠나가는 기차의 뒷부분을 그려 넣는다. 파이스가 그런 실레를 보며 눈을 깜빡깜빡거린다. 기특한 꼬마로군. 저런 재주가 있으니까 어린 나이에 여기까지 왔구나.

페스커가 말을 건다. "에곤, 네 여동생 정말 대단하더라. 그렇게 아름다운 소녀는 처음 봤어."

"페스커, 너도 정말 그렇게 생각해?"

"빈미술공방 모델보다 우아하다니까, 진짜야 내 말은."

실레는 입학 후 2년간 교수들에게서 후한 평가를 받는다. 3학기 동안 학비 면제 신청이 모두 받아들여진다. 빈 미술아카데미의 교과과정은 먼저 인체해부학을 배우고 기초 드로잉수업을 받도록 돼있다. 그러고 나서 석고모형 및 조각상 채색드로잉으로 이어진다. 그 후에야 모델 드로잉을 배울 수 있다. 인체 구조와 원근법의 기초를 확실하게 익힌 실레의 데생은 나날이 발전한다. 해부학과 원근법, 형태학, 색채학과 화학, 미술사와 일반역사 같은 과목들이 그의 그림을 살찌

운다. 그러나 3학년에 올라가 역사화가인 크리스티안 그리펜케를 교수의 반에 배정되면서 갈등을 빚기 시작한다. 그리펜케를의 커리큘럼은 고전이 중심이고, 지도방식도 엄격하다. 그는 하나의 인체습작에 2시간을 꼬박 사용할 것을 요구한다. 그러나 선이 빠른 실레는 그 시간에 5~6점의 습작을 해댄다. 그리펜케를은 이를 건방진 것으로 여긴다. 실레의 빠른 선은 성실하지 못한 것으로 받아들여진다. 그는 학생들의 불복종과 비판을 조금도 용납하지 않는다. 실레는 작은 체구에 연약해 보이는 인상이지만 섬세하고 고집이 있다. 그림에 대한 자기 확신을 갖고 있어 주입식이고 명령 위주의 수업방식을 못견뎌한다. 실레의 튀는 행동을 주시하고 있던 그리펜케를 교수는 어느날 실레가 바렌트 파브리티우스*의 <목동 차림의 자화상>의 영향을 받아 그린 실레자화상을 보고 비판을 한다.

"이 그림은 눈길이 너무 도도해. 자화상을 이렇게 표현하면 거만한 느낌을 주는 법이란다."

실레가 말한다. "교수님, 이 그림의 포인트는 눈길에 있습니다. 눈빛을 바꾸면 그림의 생명력이 사라지지 않을까요?"

그리펜케를은 실레의 말에 반응을 나타내지 않았다. 다음날 에곤이 인물화에 빨간 색을 입히고 있을 때였다.

"악마가 이 반에 너를 토해놓았구나!"

몇 년 전 그리펜케를 교수가 자신의 말을 듣지 않는 리하르트 게르스틀에게 한 소리 그대로였다. 천재 소리를 듣던 게르스틀은 1년 전 가을 작곡가 아르놀트 쇤부르크의 아내 마틸다와 사랑에 빠져 도피

---

* Barent Fabritius,1624 ~ 1673. 네덜란드 화가. 카렐 파브리티우스의 동생

행각을 벌이다 마틸다가 쇤부르크에게 돌아가자 자살을 했다. 게르스틀이 자살하자 이 말이 다시 아카데미에 확산됐다.

"분리파의 그림은 미술이 아니라 선동이다. 우리 학생들이 그 영향을 받아서는 안 된다. 분리파 건물에 얼씬거리지도 말아라."

그리펜케를은 분리파 미술 접근 금지명령까지 내린다. 구체제의 아카데미즘을 선호한 역사화가 그리펜케를은 구스타프 클림트의 빈 대학 천정화* 논란을 주도한 이래 반 클림트의 선봉에 섰다. 빈미술공예학교 출신들로 둘러싸인 분리파와 빈공방을 미술아카데미 학생들이 기웃거린다는 것은 아카데미의 자존심에 먹칠을 하는 행위라고 서슬이 퍼렇다.

"지금 빈에서는 정치적 영향력을 누가 갖느냐 하는 거대한 싸움이 벌어지고 있단다. 이 싸움에서 미술아카데미는 오래 전에 미술공예학교에 기선을 빼앗겼지. 구스타프 클림트가 분리파 초대 회장을 맡았고, 오토 바그너, 콜로먼 모저, 요제프 마리아 올브리히가 가세했어. 게다가 미술공예학교 학장 바론 미르바흐까지 주축이 되었으니, 그리펜케를의 자존심이 무너지는 거야." 파이스가 에곤에게 설명을 해준다.

---

* 1894년 클림트는 교육부로부터 링슈트라세에 옮겨 세워진 비엔나대학의 대강당 천정을 장식할 〈철학〉〈의학〉〈법학〉의 세 그림을 그려달라는 요청을 받았다. 대학의 천정화는 학문과 빛의 승리를 희구하는 유럽 대학들의 오랜 전통이다. 클림트는 몇 년 간의 구상과 습작을 거쳐 1900년 무한공간을 배경으로 몸부림치거나 포옹하는 벌거벗은 인물들을 그린 〈철학〉 일부를 공개했다. 그러자 빈대학총장을 비롯해 87명의 교수들이 환상적이고 도색적이라는 이유로 집단반대성명을 내고 교육부에 작품 의뢰 철회를 청원했다. 극심한 논란이 이어지는 중에 세 작품은 완성되었지만 교육부는 대학 측의 반발을 염려해 작품을 국립근대미술관에 상설 전시한다는 결론을 내렸다. 이에 클림트는 선불금을 반환하고 작품을 양도하지 않았다. 나중에 이 그림들은 클림트 후원자들의 수중에 들어갔다가 1945년 나치 친위대가 퇴각하면서 소각시켰다. 현재 사진으로만 남아있다.

"토니, 너는 빈의 영향력 싸움을 분석하는 재능이 뛰어나구나!"

"분리파 태동은 처음부터 그런 목적을 숨기고 있었단다. 분리파는 순수하게 이 나라의 예술적인 관심을 고양시키는 것이 목표라고 내세웠잖아. 그렇지만 클림트가 그린 첫 전시회 포스터를 보게나. 아테네의 아들 테세우스와 괴물 미노타우르스가 대결하고 있는 그림이었지. 어느 쪽이 분리파를 의미하는 건지 삼척동자도 알 수 있을 거야."

"구체제인 빈 미술가협회와 새로운 세력의 빈 분리파의 대결이라는 거지?" 실레가 토니를 따라 눈을 깜빡거린다.

"이미 승부는 가려졌어. 분리파는 일찌감치 새로운 감각을 갖고 정치적 흐름을 읽은 거야. 합스부르크 왕가는 오래 전부터 소수민족들 때문에 골머리를 앓고 있었지. 체코, 헝가리, 루마니아, 보헤미안, 이디시…. 이들을 하나로 모으려면 새로운 바람이 필요했어. 분리파는 그런 분석력이 있었다고. 누가 감히 상상이나 했겠어? 보수적인 프란츠 요제프 황제가 급진적인 분리파 전시회의 개막전에 나타날 줄을!"

"그렇다면 그리펜케를이 완패한 거야?"

"그렇게 볼 수 있지. 원래 구파는 기존에 형성된 막강한 세력이 있어. 구파는 분리파의 <베토벤 프리즈>*에서 기회를 노렸지. 여성의 누드가 외설적이다, 등장인물들이 혐오감을 준다, 그런 이유로 논란을 대대적으로 확산시켰어. 처음에는 구파가 이긴 듯했어. 그러나 구파는 베토벤 붐이 전 유럽에 퍼지고 있다는 것을 간과했어. 구파는 결국 베토벤 프리즈를 더욱 유명하게 만들어주고 말았지."

---

* 1902년 분리파에서 선보인 프로젝트. 독일 조각가 막스 클링거가 전시장 중심에 <베토벤 좌상>을 설치하고, 세 개의 벽면에는 클림트가 벽화를 그린 종합전시회.

그리펜케를의 분리파 접근 금지명령은 바람을 타고 분리파 전시장 위로 날아가는 휴지조각 같은 것이 되고 만다. 200년이 넘게 사용되는 동안 온갖 포즈를 취한 여성나체 낙서들이 수십 번이나 바뀌고 바닥이 반들반들해진 작은 나무 스툴에 앉아 두 시간씩 고전 소묘를 계속해야 하는 아카데미 학생들은 빈 부유층의 일상생활 속으로까지 스며들고 있는 분리파의 빈 공방 예술프로그램으로부터 눈길을 돌릴 수가 없다. 미술 아카데미 인근에 자리해 연일 돌풍을 일으키고 있는 분리파 전시장은 아카데미 학생들에게 유럽의 새로운 미술에 접근하고 눈을 뜨게 하는 필수 학습장이 된다.

6

실레는 카페 뮤제움에서 구스타프 클림트를 처음 보았다. 짙은 밤색 조끼와 수트를 갖춰 입은 클림트는 수염으로 인중과 턱라인을 가득 덮고 묵묵히 앉아 동석한 사람들의 말을 경청하고 있다. 작은 키와 다부진 어깨에서 발산되는 분위기는 창문 밖에서 모이를 쪼고 있던 비둘기 한 마리가 날아들어 내려앉을 듯 당당하고 신비롭다. 실레가 당돌하게 다가가 자신을 소개하자 클림트가 선뜻 자신의 화실로 찾아와달라고 받아들인다.

다음날 실레는 요제프스타트에 있는 클림트의 화실을 찾아갔다. 클림트의 화실은 쇤부른성 바깥쪽, 큰 길에서 조금 비켜나 피나무, 오리나무, 배나무가 우거진 잡목 숲 뒤에 있었다. 실레가 클림트의 화실을 노크했다. 아무런 반응이 없다. 실레는 화실 앞 잔디밭으로 가 잔디 위에 털썩 주저앉는다. 정원에는 원목 벤치가 놓여있지만 실레는 잔디 위에 그냥 드러눕는다. 잠시 인기척이 나더니 한 여자가 그에게로 다가온다.

"왜 여기 누워있지요?"

"클림트 선생님을 만나러 왔습니다."

여자는 청년을 둘러본다. 산발을 한 머리, 살짝 구부러진 코에 튀어나온 귀. 개성적이기는 하지만 전반적으로 촌스러운 청년이다. 그가 여자에게 말한다.

"부인이신가요?"

"아니요."

"그럼 애인인가요?"

여자는 청년이 보기보다 당돌하다고 생각한다. 여자는 청년을 다시 한 번 살펴본다. 당당한 척은 하지만 아직 소년의 티가 가시지 않은 청년이다.

"클림트 씨는 화첩을 들고 다닌다고 다 만나주지는 않거든."

"저는 화첩을 들고 무작정 찾아오는 사람은 아닙니다. 약속이 돼 있으니까 온 거지요."

청년은 다른 사람의 옷을 얻어 입은 듯 품이 큰 바지에 손뜨개질 한 멜빵을 하고 있다. 셔츠의 흰 칼라만이 산뜻한 인상을 줄 뿐이다. 이렇게 남루한 청년이 클림트를 찾아오는 것은 처음이다.

"그 화첩 좀 보여 줄래?"

여자는 당돌한 척하는 청년을 무시해버린다.

"자 보세요. 그러나 클림트 선생님이 올 때까지는 가지 않을 거예요. 약속은 약속이니까."

여자는 화첩을 펼친다.

특이한 그림이다. 데생실력이 뛰어나다는 것이 한눈에 들어온다. 그러나 분위기는 독특하다. 그림을 예쁘게 그리려고 노력한 구석이라고는 하나도 없어 보인다.

"어디서 그림을 배워요?"

"미술아카데미에 다녀요. 그렇지만 아카데미는 매일 고리타분한 습작만 시켜요. 이 그림들은 내가 혼자 그린 겁니다."

여자는 실레의 말을 듣고 킬킬거린다. 청년도 여자를 따라 히죽히죽 웃는다.

"자 안으로 들어와요."

마음이 변했는지 여자는 갖고 있던 화실의 열쇠로 문을 열어준다. 두 사람은 함께 화실로 들어선다. 청년은 화실의 몽롱한 분위기에 주춤한다. 입구에 들어선 청년은 꼼짝 않고 서 있다. 화실에는 백단향과 몰약의 향기가 떠돈다. 잠시 숨을 가다듬은 청년은 화실의 여기저기를 둘러본다. 높은 천장, 검정색과 상아색의 이중 커튼, 은회색의 펠트 카펫, 비더마이어 장식장*에 놓인 두꺼운 책들, 점토항아리, 일본 가면, 아프리카 조각, 로마 건물을 담은 사진엽서, 요제프 호프만이 유행시킨 은 술잔, 완성단계에 있는 엉켜있는 나신의 여성들이 뿜어내는 유려한 선과 화려한 색감. 샴 고양이 한 쌍이 캔버스 밑에서 투명

---

* 1800년대 중엽 빈 귀족들 사이에서 유행한 단순하고도 깔끔한 스타일의 가구

한 사파이어 눈빛을 반짝이고 있다. 청년은 이렇게 넓고 근사한 화실은 처음 본다. 옆으로는 몇 개의 넓은 방이 더 있다.

여자는 에밀리 플뢰게라고 자신을 소개한다. 얼마 후 클림트가 돌아오자 샴 고양이 두 마리가 그의 품으로 뛰어든다.

"잠깐 일이 있어서."

"약속대로 그림을 갖고 왔습니다."

청년은 클림트의 짙은 턱수염에서 눈을 떼지 않는다. 클림트의 어깨와 팔뚝이 완강하다. 클림트는 청년의 화첩을 받아들면서 그의 눈동자 속을 바라본다. 청년도 클림트의 눈길을 받아들인다. 청년의 파란 눈동자가 반짝거린다. 클림트가 화첩을 테이블 위에 올려놓자 청년이 얼른 화첩의 첫 장을 넘겨준다. 클림트가 게으르게 그림을 살펴본다. 한참을 보고나서 다음 장을 넘긴다. 이번에도 느긋하게 그림을 본다. 또 다음 장을 넘긴다. 그림을 다 보고나서도 한동안 침묵을 지킨다. 표정에 변화가 없다. 청년과 에밀리가 클림트를 지켜본다. 클림트의 오른 손은 그림 위에, 왼 손은 샴 고양이의 배 위에 고정돼 있다.

"이 계집아이는 누구요?"

"제 여동생 게르티입니다."

"여동생을 모델로 누드화를 그렸단 말이오?"

"네. 게르티가 제 모델이에요."

"여동생을 미워해요?"

"세상에서 가장 좋아하는 여동생입니다."

클림트는 화첩에 고정돼 있던 시선을 청년에게로 옮긴다. 그림 속의 소녀는 두 팔을 교차해 가슴과 어깨를 움켜쥐고 있지만 아랫배와 성기, 음모 몇 올을 드러낸 채 괴상한 표정을 짓고 있다. 무게중심을 엉덩이에 두고 부끄러운 듯 서 있다. 튀어나온 어깨뼈나 갈비뼈, 각진 팔꿈치 같이 눈에 거슬리는 부분을 조금도 다듬지 않은 그림이다. 수줍어하면서도 속에는 의외의 당당함이 들어있는 포즈다. 여려서 순수하다는 느낌을 준다. 선이 대담하다.

"그림이 어때요? 재능이 있나요?" 에밀리가 묻는다.

클림트가 천천히 입을 연다. "있어요. 재능이 있어요. 재능이 넘쳐요."

그의 말이 이어진다. "이건 보통의 학생이 그릴 수 있는 그림이 아니오. 좋아하는 여동생을 이렇게 별나게 그리다니!"

실레는 3년 전에 아버지가 돌아가셨고, 고모부의 보호를 받으며 미술아카데미를 다니고 있지만 미술아카데미를 싫어한다고 말한다.

"여동생이 모델을 서준다는 말이지요?" 클림트가 다시 묻는다.

"그럼요. 저도 결혼하지 않고 게르티와 둘이서 살고 싶어요."

클림트는 실레를 다시 쳐다본다. "실레 씨는 개성이 매우 강하군요. 좋아요, 좋아."

클림트는 실레의 그림 두 점을 구입한다.

7

실레는 그리펜케를과 클림트 사이에서 고민한다.

"어디 가서 나에게 그림을 배웠다는 말은 하지도 말아라."

분리파의 입김이 스며들어 있는 실레의 그림을 보고 그리펜케를 교수는 노골적인 반감을 드러낸다.

실레는 클로스터노이부르크 수도원에서 개최된 그룹전에 초대된다. 클로스터노이부르크 지역 화가들의 전시회였는데 학생인 실레가 초대된 것이다. 실레로서는 최초의 전시회다. 실레는 그림을 파는 데 성공하지는 못하지만 화상의 주목을 받는 데는 성공한다. 그러나 실레의 이 외부 활동은 그리펜케를의 심기를 더욱 불편하게 만든다.

"앞으로는 학생이 외부활동에 참여하는 것을 금지한다."

그리펜케를은 실레를 더욱 옥죈다. 실레는 인체드로잉 시간이 아니면 수업에 나가지 않는다. 분리파의 열린 세계를 보다가 학교로 돌아와 고답적인 수업을 듣는 것은 따분하기 이를 데 없다. 그리펜케를이 존재하는 한 실레는 C학점 이상을 받을 수 없다는 것도 분명해진다. 실레와 뜻을 같이 하는 학생들이 늘어난다. 그는 파이스, 페스커, 귀테르슬로, 이제프, 비겔레와 함께 아카데미 개혁요구안을 만들어 학교 측에 제시한다.

교수님이 중요하게 생각하는 것은 고전과 자연밖에 없는가. 예술작품의 질은 꼭 미술아카데미에 의해서만 판정되는가. 학생들이 외부의 예술활동에 가담하여 국내의 미술을 선도하고자 하는 시도는 어떤 경우에도 용납될 수 없는가.

아카데미가 이를 받아들일 리가 없다. 아카데미는 요구안이 지나치게 과격하다는 이유로 실레와 그의 동료들이 자발적으로 아카데미에서 나갈 것을 요구한다.

"지금 유럽은 어디에서나 20세기의 새로운 바람이 일어나고 있다. 빈에서는 분리파가 태풍을 일으켰지만 지금은 잠잠해진 상태다. 묻고 싶다. 우리가 새로운 감각으로 제2의 바람을 일으킬 만한 역량을 갖고 있는가?" 파이스가 친구들에게 질문을 던진다.

귀테르슬로가 답한다. "지금 우리들은 수십 년 만에 출현한 빈미술아카데미의 수재들이라는 말을 듣고 있다. 개별적으로 천재성을 보인 몇몇의 학생들이 있었지만 우리처럼 집단적으로 훌륭한 경우는 드물었다는 평가를 받고 있다. 우리의 개혁안은 받아들여지지 않았다. 미래를 우리가 개척하자."

페슈커가 말한다. "에곤, 자네의 의견을 말해보게."

실레가 입을 연다. "나는 우리가 훌륭하다고 생각한다. 나는 또 내가 좋다. 아카데미에서는 더 배울 것이 없다."

실레와 동료들은 졸업 1년을 남겨두고 학교를 자퇴하기로 결심한다.

실레는 갤러리로 가 다이크의 초상화를 바라본다. 뒤를 돌아보지 마라. 초상화가 말한다. 그림의 숙명은 변하지 않는 것이다.

실레가 말한다. 다이크여, 돌아보지 않고 떠나겠다. 형제여, 안녕!

실레는 갤러리에서 나와 아카데미 대강당으로 가 페테르 파울 루벤스*의 천정 프레스코화 <오레이티아를 납치하는 보레아스>를 올려다본다. 드라키아의 폭풍의 신인 보레아스는 아테네 왕 에레크테우스의 딸 오레이티아를 사랑했더란다. 그러나 그녀의 아버지로부터 계속 거절당하자 결국 자신의 날개 아래로 감추어 납치하기에 이른다. 보레아스의 비상이 불러일으킨 폭풍이 격렬하다. 젊은 여자의 몸에서

---

*　Peter Paul Rubens 1577~1640. 17세기 바로크를 대표하는 벨기에 화가

빛나는 광채와 날개달린 늙은 남자의 어두운 모습이 대조를 이루며 비상의 엄청난 속도감을 느끼게 한다.

이 문을 나서면 저런 폭풍이 몰아칠 것이다. 실레는 각오한다. 젊은 이, 어서 너의 길을 떠나라. 루벤스가 재촉한다. 어머니 마레, 후견인 레오폴트 치하체크는 등을 돌리게 될 것이다. 조카를 아들로 생각하는 고모 마리 치하체크는 실레가 없는 식탁을 섭섭해 할 것이다. 누나 멜라는 실레가 일으키는 바람을 더 이상 보고 싶지 않다고 소리치게 될 것이다. 아카데미를 벗어나 홀로 독립하는 순간부터 굶주리고 텅 빈 주머니로 방황하게 될 것이다. 춥고 고독한 작업실에는 물감도 종이도 떨어지게 될 것이다. 진보적인 미술흐름을 지지하는 하인리히 레플러나 요세프 우르반 같은 사람을 지도교수로 만났더라면 미래의 길은 다른 쪽으로 설계됐을 것이다. 그러나 오레이티아의 저 빛나는 젊음이야말로 얼마나 아름다운 것인가. 가세요. 어서 떠나세요. 오레이티아가 실레를 재촉한다.

"나가자."

파이스와 페스커가 다가와 실레의 어깨를 툭 친다. 셋은 학교 앞 실러플라츠로 나온다. 광장의 실러 동상은 길 건너를 바라보고 있다. 실러의 눈길이 미치는 지점에 괴테동상이 있다. 그 뒤로는 괴테가세다. 190cm의 거구 실러는 서 있고, 169cm의 단신 괴테는 앉아 있다. 세 사람은 실러와 괴테 사이에서 헤어질 순간에 있다.

"우리가 여기서 헤어지는 순간이 바로 '행운의 사건'*이다. 나는 풍경화가가 되겠다. 파이스는 뛰어난 평론가가 될 거다. 에곤, 너는 클

---

* 평생 우정을 이어간 실러와의 만남을 괴테는 이렇게 표현했다.

림트를 넘어서는 화가가 되어라. 게르티에게도 안부를 전해주라." 페스커가 말한다.

"새 땅에서 자유롭게 살고 싶다. 그러나 잠시 멈추어라, 이 순간이여!" 실레가 파우스트를 흉내 낸다.

"에곤, 이 새 출발의 순간에 왜 그렇게 지독한 파멸을 흉내 내는 거지?" 파이스가 실레를 힐난한다.

"에곤은 남다른 방향으로 가는 악동이란다." 페스커가 중재한다.

"마가레테여, 나의 그레첸이여!" 실레가 연극 대사처럼 외친다. 실레는 클로스터노이부르크를 떠나올 때 금기가 된 마가레테의 집 부근에 가서 기다렸으나 끝내 그녀를 만나지는 못했다.

"나는 에곤이 염려스럽다. 어디 가나 계집애들이 꼬이니까 말야." 파이스가 걱정한다.

"여성을 갈구하는 실레의 사랑, 그것을 부러워하는 파이스의 질투!" 페스커가 신파조로 읊조린다.

세 사람은 각기 다른 방향으로 헤어진다.

실레는 후견인의 집으로 가지 않고 어머니에게로 돌아온다. 거실에서 남색 자수실로 파우치를 짜고 있던 마레가 돌아온 아들에게 지친 표정으로 말한다.

"집안에 누수가 계속되고 있구나."

좁은 거실에는 실레가 그린 마레의 초상이 걸려 있다. 뒷머리를 말아 올린 마레는 오늘따라 초췌하다.

"나는 네 아버지를 믿지 않았지만, 너에 대해서만큼은 믿음을 잃지 않으려고 애써왔다."

"어머니가 돌아가신 아버지에 대해 냉담하게 말할 때마다 제 마음이 아픕니다."

"후견인 댁에 가서 인사드렸니?"

"화실을 얻으면 정식으로 인사드리고 초대하겠어요. 초상화도 완성시킬 거구요."

"네 초상화 모델 노릇 그만큼 해준 것도 고마워해야 한다. 그 분 성격에 몇 시간씩 꼼짝 않고 앉아서 모델을 해줬다니 믿기지 않을 정도다. 저 체경을 화실에 가져가라. 내가 더 이상 너에게 줄 것은 없다. 멜라가 퇴근하고 와서 밤늦게까지 이 파우치를 짜는 이유를 너도 알거다."

"제 일은 걱정하지 마세요. 멜라가 성화를 부리는 것은 잘 알지만, 이젠 지겹습니다. 이 체경은 감사합니다."

툴른 역장 관저에 있던 체경이다.

페스커의 말대로 남다른 방향으로 나온 실레는 무명 화가의 어려움을 절감한다. 그는 비엔나 9번가 도나우 강 운하 근방의 알세르바흐스트라세 거리의 작은 화실을 그림복원가 겔보우와 함께 쓰면서 굶주린 날들을 보낸다. 그러나 가난한 모습을 결코 드러내지 않는다. 항상 하얀 컬러의 셔츠에 말끔하게 면도를 한 귀공자 차림이다. 두 달 후 실레는 주목되는 젊은 예술가 16명을 모아 신예술가그룹(Neukunstgruppe 노이쿤스트그루페)을 결성한다. 의장으로 선출된 실레는 그룹 선언문을 작성한다. 프란츠 뷔겔레, 파리스 폰 귀테르슬로, 안톤 페스커, 한스 샤우칭거, 에르빈 오센, 안톤 파이스, 제바스티안 이제프, 한스 마스만, 카알 자코브스키, 작곡가 아르투르 로벤스타인 같은 젊은이들이 참여했다.

신예술가들은 연말 비엔나 최초의 개인화랑인 피스코갤러리에서 그룹전을 열어 각자 6점 이상의 그림을 출품하기로 했다. 얼마 전 실내 교향곡 제1번을 초연한 아르놀트 쇤베르크와 클로스터노이부르크 김나지엄의 친구 아르투르 로벤스타인은 전시회에서 자신들의 작곡을 연주하기로 약속한다.

비더마이어

1

"제인, 언제든지 돌아오렴. 이 방은 네가 돌아올 때까지 누구에게도 내주지 않겠다. 네 물건도 고스란히 보관할게."

제인이 센트럴 고교를 졸업하고 뉴욕으로 가기 위해 짐을 꾸리자 엄마 신디가 서운함을 감추지 못했다.

"엄마, 저도 이제 독립해야지요. 가능하면 기숙사에서도 일찍 나올 거예요. 오마하에 돌아오기 어려울 만큼 할 일이 많은 삶을 살 거예요."

"뉴욕은 하루에도 수만 명의 여자들이 꿈을 찾아서 몰려드는 도시란다. 댄서, 가수, 영화배우, 화가, 디자이너……. 그렇게 화려한 성공을 꿈꾸는 여자들이 이민가방처럼 큰 가방을 끌고 몰려 들어오지. 그렇지만 누구나 다 뉴욕에 정착하는 것은 아니란다. 뉴욕은 예술의 도시이기 이전에 상업과 무역 중심의 냉엄한 도시라는 것을 알아야 한다."

"저는 찌그러든 이민보따리 같은 가방을 끌고 뉴욕을 돌아다니지는 않을 거예요. 여행을 떠날 때에는 신형 쌤소나이트 하드 캐리어를 밀고 비행기를 타겠어요."

"그래, 너는 그럴 수 있을 거다. 그러니 운동복 같은 거 아무렇게나 걸치고 모자 푹 눌러쓰고 다니지 마라. 속눈썹이 길고, 얼굴 하얀 애들이랑 비교하지도 마. 너는 더 개성적이고 내면은 더 아름답단다."

"엄마, 제가 언제 긴 속눈썹 붙이고 다녔다고 그러세요?"

채인의 양부모인 캐스퍼 부부는 결혼 2년 만에 서울에 와서 영어를 가르치고 서대문에서 <미미의 집>을 운영했다. 3년 간의 한국 평화봉사단 활동을 마치고는 제인과 로버트를 데리고 미국으로 돌아와 페페우드공원 옆의 전형적인 미국 중산층 마을에서 살았다. 오마하 찰스스트리트 112번지. 5개의 방이 있고 지하에도 별도로 방과 창고가 있는 집이다. 앞에 작은 주차장과 잔디밭이 있고 왼쪽으로는 마을 운동장과 공원이 이어졌다. 주말이 되면 사람들은 운동장에서 하루 종일 농구와 배구를 하고 공을 찼다.

한국에서 로버트를 낳은 엄마는 오마하로 돌아와 제퍼슨을 낳았고 2년 후 여자아이 미셸을 낳았다. 신디는 아이를 잘 낳기도 했지만 이름도 잘 만들어냈다. "미셸은 예쁘고 남자 아이보다 건강하다는 뜻이란다. 제인, 너는 명랑하고, 아기는 튼튼하고 얼마나 좋아?"

제인에게 한국의 기억은 거의 없다. 어두컴컴한 잿빛 거리와 행상들, 포장마차, 머리에 수건을 쓰고 광주리를 이고 가던 늙은 여자들에 대한 파편적인 영상들이 떠오를 뿐이다. 의사가 심박 수를 재고 치아를 살피고 머릿속을 검사하던 기억이 떠오른다. 제인이 학교에 입학할 무렵 신디는 제인의 출생에 대해 설명해 주었다. 1961년 4월 24일 월요일, 한국 이름이 윤채인인 너는 네 살의 나이에 서대문 미미의 집으로 왔단다. 네 엄마는 우리에게 이렇게 부탁했단다. 채인이를 미국으로 데려가 주세요. 이 아이가 금쪽같은 삶을 살게 해주세요.

"우리는 그 말에 놀랐단다. 금쪽같은 삶이라니! 우리는 그 말에 감동을 받았단다. 아이는 누구나 불순물이 없는 순금 같은 존재들이지. 아이가 평생 그런 삶을 살 수 있도록 키워달라고 부탁을 하다니! 그런 삶은 바른 정신과 하나님에 대한 굳은 믿음으로써만이 가능하다고 우리는 생각했단다. 우리 부부는 그런 꿈을 이뤄보고 싶다는 결심을 했지. 세상에 그보다 더 아름다운 부탁은 있을 수 없을 것이다. 한 생명을 부탁하는 것은 지상최대의 약속이지. 정말 너는 금쪽 같이 착하게 자라났고, 앞으로도 그래야 한다."

신디는 활동적인 여자였다. 그녀는 낡은 포드 머스탱을 몰고 하루 종일 바쁘게 돌아다녔다. 오전에 아이들을 학교로 실어 나르고는 곧바로 노인들을 지역모임으로 데리고 갔다. 오후에는 보이스타운에 가서 봉사활동을 했다. 주일에는 남침례교회 성가대에서 노래를 불렀다. 잠시도 쉬지 않았다. 우체국장인 아버지는 사냥하는 것을 무엇보다 좋아했다. 주말에는 제인을 창고로 데리고 갔다. 창고 벽에는 사슴, 불곰 같은 동물들의 박제가 벽에 가득 걸려있고 바닥은 온통 가죽이 깔려있었다. 나무로 짠 커다란 박스 안에는 레밍턴 볼트액션, 펌프액션 같은 총을 비롯해 여러 점의 총과 활이 들어있었다. 아버지는 제인에게 안전하게 총을 다루는 법을 알려주었다. "제인, 너는 분명한 네 자신의 생각을 가져야 한다. 다른 사람이 뭐라고 하면 그 말에 동의하든 하지 않든 그것을 너의 판단기준으로 여기지 마라."

해밀턴스트리트에 사는 할아버지는 동생과 고모들이 많았고, 자식도 6남매나 두었다. 친척들 중에는 시카고로, 하와이로 나간 사람도 있고, 아프리카 선교사로 간 사람도 있지만 대부분은 오마하에서 살았다. 친척들이 파티 때 모이면 아이들만 30명이 넘었다. 할아버지 부르노 캐스퍼 1세는 오마하 스테이크 요리를 즐겨 만들었다. 오후에 제인이 동생들과 찾아가면 할아버지는 잔디밭에 바비큐 그릴을 설치하고 오마하 명산물 스테이크 요리를 해주었다. 숯불이 활활 타오르는 그릴 위에 두꺼운 철판을 올려놓고 고기에 올리브유 코팅을 한 다음 두께가 반 뼘이나 되는 오마하 스테이크를 철판 위에 올려놓았다. "스테이크는 불의 세기와 굽는 시간이 맛을 결정한단다. 겉은 태우지 않고 속까지 전부 익혀야 맛있는 스테이크가 되지."

할아버지는 소나무 꼬치에 가늘게 썬 감자와 송로버섯과 양파와 파프리카를 끼우고 올리브유를 발라서 구웠다. 고기가 익어 가면 천연 소금과 갓 빻은 후추를 뿌려주었다. 다 구워지면 접시에 스테이크를 올려놓고 그 위에 오렌지 조각을 얹어 아이들에게 나누어주었다. 달콤새콤하면서도 알싸하게 매운 꿀간장 소스의 맛은 기가 막혔다. 할아버지가 바비큐 냄새를 피울 때면 이웃에 사는 배추머리 할머니가 나타나서 할아버지를 도와주었다. 배추머리라는 별병은 로버트가 만든 것이다. 배추머리 할머니는 캐스퍼 할아버지의 애인이다.

제인은 방과 후 집 앞 운동장에서 남동생 로버트와 제퍼슨, 여동생 미셸, 옆집 아이 파스칼, 잭슨, 수지, 찰스, 소피, 머그맹, 올리비에, 폴, 사촌 윌리엄, 엘리스… 그런 애들과 뜀박질, 술래잡기, 그림자밟기, 비트박스, 리틀야구, 피구, 감자돌리기, 끝말잇기 같은 놀이를 했다. 동양 아이는 제인 혼자였다. 끝말잇기 놀이는 제인을 따라갈 아이가 없었다. 제인은 심심할 틈이 없었다. 아이들과 다툼이 생기면 반드시 이기기 위해 아이디어를 짜냈고, 승부가 나지 않으면 다음날 다시 계속해야 한다고 주장했다. 아이들이 어디를 가자는 의견을 내면 어디든 마다하지 않고 함께 갔고, 누구도 두려워하지 않았다.

4학년 여름에 제인이 아이들과 함께 보이스타운에 가서 스펜서 트레이시가 아카데미상 남우주연상으로 받은 트로피를 구경하고 돌아오는 길에 사촌 윌리엄이 물었다. "제인, 너는 일본 쪽이지? 중국인들은 지저분하다고 하니까!"

제인은 얼굴이 화끈거렸다. 금세 눈물이 솟구쳤다. "나는 미국인이야!" 제인은 눈물을 뚝뚝 떨어뜨리며 소리를 질렀다. 윌리엄이 자신에게 그런 소리를 할 줄은 꿈에도 생각을 하지 못했다. 동네에서 제인에게 가장 친절하고, 잘 생긴 윌리엄이었다.

"나는 중국인도 일본인도 아니야. 나를 더러운 동양인이라고 생각한다면 내 앞에 나타나지 마. 나는 너를 만나지 않을 거야."

제인과 윌리엄은 의사놀이를 하며 서로 몸의 은밀한 부분을 만져본 적이 있다. 의사가 된 윌리엄은 병원에 온 제인에게 진찰을 해야 하기 때문에 가슴을 보여줘야 한다고 주장했다. 다음날 윌리엄은 제인에게 의사를 하라면서 자신이 환자가 되어주었고, 제인에게 자신의 엉덩이에 주사를 놓으라고 권했다. 그날부터 제인은 윌리엄과 결혼을 해야 한다는 생각을 했다. 어려서 서로의 벗은 몸을 본 남자아이와 여자아이는 커서 결혼을 해야 한다고 어떤 책에서 읽은 기억이 있다. 윌리엄이 제인을 더러운 동양인이라고 생각하고 있다는 것을 깨달은 제인은 다시는 그와 만나지 않겠다고 다짐했다. 헤어지기 전 윌리엄이 공원 입구에서 머뭇거렸다. 그의 집은 공원 왼쪽, 제인의 집은 오른쪽이다. 제인은 윌리엄을 못 본 체하고 공원을 가로질러 마구 달렸다. "제인, 너에게 할 말이 있어." 윌리엄이 뒤따라오며 제인을 불렀다. 제인은 멈추지 않았다.

제인은 집에 돌아와 콧마루가 없는 자신의 얼굴을 거울로 들여다보았다. 평평한 자신의 얼굴이 그때처럼 부끄러운 적이 없었다. 제인은 몇 년 전 엄마와 뉴욕에서 감상했던 에곤 실레의 전시회를 떠올렸다. 큰 체경 앞에서 비스듬히 서서 자신의 모습을 들여다보던 에곤. 꺼벙하지만 그냥 지나치기 어려운, 당혹스러운 안타까움이 되살아났다. 다음날부터 제인은 바닥에 쪼그려 앉지 않았다. 배추머리 할머니는 쪼그려 앉는 제인을 보고 놀라워했었다. "너는 그런 자세로 참 잘 앉는구나. 동양여자애라서 그렇지?" 제인은 나중에 오마하를 떠나겠다고 생각했다. 그 다음해 제인은 월반을 했고, 도서관에 있는 웬만한 화가의 책은 전부 읽었다.

제인은 오마하를 떠나기 전 네브라스카대학 국제학부에 입학한 윌리엄이 기숙사에서 나와 커니에서 프랑스계 여학생과 동거하고 있다는 소식을 들었다. 오마하를 떠나기 전날 제인이 할아버지의 집으로 갔을 때, 할아버지는 다림질이 잘 된 흰 셔츠와 초록색 면바지를 입고 제인을 기다리고 있었다. "제인, 다시 오거라. 나는 얼마나 더 살지 알 수 없구나."

제인은 부모님께 말하듯, 할아버지에게는 다시 오마하로 돌아오지 않겠다는 말은 하지 않았다.

제인이 오마하를 떠나던 날 양부모는 제인과 함께 뉴욕으로 와서 대학기숙사까지 짐을 운반하고 방을 정리해줬다. 부모들이 오마하로 돌아가면서 말했다. "우리가 오마하로 돌아가면 너를 생각하며 두 시간 동안이나 울게 될 거다. 그러나 그 이후로는 울지 않을 거야. 네가 다시는 오마하로 돌아오지 않겠다고 했듯이."

"그래요 엄마 아빠, 저는 오마하로 당분간 돌아가지 않을 거예요. 혼자 독립해야 하잖아요? 그러나 오마하를 잊지는 못할 거예요."

"알았다. 그러나 우리는 너의 방을 다른 사람에게 내주지 않고, 네가 쓰던 물건도 치우지 않고 그대로 보관하겠다."

제인은 오마하에서 지냈던 날들을 생각했다. 오마하에서 뛰놀던 시간의 향기가 피어올랐다.

2

    실레는 혼자 오타크링을 걸어간다. 공사 중인 거리에는 군데군데 새로 지은 집들이나 텐트가 늘어서 있고 줄에 널린 빨래들이 바람에 펄럭인다. 흙바람 냄새, 달콤하면서도 짭조름한 음식냄새, 나무를 태우는 매캐한 냄새…. 빈민촌 골목에는 온갖 냄새와 삶의 향기가 뒤섞여있다. 방금 전에 나온 전시회장의 화려함이 가시고, 친숙한 누추함에 마음이 푸근해진다. 빈은 거리마다 건축 붐이 일면서 인구가 계속 늘어나고 있다. 외곽의 환상(環狀)도로 귀어텔을 따라 들어선 오타크링에도 바라크나 텐트 같은 빈자들의 숙소가 하루가 다르게 늘어난다. 한낮에도 학교를 가지 않는 어린이들이 어슬렁거리고 저임금을 받는 여성들은 저녁이 되면 거리에 나와 남자에게 추파를 던진다. 실레가 골목으로 들어서자 제멋대로 흐트러져 있거나 버려져 있는 풍경은 쿤스투샤우 전시장에서 따라온 인공적인 화려함을 누추한 현실감으로 바꿔준다. 서로 다투거나 아망을 부리던 아이들이 실레를 따라온다. 실레가 낡은 나무의자에 걸터앉자 아이들은 발치께에서 서성이거나 아무데나 자리를 잡고 앉아 말을 걸 기회를 살핀다. 수척한 한 아이가 돌 턱에 앉아 발을 콩콩 구른다. 비누 냄새를 폴폴 풍기는 아이가 눈을 내리깔고 앞쪽 나무의자에 앉아있는 실레를 살펴본다. 덥수룩한 머리카락, 상대의 시선을 의식하고 있는 눈과 코, 앙다문 입술과 갸름하게 흘러내리는 목의 선. 아이에게는 감추려고 하면서도 드러내려고 하는 수줍은 느낌이 살아 있다. 그의 손가락은 뒷골목의 욕망처럼 쉬지 않고 꼼지락거린다. 앙상한 어깨와 꼬질꼬질한 얼굴에서 뽀얀 색감이 흘러나온다.

"손으로 건드리면 상처가 덧난단다."

실레가 콧등의 뾰루지를 만지작거리는 아이에게 말한다. 아까부터 말을 걸고 싶어 하던 아이가 폴싹 입을 연다.

"한 번도 그런 적은 없거든요. 그런데 당신은 어디 살아요?"

볼에 마른버짐이 퍼져있는 옆의 여자아이가 공격적인 눈빛을 한다. 바짝 마른 아이들은 선미한 아름다움을 갖고 있다. 괴죄죄하면서도 내밀한, 그래서 약간은 사악한 열정이 느껴지는 어여쁨이다. 전시회 장의 그림이 오버랩 된다. 여자의 표정은 바다에서 막 꺼내온 물고기 한 마리를 두 손바닥에 올려놓은 것처럼 생생했다. 그녀는 눈을 감고 있었다. 감은 눈에 내면의 높이가 있었다. 자신만의 그런 심정적 위치에서 여자는 수동적이면서도 오붓하게 남자를 붙좇고 있었다. 그녀는 키스를 하는 남자가 알 수 없는 시간 속으로 빠져들게 할 만한 표정과 의지를 숨기고 있었다. 제1회 빈미술전시회(쿤스트샤우 빈)의 중앙홀에 걸려있는 <키스>는 단순함과 복잡함, 정교함과 거칢이 반복적으로 파도치며 여러 가지를 암시하고 있었다. 180×180cm 크기의 정사각형 그림은 노랑 파랑 빨강 자주 초록 검정 하양 등 화려한 물감으로 채색됐고, 배경에는 번쩍거리는 은박과 금박 장식이 별처럼 쏟아져 내리고 있었다. 그 가운데 흑발의 남자와 갈색머리의 여자가 기하학적 무늬가 담긴 치렁치렁한 의상을 두르고 입맞춤을 하고 있다. 남자의 목덜미를 감은 여자의 오른손이나 자신의 뺨을 어루만지고 있는 남자의 손 위에 올린 왼손에도 감성이 스며들어 있다. 여자의 볼에 입을 맞추고 있는 남자의 목덜미는 클림트처럼 강력하다. 남자의 우람한 가슴에 내맡긴 여자의 한쪽 어깨는 멧새의 날갯죽지 마냥 가녀리다.

실레는 비엔나 명사들에 둘러싸여 있는 클림트를 바라보았다. 그는 파티를 즐기지 않고, 모임에 참석하더라도 대체로 듣는 편이다. 전시회는 프란츠 요제프 황제 즉위 60주년 기념식에 바치는 것이지만 사실상 주인공은 클림트다. 전시회의 중앙홀은 콜로만 모저가 디자인한 클림트 개인전시실로 헌정되었다. 전시회에는 화가들만이 아니라 건축가와 디자이너, 작가와 음악가, 비평가와 컬렉터들이 모두 모습을 나타냈다.

"우리는 전시회가 대중과 만나는 가장 이상적인 방법이라고는 생각하지 않습니다. 그러나 많은 사람들의 삶이 경제적이거나 정치적 문제에 지배되어 있을 때 전시회는 우리가 선택할 수 있는 최선의 방법이 될 수 있습니다."

클림트가 개회사를 낭독했다. 환호가 터져 나왔다. 전시회에 출품된 클림트의 작품들은 지금까지 어떤 그림에서도 보지 못했던, 앞으로도 다시는 보기 어려울 만큼 깊은 엑스터시에 빠진 여인들의 표정을 선보이고 있다.

실레는 고개를 갸웃거린다. 화폭을 다채롭게 구성한 장식, 도금, 문양, 기호, 상징 같은 것들은 아름답기 이를 데 없다. 그러나 지나친 장식이 그림을 압도하는 것은 아닌가. 클림트는 모델들을 통해 그림을 수수께끼 속으로 던져 넣고 있다. 측면을 드러낸 남자는 클림트가 평소 즐겨 입는 카프탄을 입고 흑발을 하고는 있지만, 두드러진 광대뼈과 체형은 분명 클림트가 아니다. 그러나 남자 모델이 누구인지보다 더 관심을 끄는 것은 저 생생한 표정을 하고 있는 여성이다. 클림트는 <다나에>와 <아델레 블로흐-바우어 초상> 같은 그림은 여성의 얼굴을 분명히 드러내고 있으면서도 왜 이 그림의 여성만은 얼굴을 드러내지 않은 미스터리로 남겨두었을까. <키스>에서 남자의 목을 감고 있는 여자의 오른손 네 번째 손가락은 왜 숨겨져 있는가*. 실레는 이들 작품 외에도 <물뱀> <여성 생애의 세 시기> 등 클림트의 대작 16점을 통해 클림트의 수수께끼를 푸는 데 골몰했다. 클림트가 실레에게로 다가왔다.

"실레 씨, 잘 지내지요? 멜라와 게르티도 평안하시고?"

실레는 클림트가 멜라를 언급한 것을 주목했다. 클림트는 <키스>를 그리기 이전에 실레가 목탄으로 그린 <멜라니의 초상>을 몇 점 본 적이 있다. 눈을 감고 살짝 고개를 꺾은 멜라니의 눈과 코의 표정은 <키스>의 여인 못지않게 선연하고 아름답다. 그림 속 두 여자의 자태는 매우 닮았다.

"선생님 그림에서 극한의 아름다움을 보고 있습니다." 그림이 너무 아름다움을 추구하고 있지 않느냐는 의문을 담은 말이다.

클림트가 말했다. "나는 사람들이 원하는 것이 아니라 내 그림의 체계를 발전시키고 싶다오."

목이 굵고 어깨가 다부져서 성경의 베드로와 같이 누구에게도 물러서지 않을 것 같던 클림트였다. 실레는 그가 지쳐있다는 생각을 했다. 빈대학 천정화 논란의 여파가 그의 그림을 회화보다는 장식 쪽으로 변화시킨다는 느낌을 주었다.

클림트가 실레에게 말했다. "실레 씨, 내년 전시회에 초대할 생각이

---

* <키스>의 모델로 추정되는 여인은 아델레 블로흐 바우어와 에밀리 플뢰게 등 두 사람이다. 아델레는 오른손 가운데 손가락이 약간 기형인데, <키스>의 여성은 넷째 손가락을 감추고 있다.

니 작품을 준비해 보시오. 2회 전시회는 유럽의 화가들을 한자리에 모으는 국제 쿤스트샤우로 열 계획이오."

빈민촌에는 역전과는 또 다른 번잡함과 치졸함이 살아있다. 마음을 긴장시키는 어떤 것도 없다. 소녀는 눈을 반짝이며 묻는다. "당신은 우리가 화실에 가는 것을 좋아하지 않나요?"

"그럼, 언제든지 오려무나."

실레가 빈민촌을 좋아하는 것을 가난한 이들에 대한 순수한 애정과 자기희생적인 사랑과 같은 것이라고만 말할 수 있을까. 마땅히 가져야 할 것을 갖지 못한 사람들이 그냥저냥 포기하고, 순종적으로 길들여진 상태에서 갖게 된 말랑하고 보드라운 연약함, 자신을 넘볼 수 없는 약한 상대를 동정하는 이기적인 사랑과 관심, 그런 기이한 소유욕이 깔려있다는 것을 부인할 수 있을까. 그래서 그것을 약한 이들을 지배하려는 욕심과 상대를 독차지하려는 기이하고도 음험한 욕망 같은 것이라고 한다면 터무니없는 말이 될 것인가.

그는 아이들과 쉽게 친해지는 천성을 값진 것으로 여긴다. 그래서 순박하고 교활하기도 한 아이들은 곧잘 실레를 따라 그의 화실로 온다. 숫된 아이들은 실레의 화실에서 빈둥거린다. 음부가 다 드러날 정도로 노출돼 있거나 다친 상처를 가진 아이들은 실레의 그림을 훔쳐보며 시터가 되어준다. 실레는 아이들의 성징(性徵)을 모호하게 표현하고, 아이들은 그런 화가를 자신들의 호기심의 대상으로 삼는다. 치마를 올린 채 속살을 다 내놓고 잠든 아이를 그린 <기대어 있는 세미누드>는 어린 여자아이가 아슬아슬한 성의 입구에서 꿈길을 걷고 있다. 실레는 그 아이들에게서 거친 선을 본다. 그 선은 거칠어서 자극적이다.

오타크링을 나오는 길에 한 여자가 자극적인 눈길을 보낸다. 이 거리에서 몇 번 마주친 여자다. 그녀의 눈매와 입술은 아이들보다 훨씬 자극적이다. 두 사람은 눈길을 주고받는다. 실레의 강렬한 눈빛을 이기지 못하고 여자가 먼저 눈길을 거둔다.

다음해 실레는 2회 빈국제미술전에 초대를 받아 <해바라기 II> <안톤 페스커의 초상> <한스 마스만의 초상> 등 4점을 출품했다. 반 고흐, 폴 고갱, 페르디낭 호들러, 앙리 마티스, 조르주 민느, 펠릭스 발로통, 모리스 드 블라맹크, 에두아르 뷔야르 같이 주목받는 유럽의 화가들이 작품을 걸었다. 실레는 유럽의 찬란한 별들에 가려 주목을 받지 못했다. '클림트의 학생'이라는 비판이 언론에서 실레를 언급한 유일한 것이었다.

그러나 나는 클림트처럼 화려한 부르주아의 초상을 그리고 싶지는 않다. 실레는 스스로를 위로한다. 내가 그린 인물들은 클림트의 인물과는 분명히 다르다. 내가 그린 해바라기는 고흐의 해바라기와도 다르다. 나의 그림에 장식적인 구석이 있긴 하지만, 이것은 빈의 유행을 조금 도입한 것일 뿐, 내 그림은 아주 다르다. 내 그림은 투박하고 거칠다. 나는 장식을 버리고 나의 길을 갈 필요가 있다.

실레는 자신을 향한 비판에 대해 '은박의 클림트'라고 응수했다. 실레는 클림트의 영향을 받아 처음에는 인물초상화를 정면에서 다뤘고, 의자에 앉은 인물의 경우는 얼굴을 측면에서 포착하면서 색조의 강한 대비와 공간의 장식성에 힘을 기울였지만 전시회를 계기로 그런 클림트의 영향에서 벗어나기 시작한다. 실레는 클림트의 <다나에>에서 영향을 받아 문양을 도입하고 이미지를 변형시켜 자신의 <다나에>를 그린다. 그러나 실레의 구도는 훨씬 더 다이내믹하게 발전된 것이다.

클림트는 실레의 <다나에> 구도가 얼마나 마음에 들었던지, 그의 구도를 그대로 차용해 <레다>를 그렸다. 클림트의 <다나에>는 몸을 웅크리고 열락에 취해있는 다나에의 허벅지 사이로 제우스의 황금 빗줄기가 정액처럼 스며드는 그림이다. 이에 비해 실레의 <다나에>는 엎드린 자세를 취하고 있다. 클림트는 바로 이 박진감 넘치는 자세를 차용해 배후위의 자세로 그리스 신화에서 모티브를 가져온 <레다>(1945년 화재로 소실되었다)를 그렸다. 강가에서 목욕을 하던 레다는 마침 제우스의 눈에 띄게 된다. 레다의 아름다움에 빠진 제우스는 그녀가 백조를 좋아한다는 것을 알아내고 백조로 변신하여 레다의 곁으로 다가간다. 백조가 제우스라는 사실을 알 수 없었던 레다는 백조의 목을 감싸 안고 부드러운 깃털을 쓸어준다. 그 순간 백조는 레다의 몸 뒤쪽으로 들어가 헬레나를 잉태시킨다. 실레의 이 강렬하고 과감한 구도에 감탄한 클림트는 실레의 그림에 빚을 진다.

실레가 클림트의 화실을 방문한다.

"선생님의 스케치와 제 스케치를 바꿔주실 수 있나요? 선생님의 작품 하나에 제 작품 두 개를 드리는 조건으로요."

클림트가 이런 반응을 내놓는다. "실레 씨, 당신이 왜 나랑 스케치를 교환하려고 하지요? 당신이 나보다 스케치를 더 잘 한다는 것을 스스로 느끼지 않나요?"

"진심으로 그렇게 생각하시는 건가요?"

"실레 씨의 자신감은 누구와도 비교할 수 없어요. 바꿉시다. 석 점씩, 일대 일로."

짧은 기간 내에 실레는 클림트와 자신의 차이를 구분할 수 있게 된

다. 클림트 풍의 멋진 표정은 자신에게는 어울리지 않는다고 생각한
다. 아르누보의 아름다운 표면은 그가 표현해내고 싶은 것이 아니다.
실레는 금박은박을 입힌 클림트의 부유층 초상화에서 더 이상 자극
을 받지 못한다. 그는 어둡고 불투명한 자신의 내면과 씨름한다. 클림
트 풍의 반짝거리는 외부를 집어던지고 거칠고 고통스런 세계로 들
어가는 것이 훨씬 마음에 든다. 여성적인 상냥함보다 남성적인 과격
함을 택한다. 페스커는 그런 실레에게 클림트의 수수께끼 같은 화제
를 몰아다준다.

"클림트는 결혼하지 않고 혼자 살고 있지만 주위에는 많은 여인들
이 흘러넘친다고. 상류층의 초상화를 그려 엄청난 돈을 벌고 있지. 자
네도 예쁜 초상화를 그려야 돼. 그래야 이 궁핍함에서 벗어날 수 있
지."

"페스커, 나는 궁핍하지 않아. 그려야 할 그림이 얼마나 많은데! 그
려야 할 그림이 많은 화가는 궁핍해질 시간이 없어."

"내 말 좀 들어봐. 클림트는 화실 빨래를 담당했던 열여섯 살의 어린
마리아 우치츠키에게서 아이까지 낳았대. 그러나 그들 모자에게 생활
비를 주는 데는 인색하지. 미치라는 여자 얘기 들어봤어? 빈민가에서
클림트의 아이를 기르는 미치 짐머만이 클림트에게 긴 편지를 쓰니
까, 그런 편지로 짜증 돋우지 말고 더 명랑해지도록 노력해보시오, 하
는 답장을 보냈다는 거야."

햇볕이 들지 않는 빈민가에서 어린 시절을 보냈던 클림트는 자신의
고독과 향수를 가난한 정부를 괴롭히는 가학성으로 보상받고자 했던
것일까. 향수가 극진하고 간절하면 욕정도 극진하고 간절해지는 모양
이다. 빈의 화려한 여자들과 오페라를 즐기다 지치면 클림트는 그제

야 미치를 찾아 조른다. 내겐 정말 미치가 필요해. 이건 내 진정이오. 클림트가 넘치는 욕정을 주체하지 못하고 횡설수설하며 구애를 하면 어떤 여자도 거부하지 못한다. 내가 어떻게 해주면 좋겠어요? 이 만삭의 몸으로!

미치는 체념하듯 묻는다. 치마와 슈미즈를 벗어. 배를 옆으로 보여줘, 당신을 그려야만 해, 지금 당장 만지고 싶어!

"미치는 육감적인 엉덩이를 가진 여성이야. 이 그림을 보게나. <다나에>의 환상적인 허벅지보다 <희망 I >에서 보여주는 미치의 만삭이 된 배와 엉덩이의 동그랗고 갸름한 곡선이 훨씬 육감적이지 않아? <다나에>는 빈의 요정 알마 말러를 모델로 한 그림이라고." 여자들에 대한 페스커의 분석은 남다른 면이 있다.

클림트는 빼어나게 예쁜 여인들의 모습을 그린 것은 거의 없다. 그럼에도 불구하고 클림트의 작품에 등장한 여인들은 독특한 매력을 보여준다. 육감적인 생명감으로 가득하다. 유디트와 살로메의 후예들, 비엔나 여인의 재발견이라는 평이 나온다. '비엔나의 여인들은 죄스러운 행동을 하더라도 매력적으로 한다. 그들은 환상적으로 사악하다.'* 클림트는 여성의 체형에 아주 민감하다. 빈과 파리와 프라하 여성의 서로 다른 특징을 클림트보다 더 잘 표현할 화가는 없다. 빈에서는 날씬한 축에 끼는 여성도 파리의 보통 여성에 비하면 체격이 더 크고 뼈대도 더 굵다. 가슴이 더 크고, 엉덩이와 하체도 통통하기 때문에 빈 여성들은 클림트가 그리는 육감적인 여인상에 잘 어울린다. 그러나 빈 여성들은 프라하의 여성들보다는 나른해보인다. 빈 여성들에

---

* 미술평론가 리하르트 무터

게 비잔틴 모자이크와 켈트의 디자인, 동양 양탄자와 도자기의 사치스러운 장식으로 배경을 표현하면 추상적이면서도 농밀한 분위기의 그림이 된다. 한 번 마음을 준 여자는 어떤 경우라도 클림트에게서 헤어나지 못하고 그를 옹호한다.

3

"우리는 지금 한 세기의 새로운 시대를 열고 있습니다. 과거를 딛고 일어서서 미래를 노크하고 있는 중입니다. 우리는 예술가들입니다. 예술가들은 운명적으로 시대의 요구를 짊어져야 합니다. 시대는 '새로운 예술가'를 요구합니다."

새로운예술가그룹전 개막식에서 실레가 개막연설을 한다. 슈베르첸베르그 플라츠에 위치한 피스코 화랑. 무명의 젊은이들에게 피스코 화랑을 내준 것도 비엔나가 주목할 만한 사건이다. 실레는 태어나 처음으로 그룹의 리더가 되었다.

"우리는 어떤 것에도 기대지 않고 전적으로 혼자서 자신의 내부에 자기의 발판을 마련하려고 합니다. 우리들 각자는 '자기 자신'이면서도 공동으로는 '새로운 예술가 그룹'으로 섰습니다. 우리는 독자적인 창조를 향해 나아가고, 그것이 우리의 미래가 될 것임을 믿습니다."

커다란 박수가 터져 나온다. 환호는 잠시 쉬었다가 다시 이어진다. 영하 15도를 내려가는 추운 날씨임에도 실내는 열기로 후끈거린다.

아르놀트 쇤베르크의 실내교향곡 2번이 연주된다. 실레는 이 연설을 위해 지금까지 수백 번 자문해왔던 '예술가'에 대한 생각을 차분하게 정리했다.

칵테일파티의 헤드테이블에서 안톤 파이스가 실레의 개막연설을 듣고 눈을 깜빡깜빡 거린다. 그는 이 전시회의 포스터를 제작한 기획자다.

"의장의 개회사 대단하지요?" 파이스가 주변 사람들의 의견을 묻는다. "비엔나의 내일을 꿈꾸게 합니다." 카를 몰이 파이스의 말에 답하며 실레를 격려한다. 미술비평가 젤리크만이 헤드테이블로 온다. 파이스가 다시 입을 연다.

"몇 부분은 이미 들었던 말이지만 여전히 훌륭한 내용이라는 것을 확인시켜 줍니다."

젤리크만이 파이스에게 묻는다. "어디서 들은 내용이지요?"

모두들 귀를 기울인다. "클림트 선생님이 제1회 빈미술전시회에서 하신 연설의 연장선에 있는 내용 아닌가요? 실레 의장이 더욱 독창적으로 만들었군요."

파이스의 말이 주변에 미묘한 분위기를 만들어낸다.

클림트가 정리를 한다. "의장의 개막사도 그렇고, 출품한 작품들도 모두 우리 세대를 훨씬 뛰어넘었군요."

파이스가 클림트의 말을 받는다. "실레 의장은 선생님의 황금을 이어갈 만한 자격을 가졌지요. 은박의 제자여! 그렇지 않은가?" 그는 돌연 실레에게 공을 넘긴다.

주위는 조용해진다. 뜻밖에 공을 받은 실레는 당혹스럽다. 환자의 복부를 연 집도의처럼 급히 봉합해야 하는 경각에 놓여있다. 그렇다고도, 아니라고도 할 수 없다. 실레에게 신랄한 비평가 젤리크만이 그의 입을 쳐다보고 있다.

"바로 그걸세, 토니!" 실레가 급히 대꾸를 한다.

"파이스가 손님들께 황금의 차를 드리라고 재촉을 하는군요."

실레는 테이블에 있는 황금빛 홍차에 브랜디를 몇 방울씩 떨어뜨려 손님들에게 권한다.

"우리들의 연대와 우정을 위하여!" 실레가 건배를 제의한다. 사람들은 잔을 받아들고 실레의 말에 다시 한 번 박수를 보낸다. 쇤베르크의 실내악이 연주된다.

그러나 전리품은 토니가 움켜쥐었다. 새로운예술가그룹이 꿈꾸는 것은 새로운 예술, 과거와의 작별이다. 비엔나는 이 전시회를 지켜보고 있다. 그림의 수재라는 소리를 듣는 학생들이 빈미술아카데미를 박차고 나온 것은 백년 만에 다시 돌출한 화제의 사건이다. 그들이 주축이 되어 마련한 신세대 그룹전에 비엔나의 이목이 집중됐다. 이런 전시회의 개막식에서 파이스가 뜻밖의 공격을 해온 것이다. 토니는 실레가 만장일치로 의장에 선출되자 포스터를 자신이 직접 제작하겠다고 나섰다. 포스터는 전시회에 대한 의장의 생각을 나타내는 가장 중요한 미디어다. 실레는 기꺼이 포스터 제작을 토니에게 내주었다.

개막식의 개운치 않은 뒷맛이 외부로 확산된다. '클림트가 뒤흔든 빈미술계를 새롭게 압도하는 실험적인 그림들이다.' '내용도 없이 기성 화단을 혐오한 변태적인 전시회다.'

비평계의 공방이 이어지자 제국의 후계자가 될 프란츠 페르디난트 공작이 사냥을 마치고 황실로 돌아가기 직전 전시회장을 방문한다. 출품작을 일별한 그는 한마디도 남기지 않고 서둘러 전시장을 떠난다. 황실로 돌아간 황태자는 측근에게 명령을 내린다. "내가 전시회에 들렀다는 기사는 한 줄도 나가지 않도록 하라. 그 쓰레기 같은 그림을 내가 보았다는 사실을 알려서는 안 된다."

전시회는 성공을 거두지 못했다.

전시회가 종료되는 날 오후 실레에게 한 사람이 찾아온다.

"당신의 그림을 더 자세히 볼 수 없을까요?" 그는 자신을 철도청 간부인 하인리히 베네슈라고 소개한다. 그림을 수집할 만한 재력은 없지만 활발하게 전시회를 찾아다니며 신예들의 그림을 수집하는 소규모 콜렉터라고 덧붙인다.

"좋습니다. 제 작업실을 방문해 주십시오."

볼프강 파우커가 주도해 수도원 마블홀에서 개최한 지역화가전에도 찾아와 실레의 그림을 보았다는 베네슈는 다음날 실레의 화실을 찾아온다.

"화실이 특색 있군요. 좁지만 흑백의 조화가 개성적인 느낌을 주는데요."

"제 화실을 찾아주신 최초의 손님입니다. 제 그림에 관심을 보여주셔서 감사합니다."

실레의 화실에는 드로잉 습작품이 무더기로 쌓여 있다. 그 중에서 2점을 고른 베네슈는 앞으로도 여유가 생기면 계속 그림을 사고 싶다고 말한다. 베네슈는 치렁치렁한 흑갈색 머리카락이 사방으로 뻗쳐있고 호리호리하고 창백한 실레에게서 병자 같다는 느낌을 받는다. 그러나 대화를 계속하다 보니 수줍어하면서도 강직한 젊은이라고 생각한다. 일상적인 일에는 별로 상관하지 않고 자신의 이상을 추구해나가는 젊은이라는 느낌을 준다.

"실레 씨, 화실 바닥에 스케치를 무더기로 쌓아놓았군요. 당신이 그린 스케치는 어떤 것이라도 버리거나 난로 불쏘시개로 쓰지 마세요. 전부 모아두면 제가 돈을 저축해 구입할게요."

실레는 아르투르 뢰슬러라는 비평가도 만난다. 뢰슬러는 유럽 일대를 폭넓게 여행한 후 뮌헨에서 <뮌헨자이퉁>의 저널리스트로 활약하다가 빈에 돌아와 <노동신문(Arbeiter Zeitung)>의 예술편집인이자 미술비평가로 영향력을 발휘하고 있었다. 피스코 예술살롱에서 열린 전시회를 보고 노동신문에 전시회 평을 실었다.

"이번 전시회에서 한 화가가 새롭게 등장했다. 그의 작품에는 클림트의 흔적이 남아있다. 그러나 그는 새로운 길을 향해 꿈틀거리고 있음을 보여준다. 이번 전시회에 참가한 작가들 가운데 상당수는 자신의 신념을 끝까지 지키기 어려울 것이다. 그러나 내가 주목한 몇몇은 자신의 작업을 끝까지 밀고 나갈 수 있는 강인함을 보여주었다. 그 대표적인 화가가 에곤 실레이다." 실레에 관한 최초의 기사다.

영양결핍증에 시달리고 있던 실레는 자신을 호평한 뢰슬러를 찾아간다.

"아카데미를 나와 프리랜서 미술가로 살자니까 상황이 말이 아닙니다. 저는 지금껏 후견인이 입던 낡은 옷과 구두와 모자를 착용하고 살았습니다. 저한테는 너무 큰 것들이었습니다. 셔츠는 아버지의 유품입니다. 칼라가 낡고 저에게 맞지 않아 종이로 만든 하얀 칼라를 부착하고 다닙니다. 먹을 것조차 없더라도, 저는 그림을 그리는 것이야말로 세상에서 훌륭한 것이라고 생각합니다."

뢰슬러는 화가의 당당함이 마음에 든다. 속옷마저도 후견인이 사용하던 것을 입고 그림을 그려왔다는 말이 충격적이다. 연약해 보이는 열아홉 살 화가의 내면이 강직하게 느껴진다.

"미술 아카데미에서 나온 것은 아주 잘한 결정입니다. 실레 씨, 당신은 나에게 어떤 어려움도 이길 수 있을 것이라는 믿음을 주네요."

"미술 아카데미를 중퇴한 것을 지지해주신 분은 지금까지 거의 없었습니다."

뢰슬러는 실레가 목탄이나 과슈, 수채 그림을 많이 그리는 것이 유화 물감을 살 수 없기 때문이라는 것을 알게 된다. 화가는 뢰슬러로부터 용기를 얻는다. 대부분의 비평가들은 까다로운 취향을 갖고 있다. 특이한 그림을 그리는군요. 이런 그림은 나만이 그릴 수 있다고 생각합니다. 왜 그림을 이처럼 칙칙하게 그리나요? 나는 죽음이 삶과 멀리 있다고 생각하지 않아요. 빈의 보통 예술가들과는 조금 다르네요. 저는 니더오스트리아의 툴른에서 태어났어요. 어디서 그림을 배웠나요? 빈 미술아카데미를 중퇴했습니다. 중도에 포기 했군요. 빈에 적응하세요. 혼자서는 곤란하지요.

4

"실레 씨, 오토 바그너가 당신을 만나고 싶어 합니다. 내일 그림을 몇 점 골라서 바그너 씨의 마욜리카 스튜디오로 찾아가보세요."

"오토 바그너가 저를 만나고 싶어 한다고요?" 말로만 듣던 오토 바그녀다.

"그는 빈 문화예술계의 대부입니다. 30개에 달하는 빈의 모든 역사(驛舍)를 설계했고 다리, 철교, 고가도로, 터널, 댐, 수문을 비롯해 심지어 거리의 난간까지 빈의 뛰어난 건축물은 전부 그의 작품이지요. 그런 오토 바그너가 우리 실레 씨에게 호감을 가지니까 좋은 일이 생길 것 같군요. 그림 값도 비싸게 부르세요."

다음날 실레는 그림 일곱 점을 들고 오토 바그너를 찾아간다. 링슈트라세에서 나슈마르크트 시장 끝까지 걸어가자 건너편에 화려한 두 개의 건물이 나타난다. 오른쪽이 메달과 공작 깃털 문양을 금 세공장식으로 화사하게 치장한 메다용하우스, 왼쪽이 붉은 마욜리카 타일로 건물 외벽을 장미꽃 무늬로 덮은 마욜리카하우스다. 두 건물이 주변을 화사하게 만들고 있다. 실레가 마욜리카하우스 5층으로 올라가 오토 바그너의 스튜디오를 노크한다.

"어서 들어오시오, 화가 양반. 기다리고 있었소."

오토 바그너가 성큼성큼 걸어와 거북등 같이 커다란 손으로 실레의 여린 손을 꽉 움켜잡는다. 70줄에 접어든 노인이라고 믿기 어려울 만큼 활력이 넘친다. 훌쩍 벗겨진 머리에 풍채가 당당하다. 금테 안경을 쓴 눈에서 빛이 번쩍거린다. 흰 수염이 호기롭다.

"실레 씨, 이야기 많이 들었소. 미남자로군!"

"선생님이야말로 빈을 대표하는 신사죠." 실레가 지지 않는다.

오토 바그너가 웃으며 실레의 손에 들려있는 화첩을 잡아채듯이 가져간다.

"어디 좀 봅시다. 세상 사람들이 온통 당신 얘기를 하던데."

그가 소파로 가서 앉더니 억! 억! 소리를 내며 화첩을 넘긴다. 자세히 뜯어보는 기색은 아니다. 한 번 훑어보고는 단도직입적으로 묻는다.

"이런 그림은 값이 얼마나 되오?"

"선생님께서 주고 싶은 대로 주십시오. 많이 주신다면 더욱 좋지요."

"화가 양반, 무슨 거래가 그 모양이요? 난 그런 거래를 원치 않아요. 당신이 가격을 부르시오."

호기를 부리던 실레에게 제동이 걸린다. "20크로네를 주십시오. 보통 그렇게 받습니다."

"좋소. 나도 그 가격에 사겠소."

바그너는 벌떡 일어나 실레의 그림 세 점을 고르고는 돈을 건네면서 말한다.

"실레 씨, 당신은 천재요. 나이 스물에 벌써 빈에서 뚜르르 해졌으니 말이오. 나는 나이 50에 건축을 시작했소이다. 그래, 부친은 뭘 하시오?"

"몇 년 전에 돌아가셨습니다. 툴른에서요."

"아버지를 일찍 여의셨구려! 나와 같소이다. 힘내시오. 그런데 에곤, 지금 당신의 비즈니스는 별 볼 일 없는 행상에 지나지 않아, 이렇게 소매를 해서는 빈곤에서 벗어날 수가 없어요."

실레는 자신의 작품을 물건 취급하듯 하는 바그너가 조금은 못마땅하다. 그러나 같은 말에 올라탄다. "도매로 팔 방법이 있습니까?"

"내가 좋은 제안을 하나 하겠소. 빈에서 유명한 사람들의 초상화를 시리즈로 그려보시오. 화가, 조각가, 건축가, 음악가, 시인, 평론가, 정치인까지 말이요. 한 장이 아니라 여러 장씩 그려야 해요. 그렇게 유명인들을 시리즈로 그려서 전시를 하면 엄청난 여론을 모을 것이요. 빈 뿐이 아니지요. 뮌헨 드레스덴 베를린 함부르크 취리히 브뤼셀 파리 암스테르담 런던에서도 관심을 갖게 될 거요. 미국까지도 갈 수 있소. 당신은 그만한 재능이 있어요."

"유명인들은 모델로 세우기가 어려울 텐데요."

"용기를 가져야 해요. 우리 치밀하게 계획을 세웁시다. 유명인들의 초상화를 그리면 대중들에게 유혹적으로 비쳐질 것이오. 우선 내가 첫 번째 모델이 돼 주겠소. 두 번째로는 클림트를 그리시오. 그러면 일은 끝난 것이나 다름없어요. 모두들 응할 겁니다."

과연 바그너다. 그는 실레에게 요제프 호프만, 헤르만 바르, 페터 알텐베르크, 구스타프 말러, 카를 몰, 휴고 폰 호프만슈탈, 카를 크라우스와 같이 빈의 최정상에 있는 문화예술계 인사들을 죄다 소개시켜 주겠다고 약속한다. 초상화 작업을 시작하는데 돈이 필요하니 캔버스와 물감까지도 제공해주기로 한다.

"내가 한 가지 알려주겠소. 내면에 기쁨을 갖고 시작하시오. 화가가 기쁜 마음을 갖고 있다면 시터에게서도 자연히 기쁜 표정이 나올 것이오."

"저에게 유익한 말씀이 될 것 같습니다."

"유익하다마다요. 내가 기쁜 마음으로 설계를 했기에 비엔나라는 도시가 희망적인 도시로 바뀐 게 아니겠소."

곧바로 일이 시작됐다. 알세르스트라세 뒷골목에 위치한 실레의 누추한 작업실 앞에 일주일에 한 번씩 빈의 대부 오토 바그너의 사륜마차가 선다. 풍채 좋은 오토 바그너가 삐걱거리는 계단을 뒤뚱거리며 올라간다. 사람들이 웅성거린다. "예쁘장한 그 애가 이 도시에서 유명한 화가였다는군!" "오토 바그너가 초상화를 그려달라고 직접 찾아오는 거래요."

스무 살 실레에게 찾아온 행운이다. 바그너는 좁은 화실에서 호탕하게 웃는다. "에곤, 당신 아틀리에가 마음에 들어. 뭔가 부족해 보이지만 순수해. 고독한 화가라야 좋은 그림을 그릴 수 있지. 그렇지 않소? 하하하!"

오토 바그너는 좁은 화실의 단 위에 올라가 참을성 있게 모델 노릇을 한다. 실레는 가로 세로 1m 크기의 캔버스에 초상화를 그리기 시작한다. 두 주일이 지나자 바그너의 번쩍거리는 이마와 수염, 부리부리한 눈과 혈색 좋은 얼굴이 드러난다. 실레는 바그너의 외양뿐 아니라 그의 내면까지 그리고 싶다. 실레는 바그너에게 자랑을 한다.

"클림트 선생님도 다녀가셨습니다. 처음에는 제가 저의 작품과 클림트 선생님의 작품을 교환하자고 했는데, 이번에는 클림트 선생님이 서로 작품을 교환하자고 하셨답니다. 클림트 선생님도 다음 달부터 저의 모델이 돼주시기로 했습니다."

"그렇소? 잘 된 일이군! 실레, 당신은 참 좋은 신사야."

실레는 세련되면서도 간결한 아름다움을 자랑하는 빈 특유의 비더마이어* 상류층 안쪽에 서 있는 자신의 모습을 떠올린다. 빈 주류 그룹에 진입한 자신의 모습이 낯설다.

---

* Biedermeier. 19세기 초반 유럽의 잇따른 정치혁명에 대한 환멸로 시민들은 정치에 무관심하면서도 고전적 품위와 유미주의에 탐닉하는 보수적 성향의 문화를 추구했다. 독일에서 시작돼 중부유럽을 관통했으나 오스트리아에서 수준 높은 예술과 연결되면서 빈의 특징적인 문화로 정착돼 세기전환기에 꽃을 피웠다.

5

"속도를 내서 작업을 합시다. 그림 한 장 그리는 것이 이렇게 늦단 말이오? 나는 이 정도의 시간이면 벌써 여남은 장은 그렸을 것으로 생각했소."

성미가 급한 오토 바그너가 실레를 재촉한다.

"초상화는 생각보다 시간이 오래 걸립니다. 인물의 특징을 살려야 하니까요."

"얼굴이야 몇 번 보면 되는 거지. 내가 부르크극장의 배우도 아니고."

"클림트 선생님도 제 작업 속도가 빠르다고 하셨답니다."

"클림트 얘기는 그만 하시오."

모델은 계속되는 작업에 피로해 한다. 계단을 오르내리는 것을 힘겨워하던 늙고 뚱뚱한 바그너는 차츰 방문 횟수가 줄어든다. 나중에는 물감이 다 말랐는데도 나타나지를 않는다.

"그림 그리는 것이 너무 오래 걸려요. 얼굴은 다 그렸으니 나머지 외형은 다른 사람을 보고 그리라고 하시오. 그게 싫다면 내가 시간이 날 때까지 기다리라고 하든지. 계단을 오르내리는 것도 이만저만한 고역이 아니오."

뢰슬러가 실레에게 바그너의 말을 전달해준다. 그래도 실레는 기대를 버리지 않는다. 바그너 초상화에 대한 그의 열의는 그럴수록 타오른다. 그러나 끝내 바그너는 나타나지 않는다. 실레는 바그너의 제안대로 다른 사람을 앉히고 그림을 그리지는 않았다. 바그너 대신에 다

112 에곤 실레 백 년간의 잠

른 사람을 앉히는 것은 생각하기도 싫고, 그것은 바그너를 그리고 싶은 자신의 열망을 버리는 행위라고 생각한다. 바그너는 더 이상 오지 않는다. 결국 실레는 포기하는 수밖에 없다.

바그너는 실레가 그리는 자신의 초상화를 보면서 흥미를 잃었다. 빈시 당국은 다음해 70세가 되는 노대가의 포스트카드를 만들기 위해 그의 모습을 촬영했다. 한 나절 만에 찍은 근엄한 사진과 실레가 몇 달 동안 그리는 쭈글쭈글한 노인의 초상화를 비교하면서 모델은 인내력을 상실했다. 초상화 프로젝트는 실패로 돌아갔다.

실레는 윗부분만 완성된 바그너 초상화를 아랫부분은 잘라내고 뢰슬러에게 보낸다. 뢰슬러는 바그너의 제안을 성공시키지 못한 실레에게 편지를 쓴다. "바그너와 같은 노대가 앞에서 클림트를 언급하는 것은 현명치 못한 노릇입니다. 노대가 앞에서는 무뚝뚝해서도, 흰소리를 내서도 곤란합니다. 비엔나는 예술의 도시이자 말의 도시이지요."

바그너가 초상화 제작을 그만뒀다는 소문이 나자 명사들의 약속이 도미노 패처럼 줄줄이 쓰러진다. 실레는 빈 문화예술계에서 집중적으로 화살을 맞은 기분이 된다. 자신의 어설픈 이력으로는 비엔나의 고상하고 까다로운 분위기에 적응하기가 여간 어렵지 않다는 것을 깨닫는다.

실레는 빈공방으로부터 새로운 프로젝트를 얻는다. 팔레 스토클레*에 스테인드글라스를 제작하는 일이다. 지쳐 보이지만 내부에 꿈이 살아있는 젊은이의 모습을 그리고 싶다. 부르주아의 호화로운 건물에

---

* Palais Stoclet, 건축가 요제프 호프만이 건축한 벨기에 브뤼셀에 있는 백만장자 아돌프 스토클레의 저택. 빈 분리파의 창조물 중에서 가장 상징적인 작품으로 꼽힌다. 빈공방의 장인들이 장식품 하나하나를 디자인했고 그것들이 전체를 이루어 실내를 완성시켰다.

는 남자보다 여자가 잘 어울릴 것이다. 가난한 소녀의 모습이 대저택에 그려진다면 부자와 빈자가 조우하는 기념비적인 건물이 되지 않겠는가. 실레는 오타크링 마부의 딸 <폴디 로진스키의 초상>을 그린다. 체념한 것 같기도 하고, 뭔가를 조롱하는 것 같기고 하지만, 그래서 표정이 선연한 소녀의 초상이다. 긴 손을 힘없이 늘어뜨리고 앉아 있다. 스테인드글라스로 제작할 작품이라 색감은 화려하게 장식했다.

빈공방에서 실레의 도안을 검토한다. 저택의 식당은 가로 14m에 이르는 클림트의 황금빛 대형 모자이크 벽화로 장식돼 있다. 유리, 산호, 자개, 준보석 등 모자이크에 사용된 자료구입비만 100만 크로네가 들었다. 중앙 부분에 <생명나무>를 그리고 왼쪽에는 <기다림>, 오른쪽에는 <충만>이라는 제목의 그림을 넣었다. 빈공방 사람들이 이런 벽화를 설치한 저택의 스테인드글라스에 빈민가 소녀 디자인을 도입할 리가 없다. 빈공방에서는 실레의 도안을 받아들이지 않는다. 공방 사람들은 실레의 그림이 아무리 독특할지라도 부르주아의 세련됨을 벗어나는 디자인은 기괴한 것으로 간주한다. 실레는 다시 한 번 거절된다. 빵은 땅에 떨어진다.

그러나 실레는 자신의 스타일을 대중적으로 바꾸지 않는다. 사람들이 언젠가는 자신의 그림을 이해하게 될 것이라고 믿는다. 실레는 예쁘게 꾸미는 그림은 그리고 싶지 않다. 그는 배고픔을 견딘다. 그림을 그려주고 음식을 얻었던 요양원에도 가지 않는다.

실레는 법학 박사이자 변호사인 명사로부터 화실을 방문할 계획이니 좋은 그림을 많이 준비해 달라는 편지를 받는다. 박사는 약속한 시간에 화실로 왔다. 실레는 거리에 나가 그림을 팔지 않아도 되겠다는 기쁨에 들떠 그의 앞에 그림을 펼쳐 놓는다.

"역시 듣던 대로야. 지금 빈에서 당신만한 화가는 없어요."

그림을 감상하면서 그는 실레를 높이 평가한다. 실레는 점점 우쭐해진다. 박사는 실레가 부르는 값에 그림 두 점을 선뜻 구입한다.

"실레 씨, 나는 특별한 그림에 관심이 있어요. 여기에 있는 그림보다 더 재미있는 그림을 보여주시오."

실레는 박사의 말이 무엇을 의미하는지 알아차리지 못한다.

"재미있는 거 몰라요? 여자와 남자가 몸을 섞고 있는 그림. 아주 화려한 그림말이오."

그제야 실레는 명사가 어떤 그림을 찾는지를 알았다. 박사는 신이 나서 웃는다.

"저는 누드화를 그리기는 하지만 그렇게 노골적인 것은 그리지 않습니다. 제가 그린 그림들은 박사님이 찾는 그런 포르노적인 것과는 다릅니다."

그러자 명사는 한바탕 크게 웃는다. 자신의 주먹으로 배를 몇 번 두드리며 크게 웃고 나서 소리친다.

"이봐, 실레 씨. 내가 다 알고 왔는데 그런 소리를 해? 전부 꺼내와 봐! 신나면서도 천박한 섹스 그림말이야. 천박한 그림을 몇 개는 갖고 있어야 살맛이 나지. 값은 많이 쳐 줄 테니까."

실레는 난감하기 짝이 없다. 빈의 명사가 화실에 와서 이런 추태를 부리는 것에 화가 난다.

"그런 그림은 없습니다. 그렇게 말씀하신다면 어떤 그림도 팔지 않겠습니다."

"뭐야? 자네를 생각해서 그림을 사주겠다는 데 고작 이렇게밖에 못하겠다는 거요?"

명사는 실레의 서랍을 뒤진다. 실레는 박사를 제지한다. 그림을 팔지 않겠으니 전부 내려놓고 나가달라고 요구한다. 그렇지 않으면 경찰을 부르겠다고 소리친다.

"경찰을 부르겠다고? 나를 협박하는 거야?" 명사는 다시 한 번 큰 소리로 박장대소한다.

"당신 화실을 수색하지 않는 것을 천만다행으로 아시오!"

명사는 그림을 집어던지고 돈을 챙겨 화실을 나간다. 문을 얼마나 세게 닫았던지 벽이 흔들거린다.

실레가 막스 오펜하이머의 화실을 찾아간다. 의자 두 개가 놓인 단정한 작업실에서 그림에 열중해 있던 오펜하이머가 삭발한 청년이 들어온 것을 보고 깜짝 놀란다.

"누구신가요?"

"실례합니다, 막스 오펜하이머 씨. 저는 에곤 실레라고 합니다."

"아, 실레 씨군요. 이야기를 많이 들었답니다. 드디어 만났군요." 얼굴의 절반을 차지할 만큼 큰 눈으로 막스 오펜하이머가 실레를 반긴다.

"비엔나로 돌아오셨다는 소식을 듣고 찾아왔습니다."

"삭발한 실레 씨를 만나다니 놀랍군요. 실레 씨는 긴 갈색 머리카락을 나부끼며 다니는 멋쟁이라는 소문이 자자했으니까요. 무슨 일이 있었나요?"

모프(Mopp. 막스 오펜하이머 Max Oppenheimer를 줄인 이름)는 최연소인 열다섯에 빈미술아카데미에 입학한 기록을 가진 화가다. 졸업 후 뮌헨과 프라하에서 활동하다 얼마 전 빈으로 돌아왔다.

"그림이 팔리지 않으니까 머리라도 깎고 싶었답니다. 저의 화실로 가서 제 그림을 봐 주실 수 있나요?"

"물론이지요. 실레 씨 그림을 보고 싶었습니다."

두 사람은 빈 북부역을 정면으로 바라보는 음산한 실레의 화실로 간다. 모프는 벽에 세워놓은 몇 점의 그림과 바닥에 널려있는 데생 뭉치들을 살펴본다.

"형편없는 그림들이지요?"

"아니오, 소문이 과장은 아니군요. 에곤, 당신의 투박함과 고집스러움이 마음에 듭니다. 이렇게 강력한 붓은 유럽 어디에서도 본 적이 없답니다. 계속 밀어 붙이세요."

"모프, 모델이 되어 주실래요?" 실레가 제안한다.

"기꺼이 시터가 되겠습니다."

실레의 눈빛은 불편할 정도로 집요하고, 손놀림은 민첩하다.

얼마 후 실레는 그림 한 점을 들고 모프를 찾아온다. 여자처럼 귀여운 얼굴에 형형한 눈빛을 가진 모프의 초상화다. 검정색 양복과 넥타이를 착용한 모프의 손이 가슴을 가로질러 왼쪽을 가리키고 있다.

"에곤, 당신의 그림이 나를 깨우는군요."

"모프, 당신은 독특한 분위기를 갖고 있어요. 외모와 행동과 생각이 일치하는 것을 느끼게 해요."

얼마 후 실레가 썰렁한 화실에 앉아 있는데 모프가 찾아온다. 실레는 그림을 팔기 위해 시내를 돌아다녔으나 소득을 올리지 못하고 돌아온 참이다. 모프는 실레에게 그림 한 점을 내민다. 비 맞은 수탉 같은 모습의 비쩍 마른 실레 초상이다. 실레가 짧은 머리를 하고 꺽은 손가락을 가슴 앞에 모으고 앉아있다.

모프가 말한다. "에곤, 나는 당신을 처음 만나 얘기를 나눴을 때 우리가 서로 오랫동안 찾아왔던 친구라는 것을 알았어요. 당신이 지금 육신의 영양실조와 영혼의 허기에 시달리고 있다는 것을 나는 느낍니다. 그러나 물러서지 마세요. 나는 어떤 일이 있어도 당신을 지지할 것입니다."

6

실레는 어둠이 내리는 시간에 기차역으로 간다. 한밤중에 중부유럽을 지나 서부유럽의 평원을 달리는 기차를 타고 멀리까지 갔다가 밤을 새워 돌아오고 싶다. 그러나 지금은 비용 때문에 국경을 넘어 멀리까지 갈 수 없다. 서부 국경지역인 펠트키르흐까지만 가기로 한다.

실레는 부친이 세상을 뜰 때까지는 철도원 가족으로 어느 기차나 비용을 내지 않고 이용할 수 있었다. 최대한 멀리까지 갔다가 돌아오는 것이 일종의 습관이 되었다. 그는 자신에게 할아버지와 아버지에게서 이어받은 철도원의 피가 흐른다고 생각한다.

열차를 타고 가며 실레는 평원에 깔린 아득한 어둠을 본다. 심야 열차는 텅 비어있다. 그는 어둠 속에서 빈의 이중성을 생각한다. 실레가 기차정거장의 도시 툴른에서 천년 수도의 도시 빈으로 나왔을 때, 그는 남다른 데생력에 힘입어 젊은 화가그룹의 리더가 되고, 당대 인물들의 초상화를 제작하는 프로젝트를 시작할 수 있었다. 그러나 그는 비더마이어들의 높이와 결에 적응하지 못했다. 그는 돈과 유행이 흘러가는 방식에 따라 근사하고도 예쁘게 그리지 못했다. 빈은 수준 높은 예술의 도시이기도 하고, 사막 같은 예술의 도시이기도 하다는 것을 느낀다. 외부적으로는 모든 관계가 적절하게 유지되고 사람들은 친절하지만, 내부적으로도 서로 적절하고 친절하게 되기까지는 요구되는 절차가 지나치게 까다롭다. 기차가 국경에 가까워지면서 실레는 국경이라는 생각에 압도당한다. 국경을 넘는 것이란 하나의 역에서 다른 역으로 이동하는 것이고 시간적으로도 단 몇 분에 지나지 않는 것이지만, 자신을 짓누르는 도시로부터 이방의 다른 도시로 넘어서게 된다는 사실에 전율한다. 이쪽 공간에서는 적대시하는 관계 속에 있던 것들이 단 몇 미터의 공간이동으로 말미암아 차별 없는 상호존중의 관계 속으로 전환한다는 생각에 현기증이 인다. 국경은 그가 평생에 걸쳐 떠나고 넘어야 할 영혼의 초소(哨所)처럼 생각된다. 바로 그 순간 멀리 인가에서 반짝이는 불빛이 그의 눈에 들어온다. 누군가 깊은 밤에 잠들지 않고 깨어 있다. 실레는 그와 영혼의 대화를 나눈다. 그는 알 수 없는 어떤 여자를 상상한다. 별안간 욕정에 휩싸인다. 몸을 떤다. 철로 아래로 흐르는 검은 물의 욕망을 본다. 견딜 수 없을 만큼 강렬한 욕정이 젊은 실레의 육신을 휘감는다. 남자는 수음을 한다. 유럽의 흑암을 뚫고 달리는 기차는 실레의 청춘처럼 꿈틀거리며 밤의 한가운데를 관통한다.

아침에 실레는 펠트키르흐의 역전 광장을 도는 회전목마 위에 앉아있다. "인간의 눈은 달리는 말의 네 발의 순간적인 동작을 정확하게 볼 수 없다오. 미국의 한 내기꾼이 열두 대의 카메라를 일렬로 세워 촬영했지. 사진을 인화해 보니까 말이 달릴 때 네 발이 모두 땅에서 떨어지는 순간이 있더란 말이지. 그 순간은 말의 네 발이 모두 사방을 향해 내뻗는 것이 아니라 그 반대로 모두 안쪽으로 모여지는 거였다오. 그 다음 순간에 앞 두 발이 내뻗치며 도약을 하는 거지." 아코디언을 연주하는 목마의 주인은 자신의 회전목마가 세상의 어떤 여자보다도 더 관능적으로 솟구쳐 오른다고 과장을 한다. "말의 앞발이 땅에 떨어지는 순간에 뒷발 하나는 이미 도약해 오르지. 말의 등약(騰躍)은 여자가 용쓰는 것보다 훨씬 탄력 있고 관능적이라오. 내 숱하게 많은 여자를 타봤지만 말처럼 등약하는 계집은 없었다고. 내 말을 믿지 못하시오?"

실레는 리피자너에게서도 보지 못했던 말의 등약을 회전목마에게서 본다. 실레는 말이 도약하기 위하여 한순간 공중에서 네 발을 모아 멈추는 순간이 있다는 것, 바로 그 다음 순간에 도약하며 솟구쳐 오르는 잔등이에서 관능이 솟구친다는 것을 발견한다. 그렇게 목마는 돈다.

이다가 실레의 화실을 찾아온다.

"이다 웬일이야? 약속하지도 않았는데."

"오래 소식이 없어서 실레 씨가 어떻게 지내는지 보려고요. 요즘 어때요?"

"잘 지내요, 암실 같은 이 화실에서."

이다는 소문으로 들은 바그너 초상화 이야기는 꺼내지 않는다.

"에곤, 왜 그렇게 눈이 퀭해요?"

"이다가 오랜만에 오니까 내 눈이 놀란 거예요."

이다는 실레의 화실 여기저기를 살펴본다. 오타크링의 빈민촌에서 만난 이다는 모델료가 밀려도 채근하지 않는 여자다. 이다는 실레의 눈을 빤히 바라본다.

"에곤, 당신의 눈빛이 말하고 있어요. 외롭고 배고프다고."

"이다, 난 한가할 틈도 없어요. 왜 자꾸 외로움과 배고픔을 이야기하는 거지?"

이다는 다음날 다시 찾아온다. 커다란 바구니에 빵을 가득 담아왔다.

"에곤, 방금 구운 빵이에요. 굶으면서 그림을 그리다니! 실의에 빠지면 안돼요."

"이다, 당신의 손은 참 예뻐. 빵도 잘 굽고. 이렇게 작고 예쁜 손을 가진 여자는 행복할 거야."

"손이 작고 예쁘다고 행복할까요?"

"그럼, 나는 알아. 손이 작고 예쁜 사람은 손재주도 뛰어나고, 무엇보다 남자를 행복하게 해주거든."

"아! 에곤."

이다는 실레를 가만히 끌어안는다. 실레에게서 비누 냄새가 난다. 그녀는 실레를 안고 한동안 조용히 있다. 실레에게서 여물지 않는 소년의 감성이 느껴진다. 실레는 그녀의 머릿결을 만져본다.

"에곤, 두렵지 않아요? 나는 두려운 것이 많은데."

"뭐가 두려운 거지?"

"자세히는 모르겠어요. 미래도 두렵고, 모델 일을 하는 것도 두려워요."

"이다, 두려워 할 필요 없어요. 우린 젊으니까, 사랑할 것이 많으니까."

이다는 실레의 품에 안겨 그렇게 가만히 서 있다. 봉긋한 가슴의 박동이 실레에게 전해져온다. 바람이 불어온다.

"에곤, 나 갈게요. 모델이 필요하면 연락해요. 돈은 걱정하지 마세요."

실레는 머리를 흩날리며 걸어가는 이다를 창밖으로 내려다본다.

실레는 이다가 가져온 빵을 뜯으며 그림을 그린다. 캔버스를 살 돈이 없으면 얻어온 판지나 헌 종이위에 그림을 그린다. 치하체크를 그린 판지 뒷면에 뢰슬러를 그린다.

실레는 다시 기차를 탄다.

잘츠부르크 중앙역에서 내린 후 구시가지로 걸어간다. 구시가지의 골목길 안쪽에 있는 모차르트 광장으로 들어가기 위해 잘자흐강의 작은 다리를 건너던 참이다. 다리 위에서 한 여자와 눈이 마주친다. 용모가 아담한 금발의 여자다. 그녀가 살짝 미소를 보였던가. 화장기 없이 맑으면서도 초췌하게 보이는 여자다. 실레는 자신이 금발을 좋아한다는 사실을 깨닫는다. 실레는 몇 발짝 걷다 뒤를 돌아본다. 그녀역시 실레를 바라보고 있다. 실레와 그녀는 오래 전에 만난 적이 있던 사이처럼 서로 웃는다. 실레는 작은 다리를 건너 게트라이데가세 뒷골목으로 들어선다. 길게 이어진 비좁은 골목 양쪽으로 다시 골목이 전개되는, 개미집을 방불케 하는 거리다. 모차르트 초콜릿 전문점, 수공예점, 제과점, 카페, 식품점, 레스토랑, 모자가게, 옷가게, 금은제품 세공점 따위의 작은 숍들이 골목을 한껏 생동감 있게 만들고 있다. 실레는 '자허'라는 작은 간판을 달고 있는 카페 문을 연다. 빈의 자허와 똑같은 이름이지만 디자인도 다르고 규모도 작다. 실레는 마주친 여자를 떠올린다. 눈 윗선이 갸름한 동양풍이지만 얼굴이 작은 아리

안계 여자다. 그녀가 실레에게로 다가온다. 앉아도 될까요, 라고 말한다. 그럼요, 오래 전부터 만난 사람처럼 생각돼요, 실레가 그렇게 말했을 것이다. 여자는 실레 앞에 앉는다. 카페에 모차르트 호른협주곡의 알레그로 선율이 흐른다. 실레는 처음 만난 그녀에게서 친숙한 느낌을 받는 자신을 이해하지 못한다. 알마 로베르는 실레를 따라 빈으로 온다. 야간열차에서 실레는 그녀의 손을 잡아준다. 그녀는 지난 밤 비를 흠뻑 맞았다. 몸에 열이 있다. 그녀는 춥다고 오슬오슬 떤다. 빈에 도착할 때까지 그는 여자의 손을 내내 잡아준다. 비 맞은 금발의 디디새. 실레는 화실의 작은 침대를 그녀에게 내주고 자신은 작은 벤치에서 밤을 지새운다. 오전에 그녀는 실레가 만들어준 양파수프를 조금 떠먹었을 뿐 아무 것도 먹지 못한다. 그녀는 며칠 동안 고열에 시달린다. 실레는 나흘 밤을 작은 벤치에서 꼬부려 잠을 잔다. 열이 사라지자 그녀는 일어나 심장의 실타래를 감고 있던 실을 풀어내듯 말을 쏟아내기 시작한다. 엄마는 사라졌어. 아버지는 플루트와 오보에를 부는 연주자였어. 2년 전에 집을 나갔지. 엄마는 우울증을 앓다 세상을 포기해버렸어.

알마는 실레의 까칠한 턱과 가슴과 페니스를 어루만지며 말한다. 고음의 플루트는 크리스털 같은 소리를 냈어. 미뉴에트에서 하프의 반주에 맞추어 연주하는 아버지의 청아한 플루트 음색은 잘츠부르크에서는 누구도 따라올 수 없는 천상의 소리였대. 알마는 작업실을 치장한 흰색과 검은색의 조화를 바라본다. 검은 테이블과 의자, 검정색 커튼 뒤의 상아색 커튼, 검은 테이블보, 검은 쿠션과 칠기 상자, 검정 선반에 놓인 도자기들, 액자에 들어있는 단색의 일본 판화…. 실레의 입술은 갈라져 있다. 알마는 검지로 갈라진 실레의 입술을 어루만져

준다. 아무런 반주도 없이 솔로로 시작하는 목신의 오후 도입부를 연주할 때 아버지는 전혀 다른 소리를 냈어. 낮잠에 빠질 것 같이 나른한 저음의 유혹이었지. 어떤 악기도, 플루트를 연주하는 누구도 근접할 수 없을 정도로 미묘한 떨림을 가진 음색을 만들지. 결국 그 이중성이 문제였어. 하나의 악기로 완벽한 양극의 소리를 만들 수 있는 사람은 이중의 세계에 빠지고 마는 법이래. 나는 그걸 알아. 여자는 검지에 자신의 침을 묻혀 실레의 갈라진 입술에 발라주고 나서, 실레의 가늘고 흰 어깨에 얼굴을 묻는다. 여자는 잘 익은 밀감이 되어 자신을 실레에게 준다. 처음 본 나에게 화실을 맡기고 외출하는 당신을 보고 나는 감격했어. 당신 같은 남자는 없을 거야. 당신은 나를 가질 자격이 있어. 쏟아져 들어오는 아침 광선은 모세혈관까지 투명하게 비춰준다. 오보에도 더 말할 나위 없이 이중적이었지. 유혹하는 여자가 생기기 마련이야. 아버지는 집을 버리고 새 여자에게로 갔어. 자신이 연주한 이중성에 빠지고 만 거지. 가냘픈 알마의 젖가슴은 풍만하고 깊다. 그 속살을 열자마자 어린 실레는 연못에 빠진다. 따뜻한 바람이 소용돌이친다. 소용돌이 때문에, 육감적인 색감 때문에 눈이 먼 소년이 '우를르 우를르' 하고 외친다. 여자는 남자의 메아리를 따라 '브륄르 브륄르!' 하고 외친다. 느낌표까지 곁들인 발전된 여자의 언어에 의해 남자의 메아리에 파동이 일어난다. 남자의 우악스런 뼈마디와 여자의 부드러운 어깨가 떨린다. 나는 거리에서 배회하다가 어느 날 한 남자를 따라갔어. 늙은 남자였지. 그것은 내가 선택할 수 있는 유일한 방법이었어. 젊은 놈은 겁이 많고, 늙은 놈은 인색해. 그게 내가 본 세상이야. 그런데 내가 남자를 사랑하다니. 당신은 사내면서도 계집애가 따라갈 수 없는 강인하고도 나약한 아름다움을 가지고 있어. 당신에게도 아찔한 이중성이 있지. 알마의 속삭임은 비극적으로 변하고, 알마가 이끄는 비극을 따라 실레는 무자비한 고통에 휘감긴다. 고통은 안개 속으로 달려오는 기관차의 강력한 기적소리가 된다. 소년은 기관차의 펄펄 끓는 에너지에 감전돼 눈을 번쩍 뜬다. 에곤은 기관차가 경적을 내뿜으며 달려오는 것을 똑똑히 본다. 포효하는 흑마는 화실 유리창을 부수고 밖으로 터져나간다.

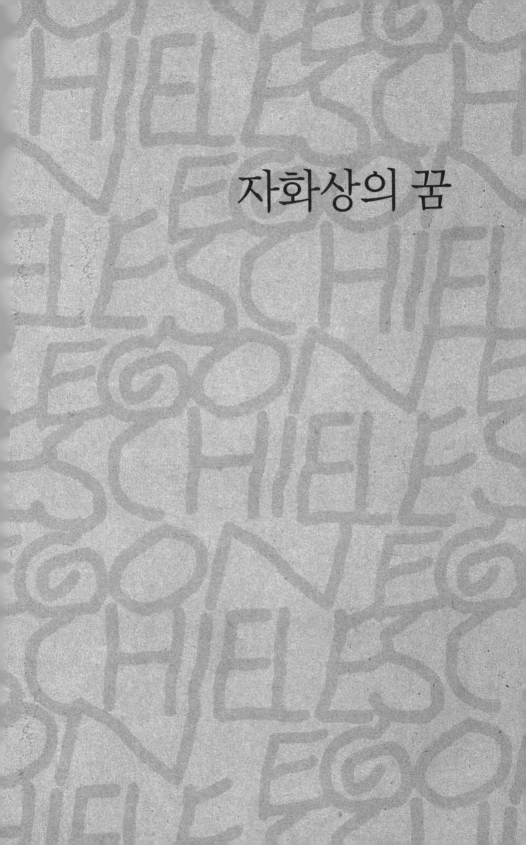

자화상의 꿈

제인이 뉴욕에서 만난 친구들은 각양각색이지만, 대부분 자신의 출신에 대해 프라이드를 갖고 있었다. 파키스탄서 온 롤라는 특이한 경우였다. 거실을 가운데 놓고 두 파트로 나누어진 기숙사 아파트에서 롤라는 함께 생활하는 네 명의 친구들에게 끊임없이 늙은 남편의 자랑을 늘어놓았다.

"압둘 가잘 씨는 세상 누구보다도 자비와 남녀평등을 잘 실천하는 사람이란다. 그는 네 명의 아내에게 완전한 평등과 자비를 베풀고, 우리를 행복하게 해주는 것을 의무로 여기고 있어. 우리 아내들은 압둘의 말에 순종하는 것을 가장 큰 미덕으로 생각해. 우리는 질투와 경쟁을 만들어내는 민주주의를 찬성하지 않아. 앗살람 알레이쿰!"

응용수학을 공부하는 롤라는 열다섯에 라호르의 섬유사업가 압둘의 네 번째 아내가 되어 그의 지원으로 영어와 수학을 배운 후 뉴욕으로 왔다. 기숙사 인근 유니언스퀘어에 있는 아랍 식당에서 할랄 음식만을 고집하는 그녀는 그 이유를 율법의 준수 이전에 남편과의 신성한 약속을 지키기 위한 것이라고 설명했다. 그녀가 남자를 판단하는 척도도 룸메이트들을 놀라게 하는 것이었다. "내가 남자를 판단하는 기준은 세 가지야. 얼마나 많은 여자를 거느리고 살 수 있는 남자인지, 아내들에게 그 어떤 변명도 하지 않고 생활할 수 있는지, 얼마나 깊은 자비심을 갖고 아내들을 공평하게 대하는지가 바로 그거지. 압둘은 정말 라호르 최고의 남자야. 무굴제국의 영화가 라호르와 같은 남자를 만들어내는 거지."

텍사스에서 온 멀리나와 뉴저지 출신의 시게코는 롤라가 뉴욕생활에 적응하기 어려워 줄곧 남편생각에 빠져드는 것이라고 말했지만 어쨌거나 제인은 롤라에게서 충격을 받았다. 제인은 자신이 태어난 한국이나, 성장한 오마하에 대한 뚜렷한 긍지를 갖고 있지 않다는 것을 깨달았다. 공동체의 역사나 환경에 대한 프라이드보다는 개인적인 기억만이 있다는 자각은 제인을 도전하게 만들었다. 그녀는 대학신문 편집부를 찾아가 학보기자 지원서를 썼다. 다음날부터 제인은 사람과 새로운 현상을 찾아다니는 젊은이가 되었다. 그녀의 하루는 학보사와 도서관과 아르바이트로 꽉 찬 시간표로 구성되었다. 오전부터 학보사에서 문장을 다듬는 제인, 교수들의 프로젝트를 도와주는 제인, 뉴욕의 구석구석을 취재하는 제인, 비엔나 슈테판 성당 외벽의 검은 때를 벗겨내는 방법에 대해 논문을 쓰는 제인, 뉴욕 거주 비엔나 이민들을 찾아다니며 세기전환기 작품이 거래되는 지하시장의 커넥션을 파악하는 제인. 그녀는 고서에서 풍기는 종이 냄새를 사랑하며 어려운 개념어와 씨름한다. 새벽 두시에도 불을 밝히고 있는 도서관 램프의 초록색 갓이 얼마나 아름다운지 전율한다. 때로 그녀는 생각이 가득한 방랑자가 되어 새벽의 난간에 기댄 채 음악을 듣는다.

그녀는 일천 페이지가 넘는 두꺼운 책 속에서 걸어 나온 인물들과 대화를 나누거나 사물의 궁극적인 이치를 탐구하며, 간혹, 책이 언어의 유희로 가득 찬 허영의 산물이 아닌지를 회의했다. 그러나 회의가 깊으면 깊을수록 자신의 내면에 더 그윽함이 차오르는 것을 알게 되었고, 그래서 그녀는 끝나지 않는 회의는 일단 접어던지기로 했다. 제인은 시간이 날 때마다 보스턴의 아데나움 도서관을 찾아가 희귀도서를 열람하며 3층의 카페테리아에서 도서관 뜰 안에 있는 수십 기의 무덤을 바라보곤 했다.

　제인은 결코 외롭거나 가난하지 않았다. 쉬지 않고 일거리를 찾았고 어린 학생들을 가르쳤고, 노부부가 유럽으로 여행을 떠난 집에서 고양이와 개를 돌보아 주었다. 세 번째 학기를 맞는 봄부터는 기숙사에 나와 지독하게 비싼 방 값을 기꺼이 지불했다. 그녀는 오마하에 편지를 보낸다면 신속하게 지원금이 도착할 것이라는 믿음이 있었지만 한 번도 오마하의 부모에게 도움을 요청하지 않았다. 주말 밤에는 친구들을 찾아 선술집으로 갔고, 방학 때는 비엔나로 갔다.

　뉴욕은 뭐든지 다 있고, 최악이면서도 살아볼 만한 도시였다. 거칠지만 생동감이 있는 도시, 백인 흑인 아시아계 중남미인들이 모두 한 구역에 모여 사는 도시, 석·박사 학위를 갖고도 우체국에서 일하는 사람들이 사는 도시, 서로 관찰하면서도 남이 쳐다보는 것을 신경 쓰지 않는 도시, 시니컬하고 어둡고 좌파적이고 비열한 도시. 뉴욕에는 놀고먹는 사람이 한 명도 없었다. 가식이 끼어들 틈도 없다. 제인은 뉴욕에서 자신에 대한 무장이 저절로 해제되는 것을 느꼈다. 자의식으로 자신을 얽어맬 시간도 없고, 그럴 필요도 없다. 비싼 방값을 마련하기 위해 여러 일거리를 찾으면서도 값이 싼 지역으로 나가지 않는 사람들이 사는 도시에서, 수백 가지의 철학과 마인드가 공존하는 도시에서, 한 사람으로서는 도무지 생각해 낼 수 없는 작품들이 무궁무진하게 생산되는 도시에서, 자신이 창의적이라고 자부하는 사람들이 가득하게 모여든 도시에서 과거나 자신의 내부에 얽매일 까닭은 아무 것도 없었다. 제인은 서쪽의 깔끔한 사람들과 동쪽의 지저분한 사람들이 공유하는 무차별성에 대하여 기사를 썼다. 뉴욕은 결혼을 하게 만들기 보다는 사람을 혼자 살게 유혹하는 도시라는 글도 썼다. 자신에게 질문을 하지 않으면 하루도 살아가기 힘든 도시, 과거 자기가 살던 곳에서 받아들여지지 않았던 사람들도 이곳에 오면 스스로 받아들이며 사는 도시, 관광객을 빼놓고는 타임스 스퀘어나 자유의 여신상을 보러 가는 사람이 하나도 없는 도시라는 기사도 썼다.

제인은 레스토랑에서, 카페에서, 선술집에서, 대학신문사 편집실에서 많은 친구들을 만났다. 모두들 이야기하고 싶은 것으로 가득 차 있고, 이야기 속에는 재담이 넘쳐흘렀다. 침묵을 지키고 싶어 하거나 진보적 이상이 침해받는 것을 인내하는 친구들은 없었다. 카페는 항상 만원이었고, 남자들은 누가 자신의 애인이 될 것인지를 염탐하며 시카고에서의, 샌프란시스코에서의, 파리에서의, 로마에서의 무궁무진한 경험담을 펼쳐냈다. 여자들은 밤이 끝날 줄 모르고 계속되는 남자들의 무용담을 들으며 과장된 이야기를 사실로 믿어주었다. 늦은 시간에 긴 머리를 출렁거리며 들어온 아르놀트는 사람들을 끌어들이는 화술을 가진 남자였다. 대학방송국에서 대담 프로그램을 진행하는 그는 테이블이 잠시 침묵에 빠져들 때면 허드슨강을 달리는 보트처럼 금세 새로운 파장을 만들어냈다. 그는 제인에게 원고를 보여 달라고 졸랐다. 제인은 자신이 작성중인, 어떤 것에도 굴복당하지 않고 살아가는 뉴욕의 젊은이들에 대해 쓴 원고를 보여주었다.

어떤 과거를 가졌을지라도 뉴욕으로 온 사람들은 자신만의 새로운 힘으로 이 도시의 삶을 살아낸다. 뉴욕이 뿜어내는 도시적인 활력은 과거의 어떤 경험도 누에고치처럼 외곽에 명주실을 둘러치지 못하게 만든다. 뉴욕에 온 사람들은 과거의 자신을 해체시켜버리고, 자신의 내부에 들어있던 어떤 사람의 기억이라도 전부 잊어버리고 자신의 미래를 모색해야만 한다. 모여든 한 사람 한 사람이 뿜어내는 힘을 바탕으로 매일 달라지는 분위기를 만들어내는 뉴욕은 사람들을 멈추지 못하게 만든다. 그러나 그가 가는 방향이 어느 쪽인지를 분간하지 못하게 만드는 것 또한 이 도시의 특징이다. 뉴욕은 더러운 것도 에너지가 된다.

"나의 두뇌가 잠시도 쉴 사이 없이 반짝거리며 긴장하게 만드는 분석인데!"

그는 일단 그런 아첨으로 말을 시작한다.

"아르놀트, 당신의 어법에는 아이스크림이 들어있어요."

"내가 정말로 그렇게 멋지다는 말이오? 그런데 제인, 당신이 과거의 누군가를 잊지 못하고 있다는 것을 이 글은 말해주고 있어요."

햇볕에 그을린 아르놀트는 제인의 눈을 들여다보았다. 오래전에 지워버린 윌리엄의 기억이 자신의 글속에 살아 움직이고 있는 것일까. 제인은 오뚝하게 잘 생긴 윌리엄의 모습이 그녀의 폐부를 찌르는 것을 느꼈다. 그녀는 남은 맥주를 들이켰고, 그 모습을 지워버렸다. 제인과 아르놀트는 브룩클린 브리지 오른편의 공원을 거닐었고, 다리 밑에 앉아서 로어 맨해튼을 바라보곤 했다. 창고 건물에 걸려있는 그림들은 하루가 다르게 바뀌었다.

"제인, 오늘은 내가 바다를 맛보게 해 줄게."

아르놀트는 제인을 그랜드 센트럴 역의 오이스터 바로 데리고 갔다. 굴이 나오자 아르놀트는 껍질 속에서 굴을 빼내 제인의 입에 넣어주었다.

"굴은 아무런 조리를 하지 않고 자연 상태로 먹는 것이 가장 맛이 좋아. 차가우면서도 달착지근한 바다가 혀 속으로 들어오지. 그 다음은 폰즈 간장 소스를 살짝 곁들여 먹고 마지막으로는 호스래디쉬 소스를 곁들이면 점점 더 기가 막혀!"

정말 그랬다. 차가운 오마하의 바다가 제인의 입 가득히 들어왔다. 둘이 백포도주로 건배를 하자 제인의 입에서 바다가 찰랑거렸다. 연한 폰즈 간장 소스와 호스래디쉬 소스의 맛이 백포도주의 향과 함께 미감을 증폭시켰다.

새벽 두시, 제인의 어깨에 팔을 두르고 있던 아르놀트의 혀가 그녀의 입속으로 쏙 들어왔다.

제인과 아르놀트가 기록한 뉴욕의 성적표는 양호했다. 제인은 스물셋, 아르놀트는 스물다섯에 대학원을 졸업했다. 그들은 약속했다. 아무 것도 강요하지 않고 사랑하겠다는 미래의 약속. 아르놀트는 쉬지 않고 일하고 얘기하고, 사랑할 줄 아는 자유로운 남자였다.

2

이다의 유방에 봉긋하게 봄이 들어있다. 오타크링에서 온 봄은 화실의 부족한 빛 속에서도 상아빛 복숭아처럼 피어난다. 화가는 세 개의 피사체가 등장하는 구도를 잡는다. 화폭 가장 안쪽에 실레가 앉아 있고 다음엔 서 있는 이다의 누드 앞면이, 그 다음에는 누드 뒷면이 보인다. 피사체는 안쪽에서 바깥쪽으로 올수록 급격히 커진다. 거울에 비치는 화가 자신과 모델의 모습이다. 거울을 향해 이다가 서 있고 이다 뒤에 화가가 그림을 그리기 위해 앉아 있는 구도이기 때문에 화폭엔 모델의 뒷모습과 거울에 비친 앞모습이 동시에 나타난다.

거울을 바라보는 실레에게 소년이 말을 건다. '화실에 9명의 인물이 있었어요. 가운데에 공주가 있고 공주의 좌우엔 두 명의 시녀가 공주의 시중을 들고 있었지요. 오른쪽으로는 두 명의 난장이가 서 있고, 그 뒤로는 수녀와 궁중경호원이 서 있었습니다. 뒤 쪽 복도에는 한 남자가 서 있고, 제일 왼쪽에는 화가가 서 있었고요. 화가는 오른손에 붓을, 왼손에는 팔레트를 들고 있으며 그의 앞에는 대형 캔버스가 서 있어요.'

실레는 이다를 그린다. 가는 몸매와 탄력 있는 유방을 가진 이다가 눈을 아래로 내리깐다. 눈동자가 깊다. 입술을 살짝 내밀었다. 연출력이 뛰어나다. 챙이 넓은 모자를 썼고, 모자 아래로 머리카락이 물결친다. 손은 엉덩이 부분에 걸쳐서 보는 사람의 시선이 음모에 가도록 유인하고 있다. 스타킹은 무릎 아래로 흘러내려 있다.

소년의 말이 계속된다. '그런데 그림에 그려진 것은 아홉 명이 아니에요. 화실 뒷벽에 걸려있는 작은 거울에는 왕과 왕비의 모습이 들어 있거든요. 그러니까 화실에는 11명이 존재하는 거예요*. 그런 상황인데 화가는 자신을 등장인물과 함께 있는 3인칭으로 그려냈답니다. 거기서부터 수수께끼가 시작되는 거지요. 어떻게 해서 화가가 모델과 함께 등장한 것을 객관적인 그림으로 그렸느냐는 거지요. 어떤 사람들은 이 그림이 앞 벽면에 설치된 대형거울에 반영된 이미지를 그린

---

* 스페인 펠리페 4세 때의 궁정화가 디에고 벨라스케스(1599~1660)의 대작 〈시녀들〉

것이라고 해석했어요. 그러나 이 해석은 부분적으로만 맞아요. 맨 앞에 대형거울이 설치돼 있고 그 거울 앞에 국왕부부가 서 있는 것이 반영된 거울의 상을 보고 화가가 그림을 그린 것이라면 그 거울에는 국왕부부의 뒷모습이 나와야 하거든요. 그래서 화가가 그 뒷모습도 그려야 옳은 그림이 되지요. 많은 사람들이 이 그림에 대해 연구를 해왔지만 모두 부분적인 설명에 그쳤답니다. 그림 내부의 것만으로는 전체를 설명할 수 없는 미스터리를 담고 있어요. 개가 거울에 비치는 자신의 모습을 보고 짖는다고 생각해 보세요. 거울 속의 개도 거울 밖의 개를 보고 짖게 되지요. 그러면 거울 밖의 개는 거울 속의 개를 향하여 다시 짖게 되는 거구요.'

실레는 이다 드로잉에 몰두하고 있다.

소년이 다시 실레의 침묵을 건드린다. '실레 씨, 지금 내가 당신의 뒤로 간다고 해보자고요. 그 상황이 전부 대형거울에 반영된다면, 더구나 내 뒤에 또 거울이 있어 앞의 거울과 서로 되비친다면 당신은 몇 개의 피사체를 그려야 할까요? 내 말은 거울에 반영되는 것은 피사체의 주관이 아니라 객관이라는 것이지요.'

실레가 응대를 한다. '거울에 비치는 상은 그 주인과 다르다는 건가?'

'그렇지요. 열한 명의 인물들이 어디까지가 실제이고, 어디까지가 이미지의 반영인지 모르듯이요. 지금 그리는 그림이 바로 그렇게 보여요. 나는 당신이 화실에 체경을 건 이후 당신을 계속 지켜봤어요. 거울을 보고 그린 자화상은 당신 작품의 기본이자 일기라고 해도 될 거예요. 그런데 당신의 그림은 오락가락하고 있어요.'

'내 그림이 아직 멀었다는 것을 나도 알아. 그렇지만 나는 스케치를

하는데 오락가락 하지는 않아.'

'아니에요. 당신은 장식과 기괴함 사이를 오가고 있어요. 미술아카데미에서 매일 똑같은 데생을 시킨다고 불평했지만, 지금 당신은 하루 종일 거울을 들여다보면서 자신을 그리고 있어요. 장식을 넣고 기괴한 표정을 만들어내기도 하고, 계속 그렇게 하고 있지요.'

'내가 거울을 들여다보면서 자화상 스케치를 계속 반복하는 것은 사실이야. 그러나 그것은 변화를 찾아가는 것이지 고정된 것을 반복하는 것은 아니야.'

'장식을 도입하는 것은 클림트의 답습이 아닐까요? 금박 은박은 물질의 세계에서 영원할지 몰라도 예술의 세계에서는 금세 녹슬게 마련이지요. 클림트의 여성은 장식적인 분위기 속에서 나른하게 앉아있기만 해요. 이렇게 변화하는 노동의 시대에 말이에요.'

'빈의 미술을 유럽에 알린 사람은 클림트뿐이야.'

'그건 벌써 옛날 얘기예요. 지금 클림트는 빈 시민들이 요구하거나 빈에 필요한 그림을 그리지 않아요. 마찬가지로 당신이 그리는 그림도 거울과 캔버스 사이를 반복하고 있어요. 당신의 선이 아무리 뛰어나다고 해도 습관에 빠져버리면 곤란해질 거예요. 그런데 당신은 자꾸 클림트의 옆으로 가거든요. 당신의 <물의 요정> 시리즈는 클림트의 <물뱀> 시리즈에서 모티브를 가져온 것이 확실해요. <물뱀>이 아니면 탄생하지 못했을 거예요.'

'나는 그런 의견에 절반만 동의할 뿐이야. 나는 클림트의 길을 따라가다가 붓의 터치를 바꿨어. 클림트의 그림은 너무 아름다워서 나는 따라갈 수 없었어. 더구나 나의 자화상은 전혀 다른 그림이잖아?'

'당신의 어린 시절 자화상은 모든 사람의 사랑을 받을 만한 것이었어요. 짙은 머리숱에 오뚝한 코, 그리고 영롱하게 빛나는 맑은 눈을 살짝 치켜뜬 해맑은 미소년의 모습이었지요. 아름다우면서도 긴장감을 간직하고 있는 그 자화상은 당신이 늙을 때까지 귀여운 에곤의 모습을 간직할 것이라는 믿음을 주었어요. 그 자화상을 보는 사람이면 누구나 당신을 좋아하지 않을 수 없을 거예요. 그런데 지금의 자화상은 그렇지 않아요. 불안하고 정체불명인 실레가 들어있거든요.'

'옛날은 지나간 거야. 나는 <무릎 꿇은 청년>과 <의학>을 지나왔어. 그런 작품을 경험한 사람에게 예쁘고 아담한 과거는 돌아오지 않아. 클로스터노이부르크와 프란츠 요제프 역을 지난 열차가 틀른으로 돌아갈 수 없듯이 말이야.'

'무슨 말인지는 알아요. 교차한 두 손이 서로 반대쪽 어깨를 잡고 벌거벗은 채 무릎 꿇고 있는 조르주 민느의 조각은 자기성찰과 연민으로 가득 차 있는 청년을 만들어냈어요. 클림트의 <의학> 왼쪽에 등장하는 나체 여성은 부유하는 존재의 어두움을 보여준다고 하지요. 세상과 홀로 맞서야 하는 당신이 그런 주인공들과 맞닥뜨린다는 것은 당연한 수순일 거예요. 그렇더라도 당신의 정체성이 모호해져야 할까요?'

'자신을 오랫동안 관찰하다보면 무수히 다른 자신을 만나게 돼. 예를 들자면 거울이 바로 그런 거지. 거울에는 엄청난 비밀이 있어. 아까 자네가 말했지만, 거울엔 객관과 주관의 세계가 있고, 주체와 객체의 세계가 있어. 사물의 외관을 반영하는 거울은 실제보다 훨씬 힘이 센 존재라는 것을 나는 알아. 나는 어느 날 내 앞에 버티고 서 있는 무시무시한 존재를 보았어. 자화상을 그리는 것은 바로 그렇게 주체와 객체를 바꾸는 작업이라고 생각하네.'

'주체이자 객체인 실레를 그린다는 말이군요. 그런데 당신의 혼란스러움은 그것만이 아니에요. 당신은 지금 남성과 여성이 뒤섞인 자웅동체의 자화상을 그리고 있어요. 유화로 그린 당신의 첫 자화상인 <누드 자화상>이 그 시작이지요. 이 그림은 남성과 여성으로 분명하게 구분돼 있던 그림의 정체성을 와해시키는 것 같았어요. 그림의 역사에는 근육질의 남자와 비곗살이 풍만한 여자, 노동하는 남자와 누워있는 여자, 침묵하는 남자와 웃는 여자와 같이 분명한 역할과 색깔의 구분이 있었잖아요. 당신의 누드 자화상은 전적으로 남자처럼 보이지 않아요.'

'역사적으로 남자는 군인이거나 정복자이거나 제왕의 포즈를 취했다, 여자는 수동적이고 비스듬하게 누워있거나 기대있는 자세를 취하는 것이 공식이었다, 여자들의 그런 포즈는 남성관찰자를 위한 것이었고, 남자는 그런 여성 누드화를 감상하는 것을 일종의 특권으로 여겼다, 이런 것들을 말하는 거지?'

'그래요. 그러나 당신의 자화상은 가냘픈 가슴과 홀쭉하게 들어간 배, 튀어나온 갈비뼈, 수척한 몰골 같은 것을 보여주었어요. 예쁘장한 소년, 상처 입은 남자. 정말, 남자를 불쌍하게 만드는군요.'

'사람은 누구나 남자와 여자의 양성적인 측면을 갖고 있는 게 아닐까.'

포징을 끝낸 이다가 두 손으로 가슴을 모아 쥐고 거울 앞을 떠난다. 그녀의 검은 눈이 화가의 뇌리에 머문다. 드로잉을 끝낸 화가가 혼자 거울을 본다. 소년의 말이 이어진다.

'당신의 요즘 자화상은 거칠고 불쾌하기까지 한 남성이면서도 가냘픈 몸매와 큰 둔부를 가진 여체의 구조를 보여주고 있어요. 그런 그림

은 우리를 불편하게 만들어요.'

'지금 빈은 부르주아의 향락과 빈민층의 처참함이 과거에는 볼 수 없을 정도로 심하게 대립하고 있단다. 아동매춘이 유행하고, 사창산업이 성행해서 독일과 이탈리아의 남자들까지 몰려온다는구나. 아돌프 로스는 미성년자를 유혹했다는 혐의로 법정에 서기까지 했지. 이런 타락을 새로운 에너지로 파악하는 사람도 있어. 인간의 심리에는 무의식의 바다가 들어있다고 하는 학자도 있고, 인간은 누구나 자웅동체의 본성이 있다고 한 사람도 있지. 내 자화상에서 이중성이 나타난다면 그건 지금 빈의 분위기와 연관이 있을 거라고 생각되는데.'

'그렇지만 실레 씨, 고독은 남자를 여성화시키는 거 아닐까요?'

'꽤 독특한 시각인데! 고독이라는 말이 더 잘 어울리는 쪽은 여성보다는 남성이 아닐까?'

'당신이 외로움을 견디면서 그런 양성적인 인체 구성을 한 건 아닐까 해서 해 본 말입니다.'

'인간의 골격은 이중성이 있어. 누구나 그렇지. 자세히 관찰해보면 금방 드러나.'

'당신의 그림은 인체비율도 맞지 않는 것이 많아요.'

'인체의 비율을 중시해야 하지만 그것을 절대적이라고 받아들일 수는 없어. 물론 나도 아카데미에서 비례에 대해 배웠고, 엄청난 스케치를 해왔다네. 그러나 나는 그런 공식보다는 내가 어린 시절 쏘아 다녔던 자연이 훨씬 더 위대하다는 것을 깨달았어. 편하게 여겨지는 대로 그리는 것이 살아있는 그림을 만드는 거지. 물론 나는 미술 아카데미가 규정한 누드의 미적 기준을 무시하는 것은 아니야. 그러나 그런 공식은 건축에는 적합하지만, 그림에는 참고사항에 지나지 않는

다고 생각해.'

'다빈치의 인체비례도가 당신의 그림에서는 부자연스럽다는 말인 가요?'

'황금비율은 신체뿐만 아니라 일상의 여러 부분에서 찾아볼 수 있 지. 그러나 내가 그림을 그리면서 깨달은 것은 움직이는 신체의 각도 에 따라, 근육의 수축에 따라 인체는 무한하게 달리 표현돼야 한다는 사실이야. 비틀림과 왜곡이 훨씬 더 효과적일 경우도 많아. 어떤 생각 으로 표현하느냐에 따라서 그림은 달라져야 할 거야.'

'그러면 당신 그림의 불편해 보이는 인물들과 비틀린 표정도 아름 다움이 될 수 있다는 건가요?'

'그것은 보는 사람이 어떻게 받아들이느냐에 따라 달라지겠지만 그 림이 내부의 조화나 리듬을 갖추고 있다면 훌륭한 그림이라고 생각 하지. 추한 것도 아름다움이 될 수 있다고. 아름다움은 고정적인 것은 아니거든. 메마른 것, 비틀린 거, 불편한 것, 그런 것들이 얼마든지 아 름다움이 될 수 있다고.'

'실레 씨, 그렇게 말하는 당신은 동성애자가 아닌가요?'

3

작곡가 알반 베르크, 구스타프 말러, 아루트르 루빈스타인, 아르놀 트 쉔베르크, 알렉산더 젬린스키, 지휘자 알프레드 리히트바르크, 작

가 프란츠 블라이, 막스 브로트, 휴고 호프만스탈, 카를 크라우스, 에
곤 프라이델, 스테판 츠바이크, 페터 알텐베르크, 아르투르 슈니츨러,
야콥 바세르만, 의사 에르빈 그라프, 오스카 라이켈, 건축가 오토 바그
너, 요제프 호프만, 화가 구스타프 클림트, 콜로만 모저, 카를 몰, 아돌
프 미카엘 보헴, 막스 카러, 루드비히 카를 슈트라우흐, 안톤 파이스,
카를 자코프체크, 안톤 폐슈카, 조각가 막스 클링거, 판화가 에밀 오
를릭, 미술사학자 볼프강 파우커, 미술평론가 아르투르 뢰슬러, A. F.
젤리크만, 한스 티체, 문예평론가 헤르만 바흐, 오페라 무대 디자이너
알프레드 롤러, 출판인 에두아르트 코스마, 일러스트레이터 알프레드
큐빈, 독일 화가 막스 리버만, 독일 작가 토마스 만, 독일 미술평론가
율리우스 마이어 그래페, 독일 화가 지그문트 로젠바움, 베를린 국립
미술관장 휴고 본 추디….

실레는 직접 디자인한 초청장 하나하나에 초대의 글을 써 넣고 봉
투에 주소를 적는다.

1911년 2월 20일 오전 11시 비엔나 도로시가세 11번지 미트케 화랑.
실레의 첫 개인전 <검은 은, 금의 대안>이 열린다. 전시회는 성황이
다. 독일 문화예술계의 명사들까지 찾아왔고, 일반관객 못지않게 많
은 콜렉터들이 왔다. 실레의 명성을 알리는 전시회다. 그림은 충격적
이다. 새로 선보인 자화상은 거칠다. 곡선이 거세당하고 직선이 내달
린다. 육신은 비틀려 있고 몽유병 환자처럼 알 수 없는 표정을 짓고
있다. 정사각형의 화폭 위에서 벌거벗은 육체는 이해할 수 없는 언어
로 소리친다. 사람들은 <무릎 꿇고 손을 올리고 있는 자화상> <엉덩
이에 손을 대고 서 있는 자화상> <팔을 올리고 앉아있는 자화상> 등
3점의 자화상 시리즈에 몰린다. 모두 152×150cm의 크기로 제작된 자

화상 시리즈다. 지금까지 실레의 그림 중에서 가장 큰 크기이다. 이 큰 화폭에 실레는 유겐트스틸의 장식을 모두 걷어버리고 단순하고도 과감하게 도전장을 내밀었다.

전기고문을 당한 듯 위로 삐친 머리카락, 기괴하게 번쩍거리는 눈빛, 놀란 듯 반쯤 뒤로 돌린 시선, 불안과 고뇌로 가득 찬 얼굴표정, 수술용 메스로 살을 발라낸 듯 야위고 각진 어깨뼈. 화가의 도전은 거기서 끝나지 않는다. 실레는 그런 몰골로 참회의 기도를 올리듯 한쪽 손은 올리고, 반대편의 한쪽 무릎을 꿇고 있다. 여기에 화가는 갈색과 녹색을 덧칠해 칙칙한 육체가 부패하는 듯한 느낌을 불어넣었다. 이전의 어떤 화가가 시도했던 역사적 관련성이나 사회성도 찾기 어려운 자화상이다. 누드화의 고매한 표정을 신경증적인 흥분과 비천하게 찡그린 얼굴로 바꿨다. <엉덩이에 손을 대고 있는 자화상>은 직선과 곡선의 조화를 추구했지만 다른 그림의 강렬함 때문에 아무도 주목하지 않는다.

에곤은 제 아비를 닮아 야심만 있고, 뭣 하나 제대로 하지를 못해. 나이 스물의 실레는 후견인의 비난에 시달리며 자화상을 그렸다. 비난의 환청 속에서, 허기와 추위 속에서 수백 장의 습작을 통해 나온 자화상들이다. 그는 가족과 학교를 떠난 후부터 그림연필 한 자루만을 들고 자신의 육체 속으로 파고들었다. 그가 그릴 수 있는 최상의 모델은 자기 자신이다. 그가 자신을 성찰하거나 주체와 객체를 바꿔 보고, 외적 표정의 변화와 내적 심리상태를 읽어볼 수 있는 것은 자신의 그림뿐이다.

클림트가 실레에게 다가온다.

"실레 씨, 더 분노하시오. 더 크게 소리 지르고, 용감하게 찢어발기

시오.”

　“사람들은 못마땅해 하던데, 더 크게 소리를 지르라는 말씀인가요?”

　“그렇다오. 최대한으로 크게. 내가 당신을 응원할 모델 한 명을 보내 주리다.”

　클림트는 실레의 특징을 꿰뚫어 본다. 그는 실레가 그린 게르티의 그림을 처음 봤을 때부터 실레의 남다른 감각과 대담함을 알아봤다. 실레는 클림트의 그림을 볼 때마다 내면의 격정을 우아한 장식과 모델의 유혹적인 미소로 우회한다는 것을 느꼈다. 그럴 때마다 실레는 아름답게 그리지 않겠다고 생각했다. 내 정신과 육체는 불협화음으로 일그러져 있다. 정신은 맑더라도 육체는 탐욕적이다. 육체가 순전할 때는 정신이 광기로 가득 차 있다. 나는 치욕스럽다. 그러나 우회하고 싶지 않다. 나는 내 이중성과 무기력함을 직설로 표현해야 한다. 나의 스승은 벌판이고, 아버지가 묻힌 공동묘지다. 실레는 자신이 처절하게 죽은 아돌프 오이겐 실레의 아들이라는 사실을 허기 속에서 받아들인다. 자신은 이 세상에서 즐거워 할 수 없는 존재라는 것을 인정하고 스스로를 학대하는 마조히즘의 극한으로 간다. 배고픔은 그에게 양약(良藥)이다. 그는 벌거벗은 몸의 피어오르는 에로스 속에 도사리고 있는 죽음의 망령을 본다. 그것을 뒤틀린 선과 칙칙한 색조로 거칠게 표현한다.

　친구들이 화랑 인근의 카페에서 이야기를 나누고 있다. 분석가 파이스가 실레의 그림을 비평할 차례다. 파이스가 눈을 깜박거린다.

　“실레는 생각 없이 그림을 그리는 것 같아. 아니 생각이 너무 많다고 할까. 실레는 꿈이 너무 많아서 그 의미를 생각해보기 위해 잠시 쉬는 경우도 없이 그냥 그려댄다고."

페스커가 어깨를 으쓱거리며 끼어든다. "실레의 그림은 오히려 생각과 고통의 산물이야. 그는 그림을 그리며 오래, 진지하게 생각하지."

친구들은 파이스를 바라본다. 파이스가 말한다. "거친 것이 부드러운 것과 섞여서 물결쳐야지. 클림트처럼 말이야."

페스커가 파이스의 말을 받는다. "거친 클림트를 말하는 거야? 작업할 때 클림트는 카프탄 외에는 속에 아무 것도 입지 않는데. 그 거칢 때문에 모델들이 부드러움에 목말라 그에게 매달린다잖아. 그러니 어쩌겠나. 의자에 앉아있는 모델을 거칠게 끌고 가 침대에 던져버린다는 거야. 그러고는 용서해주오, 그렇게 사정조로 말한다는 거지. 모델이 어떤 반응을 보이는 줄 알아?"

공간이 조용해진다. 모두들 다음 말을 기다린다.

"제발, 저를 거칠게 다뤄주세요."

실레의 개인전에 혹평이 쏟아진다. 누군가로부터 혹평이 나오면 평론가들은 누가 더 신랄한 언어를 사용할 수 있는지 갈고닦은 언어를 들고 유희에 나선다.

"자화상은 관객들이 한 눈에 볼 수 있도록 중앙에 초점을 맞추고, 피부를 희고 통통하게 그리는 것이 일반적이다. 그러나 실레는 보는 이들을 당황스럽고 복잡하게 만든다. 눈길이 한 군데 멈추지 못하도록 여기저기에 뭔가를 늘어놓으며 의도적으로 불편하게 그린다." "실레는 화폭에서 리듬을 살려낼 만한 역량이 없다. 화가는 인간 육신의 매끄러운 볼륨감조차도 보지 못한다. 그렇기에 그는 모델들을 원시적 기호를 달고 서 있는 고고학 박물관의 밀랍 인형처럼 그렸다. 그들이 서 있는 곳은 살을 발라내 뼈를 뜨는 도축장, 혹은 해부학의 수술대와 흡사하다." "바짝 마른 육신에 핏줄은 울퉁불퉁하게 드러나고 팔다리의 관절은 불거져 있다. 한마디로 인간의 모습이라 할 수 없다."

실레를 지지하고 구매를 약속했던 외과 의사 오스카 라이켈은 약속을 다음 기회로 연기한다. 실레는 물러서지 않고 라이켈에게 편지를 보낸다. "라이켈 박사님, 시기가 늦어지더라도 언젠가 사람들은 저의 그림을 신뢰하게 될 것입니다. 저의 말에 진지하게 귀를 기울이게 될 것입니다. 그 날이 되기까지 제 작품은 서막에 불과할 것입니다. 그린다는 것은 단순한 기술만의 문제는 아닙니다. 그림을 팔고 싶어서 하는 말이 아닙니다. 제가 그리고 있는 것을 잘 살펴봐 주십시오."

뢰슬러 만이 실레를 지지한다. 다른 평론가들이 끔찍하다고 한 실레의 자화상을 그는 천진스러움으로 해석한다. "실레의 그림은 일정한 논리 속에서 전개되고 있다. 그의 많은 이미지들은 침울한 의식 속에 자리하는 망령을 보여주는 듯하다. 그러나 뒤에는 따뜻한 생명이 속삭이는 것을 느낄 수 있다. 화가는 이런 감정을 천진스럽게 표현해 낸다. 그의 그림은 그래서 침울하고 신비스러우며 한편으로는 종교적인 분위기마저 풍기고 있다."

그러나 뢰슬러와 실레의 관계는 자주 부딪친다. 실레가 뢰슬러의 진심을 의심스러워 한다는 말이 나돈다. 뢰슬러가 주선해 주는 그림 값도 실레는 믿지 못한다고 한다. 화가가 예민해져 있는 것이다. 뢰슬러는 실레에게 편지를 보낸다. "내가 당신을 사심 없이 지지해왔음을 잘알 것입니다. 그걸 조금도 후회하지는 않습니다. 그러나 당신이 나를 못 믿어 한다는 말을 듣고 나는 우리의 관계에 거리를 조금 둘 필요가 있다고 생각했습니다. 내가 당신에게 침착하게 말할 수 있을 때까지, 그리고 당신이 신중하게 처신하는데 익숙해지기까지 말입니다."

실레는 참지 않고 뢰슬러의 사무실을 찾아간다.

"저는 돈을 저주하고 비웃지만 인정하고 받아들일 수밖에 없습니다. 빵에 바를 버터도 없는 형편이니까요. 돈이 저를 울고 웃게 합니다. 다른 사람들의 이야기를 듣지 마시고 저의 그림이 하는 이야기를 들어주십시오. 제 그림은 저의 것이라기보다 바로 제 자신입니다."

4

실레는 자신이 그리는 인체에는 생명이 있다고 믿는다. 그는 자신이 그린 인체에 영원불멸성을 부여하고 싶어 한다. 그림을 선과 색의 언어라고 생각한다. 그것은 해부학과 시점의 눈높이에 대한 원근법, 그리고 명암에 대한 이해를 요구한다. 실레는 이런 이해를 바탕으로 인체가 만들어내는 움직임을 뼈대와의 관계 속에서 파악한 다음 다양한 움직임을 주고, 그러고 나서 감정과 생동감을 불어넣는다. 화가는 그 인물을 아담이라고 이름 짓는다. 누드야말로 그림의 영역에서 가장 위대한 진술이라고 확신한다.

실레는 누드화를 그리거나 감상할 때의 첫 욕망이, 관찰하며 입맛을 다시는 것으로 나타난다고 생각한다. 에로틱하지 않은 누드란 없다. 누드를 보기 싫어하는 사람도 없다. 의도하는 대로 움직이며 다양한 형태와 역동성을 갖고 있는 인체는 전폭적으로 보드랍고 말랑말랑한 피부를 전면에 내세우고 있다. 그 피부 밑으로 형태의 윤곽을 이루는 뼈대와 그것을 감싸고 있는 살과 근육들이 탄력적으로 조화를 이룬다. 인체의 뼈대는 튼튼하고 강력해 보이지만 결코 뻣뻣하거나 완전한 직선으로 이루어져 있지 않다. 인체의 어느 부분도 직선은 없다. 뼈의 완만한 곡선은 인체의 움직임과 리듬에 영향을 주고 인물을 생기 있게 만든다. 그러나 실레는 그 유연함에서 비켜난다.

그는, 움직이고 있는 인체의 중심축에 따라 몸은 움직이는 방향으로 기울어진다는 것을 안다. 척추는 골반에 단단하게 연결돼 있지만 놀라울 정도로 유연하게 휠 수 있다. 뼈와 연골과 근육은 서로 지탱하고 있다. 여성과 남성 머리끝부터 발끝까지 어떻게 다른지, 어떤 부분은 아주 똑같은지, 그것을 구분해서 그리는 기쁨도 안다. 남성의 턱은 여성보다 더 발달해 있고, 여성의 목은 남성보다 가늘다. 여성의 손은 작고 훨씬 더 섬세하다. 여성 팔의 근육은 튀어나오지 않고 갸름하게 볼록할 뿐이다. 골반을 그릴 때는 감격적이기까지 하다. 여성의 골반은 깊고 넓다. 그래서 여성의 엉덩이는 넓고 풍만하며 남성보다 아래쪽에 위치한다. 여성의 대퇴골은 약간 비틀어져 있다. 실레는 비틀어진 엉덩이의 야들야들한 색감을 빈에서 가장 잘 표현할 줄 안다고 자신한다. 지금까지 몇 십 장이나 <옷 벗는 여인>을 습작하면서 자신만의 색감을 얻었다고 생각한다. 사과 같이 작고 동그란 것이 위로 솟은 엉덩이는 보나마나 남자의 것이다. 그러나 남자의 흉곽과 늑골은 크다. 그래서 남성은 어깨가 넓고 엉덩이는 좁아 보인다. 미골은 사라져 가는 숙명을 이야기한다. 이러니 누구라도 누드를 관찰하기에는 시간이 없다고 말하지 않는 것이다. 소녀처럼 가냘픈 목덜미 아래의 쇄골과 오목한 선들, 그 양쪽을 받쳐주는, 갓 사관학교에 입학한 청년과 같이 늠름한 어깨의 삼각근. 그 아래 상완 바깥에 두툼하게 자리한 삼두근과 안쪽의 볼록한 이두. 인심 좋은 여자가 두 겹으로 두툼하게 접어 접시에 담아주는 밀전병을 연상시키는 대흉근을 그린다. 그가 그린 대흉근은 가슴을 가로질러 척추 밑까지 망토 모양으로 가슴을 덮는다. 갈비뼈를 감싸고 있는 전거근과 그 사이의 깊은 주름, 길을 잃은 아이가 허리가 아픈 듯 슬픈 표정을 짓는 외복사근. 복부를 몇 개의 블록으로 만드는 충복과 같은 복직근. 뾰족한 자두처럼 솟아오른 유방, 반항하는 유두, 순종하는 배꼽. 실레의 인체는 리듬으로 넘치며 열정으로 들끓는다. 부끄러운 듯 치골근에 둘러싸여 검고 통통한 계곡 사이로 숨은 사타구니, 포피를 뒤집어쓰고 수줍게 잠들어있는 작은 페니스. 날카로워 보이면서도 결국은 보드랍게 각을 이루는 팔꿈치. 어깨 뒤쪽을 가로지르는 수문장의 빗장과 같은 숭모근. 카드게임이라도 한 판 벌이고 싶을 만큼 널찍한 테이블을 연상시키는 광배. 등을 곧추세우고 결코 빗장을 풀지 않을 듯한 기세의 척추기립근. 실레는 인체가 세상에서 가장 당당한 그림의 소재라는 것을 안다. 허벅지 위쪽 외곽선의 움푹 들어간 부분과 동그스름하게 솟은 대둔근, 그 풍만한 엉덩이의 탱탱함과 눈치 없는 도도함, 그 위와 아래를 볼록하게 감싸는 중둔근과 소둔근. 참지 못하고 내달리게 만드는 단거리 주자의 햄스트링, 두툼하고 미끈한 대퇴사두근. 인체의 가장 후면에 토마토처럼 달려있는 종아리의 비복근. 하체에서 최대한으로 가늘게 빠지는 아킬레스와 발목을 지탱하는 동그란 발뒤꿈치…. 인체의 중심축을 이루는 뼈대와 그를 둘러싼 다양한 근육들의 탄력을 보며 실레는 인체가 펼쳐내는 아름다운 화음에 침을 삼키며 입맛을 다신다. 이런 인체를 관찰하는 실레는 필연적으로 그 다음의 욕망으로 이끌려간다.

실레가 깨닫는 누드화의 두 번째 욕망은 그런 근육과 뼈를 손으로 만지는 촉감에 대한 것이다. 육체와 육체가 접합하여 주고받는 실감이 없다면 그림은 살아나지 않는다. 율동하는 것과 멈추어 있는 것, 튀어나온 부분과 들어간 부분, 주름진 피부의 너그러움과 포동포동하게 살찐 비만의 거만함, 그 위로 한 줄기 광선을 반사시키는 인체는 실리콘인형이나 마네킹으로는 도무지 흉내 낼 수 없는 신비한 색감과 감촉을 자랑한다. 3차원의 두께가 4차원의 감각으로 꿈틀거리는 것이다. 그러니 무릇 늙은이는, 소크라테스가 일리소스 강변에서 파이드로스*에게 사랑하는 자의 광기를 찬양하듯, 토마스 만이 작가 구스타프 야셴바흐의 입을 통해 미소년 타지오에게 "누구에게도 절대로 그런 미소를 짓지 마!" 하고 외치듯**, 에로스의 미혹에 사로잡히는 상태가 될 수밖에 없는 것이다. 차이가 있다면 논리적인 만담가 소크라테스는 뛰어난 대화법을 갖고 있고, 토마스 만은 죽어가면서도 속으로 외치는 언어가 있다는 것이 다를 뿐. 그러니 어찌 그림이 가만히 있어야 한다는 말인가.

실레는 누드화의 세 번째 욕망은 만들어진 육체를 소유하는 것이라고 믿는다. 누드를 그리는 것은 누드를 만져보는 것보다 훨씬 강력한 욕망이다. 인체를 그리는 자는 보이는 뼈는 물론 감춰진 뼈까지 볼

---

* 플라톤의 〈파이드로스〉. 아름다운 일리소스 강변 숲속에서 소크라테스와 젊은 파이드로스가 사랑에 대한 대화를 나누는 내용
** 토마스 만의 소설 〈베니스에서의 죽음〉에서 노작가 야셴바흐는 베니스 해변에서 만난 미소년 타지오에게 빠져든다

줄 알고, 늑골과 골반이 심장과 폐를 보호하면서 움직인다는 사실을 알고 있다. 그는 사타구니의 축축함까지도 다 안다. 그것을 모르는 화가는 옷을 입고 활보하는 인간을 그릴 수 없다. 화가란 얼마나 불순한 야망을 숨기고 있는 존재들이란 말인가. 이런 인체를 그리는 실레는 거기에 표정과 감정을 집어넣고 인간 하나를 만들어냈다는 자부심을 갖는다. 그러하기에 그런 그림을 그려낸 그는 누구보다 잘난 척할 수 있고, 거드름을 궐련처럼 뻐끔뻐끔 피우며 자신이 만들어낸 인간을 화실 깊은 곳에서 양육하거나 시장에 걸어놓고 큰돈을 받기 위해 흥정을 벌일 수 있는 자격을 갖춘 존재라고 믿는다.

그러나 비단 이것만이 아니다. 인간들이 나체를 예찬하는 것은 속박된 것을 벗어버리는 자유, 태초의 다음 시간에 잃어버린 낙원, 숨겨져 있는 리비도의 발현, 옷을 걸치지 않는 게으름에 대한 찬양, 그런 것 때문만도 아니다. 실레는 더 많은 것을 욕망한다. 마지막 비단 슬립을 떼어냈을 때 나타나는 솜털 보송보송한 복숭아와 같은 촉감과 향기와 곡선은 영혼의 미소와 신비를 갖고 있다. 그것은 왜곡된 욕구를 다스려준다. 비좁고 어두운 화실 한 켠에 절망으로 돌아누운 그에게 인간의 육신은 설명할 수 없는 소망을 준다. 이 모든 구조는 의식이 살아있는 경우라야 유지된다는 것을 실레는 안다. 의식을 잃으면 인체의 비례도, 입체감과 탄력도 무너진다는 것을 안다. 그는 사랑스러운 아이의 얼굴이 어른이 되면 의심으로 가득해진다는 것을 안다. 그렇기에 그는 아이 얼굴은 포동포동하고 보조개가 있고, 윗입술은 약간 위쪽으로 튀어나온 것으로 그린다. 코는 둥글고 작다. 손은 통통하지만 손가락은 가늘다. 머리는 보통보다 크게 그린다. 살아있는 육체를 만드는 욕망, 그 살아있는 육체를 자신의 삶을 다해 사랑하는 욕망, 그 욕망을 숨기고 있는 자신이 얼마나 음흉한 존재인지도 안다.

화실에서 실레는 안나 수녀가 책을 많이 읽지 않아도 된다고 한 말의 뜻을 이해한다. 그래서 그는 거울에 매달린다. 거울은 그에게 인물의 움직임은 그리는 사람의 느낌으로부터 나온다는 것을 알려준다. 그는 정확한 묘사가 아니라 생동감 넘치는 표현이 중요하다는 것을 깨닫는다. 그는 열 번을 보면 열 번을 그린다. 인체를 무수하게 관찰하고 틈이 날 때마다 드로잉을 한다. 그는 그림이 요구하는 인체의 특징이 어떤 것인지를 안다. 머리가 크고 어깨는 좁은 경우, 팔다리가 짧은 경우, 엉덩이가 펑퍼짐한 경우, 뚱뚱하고 땅딸막한 경우. 실레는 이런 인체는 드로잉이 좋아하지 않는다는 것을 안다. 그러나 거기에서 그치지 않고 더 나아간다. 실레는 자화상을 앙상하게 비튼다. 뼈대와 근육을 두드러지게 표현한다. 얼굴은 날카롭고 볼은 살짝 말랐으며 눈썹은 진하게 그린다. 입술은 도톰하고 턱은 도드라지면서 윤곽이 분명하다. 어깨는 좁을지라도 우직한 느낌을 주고, 신장은 팔등신에 가깝게 그린다. 손은 과장이라는 느낌을 줄 만큼 크게 그린다. 손등의 뼈는 우직하게 솟아있다. 손가락은 V자 형태로 마임을 한다.

카를 라이닝하우스가 실레를 찾아온다. 실레의 예감이 적중한다. "이 자화상은 마침내 일어섰군요. 전시회에서 눈여겨 봐 두었지요." 라이닝하우스는 <엉덩이에 손을 대고 서 있는 자화상>을 고른다. "값은 실레 씨가 부르는 대로 드리겠어요." 지금까지 아무도 주목하지 않았던 자화상이다. 실레는 300크라운에 그림을 판다. 어느 작품보다 마음이 가고, 그래서 팔고 싶지 않은 그림이다. 실레는 자신의 아담을 세상으로 내보낸다. 화가는 그림의 운명을 안다.

5

한밤에 고양이가 울고 있다. 미야오, 미야오. 고양이 울음소리가 어린아이 울음소리를 닮았다. 어디서 들려오는 소리인지 분간하기가 어렵다. 실레는 창문을 열고 밖을 내다본다. 알세르스트라세 골목에 가스등이 매달려있다. 바람이 분다. 가스등의 칙칙하게 푸른빛이 바람에 펄럭거린다. 실레가 미야오, 하고 고양이를 불러본다. 울음소리를 내던 고양이가 조용해진다. 실레의 화실 내부는 난장판처럼 얽혀있다. 물감 튜브가 어지럽게 널려있고, 벽과 바닥엔 여기 저기 물감이 찍혀있다. 테라핀 냄새가 가득하다. 실레의 얼굴이 붉게 달아올라 있다. 소년이 중얼거린다. '이 그림에서 발정한 고양이 울음소리가 들리는군!'

실레는 자위를 하고 있는 자신의 모습을 그리고 있다. 오른 눈이 충혈돼 있다. 뺨에는 타박상을 입은 듯 흑갈색을 입혔다. 이마와 복부에 가스등의 칙칙하고 푸른빛을 칠한다. 바람 소리가 화실 옆 건물의 차양막에 부딪친다.

소년이 말한다. '자화상은 화가 자신의 이야기를 들려주는 그림이잖아요? 그러니까 사람들은 화가의 자화상을 자세히 들여다보게 되지요. 당신의 <가슴에 손목을 댄 자화상>이나 <남성의 누드, 토르소> 같은 작품을 본 사람들은 당혹스러워 했어요. 사람들이 지금까지 본 자화상과는 꽤나 달랐으니까요. 그런 터에 이번 개인전에 나온 자화상을 보고 사람들은 아주 불편해 했어요. 불쾌하다고 하는 것이 더 정확할 거예요.'

'자화상이란 표정만이 아니라 심리상태까지 그리는 것이라는 생각이 드는구나. 애야, 나는 왜 자꾸 찡그리고 아파하는 표정을 그리게 되는 걸까?'

'화가가 괴롭더라도 자화상을 그렇게 보기 싫게 그리거나 벌거벗은 모습을 그리는 것은 지금까지 누구도 상상하지 못했을 거예요. 함은 아버지 노아의 벌거벗은 하체를 보았다는 이유로 저주를 받았어요. 누구도 성의 기원을 정면에서 들여다보아서는 안 된다는 것을 알려주는 상징적인 이야기 아닐까요? 그러나 당신은 그런 금기를 무시하고 있어요.'

'내가 무엇을 그려서는 안 된다는 것을 깨닫기 전에는 나에게 금기는 없다. 그려야 하는 것을 왜 망설여야 하는 거지?'

'프랑스의 한 화가는 여성의 가슴과 그 아래 골반 안쪽 부분까지 다 그렸어요. 그 그림은 질 윗부분을 새카맣게 덮은 음모까지 실물 크기로 세밀하게 그려서 여성의 기원을 소수의 사람들만 볼 수 있게 했어요. 그러나 그 화가는 고객의 요청에 의해 다른 여자의 생식기를 그린 거예요. 당신처럼 자신의 남성을 발기시켜 보여주진 않았어요. 물론 지금도 링슈트라세에 가면 탁자 밑에 춘화를 숨겨놓고 아이들에게 몰래 파는 상인들이 널려있지요. 이런 부류는 모두 바깥에서 자신의 궁금증을 풀려고 하는 관음증을 가진 사람들이라고 보면 될 거예요. 그렇지만 당신은 자기의 내부에서 궁금증을 풀려고 하고 있어요. 나르시시즘이 당신의 관음증인 건가요?'

'나는 내 속에 들어있는 것이면 무엇이든지 전부 그려내고 싶단다.'

'병이군요. 인간의 내면은 바다보다도 깊은데 그 많은 물고기들을 전부 어떻게 그리지요?'

'내면에 잠재된 것을 찾아가면 필연코 두 가지를 만나게 되지.'

'천사와 악마 말인가요?'

'그렇다. 섹스라는 천사와 죽음이라는 악마지. 그 둘은 따로 떨어져 있는 것이 아니라 하나로 얽혀있어.'

'재미있는 말이네요. 천사와 악마를 그린다고 관음증이 고쳐지나요?'

'표현한다는 것은 억압으로부터 자유로워지는 것을 의미해. 예술에서 이것은 아주 중요한 문제야. 자유롭고 뛰어난 표현에 의하여 인간은 속박당하고 있는 것으로부터 해방될 수 있어. 그러나 표현할 수 없다면 억압과 상처는 치유될 수 없지. 성적 억압은 미의 억압을 불러오기 때문이야. 특히 뒤틀린 충동일 때는 더욱 그래. 동성애나 자위행위 같은 것도 표현하고 보면 아무 것도 아니야. 표현하지 못할 때 병리현상이 나타난다는 것을 나는 그림을 통해 깨달았지.'

'그래서 마스터베이션을 하고, 그걸 그림으로 그리는 거라고요?'

'바그너는 니체의 심한 편두통, 만성적 위장장애, 안과 질환 같은 육체적 고통이 과도한 마스터베이션 때문이라는 것을 알았어. 그래서 결혼을 하거나 오페라를 작곡하라고 니체에게 권했지. 실제로 니체는 작곡에도 손을 댔는데, 나중에는 바그너를 증오하게 됐단다.'

'예술에서 마스터베이션이라는 주제는 한때 뜸했다가 로댕과 클림트* 이후 다시 유행하고 있어요. 그런데 자위하는 당신의 그림은 짝눈

---

* 로댕은 프랑스 문인협회의 의뢰를 받아 1891년부터 6년간에 걸쳐 문호 발자크(1799~1850)의 여러 조각상을 제작했는데, 〈발자크 누드 습작〉 시리즈 중에는 발자크의 누드와 그가 자위 하는 조각작품도 있다. 이때 제작된 발자크 조각상은 추하다는 이유로 문인협회가 설치를 거부했다. 클림트는 여성들의 자위장면을 드로잉한 상당수의 작품을 남겼다.

인데다 눈빛도 불안해요. 에로스의 욕정을 그렇게 표현한 건가요? 아니면 성에 대해 공포심을 갖고 있는 건가요?'

'내가 얘기하고 싶은 것은 섹스가 죽음과 연결돼 있기 때문에 그 바닥까지 그려보고 싶다는 거야. 그래서 성을 환락으로만 바라 볼 수는 없는 거지.'

바람 소리가 지지직거리며 화실을 에워싼다. 바람이 땅에 떨어진다. 실레는 뱀이 땅에 떨어지는 소리를 듣는다. 연두색 무늬를 가진 아름다운 뱀이다. 실레는 뱀이 기어가는 소리를 듣는다. 뱀은 고양이에게로 다가간다. 뱀이 고양이 울음소리를 낸다. 고양이가 울음을 멈추고 뱀의 울음소리를 듣는다. 미야오, 미야오, 뱀의 울음소리는 고양이의 울음소리보다 더 미성(美聲)으로 땅에 깔린다. 고양이의 꿈을 뱀이 들여다본다. 뱀은 고양이에게 스며든다. 하얀 꽃이 우수수 떨어진다. 연두색 비늘에 갈색 줄무늬를 가진 뱀이 진고동색 고양이를 감는다. 둘은 초록과 검정과 고동색의 화음을 만든다. 뱀은 고양이의 목을 한 바퀴 감은 후 배와 등을 미끄러져 나와 다시 발을 감는다. 고양이가 뱀의 촉촉한 감촉에 겨워 눈을 감는다. 가스등의 푸른 불빛이 떨린다. 뱀은 고양이를 떠나 방울소리를 내며 기어간다. 고양이는 사라지는 뱀을 깜박거리며 바라본다. 실레의 자위하는 자화상이 떨린다.

소년이 속삭인다. '당신이 성을 이렇게 표현하는 것을 사람들은 타락한 열정이라고 하지요.'

'타락한 열정만으로는 그림을 그릴 수 없어. 그리더라도 끝까지 밀고가지 못할 거야. 내가 타락했다면 오히려 나는 잘 팔리는 그림을 그렸을 거야. 그런 점에서 나를 윤리적이라고 평가한 사람도 있어. 나를 윤리적이라고 하거나 타락한 화가라고 하거나 내 그림은 외부의

평가에 따라 달라지지는 않을 거야. 나는 팔리지 않더라도 내 그림을 그릴 거야.'

 '물론 당신이 좋은 조건에서 그림을 그렸더라면, 빈공방에 그림이 팔렸더라면 이렇게 고통스러운 그림들은 그리지 않았을 테지요. 그렇다고 당신의 그림을 순수하다고만 할 수 있을까요?'

 '순수하지 않다면 나는 버티지 못하고, 내 그림도 곧 자취를 감추게 되겠지. 작품은 자기의 생명력을 내부에 갖고 있는 것이니까. 그런데, 내가 굶주리면서 끌어안고 지켜온 내 그림이 순수하지 않다면 대체 나는 무엇을 위해서 그렇게 했다는 말인가. 나에게 초상화를 의뢰한 사람들은 우아하고 세련되고 고상해 보이는 그림을 주문했어. 그러나 나는 그렇게 그리지 않았어.'

 실레 자화상의 오른쪽 눈이 반쯤 감겨져 있다. 짝눈이다. 온몸에 멍이 든 듯 흰 피부 사이사이가 검붉게 변해있다.

 '꽤나 불쌍하군요. 왼쪽 눈이 빛나니까 그나마 다행이지. 그렇다고 자신을 너무 미화시키지 마세요. 찡그리고, 놀라고, 비틀리고, 좌절해 있는 남자의 자화상, 가위눌려 있거나 기형아가 된 남자의 출산을 대체 언제까지 그릴 셈인가요?'

 "내 자화상은 개인인 나 자신을 그리는 것 외에는 다른 의미는 없네. 역사화와 내 그림을 비교하는 것은 무리야."

 '당신의 자화상은 너무 긴장돼 있어요. 또 표현방식이 거칠고 변화가 심해서 동일인물로 보여야 하는 자화상의 원칙을 벗어나기도 한 대요. 마르고 비틀려 있어서 반항아처럼 보이기도 하고, 위로 치솟은 머리카락은 고문을 당한 사람처럼 보이기도 하고요. 대가들은 장식과 문양을 이용해 치부를 가리거나 관능적으로 변용시켜서 엄청난 가격

에 팔 줄 알지요. 당신이 계속 앞을 가린 무화과 잎사귀를 치우고 벌거
벗은 채 나선다면 그림을 사려고 하는 사람은 나타나지 않을 거예요.'

'흥정과 판매를 위해서 그림을 그리는 것은 나로서는 생각해 볼 수
없네. 유명인 시리즈를 그리려고 했다가 실패한 것으로 충분하니까.'

'당신의 <이중자화상>을 보면 아래의 사내는 눈을 똑바로 치뜨고
어딘가 한 점을 응시하고 있어요. 그는 음울하고 고통에 차 있는 표정
이지요. 그것을 참아내고 있는 것이 역력해요. 그런데 위의 인물은 그
런 아래쪽 사내가 사랑스럽다는 듯이 그의 머리에 볼을 기대고 약간
위쪽으로 시선을 보내고 있어요. 이 둘을 따로따로 분리해서 보면 두
인물 모두 당신이 그려온 자화상이라는 것이 분명해보여요. 그런데
하나로 합쳐서 보면 전혀 다른 분위기의 자화상이 되어버리지요. 하
나이면서도 둘인 그림, 둘이면서도 하나인 그림, 당신은 지금 의도적
으로 추한 자화상을 그리고 있어요. <이중자화상>의 자기연민을 보
면 그걸 알 수 있어요. 지금 그리는 이 자위하는 자화상도 한쪽 눈은
아주 아름답지요.'

'초상화에서 연민을 완전히 버리는 것은 불가능할 걸세.'

'당신은 자기 연민으로부터 얼마나 거리를 두느냐에 따라 초상화
의 성공여부가 달려있다고 했지요. 초상화는 자기 사랑에서부터 시
작된다고도 했고요. 그래서인지 당신의 초상화는 이중적이에요. 당신
의 그림에서는 신음이 흘러나와요. 시체안치실이나 정신병동의 분위
기를 담고 있어요. 당신은 불안정해 보이는 육신을 받쳐주는 의자나
어떤 보조물도 그리지 않아요. 눈은 공허하거나, 먹이를 빼앗긴 짐승
처럼 섬뜩하게 빛나고. 돌출된 견갑골과 골반은 오늘 저녁 돌아가 누
울 처소가 없는 사람의 황혼을 연상시키지요. 그런데 불편한 아름다

움이 있긴 해요.'

'나도 불편한 그림을 관대하게 봐 줄 사람은 없다는 것을 알고 있어. 그러나 나는 지금 멈출 수 없다네.'

'주류 세력들의 공통점은 다른 사람을 지배하려고 하고, 지금까지 있어왔던 것 그대로 이행해주기를 바라는 거예요. 이런 지배 세력이 요구하는 것과는 다른 것을 꿈꾸는 사람들은 패배하기 마련이에요.'

'나는 무화과 잎사귀로 가리지 않겠어. 내가 월계관을 차지할 수 없더라도 말이야.'

'실레 씨, 나는 그렇게 말하는 당신을 물감 속에 묻어버리고 싶어요. 당신을 캔버스 위에 묶고, 그 위에 물감을 쏟아 부어서 물감과 함께 당신이 마르고 비틀리는 것을 보고 싶어요.'

'나를 죽이고 싶다는 거지? 그토록 나를 증오하는 자네, 그대는 누군가?'

소년이 답한다. '나는 거울 속에 있는 당신, 또 하나의 에곤 실레랍니다.'

감옥

1

아르놀트는 더 이상 정오의 캠퍼스에 경쾌한 소나기처럼 쏟아지는 대학방송의 재담을 날리지 않았다. 그는 뉴욕의 탐욕, 아메리카의 탐욕을 부풀리기 위해 월 스트리트로 갔다. "자본주의의 탐욕을 일으키는 것이 미국과 세계를 살리는 길이다."

그렇게 외치는 아르놀트의 나날은 줄거리가 예상되지 않는 영화 같았다. 윌리엄스버그를 거닐던 그는 금세 차이나타운에 나타났고, 리틀 이탈리아, 소호와 노호, 코리아타운, 리틀도쿄, 할렘, 브롱스를 휘저었다. 그는 만나는 사람들을 웃기고 현혹시켰다. 쉽게 돈을 벌었고 전부 탕진했다. 오스트리아계 회사의 자문역을 맡아 무궁무진한 아이디어를 쏟아냈고, 기존 가치를 가볍게 뛰어넘었다. 그는 사람들의 기호를 재빨리 알아냈고, 상대방이 듣고 싶어 하는 말을 먼저 던져줬다. 아이에겐 바닐라 아이스크림을 주었고 무표정하게 앉아있는 노인에게는 유에스에이 투데이를 주었다. 적당한 교양과 유치함과 가차 없는 평론을 즐겼다. 20대 중반의 제인에게 세상의 개혁이 가능하다는 것을 알려준 남자. 그러나 기계를 만지거나 살림을 하는 데는 젬병인 남자, 집에서는 텔레비전조차 켜지 못할 때도 있었다.

결혼 5년째가 되던 해 초여름 날, 아르놀트가 먼저 플로리다로 갔다. 친구와 올랜드를 방문하기로 일정이 잡혀있었다. 그러나 제인은 동행하지 못했다. 어머니 신디의 친구인 안네르가 갑자기 연락을 해와 파티에 참석해 줄 것을 요구했기 때문이다. 안네르 교수는 비엔나 판데 시에클(fin de siecle, 19세기말)을 공부한 사람이었다.

파티에서 안네르는 제인에게 사업가 다니엘을 소개시켜 주었다. 그녀는 빈의 사업가 다니엘에게 제인을 이렇게 소개했다. "제인 박사는 내가 본 여성 중에서 가장 스마트해요. 제인과 아르놀트는 정말로 환상적인 커플이죠. 아르놀트는 오스트리아계구요. 제인과 아르놀트는 뉴욕과 비엔나를 연결하는 어떤 프로젝트든 훌륭하게 해 낼 거예요. 다니엘, 단언하건데 당신은 제인에게서 엄청난 파워를 발견하게 될 겁니다. 제인 부부를 쉔부른클럽에 한번 초청하세요."

다니엘이 제인의 손을 가볍게 잡았다. "제인, 빈에 한번 시간을 내주신다면 오랫동안 기억되는 프로그램을 마련하겠습니다."

"감사합니다. 빈은 언제 방문하든 즐거움이 넘치는 도시지요. 대학 시절엔 독일 사람들과 팀을 이뤄서 두 달 동안 슈테판성당 외벽의 때를 벗겨내는 작업도 했어요."

다니엘은 빈에서 건축업을 하는 사업가이자 미술품 컬렉터였다. 그의 용모는 특별히 드러나는 것이 없었다. 비엔나 남자들의 뾰족뾰족함과는 달리 달착지근하면서도 능청맞아 보이는 통통함을 갖고 있었다.

다음날 제인이 올랜드 플로리다 공항에 도착해 비행기 트랩을 내리자마자 한 여자가 우산을 받쳐 들고 제인에게로 뛰어왔다.

"제인 블로흐 제임스 박사님 맞으시죠?"

"그래요, 제가 제인인데요."

대답을 채 마치기도 전에 제인은 가슴이 탁 막혀오는 것을 느꼈다. 공항에는 아르놀트가 나오기로 돼 있었다.

"도와드리러 왔습니다."

금발과 청색 티셔츠, 청색 양복바지가 잘 어울리는 미녀였다. 여자는 제인의 팔을 부축하며 말했다. "저는 클라라입니다. 아르놀트 제임스 씨에게 사고가 있었습니다."

"사고라고요? 그이에게요?" 플로리다 주 경찰인 클라라는 제인의 눈동자를 살폈다. 그러고는 그녀가 눈을 내리깔고 고개를 끄덕였다. "그렇습니다. 그는 죽었습니다."

클라라가 제인의 가슴을 끌어안았다. 클라라는 제인을 부축해 경찰차 뒷좌석 안쪽으로 앉혔다. 그리고 제인의 곁에 앉아 오른쪽 팔을 두 손으로 잡았다. "플로리다 의과대학 병원으로 모셨습니다. 한 시간 삼십 분 전에 사고로 현장에서…."

클라라가 제인의 가슴을 마사지해 주었다. "아르놀트 씨에게는 잘못이 없습니다. 허리케인이 너무 심해 누구도 운전을 할 수 없었죠. 친구와 함께 아우디를 인도 쪽에 세우고 바람이 멈추기를 기다리고 있었는데, 대형 밴이 비바람에 휩쓸리면서 아우디를 덮쳤답니다."

"친구는요?"

"그는 중태입니다. 아르놀트 씨가 운전석에 앉아있었는데 밴이 그쪽을 덮쳤습니다. 정확한 경위를 파악 중이지만, 아르놀트 씨는 순전한 피해자인 것 같습니다. 포트 머큐리 밴이 태풍에 휩쓸리며 정차해 있던 작은 차를 덮쳤죠. 아우디 콰토르는 장난감처럼 부숴졌답니다. 정차해 있지만 않았어도…."

플로리다의 하늘은 믿을 수 없을 만큼 청명했다.

연방장의사는 재를 뿌릴 것인지, 유골함에 담아갈 것인지를 물었다. 제인은 재를 초록색 유골함에 담아달라고 요구했다.

"제인 박사님, 당신과 같이 뛰어난 인내력을 가진 사람은 처음 보았습니다. 연방경찰에서도 박사님에게서 깊은 감동을 받았다고 했습니다."

클라라가 아르놀트의 작은 유골함을 가방에 넣고 뉴욕으로 출발하는 제인을 위로했다. 제인은 갑자기 클라라의 뺨을 갈기고 싶은 억센 충동에 사로잡혔다. 그녀는 들고있던 가방을 땅에 내려놓았다. 그리고 떨리는 두 손을 꽉 움켜쥐었다. 그렇게 한동안 서 있었다. 클라라가 무슨 일인가 싶어 제인을 살펴봤다. 제인은 호흡을 가다듬었다. 그런 후 자신이 끼고 있던 작은 반지를 빼내었다. 그녀는 반지를 클라라에게 주었다.

뉴저지로 돌아온 제인은 두 주 동안 강의를 중단했다. 신디가 사진 몇 장을 보내주었다. 할아버지와 배추머리 할머니가 의자에 앉아 있고 그들의 왼쪽에 부모가, 오른쪽에는 로버트와 제퍼슨과 미셸이 서 있었다. 로버트는 한쪽 팔로 아이를 안고 서 있는데, 모두들 정면을 바라보고 있었지만 머리가 동그란 아이는 혼자서 다른 쪽을 바라보고 있었다. 여섯 살 무렵의 제인이 수영장 다이빙대에 서서 막 뛰어내리려고 하는 포즈를 취하고 있는 사진도 들어있었다. 제인과 동생들은 여름이 되면 집에서 10마일 떨어진 톰슨 아저씨네의 코티지 여인숙에 가서 놀았다. 수영장과 테니스 코트가 딸려있는 코티지여인숙은 방이 많아서 제인과 동생들이 원하는 대로 방을 내주었다. 그들은 누구도 오마하를 떠나지 않은 것이다. 넓은 공원, 지하창고, 할아버지와 그의 동네 연인인 할머니가 찾아와서 요리를 해주는 곳, 코티지여인숙을 운영하는 삼촌, 윌리엄과 결혼을 꿈꾸었던 어린 시절. 그러나 제인은 그 사진 속의 추억으로 깊이 들어가는 것을 경계했다. 그녀는 오랫동안 인연이 끊긴 오마하로 되돌아가는 것은 불가능하다는 것을 알았다.

　뉴욕대 현대미술연구소의 부교수로 있던 제인은 뉴욕대와 제휴한 한국의 한 대학에서 1년간 강의하고 싶다는 교환교수 신청서를 냈다. 1년 후 그녀의 신청이 받아들여졌다. 제인은 한국이 자신을 수락했다는 기쁨으로 조금 남겨둔 아르놀트의 재를 한국으로 가는 가방 속에 넣었다. 뉴욕을 떠나며 그녀는 지난 시간들을 돌아보았다. 그녀의 삶에 외부적인 어려움이나 시대적인 고통이 끼어들어 괴롭힌 것은 없다. 친부모와의 이별이 있었지만, 기억나는 아픔은 없다. 미국인 양부모가 심어준 넘치는 사랑의 기억이 있을 뿐이다. 그 이후 세상에서 가장 사랑했던 아르놀트라는 인물에 대한 위대한 기억과 그 기억을 잊기 위해 모든 것에 냉담했던 시간이 있었다. 그녀는 자신의 내부에 자리한 자의식이 그녀를 삶의 변방으로 내몰고 있다는 것을 자주 깨닫곤 했다. 제인은 그런 자의식의 연원을 찾아 서울로 갔다.

2

　새벽에 일어난 실레는 미명 속에서 화실을 둘러본다. 부윰한 빛이 번져오는 화실이 생명체처럼 살아나고 있다. 그는 어둠 속에서 옷을 찾아 입는다. 불을 밝히지 않는다. 옷을 입고 화실을 나온 후 발로 계단을 더듬는다. 컴컴한 계단이 삐걱거리는 소리를 낸다. 예기치 않게 큰 소리가 그의 발바닥을 찌른다. 새벽의 나무 계단이 만들어내는 날카로운 소리는 지하에서 솟아오르는 것 같다.

알세르바흐스트라세 대로로 나온 실레는 알저그룬트쪽을 향해 걸어간다. 나무 계단의 삐걱거리는 소리가 그의 구두 밑창에 달라붙어 있다. 실레는 재빠르게 발걸음을 옮기며 그 소리를 털어낸다. 4월 신새벽의 공기가 싸늘하면서도 명징한 촉감으로 뺨을 스친다. 스피탈가세까지 30분가량 걸었다. 병원은 푸르스레한 빛으로 깨어있다. 비엔나 의대 산부인과 병동. 눈금으로 거리를 표시해놓은 긴 복도를 따라가자 우측으로 간호사스테이션이 있고 그 끝에 에르빈 그라프 박사의 분만실이 나타난다. 손을 내미는 그라프 박사의 오른손 약지 끝마디에 반창고가 둘러져있다. 박사가 흰 가운을 내준다. 분만실에서는 향긋한 냄새가 난다. 에르빈 박사가 실레에게 분만과정을 설명해준다.

"두 번째 분만하는 35세 여성인데 경과가 순조로워요. 동의는 구해놓았어요. 편하게 참관하시면 됩니다. 약 아홉 시간 걸릴 거로 예상하세요."

그라프 박사는 자신의 내실에서만 스케치를 하라고 주의를 준다. 9시쯤 되자 진통이 온다며 임부는 신음 소리를 내기 시작한다. 실레가 처음으로 들어보는 임부의 신음소리다. 창자의 끝에서 올라오는 듯 신음소리는 자주 끊기면서도 절박하게 우러나온다. 진통이 오는 주기가 조금씩 빨라지는 모양이다. 신음소리는 더 크고, 분명하게, 참고 견딜 수 없는 상태라는 것을 알려준다. 11시를 넘기자 임부의 신음 소리는 비명으로 바뀐다. 그 소리가 얼마나 처절한지 임부와 태아의 생명에 이상이 생긴 것이 아닌지 걱정이 된다.

그라프 박사가 설명해준다. "산통은 인간이 겪는 최고의 고통입니다. 복서가 고환을 얻어맞으면 곧바로 링에 나뒹굴지요. 경기 도중이면 웬만한 통증을 느끼지 못하는데도 말이오. 산통은 그보다 심한 고통이라고 보면 돼요."

임부는 비명을 지르면서도 뱃속의 아이에게 나쁜 영향을 줄까봐 몸을 조심하고 있다. 오후 1시가 넘어 임부가 간호사들과 함께 힘주기 연습을 한다. 30분쯤 지나자 자궁이 거의 다 열렸다며 간호사가 임부를 분만실로 데리고 온다. 임부가 분만실 침대 위에 눕자 그라프 박사가 크게 움직이면 아기가 위험하다며 움직이지 말고 참고 견뎌야 한다고 알려준다. 그라프 박사가 분만대 걸대 위에 임부의 다리를 올려놓자 그녀의 발가락이 바르르 떨린다. 그라프 박사가 수술용 장갑을 끼고 음문 부위를 가볍게 눌러준다. 박사는 그 부위의 체모를 가위로 듬성듬성 잘라낸다. 그 위에 젤을 바른다. 박사가 왼손으로 임부의 피부를 팽팽하게 당기고 오른손으로 체모를 제거한다. 면도칼의 삭삭거리는 소리가 들린다. 그러고 나서 소독한 거즈로 닦고 회음부를 절개한다. 직접 면도와 절개를 하는 박사의 솜씨가 잘 드는 과도로 사과 껍질을 벗겨내듯 간결하면서도 정확하다. 간호사가 임부에게 말한다. 나를 따라서 힘을 주세요. 네, 끄응. 조금 세게. 네 끄으응, 더 세게. 간호사는 노련하면서도 힘찬 리듬으로 임부를 리드하며 점점 강력한 힘을 이끌어낸다. 임부와 박사와 간호사는 점점 완전하게 하나가 되는 리듬을 얻어낸다. 네, 네, 더, 좋아요!

그때 실레는 보았다. 빨간 음문이 보드랍게 열리면서 그 내부에서 촉촉하게 젖은 머리가 나오고 있다. 한 아이가 탄생하는 것이다. 신생아의 커다란 머리가, 새로운 우주가 임부의 연약하고 작은 기관을 통해 세상으로 나오고 있다. 얼굴이 빨간 장밋빛이 된 산모가 자신의 밑바닥에서 솟구치는 고통스러운 소리로 부르짖고 있다. 아기의 얼굴은 바닥을 향해 세상으로 나오고 있다. 그라프 박사가 머리와 얼굴을 가볍게 받아 손가락을 아기의 입 속으로 넣는다. 아기의 눈은 감겨져 있다. 신생아는 앞쪽 어깨를 내민다. 살구 빛이다. 그 순간 아기는 회전을 한다. 한 생명이 점지 받은 탄력과 유연함으로 신생아는 점액질처럼 흐르는 속도 속에서 먼저 오른쪽 어깨를 내밀고 곧바로 부드럽게 회전을 하여 왼쪽 어깨를 내밀어 온몸 전체로 세상에 나오고 있다. 실레는 이를 꽉 문다. 아이가 어머니의 자궁에서 회전을 하여 두 개의 어깨가 모두 세상의 빛으로 나올 때, 천사는 그 아이를 받아 세상의 요람으로 옮긴다. 아기의 몸이 모두 밖으로 나오자 그라프 박사가 엄마와 아이를 잇고 있는 탯줄을 자른다. 아기가 엄마의 몸으로부터 분리된다. 그라프 박사는 다시 그의 손가락을 넣어 신생아의 입 안을 닦아낸다. 아기를 거꾸로 들고 엉덩이를 때린다. "프린츠!" 간호사가 큰 소리로 외친다. 사내아이는 간호사의 증언을 확인하듯 곧바로 '아앙'하고 울음을 터뜨린다. 맑고 힘찬 울음소리다. 산모도 따라서 운다.

그 소리가 있어야 했다.

그러나 그 소리는 없었다. 유도분만으로 세상에 나온 사내아이는 척추를 심하게 구부린 상태로 죽어있었다. 그 다음 해에도 어머니 마레는 사산아를 만출했다. 지난해와 똑같은 상태였다. 신생아의 우렁차고 찬란한 울음은 연거푸 두 명의 사산아를 낳은 어머니의 캄캄한 가슴과 생명을 얻지 못한 태아의 울음을 동시에 대신해주는 듯 했다. 그 차이였다. 어머니의 자궁에서 나와 곧바로 울음을 터뜨린 아이는 축복을 받으며 집으로 갔고, 그 울음을 울지 못한 아이는 어머니의 울음을 위로하며 집으로 가지 못했다. 그 차이는 3kg에 가까운 아이를 만출한 어머니의 몸을 오히려 몇 배 무겁게 만들었다.

신생아의 울음소리는 안개비가 내리는 날 아침 지축을 울리며 틀른 역으로 달려오던 기차의 경적만큼 세차다. 기록담당 책임간호사가 아이 첫 울음소리에 대해 기록을 한다. 이어 그녀는 신장과 몸무게를 실측한 후 각 항목에 3.5kg 키 51.5cm라고 쓴다.

실레는 간호사가 아기의 발도장을 찍는 것을 보고 분만실을 나온다. 한 직원이 그를 시신안치실로 안내한다. 남자 인부가 꽃으로 덮인 작은 관을 열고 배내옷에 덮여있는 사산아를 보여준다. 사산아에게 기적은 없었다. 장의차가 잠시 후 관을 싣고 갈 것이고, 어머니는 사산아가 묻힌 벌판에서 떨 것이다. 그녀는 생명을 받지 못하고 잠든 아이가 묻힌 땅 위를 날아가는 까마귀의 울음소리를 들으며 두고두고 마음 아파하게 될 것이다. 뱃속에 있던 태아와의 친밀감을 지우기 위해 고통스러워하던 어머니 마레는 산출하지 못한 아이에 대한 기억을 털어버리지 못했다. 나는 결혼 1년 만에 나의 우주를 잃었다. 그리고 그 다음해에도. 실레는 마레가 쓴 일기를 본 적이 있다. 실레는 기록 간호사가 사산아, 아니 낙태될 운명에 있는 아이의 잃은 울음소리를 수치로 적어 넣을 모습을 떠올린다. 소리 없음. 울지 않음. 2.8kg. 심히 꼬부려있음. 에곤 실레.

우주를 잃어버림.

실레는 카를 라이닝하우스가 자신의 집에서 연 주말 밤 파티에서 에르빈 그라프를 만났다. 실레의 유화 8점, 수채 10점, 드로잉 12점을 선보인 파티에서 그는 실레의 그림에 특별한 관심을 드러냈다. 그는 인물들의 신체적 특징과 연령대를 섬세하게 파악하는 눈을 갖고 있었다.

이 소녀는 사춘기 이전이군요. 그 옆은 성모(成毛)단계이구요. 유륜이 용기하기 이전의 소녀들을 그리면 문제가 될 수도 있습니다. 자화상을 보니까 실레 씨는 가슴이 빈약하고 중둔근이 발달한 체형입니다. 평소 빠르게 걷는 편이지요?

　그는 비엔나의대 산부인과 의사였다. 라이닝하우스의 내실에서 잠시 이야기를 나눈 두 사람은 금세 친해졌다. 그라프 박사는 실레가 여성 모델을 세울 만한 입장이 되지 못하는 화가라는 것을 알고 자신의 병실에 오는 여성들을 그릴 수 있도록 배려해주었다. 그라프가 동의를 얻은 환자들은 대부분 어려운 환경에 있는 사람들이었다. 그러나 실레는 출산 직전 상태에 있는 임산부의 나체, 갓 태어난 아이, 사산아, 발육이 덜 된 채 세상에 나온 아이, 심장이 멎은 직후 사체 강직단계에 있는 아이 같은 그림들을 편한 마음으로 그리지 못했다.

　실레가 근 한 달 간 그라프 박사의 분만실에서 보고 그린 그림들은 몸체에 비해 너무 커서 지탱하지 못할 것 같은 머리, 균형을 잡지 못하는 팔과 다리, 심하게 굽은 척추, 일그러진 얼굴, 낡은 가죽부대와 같은 뱃가죽, 보랏빛과 푸른색이 감도는 팔, 피로 얼룩진 주름진 손 같은 것들이다. 인간들의 그런 세부 모습들은 쉔부른공원에 나와 하루를 보내는 하층민들이 보여준 누추한 삶의 진실성과 유사한 것이었다. 그들은 숨기지 않고 자신들이 처해진 삶의 기형성을 보여주었다. 실레는 누추함 속에 있는 역겨운 실상을 정면에서 보았다. 피와 진물이 흐르는 살과 거친 피부, 붉게 쳐진 눈꺼풀 밑으로 흐르는 눈물과 입가의 부스럼, 불거진 광대뼈와 빠른 하관, 침을 흘리는 입, 불결한 그릇에 담긴 음식을 손으로 먹는 사람들, 그들의 불거진 핏줄과 억센 손마디. 더러운 배꼽, 주름진 음순, 늘어진 음경. 그라프 박사는 실레의 그림을 이해할 수 있다고 말했다. 실레는 다음 달 비엔나를 떠나 크루마우로 갔다. 도착 6일 후인 5월 18일, 그는 그라프 박사로부터 긴급 서신을 한통 받았다. 실레는 밤에 침실의 벽 사이로 바닷물이 스며들어오는 소리를 들었다.

3

"실레 씨, 약속대로 모델을 한 명 당신에게 주겠소. 모델로서 좋은 조건을 갖춘 여자라오."

클림트의 화실에는 세 명의 모델이 반 나신으로 자유롭게 돌아다닌다. 그녀들은 실레를 의식하지 않는다. 방금 비잔틴 모자이크 속에서 걸어 나온 여인들처럼 벗은 몸에 번쩍거리는 황금레이스를 걸치고 화실의 분위기를 유연하게 만든다. 내실 쪽에서 한 여자가 나온다. 목에 레이스가 달린 초록색 드레스를 입은 여자다. 그녀가 크고 검은 눈으로 웃는다. 클림트가 그녀를 소개했다.

"발레리에 노이칠이요. 실레 씨를 잘 도와줄 모델이지요."

이목구비가 뚜렷하다. 키가 크고 군살이 없어 모델로서 좋은 조건을 갖췄다.

"저에게 주시는 모델인가요?"

"그렇소, 실레 씨. 내일 당신 화실을 찾아가도록 하겠소. 더 이상 필요하지 않을 땐 보내면 돼요."

누구의 지원도, 별다른 수입도 없는 실레가 매번 모델을 사는 것은 생각할 수도 없는 형편이라는 것을 안 클림트의 배려다. 발리는 이미 준비를 하고 있었던 모양이다. 성장을 하고 흰색 스타킹을 신었다.

"모델료는 여유가 있을 때 형편대로 주면 돼요."

실레가 발리에게 말한다. "내 화실을 찾을 수 있을까요? 뒷골목에 있는데."

"그럼요. 어렵지 않아요. 저는 타텐도르프에서 자랐거든요."

"타텐도르프 사람들은 집을 잘 찾나요?"

"그게 아니고요." 발리가 미소를 보인다.

"편한 시간에 오세요."

"네, 아홉시까지 가겠습니다."

모델 오디션이 끝났다. 발리는 곧잘 웃는다. 실레는 클림트가 모델과 동침을 한다는 소문을 안다. 그러나 실레는 클림트가 소문과는 달리 생각이 깊은 화가라는 것을 실감한다.

발리는 다음날 오전 아홉시 실레의 작업실로 왔다. 검정색으로 치장된 좁은 실레의 화실에서 보니 클림트의 화실에서 보던 것보다 이목구비가 분명하고 얼굴 윤곽선이 훨씬 더 뚜렷하다. 파랑색 롱스커트를 입고 화사하게 웃으며 명랑한 분위기를 만들어낸다. 콧날이 두툼한 것이 조금 걸린다.

"화실을 쉽게 찾지 않았나요? 타텐도르프 출신이니까."

"그럼요. 타텐도르프의 전원은 누구나 기분을 좋게 하지요. 전원에서는 모두가 착해져요. 경쟁도 없고, 차별도 없고요."

"그 전원의 봄을 여기에 가지고 왔군요."

"봄을 갖고 오는 사람은 행운을 만들어낸대요."

"그 행운을 스케치해 봅시다."

실레는 사람들이 왜 좋은 전원을 떠나 비엔나의 좁은 화실까지 오는지를 생각해본다. 발리는 윤곽이 잘 드러나는 관능적인 몸매를 갖고 있다. 머리는 페오멜라닌 계열의 붉은 빛을 띤 금발이다. 파란 스커트가 붉은 머리카락과 산뜻하게 조화를 이룬다.

실레는 깎아놓은 연필 세 자루를 고른다. 화가가 그리고 싶은 포즈를 맘껏 주문할 수 있는 모델이 있다는 사실에 마음이 편해진다. 발리는 망사커튼으로 가려놓은 내실의 드레스 룸으로 가 상의를 벗은 다음 위에 흰 가운을 걸치고 나와 계단을 올라간다. 이젤 앞에 마련된 의자 앞에 그녀가 선다.

"30분간이오. 자유포즈로."

발리는 하얀 가운을 천천히 걷어낸다. 서두르지 않겠다는 의지를 보인다. 그녀의 성숙한 맨가슴이 견딜 수 없었다는 듯 튀어나온다. 살피듬이 뽀얗고 풍만하다. 가슴은 대리석 조각상 여인의 유방보다 훨씬 더 탄력적이다. 실레는 희고 보드라운 피부에서 관능성을 배제시킨다. 실레의 작업방식이다. 발리의 유방이 흔들린다. 탱탱하게 몸부림치는 유방은 봉긋하면서도 반항하듯 서로 밖으로 삐쳐있다. 자주색 젖꼭지는 복숭아처럼 뾰족하게 솟아올랐다. 실레는 유선형 유방의 갸름한 형태와 뽀얀 색감을 종이 위에 담는다. 파랑스커트를 입은 여자의 상반신 누드다. 껍질을 벗기지 않은 보송보송한 과일 향기가 백지 위에 번진다. 발리가 미소를 담은 눈으로 정면에서 화가와 눈을 맞춘 후 시선을 화가의 시선보다 높게 가져간다. 빨간 입술을 동그랗게 모은 다음 턱을 아래로 살짝 끌어당긴다. 고개를 숙이고 눈을 조금 치떠서 무언가를 소망하는 듯한 표정을 만든다. 도톰한 입술과 뾰족한 젖꼭지, 그 아래 하트 모양으로 흘러가는 봉긋한 가슴선과 파란 스커트가 잘 어울린다. 그녀는 포즈 속에 긴장감을 담아 화가에게 전달한다. 시선이 태연하다. 연필이 종이 위를 스치는 소리가 공간을 지배한다. 모델을 관찰하는 화가의 눈길이 강렬해진다. 발리는 화가의 눈빛을 선연한 표정으로 받아들인다. 금세 30분이 지난다. 실레는 발리의 상반신 포즈를 세 장이나 스케치했다.

"오늘은 이걸로 끝내겠소."

실레가 흡족한 표정을 짓는다. 발리는 화가의 선이 빠르다는 것을 느낀다. 클림트의 선보다 힘이 있다. 실레가 발리에게 표현력이 좋다고 말한다. 발리는 고맙다고 답한다. 화가가 화실의 분위기에 대해 발리의 생각을 묻는다. 발리는 화실은 작지만 시터가 집중해서 포즈를 취하기에 좋다고 말한다.

"발리 씨는 자신의 포즈에 자신감을 갖고 있군요. 어떻게 그런 자신감을 갖게 됐지요?"

"저는 사람의 몸은 다 아름답다고 생각해요. 그래서 저의 몸도 아름답다고 자신하지요. 단 위에 설 때면 내 아름다운 몸을 자연스럽게 표현하자, 그렇게 생각하고 편하게 포즈를 취해요. 포즈를 취하면서 저는 내가 생각하기에도 내 포즈는 멋있구나, 그러니 좋은 그림이 될 거야, 그런 생각을 해요."

"모델 하는 것이 즐거워요?"

"나중에는 모르겠지만, 지금은 이 일을 즐거워해요."

실레는 발리에게 일본 사내아이 인형을 선물로 준다. 발리는 작은 인형을 받아 가슴에 끌어안는다. 작업을 마치자 발리는 부탁하지 않았는데도 붓을 빨고 화실 청소를 해준다. 발레리에 노이칠. 실레보다 네 살 아래인 열일곱 처녀. 타텐도르프 출신 노동자의 딸. 빈의 번

성기에 지방도시에서 몰려와 노동력을 제공했던 사람들은 링슈트라
세까지 입성하지 못하고 비엔나 외곽 오타크링에서 빈민가를 형성했
고, 발리 역시 거기서 그녀의 모친과 함께 사는 여자다. 입술이 육감
적이다.

실레는 지난 해 석 달을 보냈던 크루마우로 다시 간다. 빈을 떠나 발
리와 함께 크루마우에 정착할 계획이다. 신예술가그룹은 파이스가 장
악했다. 파이스와의 일은 기억에서 지웠다.

실레는 발리와 함께 몰다우 강의 망토 다리를 건너 정원이 딸린 낡
은 집을 얻는다. 발리가 곁에 있는 봄은 실레에게 빈의 상실감을 잊게
해준다. 자연의 샘물은 맑다. 실레와 발리는 바람이 나무를 흔드는 소
리를 듣는다. 오래된 정원 울타리 사이로 촘촘히 들어선 붉은 색 지
붕들을 그린다. 두 사람은 어린 자작나무에 대해 이야기하고, 테라스
에서 옷을 벗고 선탠을 한다. 저녁이면 습기로 촉촉해지는 녹색의 골
짜기를 산책한다. 둘은 크루마우의 구석구석을 돌아다닌다. 그런 다
음날이면 몰다우 강은 하늘의 구름이 강물 속으로 흐르는 것을 보여
준다. 물고기들은 비늘을 반짝이며 물살을 거슬러 오른다. 실레는 테
라스에서 꽃이 만발한 정원을 내려다보며 독립했다는 느낌에 취한
다. 발리가 말한다. "실레 씨는 천진스러움과 사악함을 동시에 갖고
있어요."

"내가 그렇게 다른 얼굴을 갖고 있다는 말이오?"

"실레 씨가 어린 아이들을 모델로 세울 때면 그런 생각이 들어요."

"발리, 나는 아이들에 대해 잘 알고 있소."

"실레 씨, 여기는 비엔나가 아니에요. 크루마우에서는 빈민촌의 아

이들을 만날 수도 없고, 그릴 수도 없어요.”

“아이들은 어디서나 자연스러워요. 크루마우도 마찬가지지.”

실레는 어린이들에게 인기가 높다. 그가 긴 화가 가운을 입고 정원을 산책할 때면 아이들이 광야의 선지자라고 부르며 따라온다. 동네 개들도 달려온다. 아이들은 여러 흉내를 낸다. 자동차 경적소리를 내는 녀석도 있고, 고양이 소리를 내는 녀석도 있다. 여인네들은 테라스에서 실레와 발리를 훔쳐본다. 실레는 아이들에게 자신의 집을 개방한다. 한 아이가 놀러왔다가 다음날에는 호기심에 가득 찬 다른 아이를 데리고 온다. 실레는 아이들이 자연스럽게 행동하도록 내버려 둔다. 그리고 그런 모습을 그린다. 어른들은 실레에게 경계의 시선을 보내기 시작한다. 결혼을 하지 않은 남녀가 동거를 한다는 것을 못마땅해 한다. 아이들이 화실에 드나드는 것을 위험하다고 판단한다. 두 사람이 주일에 교회에 나가지 않는 것이 문제가 된다. 결혼을 하지 않은 두 남녀가 동거를 하며 마을을 어슬렁거리고, 마을 아이들을 몰고 다니고, 아이들이 화실을 들락거리고⋯. 마을 사람들은 실레와 발리를 좌파로 몰아 마을에서 떠나줄 것을 요구한다. 실레는 잘못한 것이 없다고 버틴다. 그러나 발리는 두 사람이 칠백 명을 이길 수 없다고 항복한다. 실레는 짐을 싼다.

　두 사람은 다른 전원마을을 선택한다. 빈에서 기차로 30분 걸리는 서쪽의 작은 도시 노이렝바흐. 아우스트라세 48번지에 있는 외딴집을 얻었다. 실레는 크루마우에서와 같은 실패를 되풀이하지 않기 위해 마을 사람들과 접촉하기에 불편한 곳을 선택했다. 9월의 노이렝바흐는 그를 서정 시인으로 만든다. 늦여름의 색바람 속에서 그는 <노이렝바흐의 화가의 방>을 그린다. 맨 앞 오른쪽에는 붉은 색 빈 의자가 놓여있고 그 뒤에는 커다란 암갈색 판이 보이는 침대 발치, 굵은 체크무늬의 담요, 베개에 그려져 있는 문양, 그 옆으로 다리가 길고 가는 탁자와 물감들, 낮은 책꽂이와 벽에 걸린 작은 액자 같은 소도구들이 반듯하게 놓여있다. 창문이 없는 작은 방의 분위기는 고흐의 <아를의 화가의 방>보다 더 외로워 보인다. 베이지색 모노톤의 좁은 방에 화가의 긴장감이 들어있다. 화가가 그림을 그리면 발리는 비엔나로 나가 뢰슬러나 후원자에게 그림을 전달하고 물감과 종이를 사온다.

　실레가 노이렝바흐에서 겨우내 그린 <꽈리열매가 있는 자화상>과 <발리 노이칠의 초상>은 표현기법을 단순화시켜 인물화의 친화력을 높였다. 푸른초록색 눈동자를 가진 발리는 표정이 부드럽다. 왼쪽으로 기울인 고개는 사색적이다. 큰 입술과 눈은 관대한 표정을 만들어준다. 발리의 초상화와 짝이 된 실레의 <꽈리열매가 있는 자화상>은 분홍색 꽈리열매와 회색빛 배경이 어울려 실레의 거친 터치를 이지적으로 전환시킨다. 전기고문을 당한 것 같은 놀라움과 팽팽한 초조감은 사라지고 붉은 빛을 띤 채색된 얼굴엔 광채가 있다. 수척하고 빼빼

마른 실레가 아니라 가냘프면서도 편안해 보이는 실레다. 화가는 노이렝바흐 속에 스며들어 있다. 추운 겨울이 두 사람을 도탑게 만든다.

봄이 왔다. 실레는 야외로 나가 그림을 그린다. 한 소녀가 벌판에서 그림을 그리는 그의 주변에서 서성거린다. 그 다음날에는 좀 더 가까운 거리로 다가온다. 셋째 날 소녀는 실레에게 다가와 쿤스틀러하우스의 카탈로그를 보여주며 당신도 여기에 출품하느냐고 묻는다.

"나는 쿤스틀러하우스와는 입장을 달리 한단다. 그래서 거기에 그림을 출품하지는 않을 거야."

"그러면 당신의 입장은 뭔가요?"

"쿤스틀러하우스는 전통적인 그림을 지지하는 화가들의 단체야. 지금 유럽미술은 크게 변화하고 있고, 비엔나도 그렇단다. 나는 그런 새로운 미술을 지지하는 화가야."

소녀는 그림을 그리는 실레의 주위를 서성이다 떠나간다.

어느 날 저녁에 심한 폭풍우가 쏟아진다. 누군가 현관문을 두드린다. 실레가 문을 열고 나갔다. 바로 그 소녀가 서 있다.

"안으로 좀 들어가게 해주세요."

가벼운 옷차림을 한 소녀는 비에 흠뻑 젖어 옷이 몸에 달라붙어 있다. 맨 살이 다 드러난다. 당황한 실레는 집이 어딘지를 묻는다. 소녀는 집이 마을 한가운데 있기 때문에 폭풍우를 맞으며 집까지 돌아가기는 어렵다고 말한다. 발리가 나선다.

"재워주기 싫어서 그러는 것이 아니야. 여기는 마을에서 좀 떨어진 곳인데, 여기서 네가 하룻밤을 보낸다면 너의 부모님이 걱정하실 거야."

"그래도 제발 하룻밤만 보내게 해주세요."

"돌아가기가 어렵다면 우리가 함께 가 줄게. 그게 훨씬 좋을 거야. 부모님께서도 걱정하지 않고."

그러나 소녀는 끝내 집으로 돌아가지 않겠다고 한다. 소녀는 가출한 상태였다. 소녀는 부모와 같이 사는 것을 더는 참을 수 없다고 한다. 그녀는 너무나 고통스럽기 때문에 그럴 바에는 도시로 도망치거나 차라리 죽어버리는 것이 낫다며 눈물을 흘린다. 발리가 타티아나를 달랜다.

"이 집에서 우리와 함께 지낸다는 것은 안 될 말이야. 우리도 너를 도와주고 싶기는 하지만 여기는 외딴 곳이라 오해를 불러일으킬 수 있어. 이 좁은 동네는 별 것도 아닌 것이 큰 소문거리가 되잖아."

소녀는 다음날 아침이 되면 빈에 사는 할머니 집으로 가겠으니 하룻밤만이라도 재워달라고 부탁한다. 빗줄기는 점점 더 거세지고 밖은 캄캄하다. 실레는 소녀를 하룻밤 재워주자고 발리에게 제안한다. 소녀와 발리가 침대에서 잠을 자고 자신은 화실에서 밤을 보내겠다고. 발리는 소녀를 받아들이고 마른 옷으로 갈아입힌다. 그들은 함께 식사를 한 후 이야기를 나눈다.

다음날 아침 세 사람은 빈을 향해 출발한다. 타티아나가 혼자서 할머니의 집에 가는 것을 어려워하기 때문에 발리가 할머니에게 가는 소녀와 동행하기로 했다. 실레는 함께 비엔나로 가서 친구들을 만난 다음 라이닝하우스의 집에서 열리는 주말 밤 파티에 빈공방의 모델이 된 게르티와 함께 참석한다. 그녀를 모델로 제작한 빈공방의 우편엽서가 화제를 모으고 있다. 밤샘파티를 끝내고 실레가 다음날 오전 서부 정거장으로 나갔더니 발리가 타티아나와 함께 나타난다. 타티아나가 도무지 할머니의 집에 갈 용기가 나지 않는다고 해서 둘이서 호텔에서 하룻밤을 보내고 온 것이라고 한다. 두 사람을 따라 실레의 노이렝바흐 화실로 돌아온 타티아나는 저녁이 돼도 집으로 돌아갈 의지를 보이지 않는다. 실레와 발리가 의논을 한다. 소녀가 찾아온 지 벌써 사흘 밤이 지났는데 더 이상 소녀를 받아주면 큰 오해를 받을 것이 분명하기 때문에 날이 새면 타티아나를 설득해 둘이 함께 부모에게로 데려다주기로 했다.

다음날 아침 실레와 발리가 아침 식탁을 준비하고 있을 때였다.

"어머나, 저기 아빠가 오고 있어요."

소녀가 고함을 쳤다. 한 남자가 마당으로 들어섰다.

"당신들이 내 딸을 유괴했다고 들었소. 당신들을 미성년자 유괴범으로 고소하겠소."

실레가 사내에게 말한다. "유괴라니 말도 안 되는 이야기입니다. 나는 당신의 딸을 오라고 하지도 않았고, 그 아이에게 어떤 음흉한 마음을 품은 적도 없습니다. 그 애가 3일 전 폭풍이 몰아치는 저녁에 찾아와 하룻밤만 재워달라고 사정을 한 것이지요."

그 순간 비명이 들리면서 뭔가 부서지는 소리가 났다. 실레와 사내가 달려가 보니 소녀가 큰 가위를 들고 쓰러져 있다. 아버지가 무서운 나머지 자해를 한 것이다. 한바탕 소동을 치른 후 사내는 타티아나를 데리고 갔다.

다음날 두 명의 사내가 실레의 집을 방문한다. 그들은 자신들이 사법경찰임을 밝힌 후 실레가 미성년자 유괴혐의로 고소되었기에 조사하러 왔노라고 통보한다. 그들은 발리를 흘깃거리며 집안을 살핀다. 키가 작고 어깨가 딱 벌어진 경찰이 말한다. "소녀를 유인할만한 곳이긴 하네요." 그러자 키가 큰 경찰이 무슨 일이 일어나도 아무도 모르겠는 걸, 하고 응수한다. 작은 경찰이 화실로 들어와서 벽에 붙여놓은 누드화 한 점을 떼어낸다.

"이거 당신이 그린 그림이오?"

"그래요. 내가 그린 겁니다."

"이 그림을 누가 여기에 붙여 놓았소?"

실레는 경찰에게 묻는다. "당신은 그림을 벽에 붙여 놓지 않나요?"

"재미있는 화가로군. 이봐, 나는 보다시피 경찰이지 이런 그림을 벽에 붙이는 인간이 아니오."

키 큰 경찰이 묻는다. "오늘 아침에 이 그림을 여기에 새로 붙여 놓은 거 맞지요?"

실레가 부인한다. "그 작품은 오래 전부터 거기 붙어 있었어요."

키 작은 경찰이 잽싸게 말한다. "당신이 분명히 오래 전부터 여기다 이 그림을 붙여놓았다는 것을 시인했소. 이건 대단히 큰 문제요."

실레는 당황한다. 그는 자신의 그림을 불온하게 취급하는 것은 예술작품에 대한 온당한 처사가 아니며, 자신은 그동안 꾸준히 누드화를 포함해 많은 그림을 그려왔고 이름 있는 전시회에도 출품한 상태라고 설명한다.

"정말 전시회에 그림을 출품했소? 어느 전시회요?"

"프라하국제전시회에 초대를 받고 그림을 보냈어요."

"그게 정말이오? 그게 거짓이 아니라면 지금껏 그린 그림들을 보여주시오."

실레는 자신의 말을 입증하기 위해 상자 속에 보관하고 있던 드로잉 완성작과 습작품을 전부 꺼내서 보여준다. 경찰들은 그림을 한 장 한 장 살펴보다가 둘이서 서로의 얼굴을 쳐다보고, 그리고 또 그림을 살펴본다. 키 작은 경찰이 묻는다. "이 그림 외에 다른 그림은 없소?"

"없어요. 그 그림 외에는."

"이 그림을 전부 압수하겠소. 아이들을 유인해서 이런 포즈를 취하도록 한 혐의가 추가될 것이오."

그들은 그림 125점을 전부 압수품 상자 속에 집어넣는다.

다음 날 노이렝바흐 경찰서로 소환된 실레는 하루 종일 취조를 당한 후 피의자로 노이렝바흐 구치소에 수감된다. 실레의 혐의는 화실에 선정적인 그림을 붙여놓고 미성년자를 불러들여 아이들이 에로틱한 포즈를 취하도록 유인했다는 것, 마을의 소녀를 유괴해 성적인 강압을 행사했다는 것 등 두 가지다. 실레는 과거 베네슈가 그림을 화실 아무 곳에나 방치하지 말라고 편지를 보냈던 사실을 떠올린다. 그러나 그는 나쁜 의도가 없고, 국제미술전에 초대되는 그림을 자신의 화실에 붙여놓은 것은 죄가 될 수 없다고 생각한다. 타티아나를 유괴했다고 자신을 고소한 것에 대해서는 분노를 금할 수 없다.

"법에 저촉되는 것을 소지하지는 않았는지 확인되는 대로 곧바로 옷을 돌려줄 것이오." 간수는 실레에게서 옷을 다 벗겨낸다. 그러곤 넓이 50cm 가량의 육중한 문을 열고 그를 안으로 밀쳐 넣고 밖에서 빗장을 채운다. 발가벗은 실레는 독방에서 쓰러진다. 두려움과 막힌 공간이 주는 압박감 때문에 앞이 캄캄해지더니 어지럼증이 몰려온다. 실레는 일어섰다가 몸을 고슴도치처럼 웅크리고 바닥에 앉는다. 몰려오는 공포감과 추위로 전신이 떨린다. 시간을 분간할 수도 없다. 몇 차례 구토를 했다. 한참 후 정신을 차려 주변을 살펴보니 시멘트 바닥 위에 가로 한 뼘, 길이 2m 가량의 널빤지 9개가 깔린 음산한 방이다. 벽면에는 작은 널빤지 3개를 댄 나무침대가 하나 놓여있다. 실레는 침대 위에 꼬부리고 앉아 추위에 떨며 잠깐씩 혼미한 잠에 빠져든다. 몇 시간이 지났는지 시간을 가늠할 수도 없다. 캄캄한 밤에 누가 문을 연다. 간수가 불을 켜들고 와 담요 한 장을 던져준다. "누드화가도 옷은 필요하겠지?" 그는 실레의 옷을 흔들며 보여준다. "여보게, 발가벗은 기분이 어떻지?" 실레는 대꾸할 의지도 생기지 않는다. 실레가 아무런 반응을 보이지 않자 간수가 옷을 던져 넣고 문을 잠근다.

짐승과 같은 취급을 받은 실레는 밤새 떤다. 다음날 아침 간수가 문을 열고 내부를 살펴본다. 어젯밤과는 다른 간수다. 형식적으로 아침 체크를 하고 나서 말을 건다. "당신이 여자들을 그렇게 잘 벗기는 화가요?"

실레가 간수에게 고함을 치며 대든다. "당신들은 야만인이오!"

"그렇소, 우리는 감방을 지키는 야만인이오. 당신처럼 여자 아이들을 농락하는 예술가들에게 쓴 맛을 보여주는 야만인이지."

"정말 기가 막히는 군요. 제발 좀 연필과 종이라도 갖다 주시오."

"여기가 구치소인지 모르는군! 누가 당신에게 종이와 연필을 갖다 주겠소? 여긴 벗길 여자도 없소. 종이와 연필이 뭔 필요가 있지?" 간수는 실레를 비웃으며 문을 잠근다.

낮에 발리가 마레, 베네슈, 페스커와 함께 구치소를 찾아온다.

마레가 폭삭 늙어버린 표정으로 아들에게 말한다. "나쁜 예감은 항상 들어맞는구나!"

실레는 아무런 말도 하지 않는다. 베네슈는 실레의 눈빛을 본다. "실레 씨, 당신은 어려움을 이길 수 있어요. 시간이 지나면 모두 당신을 이해하게 될 거예요."

사흘 후에야 펜과 연필을 얻었다.

내 고통을 덜어줄 물건, 종이, 연필, 붓 물감을 얻게 되었다. 회색과 검정의 단조로운 색깔들, 야만적이고 혼란스런 감옥에 갇혀 고통스런 시간을 보냈다. 나는 차가운 벽에 차단당한 채 떨었다. 그림의 세계로부터 추방당한 나는 독방의 벽에 풍경과 사람들의 모습을 그렸다. 떨리는 손가락에 침을 적셔서 벽에 그림을 그렸다. 침이 나오지 않아 그리고 싶은 그림이 되지 않았다. 그림은 금세 말라 희미해지고 깊숙한 벽 속으로 사라졌다. 무자비한 손이 내 그림을 지우는 것 같다. 내 그림을 찢었던 손이 떠올랐다. 아돌프 오이겐 실레. 그는 내 그림을 불살랐다. 나는 그를 증오했다. 그의 초상을 그리려고 했으나 그럴 때마다 그의 폭력이 떠올라 그림이 되지 않았다. 그러나 이상한 일이다. 감옥 속에서 그의 고통이 나의 고통이 된다. 어둠을 무서워하던 그를 이해할 수 있을 것 같다. 앞으로 나는 아버지의 그림을 그릴 수 있을 것이다.

실레는 펜과 종이 없이 지내야 했던 며칠간의 기억을 써내려간다.

사람들은 나를 비웃을 것이다. 발리가 여러 사람에게 달려갔지만 서로들 피했을 것이다. 파이스는 나를 경멸할 것이다. 나는 비열하고 수치스러운 지옥 속으로 내던져졌다. 간수가 열쇠를 뎅그렁거리며 와서는 물통, 빗자루, 솔 등을 방 안으로 밀어 넣고 바닥을 청소하라고

명령한다. 자존심이 상했지만 나는 일하는 것은 축복이라고 받아들였
다. 온 힘을 다해 바닥을 문질러 닦고 물로 깨끗이 청소했다.

간수가 와서 보고는 이게 청소를 한 것이냐고 실레에게 소리친다. "말
해 두겠는데, 너 같은 놈은 최소한 십 년이야."

"당신이 법관이오?"

"이 토끼 같은 놈아, 여기는 험악한 놈들만 살아남을 수 있어. 소변
이 보고 싶다고? 여기 바닥에 실례를 해보시지! 자, 이 수건으로 닦으
면 되니까."

"당신은 점점 더 야만인처럼 사람을 대하는군요."

"여보게 젊은이, 그만한 용기도 없는 놈이 무슨 누드화를 그리겠다
는 거지? 누드화를 그려서 감옥에 온 놈이 무슨 말이 그렇게 많지?"

실레는 치욕스러워서 견딜 수가 없다. 제발 괴롭히지 말라고 사정
한다. 그는 거듭 욕을 하더니 실내 여기저기에 침을 뱉는다. 벽에 구
두 발자국을 꽝꽝 찍는다. 구두를 벗어들어 구두바닥으로 벽에 WXY
를 그려 넣는다.

"다시 깨끗이 닦지 않으면 더 한 봉변을 당할 줄 알아라."

간수는 큰소리치고 가버린다. 실레는 무릎을 꿇고 닦고 또 닦는다.
바닥을 다 닦고나서 벽을 닦는다. 시간이 나면 그림을 그린다. 6일째
날에는 <한 개의 오렌지가 유일한 빛이었다>는 제목의 그림을 그리
고 일기를 쓴다. 나는 독방 안의 간이침대를 그렸다. 추레한 회색 모
포 한가운데는 이 방에서 유일하게 빛나는, 발리가 던져 넣어준 신선
한 오렌지가 놓여있다. 그 작고 선명한 오렌지 하나가 내게 말할 수
없는 행복을 가져다준다.

발리는 날마다 교도소를 찾아왔다. 면회신청은 받아들여지지 않는다. 그녀는 한 방법을 찾아낸다. 교도소 건물 뒤쪽으로 돌아가면 실레가 갇혀있는 독방의 작은 창이 있다. 유리는 없고 창살만 몇 개 듬성듬성 꽂혀있다. 발리는 창살 사이로 과일이나 필요한 용품을 던져 넣는다.

실레는 독방에서 오렌지를 그린 이후 안정을 찾기 시작한다. 다음 날 실레는 독방 앞의 복도를 그린다. 죄수가 자신의 방을 청소할 때 쓰는 빗자루와 밀걸레, 그런 여러 잡동사니가 복도 구석에 세워져 있다. 실레는 독방 내부가 아니라 독방에서 한 발짝 나가 복도를 그리면서 감격스러워 한다. 복도 구석에 놓여있는 청소도구들을 그렸다. 훌륭하다. 이것들이 나에게 평정심을 가져다준다. 나는 벌을 받고 있는 것이 아니라 정화된 듯한 느낌을 받는다. 실레는 그림 아랫부분에 <나는 벌을 받는 게 아니라 정화되고 있는 느낌이다>는 제목을 써넣는다.

그는 매일 일기를 쓴다. 그림을 그릴 수 있게 된 이후 감옥생활은 서서히 견딜만해졌다. 소박한 의자와 물주전자가 놓인 그림을 그리고 거기에 수채를 입혔다. 색깔 있는 두 장의 손수건과 의자가 어울려 있는 그림도 그렸다.

실레는 자화상도 그린다. 거울을 보지 않고 상상으로 그린 자화상이다. 그림을 그리고 아래에 <예술가가 활동을 못하도록 저지하는 것은 하나의 범죄이다. 그것은 움트고 있는 새싹의 생명을 빼앗는 일이다>라는 긴 제목을 단다. 위에서 자기를 내려다 본 구도다. 실레는 자주 빛이 감도는 코트를 덮고 침대 위에 누워 있다. 실레의 육신이 고깃덩어리 같다.

11일째 되는 날에는 두 점의 초상화를 그리고 일기에 예심판사에 대한 불만을 토로한다. 예심판사는 지금 나와 아주 가까운 거리에 있다. 예술가에 대해 조금이라도 이해가 있는 사람이라면 나의 처지를 한번쯤 생각해봤을 것이다. 그러나 그는 나를 아예 염두에 두고 있지 않은 것 같다. 나는 오랫동안 감옥에서 허송세월해야 할지도 모른다. 나는 나의 결백이 밝혀지기도 전에 병들어 죽어갈지도 모른다.

절망감에 사로잡힌 실레는 다음날 자화상을 그리고 <나는 나의 예술과 사랑하는 이를 위해 최후까지 기꺼이 견뎌낼 것이다>라는 제목을 붙인다. 지금까지 드러내지 않았던 손을 밖으로 빼내 부르짖는다. 눈물이 나왔다. 지금까지 어떤 일이 있어도 참을 수 있었던 눈물이다. 두렵고 절망적인 상태에 빠져 누군가에게 무엇이든지 애원하고 싶다. 팔과 다리가 차가워진다. 나는 땀을 흘리며 발버둥을 친다. 아버지여! 실로 오랜만에 불러보는 이름이다. 마을 광장에는 슈테판 성당이 있었다. 아이들은 성당 벽에 돌 던지기 놀이를 하며 놀았다. 벽이 쿵쿵 울리면 주임신부가 나와 호통을 쳤다. 아이들은 다 도망갔지만 나는 도망치지 않았다. 주임신부가 나를 집무실로 데리고 가서 쿠키를 주었다. 아버지여! 치욕적인 괴로움이 저를 고갈시키고 있습니다. 저는 여기서 죽을 것만 같습니다.

다음날 실레는 발리가 던져 넣어준 보따리 속에서 편지 한 통을 발견한다. 타티아나가 쓴 것이다. 실레 씨. 괴로운 마음으로 편지를 씁니다. 저 때문에 감옥에 갇힌 실레 씨에게 죄송해서 무어라고 말해야 할지 모르겠습니다. 괴롭고 죄송해서 저는 오늘 노이렝바흐를 떠납니다. 이곳에는 돌아오지 않을 것입니다. 저는 실레 씨를 사랑했습니다. 실레 씨의 눈빛을 보고 실레 씨도 저를 사랑한다는 것을 알았습니다. 그러나 저는 아무것도 할 수 없습니다. 이런 현실이 두려워서 저는 이곳을 떠납니다.

실레는 트리에스테 항구를 그린다. 또 한 마리의 새가 둥지를 떠나면 곳으로 날아간다. 실레는 스스로를 위로하면서 아드리아 해의 물살에 출렁이는 선복(船腹)이 볼록한 배를 그린다. 나는 배를 타고 멀리 항해하고, 새들은 섬을 향해 날아간다. 바다는 어디에 있는가. 타티아나는 어디로 가는가. 아들아 네가 떠나다오. 기차역에 정착해 살았던 아버지는 항구를 떠나는 꿈을 얘기했다. 실레는 쪼그려 앉은 자화상을 그리고 그림에 <죄수>라는 하나의 단어로 된 제목을 써넣는다. 그 위에 서명을 하고 4월 25일 1912년, D(Donnerstag 목요일)라고 쓴다.

실레는 재판을 받기 위하여 4월 30일 장크트 푈텐으로 호송된다. 노이렝바흐에서 장크트 푈텐까지는 한 시간도 걸리지 않는 거리다. 여행을 하는 기분이다. 달리는 기차에서 실레는 창밖의 나무들을 하나하나 세듯 밖의 풍경에 몰두한다. 기차의 속도가 느린 것이 고맙다. 그를 호송하는 간수가 담배 하나를 건네준다. 그러나 실레는 담배를 받지 않는다.

재판은 5월 7일 진행됐다. 실레에게 부과된 혐의는 형법 96조 성적 목적을 위해 강압이나 속임수로 여성을 유괴한 경우, 128조 14세 이하의 어린이와 강제적으로 성관계를 한 경우(14세 이상의 매춘은 합법이었다), 516조 공공의 물의를 야기한 비도덕적인 중대한 범죄 등 세 가지였다. 첫 번째 혐의는 실레가 타티아나를 유괴했다는 고발에 따른 것이다. 두 번째는 실레가 어린이들을 화실로 오게 해 에로틱한 포즈를 취하도록 유인했다는 혐의다. 세 번째 혐의는 실레가 어린이들이 찾아오는 화실에 누드화를 게시했다는 이유였다. 프라하에 보내진 작품은 경찰의 명령에 의해 전시장에서 내려졌다는 것을 실레는 그제야 알았다.

실레는 타티아나가 집에 찾아와 재워준 것과 발리가 빈에 데리고 갔던 과정, 그 이후 소녀가 집으로 되돌아온 이유를 진술했다. 슈트펠 판사는 실레의 일부 진술을 받아들였다. 발리가 타티아나 가족과 마을 사람들에게 자신들이 소녀를 유혹한 것이 아니라 가출해 찾아온 소녀를 보호해줬다고 호소한 것이 주효했다. 그러나 세 번째 혐의는 유죄 판결을 받았다. 아이들이 찾아오는 화실에 음란한 그림을 게시한 것은 비도적인 행실이었다는 판결이다.

실레는 자신의 그림이 음란한 것이 아니며 에로틱한 그림이라 할지라도 자신의 화실 안에 붙여놓았던 것이지 공공으로 전시한 것이 아니라고 항변했다. "나는 내가 에로틱한 그림을 그렸다는 사실을 부정하지는 않습니다. 그러나 그것은 어디까지나 예술작품입니다. 나는 그 사실을 입증할 수 있으며, 그 작품들을 조금이라도 이해하는 사람이라면 기꺼이 내 견해를 지지해 줄 것입니다. 아무리 에로틱한 작품도 그것이 예술적인 가치를 지니는 한 외설은 아닙니다. 그것은 외설적인 감상자들에 의해 외설이 될 뿐입니다. 나는 에로틱한 그림을 그린 많은 대가들의 이름을 들 수도 있습니다. 그러나 그런 식으로 변명하고 싶지는 않습니다."

판사는 말했다. "우리는 피고인의 예술관에 대해 재판하는 것이 아니라 피고인의 범죄에 대해 재판하는 것이오. 피고인은 남다른 재능을 지닌 예술가일지 모르나 그렇다고 그것이 세상에서의 무거운 책무를 피할 수는 없다는 것을 알아두시오. 피고인은 다른 예술가를 이야기했는데, 누가 당신처럼 선정적인 작품을 제작하고 이용했다 말이오? 우리는 그런 변명을 받아줄 이유가 없소!"

"그렇다면 어른들은 자신들이 어린아이였을 때 얼마나 성적 충동에 시달렸는지를 돌아보아야 합니다. 인간은 성에 대한 감각을 잃지 않는 한, 성에 대한 번민으로 괴로워하지 않으면 안 된다고 나는 생각합니다. 그것을 외면하려고 하는 것은 순수한 것이 아니지요."

"우리는 그런 성적 충동에 대해 논의하는 것이 아니오. 어른들의 성적 충동으로부터 보호받아야 할 어린이에게 비도덕적으로 접근한 것에 대해 재판하는 것이지."

"저는 그런 그림을 아이들에게 보여주지도 않았고, 아이들을 타락시키지도 않았습니다. 저는 아이들을 좋아했고, 아이들은 저를 잘 따랐습니다. 저는 그들의 순진한 모습을 그리는 것을 좋아했습니다. 나는 화실에 내가 그린 그림 한 점을 핀으로 붙여놓았을 뿐입니다. 나머지는 경찰관이 또 다른 그림이 있느냐고 묻기에 서랍 속에 넣어두었던 것을 보여준 것입니다. 그것이 아이들을 타락시켰다는 것은 어불성설입니다. 타락이란 도대체 무엇입니까. 나는 결코 악한 인간이 아닙니다. 나는 강간, 절도, 살인, 방화와 같은 범죄를 저지르지 않았으며 어떤 방식으로든 인간 사회에 공격적인 행위를 하지 않았습니다."

"당신은 분명히 공공의 질서를 해지는 그림을 아이들이 찾아오는 장소에 고의적으로, 또는 부주의하게 게시했소." 판사는 실레가 형법 516조를 위반한 범죄를 저질렀다며 그에게 3일간의 구류를 선고했다. 그런 후 그는 테이블에 놓인 그림 한 점을 집어 들었다. 화실에 붙어있던 드로잉이다. 그는 그림을 방청객들에게 잠시 보여주고 나서 말했다. "이런 그림으로 어린이들을 유인한다면 사회의 건전한 도덕은 유지될 수 없습니다. 이런 그림이 어떻게 처분돼야 하는지를 보여드리겠습니다."

판사는 실레의 그림을 촛불에 붙였다. 그림은 삽시간에 타올랐다.

실레는 자신의 그림이 불타오르는 것을 보면서 자신이 불태워지는 수치를 느꼈다. 그는 이것을 자신의 화형식으로 받아들였다.

"이럴 수는 없습니다. 누구도 결코 예술작품을 불태울 권리가 없습니다."

"치안판사는 사회의 치안을 위하여 적절한 조치를 행할 권리가 있소!"

재판장의 선택은 교묘했다. 관능적인 그림을 좋아한 그는 3일간의 구류형으로 실레를 보호하려고 했다. 그러나 이 재판을 주목하는 세간의 눈길을 의식하지 않을 수도 없었다. 그는 그림을 불태우는 연출을 선택했다. 법정에서 그림을 불태우는 행위는 계산된 것이었다.

24일간 감금돼 있었던 실레는 재판이 끝나자 바로 석방된다.

하루하루가 끔찍했다. 간수에게 당한 인간적 모욕은 글이나 말로 표현하기가 어려울 정도다. 소름끼치는 벌을 받고 굽신거려야 했다. 재판정에서 재판관은 내 방에 걸려있던 작품을 촛불로 불살라 버렸다. 사보나롤라다. 중세의 재판이다. 화가의 방에 있는 작품을 문제 삼는 것은 미술관에 가서 예술작품을 찢는 행위와 같은 것이다. 성을 부정하는 자야말로 추잡한 인간이며, 자신을 낳아준 부모를 비열하게 더럽히는 자이다. 그것이 옳다고 생각한 사람은 앞으로 부끄러움을 느끼게 될 것이다.

사람들은 3일간의 구류 판결은 관대한 것이라고 실레를 위로했다.

외설물에 대한 판결은 6개월의 중노동에 처하는 것이 일반적이라고 했다. 그러나 그들은 실레의 생각을 바꾸지 못했다. 실레는 자신의 화실에 누드화를 걸어놓았다는 이유로 화가에게 구류 판결을 내리고 작품을 불태우는 것은 사법부가 예술세계를 부인하는 것이자 예술가의 자아를 모욕하는 행위라고 생각했다.

실레는 테오를 생각한다. 나에게 고흐의 동생 테오와 같은 형제가 있다면…. 실레는 형제를 갖지 못한 자신의 외로움을 처음으로 절감한다. 베네슈는 그런 실레를 지켜본다. 베네슈는 감금 기간 동안 감옥으로 실레를 세 번이나 찾아왔다. 베네슈는 말을 잘 하지 않고 부끄러움을 타는 실레를 특별하게 생각한다. 사회경험이 많은 베네슈는 실레가 전시회 그림 운송비용 같은 문제로 상대와 다툼을 벌이면 뒤처리를 해주곤 했다. 실레는 감옥에서 그린 자신의 수채 초상화 두 점과 감옥 내부의 풍경을 그린 <밖으로 열린 문>을 베네슈에게 준다. 베네슈는 노이렝바흐 화실 임대 문제를 정리하고 석방된 실레를 비엔나로 데리고 간다.

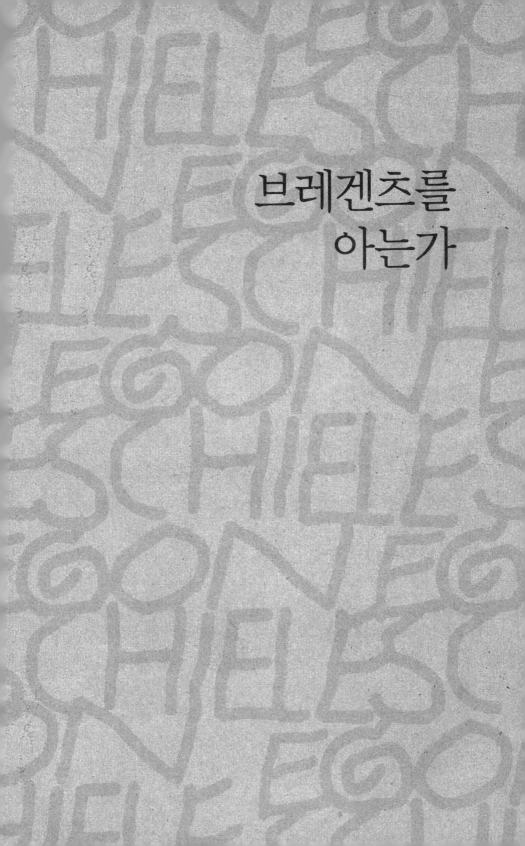

브레겐츠를
아는가

이모는 미인이었다. 금요일 밤 11시 30분 중부고속도로 하남 만남의 집 광장. 제인이 전화에서 들은 쌍용차 DA50 40피트 파랑색 컨테이너 트레일러트럭을 찾았다. 운전사 쪽 문이 열리고 한 여자가 뛰어내렸다.

이모가 금세 제인을 알아봤다. "너 채인이 맞지? 근사하구나!"

"윤자 이모, 처음 뵙겠습니다." 전화 통화에서 알려준 대로 제인은 그녀를 윤자 이모라고 불렀다. 화장기 없이 푸석푸석한 파마머리에 점퍼와 진을 입었지만 갸름한 얼굴과 이목구비가 또렷한 미인이다. 제인의 운동화 배 쯤은 되는 남자 군화 같은 작업화를 신고 있다.

"언젠가 너를 만날 줄 알았다. 한국말도 잘하는구나. 서울에 교환교수로 왔다고?"

"네, 우선 한 학기를 생각하고 있어요."

"피는 못 속이는구나."

대형 컨테이너를 장착한 트레일러트럭은 고배기량 오토바이와 같이 요란한 엔진음을 냈다.

조수석에 오른 제인이 말했다. "윤자 이모, 이렇게 큰 트럭을 운전해요? 대단하네요. 미국에서도 이런 건 여자들이 거의 하지 못하는데!"

"애, 나는 베테랑이야. 40톤을 싣고도 서울서 부산항부두까지 휴게소에서 두 번 쉬고 네 시간에 끊는다. 이 바닥에서 서윤자 모르는 인간은 간첩이야."

"엄청 많이 대단하네요. 그런데 이모, 피를 못 속인다는 말은 무슨 뜻이에요?"

"네 아버지를 닮았다는 뜻이다. 그렇지만, 공부 잘 하면 뭐 하냐? 제 여자 하나 지켜주지 못하는 인간인데." 이모가 시거 잭을 잡아 빼 물고 있던 담배에 불을 붙였다.

"너 전화로 물었지, 엄마 서윤주는 어디 계시느냐고. 그 여자, 죽었어. 죽었다고. 기어코 설악산 어느 깊은 구석을 선택했을 걸!"

제인은 불길한 짐작이 현실이 되는 것을 몇 번 경험했다.

"그 여자가 살아있다면 예전에 내 눈 앞에 나타났겠지." 이모는 담배를 빨아대며 주절거렸다.

"윤용휘, 네 아버지? 그 인간, 그 놈은 쪼다야. 천재소리 들으면 뭐해? 제 첫사랑 하나 지켜주지 못하고, 형수에게 끌려 다니다 사고 저질러서 불구가 된 사내놈. 그런 인간을 사랑한 언니는 또 뭐야!"

"제가 생부를 찾아뵈어도 될까요?"

"찾을 필요 없다. 그런 인간, 살아있는지 죽었는지도 모르지만."

"생사여부를 모르시나요?"

"그걸 내가 왜 알아야하지? 다 부숴버리려고 야구방망이를 신문지에 둘둘 말아서 찾아갔었단다. 처음에는 대문을 열어주지 않더구나. 담을 넘어 쳐들어갈까 생각했지. 그러나 당당하게 열린 대문으로 들어가야 한다는 생각에서 계속 대문을 두드렸단다. 어떤 애가 나와서 문을 열어주더군. 마누라와 그 잘났다는 형수인가 뭔가는 내가 나타났다는 소식을 듣고 벌써 도망쳤더라고. 야구방망이로, 목발을 짚고 있는 용휘 씨 가슴을 한 번 푹 찔렀지. 여보쇼, 윤용휘 씨, 당신이 서윤주의 남자 맞아? 그렇게 소리쳤지. 윤용휘가 넘어지면서 콜록거리더군. 뭐라고 한 줄 알아? 윤자야, 너 뭔 짓이냐. 너 왜 이러냐, 나 원,

기가 막혀서."

"그래서요? 다 부쉈나요?"

"다 뒈져가는 인간, 송장 치를 일 있냐? 제대로 벌 받은 거지!"

"무슨 벌을 주었나요?"

"나 원, 이 미국 놈아! 하늘의 벌을 받았다는 거야, 내 얘기는."

"저의 미국 부모님은 세상에서 가장 좋은 사람들이죠. 대학 다닐 때 친구들은 서로 자기네 부모가 세상에서 가장 좋은 사람들이라고 자랑을 했어요. 그러나 생각해보면 우리 부모님처럼 훌륭한 분들은 없을 거예요. 할아버지는 돌아가셨구요."

이모가 갑자기 클랙슨을 울렸다. 경적은 네 번, 다섯 번이나 벼락처럼 요란하게 캄캄한 밤 한가운데를 습격했다.

"그럴 필요조차 없더라고. 강아지새끼만 존나 걷어차고 나왔지."

이모는 채인의 아버지 윤용휘가 천재소리를 들으며 자라난 사람이라고 알려주었다. 국민학교에서 월반을 했고, 5학년을 마치고는 도내 최고의 중학교 입학시험에 합격했다. 그러나 그의 부모들은 용휘를 그 중학교에 보내지 않고 국민학교 6학년을 마친 다음 서울의 경기중학교에 합격시켰다. 서울로 올라올 때 용휘는 동급생 여자애 윤주와 훗날 결혼하자는 대담한 약속을 했다. 윤주는 예쁘고 맑은 분위기를 가진 소녀였다. 읍내 하나였던 요리집 여주인의 딸 서윤주와 동생 윤자. 아버지 서 씨가 누구인지, 한국인인지 일본인인지도 모른다는 소문만을 가진 자매. 그럴수록 윤주는 청초하게 자라났다.

한국 최고의 대학, 최고의 학부를 다니던 용휘는 어떤 여성도 마음에 두지 않았다. 그는 입대하기 전 자신의 저택 사랑채에서 윤주와 살림을 차리겠다고 선언했으나 부모의 반대에 부딪혔다. 아버지가 누군지도 모르는 국민학교 출신의 술집 소녀는 부친이 일제 고등문관 출신인 용휘의 가문에 어울릴 수 없는 여자였다. 첫 휴가를 나온 용휘는 더 강력한 선언을 했다. 윤주가 이 집에 들어올 수 없다면 탈영해 버리겠다고.

이 선언에 의해 저택의 사랑채에서 살림을 시작하게 된 윤주는 용휘를 기다리며 세월을 보냈다. 제대 후 상공부에 특채된 용휘는 여러 차례의 시끄러운 과정을 통해 이중살림을 허락하겠다는 부모의 제안을 받아들여 여대출신의 규수와 서울에서 결혼식을 올렸다.

트레일러트럭 게이지 판의 바늘이 160까지 올라간다. 한밤의 고속도로를 달리는 모든 트럭들을 추월해 달려 나간다.

"이렇게 뛰어야 좀 풀린단다. 150 넘게 뛸 수 있는 것은 이 시간대밖에는 없어."

"윤자 이모, 그런 마력이 어디서 나와요? 나이 60이 다 되셨다면서요?"

"너 이 이모를 모르는구나. 서울서 부산까지 두 번 쉬고 네 시간 안에 끊는 사람은 이 바닥에서 일곱 명밖에 없다니까."

"얼굴은 예쁜데, 엄청 무시무시하네요."

"얼굴이 예쁘다니 듣기는 좋다. 윤주 언니와는 비교도 안 되지만."

"우리 부모님 사진 같은 거는 없나요?"

"그 인간들 사진을 내가 뭘 하러 갖고 있지? 그 많던 재산을 다 팔아먹고, 네 앞으로 땅 한 평 등기해 둔 것도 없다던데."

"알만한 것은 다 아시는군요!"

"몰라, 나는. 그 인간들 생각만 해도 치가 떨려. 그렇지만 채인아, 상처받지 마! 그딴 남자와 여자 얘기, 잊어버리는 게 최고야. 내 경험으로는.”

“알겠어요. 윤자 이모. 정말 재미있는 분이군요.”

채인을 낳고 혼자서 용휘의 본가 사랑채에서 살던 윤주는 다음해 손윗동서로부터 쫓겨났다. 그래도 그녀는 고향을 떠나지 않고 멀리 떨어진 작은 집에서 용휘를 기다리며 살았다. 다음 해 여름 윤주는 용휘가 부모와 담판을 짓기 위해 고향을 방문했다가 대취한 끝에 사고를 당했다는 소식을 들었다. 얼마 후 그녀는 채인을 데리고 사라졌다. 누군가에게 이런 한마디를 남겼다는 전언이 있다. 저희 때문에 윤용휘 씨가 불행해져서는 안 됩니다. 저희 모녀는 다시는 그의 삶에 끼어들지 않겠습니다.

“채인아, 부산 가서 한 잔 살게.”

“저는 맥주 한 잔밖에 못해요. 파티에서는 와인 엄청 마시구요.”

“나도 전에는 한 번에 소주 서너 병은 마셨단다. 서울대학병원에 사람들을 줄 세운 후에 끊었지만 말이야.”

“병원에 사람들을 줄 세웠다고요?”

“유방암이었어. 지금은 병도 아니지만, 전에 암이라고 하면 무조건 죽는 병이었잖아. 그래서 아는 사람에게 전부 연락을 했단다. 서윤자가 암으로 죽는다는데 왜 문안들 안 오시느냐고. 그랬더니 이쪽 업계 사람들이 서울대병원에 줄을 섰다고 하더라. 서윤자 어떻게 죽는지 보려고.”

“지금은 살아난 거예요?”

“6개월 후에 검사했더니 암세포가 말끔히 사라졌다고 하더라. 내가 왜 죽어? 내가 암한테 당할 여자냐? 의사는 자기가 유방암 최고의 의사라고 으스대던데. 그 후 암세포가 한 번도 나타난 적은 없어. 암이라는 놈이 서윤자 유방 하나 떼어갖고 사라진 거지."

"윤자 이모, 남편은요?"

"언니가 그 꼴 났는데 결혼은 뭐 하러 하냐? 명동에서 중국집 하는 왕서방 애인은 하나 있다."

"아르놀트는 죽었어요."

"네 남편 얘기냐?"

"사고였어요."

제인은 도어 손잡이를 돌려 트럭 유리창을 조금 내렸다. 새까만 어둠의 입자들이 폭풍우처럼 쏟아져 들어왔다. 이모가 속도를 늦췄다.

"아르놀트를 잃고 다니엘을 건진 거구나!"

"적당하지 않은 속도네요."

트레일러트럭이 고속도로 톨게이트를 빠져나와 부산항 한진해운 전용터미널에 도착했다. 새벽 4시, 정확히 4시간 걸렸다. 머리가 벗겨진 사내가 사무실에서 나왔다. 손에 열쇠꾸러미를 들고 있다.

"김 소장, 미국서 온 내 조카. 대학교수야."

"아, 잘 알지요. 교수님, 어서 오세요. 피곤할 텐데, 칼호텔에 묵으시면 돼요." 김 소장이라는 사내가 채인을 잘 알고 있다는 투로 말했다.

"채인아, 김 소장이 너를 위해 칼호텔에 예약을 했다는구나."

"소장님, 고마워요. 그런데 윤자 이모, 저는 잠시 쉬고 오후에 올라갈 게요. 서울서 할 일이 있거든요."

"그렇게 바쁘니? 내가 부산 구경 좀 시켜줄려고 했는데."

"아, 아쉽네요. 그렇지만 시간이 안 돼요."

"알았다. 나는 사람을 붙잡는 성격은 아니니까."

이모는 방금 불붙인 담배를 땅바닥에 내동댕이치고 작업화로 짓뭉겠다.

그날 오후, 채인이 헤어지기 전 이모를 포옹하려 하자 그녀가 소리쳤다.

"야, 윤채인, 너 씩씩하게 살아야 돼!"

채인은 깜짝 놀랐다. '윤채인!' 그렇게 불려보는 것은 처음이었다.

"윤채인, 다시 한국에 오지 마. 여기가 뭐가 좋다고."

채인이 그녀의 말뜻을 헤아리고 있는 사이 이모가 다시 소리쳤다.

"섭섭해 하지 마. 아쌀한 게 최고야. 너 씩씩하게 살아라."

제인의 한국생활을 도와주고 하나하나 챙겨주는 김미정 교수도 그런 말을 했다.

"한국서 학생들을 가르치는 것이 얼마나 어려운 줄 알아요? 제인은 한 학기만 마치고 미국으로 돌아가는 것이 좋을 거예요. 저는 프랑스에서 돌아와 십 년 넘게 줄을 서고 비위를 맞춰줘야 했다고요. 다 잘됐다고 하면서도 나중에는 발전기금까지 요구하더라니까요."

"발전기금요? 얼마를 내야 하지요?"

"몇 년 동안 연봉을 다 모아도 부족해요."

"정말요? 그게 사실인가요?"

"그렇다니까요. 돈 없는 사람은 공부도, 강의도 못 해요. 모든 게 돈으로 통해요. 대학이든 어디든 예외가 없어요. 문민정부라고요? 더 하면 더했지 못하지 않아요. 학문이고 뭐고 다 돈을 벌 수 있는지의 여부로만 따져요. 해외전시회에는 초대받지 못하면서도 유럽화가들 뺨칠 정도로 그림 값이 비싸요. 모두들 엄청나게 많은 돈을 갖고 있어요. 프랑스이민사, 유럽미술사, 그런 건 비웃어요. 가르치려면 미국에 대해서 가르쳐야지요. 다른 외국어는 쳐다보지도 않고, 인정해주지도 않아요. 여기는 너무나 경쟁이 심하고, 다들 그렇게 극성을 부리면서 살아요. 요즘은 학교마다 토론식 수업을 권장하지만 실제로는 불가능해요. 토론식으로 수업을 진행하면 90분 동안 이야기할 수 있는 것이 조금밖에 안 돼요. 무엇보다도 학생들이 많이 준비를 해 와야 하잖아요. 그렇지만 '빨리빨리'가 우선인 한국에서는 그렇게 오랫동안 준비를 하지 않고, 강의도 즉시 효과를 거둬야 돼요. 즉시 주입식으로 설명을 하고 다음 단계로 넘어가야 좋아해요. 교수와 학생 사이에, 그리고 학생과 학생 사이에 배려하고 인내해야 할 것도 많잖아요. 모두들 미래에 대한 고민으로 신경이 예민해져 있어 자칫하면 상처를 입게 되죠. 그래도 놀라운 점은 있어요. 모두 만점에 가까운 토익 점수를 갖고 있고, 잘 버티면서 척척 해내고 있으니까요. 여기서 오래 지내는 것은 시간낭비일 거예요."

제인은 그녀의 말을 듣고 가능하면 한국에 오래 머무르기로 생각했다. 제인은 윤자 이모와 김미정 교수의 만류와는 달리 모순투성이이고, 복잡하면서도 더욱 복잡해지기 위해 들끓는 서울이야말로 구석구석 경험해보고 싶은 곳이라고 생각했다. 채인은 끝내 생부를 찾지는 않았다.

2

"저는 23일간이나 감옥에 갇혀 있었습니다."

"아!" 여자가 놀라워한다.

"비엔나에서 더 이상 그림이 그려지지 않았어요. 그래서 처음에는 크루마우로 갔고, 거기서 석 달 만에 쫓겨나왔습니다. 모델이었던 발리와 동거를 하게 되었는데, 마을 사람들이 젊은이들의 동거를 받아들이지 않았습니다. 그 다음 노이렝바흐로 갔다가 퇴폐적인 그림을 그렸다는 이유로 체포되어 수감되었습니다."

"에곤, 당신에게 그런 일이 있었다는 것이 믿겨지지 않는군요. 무슨 그림이었느냐고 물어봐도 될까요?"

"그걸 말씀드리려고 했어요. 처음에는 저의 집에 찾아온 소녀를 제가 납치했다는 고발에 따른 것이었고, 그것을 조사하는 과정에서 제 화실에 보관하고 있던 여자아이 누드를 그린 것이 문제가 되었습니다."

"에곤, 당신은 잘못이 없다고 생각하나요?"

"저는 범법자가 아니고 제 그림에 잘못이 있다고도 생각하지 않습니다."

도시가 잘 내려다보이는 카페 보덴시. 실레 앞에 놓인 잔에 반쯤 남은 다크 일리의 향이 후각을 자극한다. 갈루스 성당 뒤편에 서 있는 팬더산이 성당을 지켜주고 있다.

"그런 아픔을 얘기해줘서 고마워요. 나는 법리나 예술적인 것에 대해서는 아는 것이 없지만, 에곤이 순수하다는 것을 믿어요."

"갇혀있다 돌아온 비엔나는 저를 고문하는 것 같았습니다. 제 그림의 구매자들은 사라졌고, 그림을 그릴 화실도 얻지 못했습니다. 사람들은 저를 비웃더군요. 트리에스테 항구로 갔습니다. 감옥에 갇혀 있었을 때 저는 매일 그 바다를 생각했습니다. 넘실거리는 파도가 주는 상상 속의 위안이 아니었다면 저는 아주 힘들었을 겁니다. 넘실거리는 바다가 있는 곳에서 자유롭게 살 수 있다면, 새로운 분위기에서 그림을 그릴 수 있다면…, 그런 꿈을 꾸며 하루하루를 이겨냈습니다. 트리에스테 곳에서 한낮의 종소리가 울려 퍼지더군요. 텡―, 텡―, 둔탁하면서도 맑게 울렸지요. 그러자 쉬고 있던 인부들이 짐수레를 부리기 시작했습니다. 저는 그 종소리를 듣고 숙제를 해야 하는 어린애처럼 서둘러 언덕을 올라갔고요."

검은 베일이 오후의 햇빛을 받아 반짝거린다. 보덴호(콘스탄츠호)는 작은 파도를 일으키고 있다. 남쪽에는 만년설에 덮인 알프스가 햇빛 속에서 멀리 나앉아 있다. 스위스의 산들은 빛 속에서 갈매 빛이 짙다. 독일 쪽으로는 린다우가 눈에 들어온다. 수녀는 일리 디카페인을 앞에 두고 실레를 바라본다. 갈루스 성당의 종소리가 울린다. 텡그렁! 텡그렁! 소리는 다섯 번을 울리고 사라진다. 종소리는 사라졌다가 메아리로 돌아온다. 카리욘의 종들이 각기 다른 배음을 만들어낸다. 감옥의 실레는 서쪽의 자유로운 바다, 부친이 숨지기 전에 얘기했던 트리에스테 바다에 대한 상상으로 하루하루를 보냈다. 바다를 생각하다 새우처럼 웅크리고 잠든 밤에는 몽정까지 했다. 8월 폭염 속의 바다는 쉬지 않고 넘실거렸다. 부모의 신혼여행지 트리에스테 항구*. 이

---

* 아드리아해 북부, 슬로베니아와의 국경지대에 있는 중부 유럽의 중요한 상업항. 오스트리아가 1차 세계대전에서 패배한 후 1919년 이탈리아에 병합되었다.

번이 세 번째다. 끝없이 출렁거리며 내달리는 자유의 색깔 파란색, 평온과 희망의 색깔 초록색. 파도는 정직했다. 파도는 뒤척이며 출렁거렸다. 열일곱에 게르티와 함께 처음 여행을 온 트리에스테는 그 이후 실레에게 일종의 성지였다. 흘러가는 물은 희망이었고 성수였다. 황혼 무렵 황녹색의 바다는 갇힌 그의 몸과 마음으로 흘렀다. 실레는 운하 양쪽으로 늘어선 노천카페를 지나 시청 앞 연합광장을 가로지른 후 오페라극장과 증권거래소를 지나 골목으로 들어섰다. 트리에스테 골목은 바다 냄새를 가득 품은 좁은 길이 꼬불꼬불하게 이어졌다. 페인트칠이 벗겨져가는 벽과 낡은 나무 문, 부서져가는 벽돌, 녹슨 창살들, 좁은 골목의 스카이라인을 가로지른 장대와 거기 가득히 널려있는 빨래들, 담요와 타올과 속옷과 장갑과 셔츠와 양말들, 창문틀에 내걸린 제라늄. 창문을 열고 한 여자가 실레를 내려다보았다. 짧은 크롭티로 가린 그녀의 커다란 젖가슴이 창문틀에 걸려있다. 그녀는 실레에게 미소를 떨어뜨렸다. 실레는 휘파람을 불었다. 실레는 빠른 걸음으로 돌계단을 올랐다. 가파른 돌계단에는 푸른 이끼가 돋아있다. 수십 개, 또 수십 개로 이루어진 계단을 다 올라가자 꼭대기에는 배불뚝이 남자가 나무에 기대 앉아 혼자 담배를 피우고 있다. 젖가슴을 창문틀에 걸치고 있던 여자와 돌계단 위에 앉아 담배를 피우고 있는 중년의 배불뚝이 남자가 골목의 단조로운 풍경에 한줄기 바람을 일으켰다. 창문틀의 여자와는 달리 남자는 실레를 본척만척 무표정하게 담배만 피웠다. "늙은 암탉이…" 그는 혼자 중얼거렸다. 실레는 빠르게 걸음을 떼놓았다. 다시 언덕으로 이어지는 골목길에는 고양이 한 마리가 졸고 있고, 맞은 편 대문 앞의 강아지는 조는 고양이를 바라보고 있다. 그 옆 울타리 사이로 고개를 내밀고 있는 해바라기…. 출감한 실레는 비엔나 12구역 헤첸도르프에 살고 있는 가족들에게로 갔다. 수치스러움으로 밤낮을 뒹굴었다. 아무런 의욕도 생겨나지 않았다. 엄마와의 갈등도 늘어났다.

"에곤, 가뭄이 들려는 모양이다. 문짝에 페인트 칠 좀 해다오."

"어머니, 제가 매일 집안일을 도와드리고 있잖아요."

"미사에 참석하자."

"저도 시간이 좀 필요해요."

"커튼 좀 걷어내라."

"조금만 더 기다리면 그림이 팔릴 거예요."

"게르티는 페스커 꼬임에 빠져 있구나."

실레는 페스커를 통해 어렵게 그림 한 점을 팔았지만 돈은 오지 않는다. 그는 갈 곳도 없다. 에곤은 백짓장이 된 얼굴을 하고 후견인이었던 고모부 치하체크를 찾아갔다. 새로운 자극을 얻고 싶었다. 고모 마리 실레는 야위고 수척해보였지만 여전히 아름다웠다. 실레 가문인 것이다. "에곤, 나는 언제나 너를 생각한단다." 고모는 작고 하얀 두 손으로 실레의 양쪽 뺨을 감싸 쥐었다. 고모는 예나 지금이나 연두색 블라우스가 잘 어울렸다.

"저도 두 분을 존경해요. 고모부가 저를 탐탁지 않게 생각하시더라도, 저는 고모부님께 기쁨을 드리고 싶어요."

"에곤, 나는 네 생각을 잘 안다. 네가 우리와 함께 생활할 때 우리는 정말 행복했었단다."

실레가 그린 유화 <레오폴트와 마리 치하체크의 집안 풍경>이 예전 그대로 거실 왼쪽 벽면에 걸려 있다. 중산층 가정의 잘 정돈된 실내 풍경을 그린 그림엔 평온함이 넘쳐난다. 슬하에 자녀가 없는 고모네 집은 고양이 한 마리 얼씬거리지 않을 정도로 고요했다. 흰 커튼 사이로 쏟아져 들어온 햇살이 넘실거리고 있다. 그러나 치하체크 초상화는 눈에 띄지 않았다. 전에는 고모부의 음악실 입구에 걸려있었다. 반쯤 열려진 고모부의 음악실에는 번쩍거리는 검은 그랜드피아노와 휘장이 늘어진 커튼이 여신의 드레이퍼리 의상처럼 실내를 우아하게 만들고 있다. 실레가 아일레스 티를 다 마시자 치하체크가 내실에서 나왔다. 고모부는 예전보다 더 장대하게 배를 내밀었다.

"앞으로도 그림을 그릴 계획인가?"

"그럼요. 죽을 때까지 그릴 거예요."

"군대에 지원하는 건 생각해 봤니? 국립아카데미를 3년간 다녔으니 입대한다면 여러 혜택이 있다고 하더라."

"군대는 끔찍해요. 정말로요."

"알았다. 앞으로 더 이상 만나거나 얘기를 하지 않는 게 좋겠구나. 지금까지 별 도움을 주지도 못했지만."

"도움을 얻으려고 찾아온 것은 아니에요."

"그래. 그럴만한 나이는 지났다."

"그동안 많이 실망하셨지요?"

"실망하지 않는다. 기대를 하지 않으니까."

"고모부님은 저를 이해해 주실 것으로 믿습니다."

"다음에 말하자. 너도 지금은 힘들 테니까."

실레는 치하체크와 마리를 번갈아 쳐다보았다. 그리고 애원하듯 말했다.

"기대를 가져주세요. 앞으로 제 그림은 박물관이나 사원 같은 곳에 걸릴 것입니다."

"내가 그림에 대해 아무것도 모른다는 것을 네가 더 잘 알 것이다."

"기회가 된다면 다시 방문할게요. 저는 여전히 두 분을 존경해요. 이 말은 최고의 진심에서 나온 거예요. 정말로요."

실레는 예전에 귀여운 조카였을 때처럼 아첨을 했다. 치하체크의 표정이 조금 누그러진 것을 보며 실레가 일어섰다. 고모가 말했다.

"이번 크리스마스에 부르크극장 음악회에 같이 가는 것은 아직도 '제발!' 인가?"

"그럼요. 아직도 제발이에요. 제발! 저를 음악회에 데리고 가려고 하지 말아주세요."

고모는 실레를 마중해주었다.

"나는 너의 페이지를 넘겨주고 싶단다." 고모는 며칠 전 있었던 이야기를 해주었다. 치하체크의 악보를 넘겨주다 그녀는 에곤을 생각했다. 악보를 놓친 것이다. 그녀는 남편이 지금 어느 부분을 연주하는지 도무지 찾을 수가 없었다. 페이지터닝에 민감한 치하체크는 아무 내색도 않고 혼자 페이지를 넘기며 피아노 연주를 끝냈다. 그리고 방을 나갔다. 그런 일은 지금까지 한 번도 없었다. 마리는 홀로 앉아서 눈물을 흘리고야 말았다. 조카가 안타깝고, 보고 싶었다. 에곤이 골목을 벗어날 때 고모가 말했다.

"앞으로도 너의 악보를 넘겨주는 것이 내 희망이란다."

실레는 골목을 따라 산 주스토성으로 올라갔다. 반질반질하게 윤이 나는 돌을 박은 보도블록과 건물, 성이 온통 돌로 이루어져 있다. 항구의 전망이 한눈에 들어왔다. 여기다. 아버지는 산 주스토 성의 올빼미를 이야기하곤 했다. 올빼미는 바다에 정박해 있던 배가 막 떠나는 것을 보고 있었단다. 선복이 볼록한 배였지. 아들아, 나는 이제 배를 타고 떠날 수가 없구나. 아버지의 말대로 산 주스토 성에 있는 미네르바 여신상 어깨에 앉은 대리석의 올빼미는 항구 쪽을 바라보고 있었다. 평생 기차역에서 정착한 삶을 살았던 부친은 상태가 좋아질 때면 트리에스테 항구를 말하곤 했다. 항구는 떠나가는 곳이 아닌가. 젊은이는 항구에서 배를 타고 떠나고, 늙은이는 기차로 돌아오는 법이다. 제국의 북 페르디난트 철도청이 제공하는 아파트를 내주고 이방에서 죽어가던 부친이 항구를 이야기할 때에도 에곤은 부친에 대한 적개심을 갖고 있었다. 부친이 타계한 후 게르티와 함께 트리에스테 항구를 찾아갔지만 적개심은 사라지지 않았다. 감옥에서야 그는 부친을 이해했다. 에곤은 아버지의 그 항구를 그리다 새우처럼 등을 웅크리고 잠들곤 했다. 캄캄함 속에서 벽 쪽으로 웅크려 누워있으면 벽에서 쏴아! 하는 파도소리가 들려왔다. 그런 날에는 척추를 심하게 구부리고 생명을 잃어버렸던 두 사산아의 꿈을 꾸거나 몽정을 했다. 미라마레성 쪽에서 다시 불규칙한 종소리가 날아왔다. 종소리는 절벽에서 추락하지 않고 날아와 잠들어 있는 해안선의 단조로움을 꿈틀거리게 만들었다. 언덕에 서 있는 집들이 깨어나고 그 아래 내려다보이는 시청 앞 우니타광장의 사람들이 움직이기 시작했다. 산 주스토성 앞마당의 벤치에 앉아 있던 사람들도 어딘가로 가려는지 일어섰다. 텡―, 텡―, 종소리는 언덕을 가득 채우고 있는 오렌지와 카드뮴레드 색깔의 지붕들 사이로 스며들었다. 실레는 언덕을 내려오기 시작했다. 뮌헨이 그를 기다리고 있었다.

3

그러나 그의 수감은 실레에게 국제적인 명성을 안겨주는 계기가 되었다.

"에곤 실레의 작품은 우아하거나 실물 같은 자연스러움과는 거리가 멀어요. 그는 그림에 교훈 같은 것을 담지도 않지요. 그래서 부르주아들은 실레의 그림에 감흥을 받기 어려울 겁니다. 그렇지만 그의 그림은 보통 사람들에게 쉽게 다가가지요. 그는 타협하지 않고 사회적 관습에 얽매이지도 않아요. 그의 작품에서 외설적인 누드만을 본다면 유감스럽게도 중요한 것들을 놓치게 될 것에요. 여하튼 실레는 부르주아 예술의 파탄을 본 화가라고 하면 틀림없을 거예요."

뮌헨에 한스 골츠 신화랑을 설립한 화상 한스 골츠는 뢰슬러로부터 실레의 이야기를 들었다. 뮌헨에 처음으로 갤러리를 설립한 후 청기사파의 전시회를 개최해 유럽에 자신의 이름을 알린 그는 새로운 화가를 찾고 있던 중이었다.

"그렇다면 실레의 그림은 뮌헨에 잘 어울릴 것 같군요. 여기는 빈처럼 장벽이 높지 않아서 신진들도 작품이 좋으면 얼마든지 받아들여지지요."

골츠는 뢰슬러에게 실레의 그림을 보내달라고 부탁했다. 그림을 받은 그는 실레의 흑백드로잉 20점과 유화 3점을 신화랑에 전시했다. 드로잉은 곧바로 매진됐다. 청기사파의 전시회를 능가하는 호응이었다. 골츠는 실레를 뮌헨으로 초대했다.

실레는 곧바로 뮌헨으로 가지 않았다. 트리에스테 항구를 여행한 후

예정보다 이틀 늦게 뮌헨에 도착해 골츠를 만났다.

"독일에서 실레 씨의 드로잉은 유화보다 인기가 높습니다. 실레 씨의 간결하면서도 굵고 힘찬 선이 여기 사람들의 정서에 잘 맞는 것 같습니다. 매달 흑백드로잉을 12점씩 보내주세요."

그는 독일에서 실레의 전기를 출판하겠다고 약속했다. 실레를 파리 화단으로 진출시키는 계획도 세웠다.

"실레 씨는 먼저 파리로 진출해야 합니다. 파리에서 화가들과 교류하면서 국제적인 경향을 익혀야 합니다. 2년 후에는 파리에서 개인전을 열어야 해요. 실레 씨, 당신의 유연하면서도 역동적인 선은 파리에서도 큰 주목을 받을 것입니다. 파리를 경험한다면 당신의 그림은 크게 달라질 거예요. 당신의 그림에 조금 더 국제성을 덧입히면 시대적인 그림이 나올 거라고 나는 기대합니다."

실레는 뮌헨에서 제1회 존더분트국제전*에 초대되었다는 소식도 들었다. 빈의 미술사가 한스 티체가 쾰른에서 대규모로 열릴 첫 존더분트국제전에 실레를 선정했다는 소식이었다. 티체는 클림트의 그림이 저물었다고 판단해 오스트리아를 대표할 화가로 실레를 추천한 것이다.

실레는 템페라 물감과 물감고정제 8개, 일본 도화지 40장, 검정 소프트 크레용, 파스텔, 이젤, 물감 박스, 노트북과 연필을 구입했다. 출옥 후 처음 사는 그림 재료다. 비누와 스펀지, 그리고 구강청결제 오돌도 하나 구입했다. 모친 마레에게는 프란츠 마르크의 우편엽서 <노

---

* Sonderbund Internationale Ausstellung. 1912년 8월 30일부터 12월 30일까지 독일 미술의 중심인 쾰른에서 열린 국제전시회. 반 고흐, 폴 세잔, 에드바르트 뭉크, 파블로 피카소, 엘 그레코, 에곤 실레 등이 초대되었다. 뉴욕 파리 런던 암스테르담 도쿄의 화가들이 소개된 유럽 최고의 전시회

란 암소>를 보냈다.

뮌헨에서 그는 올 때와는 다른 코스의 열차를 선택했다. 뮌헨, 쿠프스타인, 뵈르글을 지나 브레겐츠에서 내렸다. 호수의 도시 브레겐츠에서 하차한 사람은 실레 혼자였다. 텅 빈 역사였지만 승무원이 내려 전후를 확인하며 두 손을 들어 지적확인을 했다. 아무도 없는데도 그의 동작은 예식처럼 진지했다. 열차가 떠나자 역은 산간 도시의 적요로 가득해졌다. 고요함은 어떤 사건의 실마리를 품은 듯 묘연하다. 실레는 개찰구를 나와 역사 뒤편의 계단을 따라 내려갔다. 탁 트인 보덴호가 펼쳐졌다. 알프스 산이 만들어낸 자연호수의 동쪽으로는 오스트리아, 북쪽은 독일, 남쪽의 스위스가 접경을 이루고 있다. 실레는 성 갈루스 성당을 찾아갔다.

"에곤, 당신은 그림 그리는 것을 진정으로 사랑하나요?"

"네. 제가 어린 시절부터 계속 들었던 질문입니다."

"그리는 것을 싫어한 적은 없나요?"

"없어요. 저는 저의 모든 것을 다해서 그림을 사랑합니다. 저는 이 세상에서 그림을 가장 사랑하는 사람이라고 자신합니다."

"그러면 됐어요. 사랑하면 된 것입니다."

"수모를 겪고 망신을 당했어도 말인가요?"

"그럼요. 당신이 그 정도로 그림을 사랑한다면 그 자체로 수모와 불명예를 이긴 것입니다. 문제가 된 그림이 어떤 것이든 당신이 진정으로 그림을 사랑해 그린 것이라면, 그것은 타인이 비난할 수 없는 예술작품이 될 것입니다. 사랑은 그런 힘을 가지고 있지요. 사랑은 나약한 인간을 위대한 인간으로 바꿔줍니다. 사랑은 그 자체로 선이예요. 진정한 양봉가가 되고 싶다면 벌에 쏘이는 것을 무서워할 필요는 없다고 생각해요."

"수녀님, 사랑하는 것이 그만큼 대단한 것인가요?"

수녀는 실레에게 사랑스러운 눈길을 주었다. 역광을 받은 검은 베일이 피아노의 검은 건반처럼 반짝거린다.

"그렇습니다. 순수한 사랑이라면 말이죠. 지금까지 당신은 틀렸을 수도 있을 거예요. 인간은 누구나 틀리면서 살아갑니다. 그러나 당신이 진정으로 그림을 사랑한다면 결코 크게 틀리지 않았을 겁니다. 아니 틀리지 않는 것이 아니라 결국은 옳게 될 것입니다. 사랑에는 그런 힘이 있지요."

실레는 수녀에게서 티아레꽃의 향기를 느낀다. 그녀도 남쪽 지방으로 떠나고 싶은 것은 아닐까.

"수녀님, 저는 비엔나를 떠나고 싶습니다. 비엔나와는 전혀 다른 곳, 여기 국경의 도시 브레겐츠 같은 곳에서 새로운 삶을 살고 싶다는 생각을 하곤 합니다."

"왜 국경의 도시라야 하지요?"

"새로운 자극이 필요하기 때문입니다. 국경을 지나갈 때는 늘 가슴이 두근거려요. 과거를 떠난 에곤 실레이고 싶습니다."

"에곤, 나는 당신의 생각을 이해합니다. 정말로요. 그러나 당신은 지금 비엔나를 떠나면 안 됩니다."

"왜 안 된다는 거지요?"

"지금은 비엔나를 떠나면 안 됩니다. 당신은 더 아파야 합니다. 베토벤이 그랬듯이요."

"베토벤처럼 더 고통을 당해야 한다는 뜻인가요?"

"에곤도 잘 알다시피 베토벤은 본에서 태어나 나이 스물두 살에 음악의 도시 빈으로 왔습니다. 그러나 빈에서 그의 삶은 말할 수 없이 어려웠지요. 30세 이전에 시작된 난청이 심해져 귀가 거의 들리지 않았고, 가난했고, 주위 사람과의 불화까지 겹쳐 하루하루를 살아가는 것도 어려웠습니다. 에곤은 김나지움 시절에 혼자 하일리겐슈타트까지 여러 차례 걸어갔다 오지 않았나요?"

"맞아요. 저는 그때 베토벤의 교향곡에 나오는 꾀꼬리소리, 뻐꾸기소리, 메추라기소리 같은 것들을 흉내 내며 하일리겐슈타트까지 걸어갔다 오곤 했어요. 지금도 그 당시의 성대모사를 그대로 할 수 있어요."

"베토벤은 그 하일리겐슈타트에서 동생 요한에게 유서까지 썼다지요. 상대방이 양치는 목동의 노래를 이야기하고 있는데 아무것도 듣지 못하는 음악가는 얼마나 절망적이었을까요? 그는 이런 고통을 겪으며 이 나라를 떠나려고 무진 애를 썼습니다. 그러나 그는 서른일곱 번이나 이사를 다니면서도 끝내 비엔나를 떠나지 못했고 빈에서 생을 마쳤습니다."

"빈이 과연 그만큼 대단한 도시일까요?"

"빈은 분명 음악가들에게 중요한 도시입니다. 다른 도시에서는 빈에 형성된 음악적 분위기와 유산 같은 것을 찾기 어렵지요. 여러 지역에서 온 음악가들이 펼쳐낸 다양한 음악적 조류와 유명한 음악학교, 공연장, 영향력 있는 출판인과 비평가, 오랜 전통을 자랑하는 음악협회 같은 것은 비엔나의 큰 자산이지요. 그러나 나는 그것이 베토벤을 붙잡은 근본적인 이유는 아니었다고 생각해요."

"그 근본적인 이유란 뭐지요?"

"베토벤은 음악이 주는 즐거움만이 아니라 원천적인 괴로움을 더 사랑했다고 나는 생각합니다. 적응하기 어려운 도시에서의 고독과 가난함, 들리지 않는 절망감, 그러나 그런 모든 것에 반발하는 베토벤의 의지, 그 속에서 자신만의 진실, 자신만의 별을 발견했던 거지요. 그의 그런 에피퍼니는 부르주아에 대항하는 아주 힘든 것이었습니다. 그는 부르주아를 그대로 받아들일 수 없었습니다. 그 부정성, 파괴성, 이런 것을 바탕으로 그는 우주적인 음악을 만들어냈지요."

"그런 깨달음을 꼭 빈에서만 발견할 수 있는 걸까요? 수녀님은 저를 빈으로 보내야 한다는 의견을 처음으로 제시했고, 끝까지 학장님을 설득시켰다고 들었습니다. 저는 뮌헨에서 오는 길입니다. 뮌헨에서 한스 골츠는 저에게 파리로 가라고 했습니다."

"그는 왜 파리를 말했나요?"

"제가 빈의 지역성을 탈피해야 한다는 것이었습니다."

안나 수녀는 확고한 어조로 말했다. "그는 미술 비즈니스의 전문가임에 틀림없습니다. 그러나 그는 당신을 아직 모르는 것 같아요. 에곤, 당신은 먼저 비엔나로 돌아가 그곳을 사랑하고 거기서 당신 그림의 원천을 발견해야 합니다. 고통스럽더라도 더 견뎌야 합니다. 그 후에는 어디든 떠나도 좋아요. 여행은 당신의 재산이니까요."

"논리적인 것은 예술성을 제한한다고 하신 분이 수녀님 아닙니까?"

"그래요, 논리가 예술가를 지배할 때 예술의 창조성은 사라지지요. 그러나 내가 얘기하는 것은 논리가 아니라 에곤의 감성적 원천에 대한 것입니다. 당신은 지금 그것을 잃어버린 상태 아닌가요? 그 잃어버린 에곤 실레를 찾아야 합니다. 크루마우와 노이렝바흐로 떠나기 전에 당신은 그것을 비엔나에서 찾았어야 했다고 생각되네요. 비엔나에서 무슨 일이 있었군요!"

"일이 있기는 했습니다. 너무 고통스러워서 그림을 그리기가 어려웠습니다."

"에곤, 당신의 괴로움을 더 이상 기억나게 하지 않겠어요. 당신은 감옥에서 새우처럼 웅크려 잠들었다고 하지 않았습니까? 바로 그거라고 생각해요. 비엔나에서 먼저 웅크려 잠드세요. 예술은 그 이후의 일입니다. 당신의 처소에서 당신의 자세 그대로 새우처럼 웅크려 잠드는 밤. 거기서 당신은 에피퍼니를 얻게 될 것입니다. 그런 직관이 당신의 예술을 깨우게 될 것입니다. 그렇게 된다면 당신의 그림은 겉으로 소리치지 않아도 될 거예요. 화가가 자신의 근원적인 힘을 상실한다면 그림이 겉으로 소리를 지르거나 남의 이목을 끄는 작품을 그리려고 하게 될 거예요."

"수녀님께서 근원적인 힘을 말씀하시니까, 오르간을 연주하며 노래를 불러주시던 툴른 슈테판 성당의 주임 신부님이 생각납니다. 제 부친의 장례를 치르고 툴른으로 돌아와서의 일이예요. 왜 거기에 들어갔는지는 저도 이유를 모르겠습니다. 어두워져가는 성당에 혼자 앉아 있자니까 2층 뒤편에서 누군가 오르간을 치며 나지막하게 노래를 불러주었습니다."

"참 좋은 신부님이시네요. 그 신부님도 위로 받고 싶었을 거예요."

"저는 출옥 후 가장 먼저 저의 후견인이었던 고모부를 찾아갔습니다. 그는 저에게 군에 입대하라고 말했습니다. 물론 대화가 되지 않았지요. 그 다음 저는 수녀님의 근황을 수소문했습니다. 제가 클로스터노이부르크를 떠난 다음해 이곳으로 이동하셨다는 것을 알았습니다."

"수도원 원장수녀님께 나는 클로스터노이부르크를 떠나고 싶다고 했습니다. 참사회의에서 저의 뜻을 받아들여 여기 성 갈루스 성당으로 오게 됐습니다. 저는 떠나온 사람들이 그리울 때마다 마틴탑의 불빛을 바라보았어요. 그 불빛에서 나는 실패와 아픔, 그리고 붕괴된 것을 극복한 역사를 보았지요. 그 탑을 이루기 위하여 죽은 사람들의 피와 눈물, 그것을 이어받은 사람들의 기나긴 밤의 노력, 그런 것들이 쌓여서 오늘의 마틴탑이 되었고, 밤을 새워 망루에서 이 도시를 지킨 사람들의 노력으로 아름다운 도시가 완성되었지요. 그렇게 쌓인 탑은 무너지지 않습니다."

"수녀님은 스테판 블루마우어 학장님을 사랑했나요?"

"네, 진정으로요."

안나 수녀는 스테판 학장에게 얘기했다. "에곤의 교과성적이 나쁘다고 그를 더 깊은 상처 속으로 몰아넣으면 그는 다시는 일어설 수 없을지도 몰라요. 그런 천재성을 가진 아이는 너무도 연약하지요. 그는 개인적인 불행의 깊은 계곡을 지나가고 있어요. 그를 지켜주는 것이 우리 어른들의 몫이 아닐까요?"

"안나, 당신은 실레를 사랑해요?"

안나는 깜짝 놀랐다. 스테판 자신도 깜짝 놀랐다. 두 사람은 서로 놀랐다. 그런 도발적인 질문이 던져질 수 있다는 것 때문에. 안나는 물론 에곤을 사랑했다. 그것은 여린 소년에 대한 찬미의 감성과 그의 재능을 아끼는 존중심, 아이가 감당해야 할 개인사적인 불행에 대한 안타까움 등 여러 가지 감정이 섞여있는 사랑이었다. 잠시 침묵을 거쳐 안나는 스테판에게 반문했다.

"왜 그런 질문을 하지요?"

"안나 수녀님의 말은 그 학생을 사랑하지 않으면 나올 수 없는 것이라는 생각이 들었어요."

"맞아요, 저는 에곤을 사랑해요."

스테판은 깜짝 놀랐다. 안나도 놀랐다. 두 사람은 서로 놀랐다. 그런 대답이 이렇게 쉽게 나올 수 있다는 사실 때문에.

"그 애는 책을 읽을 필요가 없어요. 그 애는 공부를 좋아하지 않는 것이 확실해요. 그는 그런 특징을 갖고 태어난 거예요. 그것이 그의 재능이지요."

"공부 안 하는 것이 재능이라고요?"

"네, 그런 재능도 있어요. 책은 이미 그 자체가 과거이자 정해진 규격이기 때문에 그런 규격을 거부하는, 예외적인 상상력을 가진 사람에게는 오히려 방해가 될 거에요."

"안나 수녀님!"

그녀를 부른 스테판은 이어지는 말을 내놓지 않았다.

"왜요? 말씀을 하세요."

"아닙니다. 이미 다 말한 것 같군요."

안나는 에곤의 가족이 모두 비엔나로 떠나간 8월의 부흐베르크가세 언덕에서 에곤이 살던 거리를 내려다보았다. 그녀의 노력으로 에곤이 학점을 얻었고, 마침내는 그가 비엔나 국립미술아카데미로 진학했으나 에곤이 떠난 클로스터노이부르크는 그녀를 허전하게 했다. 견디기 어려운 허전함이었다. 그날 저녁 스테판 학장이 학교를 나서다 상심해 있는 그녀를 보았다. 학장은 8월의 초저녁 별빛 아래서 안나의 손을 잡아주었다. 주위는 캄캄해졌다. 학교의 어떤 구석에도 남아 있는 불빛은 없었다. 지나가는 사람도 없었다. 안나는 스테판의 손길이 얼마나 정답고 힘찼던지, 스테판은 안나의 손이 얼마나 여리고 보드라왔는지를 두 사람은 오랫동안 기억하게 되었다. 스테판은 안나의 남다른 사고방식을 사랑했다. 에곤에게 학과 공부를 강요해서는 안 된다는 그녀의 말이 신선하게 다가왔다.

4

퀼른과 뮌헨에서는 실레의 이름이 높아졌지만 정작 비엔나 평단에서는 냉혹하다. 젤리크만이 가장 신랄하게 실레를 공격한다. '실레는 유령을 연상케 하는 인물들의 거미 같은 손가락, 절단되고 반쯤 해체된 시체 같은 형상들을 그린다. 그의 그림은 무덤에서 발굴한 것처럼 보인다. 오랜 세월 파묻혀 있었거나 누렇게 바래고 구겨진 양피지에 그려진 것처럼 그의 그림들은 희미하고 역겹다.'

실레는 그림을 팔 생각을 접는다. 여름이 바짝바짝 타들어가고 있다. 시든 해바라기가 고개를 떨어뜨리고, 커다란 잎이 늘어져 있다. 뢰슬러의 소개를 받고 그는 프란츠 하우어를 만난다. 하우어는 그리헨가세에 있는 유명 레스토랑 그리헨바이슬의 주인으로 코코슈카와 파이스를 지원하는 컬렉터다.

"저는 트리에스테로 갔다가 뮌헨을 거쳐 브레겐츠의 바다(실은 호수)를 보고 돌아왔습니다. 끊임없이 바다가 출렁거리는 것을 보면서 국경 지역에 가서 새로운 삶을 시작하고 싶은 열망이 밀려왔지만 비엔나로 돌아왔지요."

"좋은 결정이군요."

"많은 사람들이 내 그림을 비판했습니다. 빈을 떠나 크루마우로 갔고, 다시 노이렝바흐로 갔지요. 한창 그림이 잘 그려질 때 수감되고 말았답니다. 불명예스러운 모욕이었고, 아까운 시간이었습니다."

"빈에서도 말이 있었어요. 실레 씨가 마을 아이들을 데려다 누드 그림을 그리며 비난 받을 행동을 했다고 하더군요. 실레 씨가 결코 그럴 사람은 아니라고 주장하는 사람은 소수였어요. 소문은 항상 나쁜 쪽으로 흘러가는 것이니까…."

"부끄러움을 이기고 떳떳하게 견디려고 합니다. 나의 그림을 볼 수 있는 사람은 알게 되겠지요. 어려움에 처해지니까 사람들이 외면을 하더군요. 그러나 모델 발리는 예외지요."

"실레 씨, 그런 여자를 만났다는 것은 행운입니다. 지금 빈에는 그런 여자가 없어요. 빈은 옛날의 향수와 낭만을 지닌 도시가 아닙니다."

실레는 트리에스테에서, 또 브레겐츠에서 발리에 대해 많은 생각을 했다.

"나는 10대 중반에 정육점의 견습생으로 사회생활을 시작했어요. 열심히 일해서 수입이 늘어나니까 아무리 어려운 일도 힘들지 않더군요. 전통 500년이 넘은 그리헨바이슬이 문을 닫을 지경이 되었어요. 내가 인수를 해서 다시 일으켜 세웠지요. 혼자서 그림공부를 한 것이 사업을 하는 데 많은 도움이 된답니다."

하우어는 실레의 상징화 두 점과 풍경화 한 점을 900크로네에 구입했다. 인물화나 풍경화와는 달리 상징화는 찾는 사람이 거의 없는 편인데 그는 실레 자신을 수도사로 표현한 <고통>을 먼저 골랐다.

"실레 씨는 선이 아주 뛰어나요. 코코슈카는 색감이 탁월하지요. 내가 두 사람을 적극적으로 도와주고 싶군요."

클림트의 추천으로 제1회 빈국제미술전에서 선풍을 일으킨 코코슈카는 다음해 클림트가 실레를 추천하자 클림트의 추종자이자 자신의 모방자라며 실레를 무시했다. '실레 그림은 항상 나를 쫓아다닌다니까. 선을 빼면 남는 게 없는 그의 그림을 내 작품과 비교하는 것은 불쾌하기 짝이 없어. 조금의 유사성도 없는데 말이야. 나이도 어린 것이 가는 곳마다 여자들이 몰리게 하는 재주는 있더군.'

오스카 코코슈카는 빈국제미술전에서 누구도 상상하지 못했던 이벤트를 연속적으로 만들어내며 연일 화제를 만들어냈다. 그가 극장에 올린 대담한 연극 <살인, 여인의 희망>은 클림트의 선풍을 능가할 만한 것이었다. 가는 곳마다 주목을 받던 코코슈카가 구스타프 말러의 미망인 알마 말러와 만들어낸 스캔들은 '전설'이 되었다. 알마는 작곡가인 남편이 죽자마자 상복을 벗어던지고 파티 장에 나타났다. 그녀는 선동적인 화가 코코슈카를 옆방으로 불러 자신의 초상화를 그려줄 것을 부탁하며 노래 <이졸데의 죽음>으로 젊은이를 유혹했다. 아름다운 미망인의 덫에 포획된 코코슈카는 어느새 알마를 독차지해야 한다는 집착에 빠져들었다. 코코슈카는 매일 밤 알마가 자신의 곁에 있어야 마음을 놓았고, 알마 외의 다른 그림을 그리는 것은 생각할 수도 없었다. 알마의 누드를 그리는 코코슈카는 너무 뜨거워진 나머지 붓을 꺾어버리고 손가락으로 물감을 찍어 바르며 미친 열정을 불태웠다. 그렇게 코코슈카는 <바람의 신부>(일명 '폭풍우')를 그렸다. 알마에게 사로잡힌 코코슈카는 알마의 그림을 100번이나 그렸고, 알마의 집에 다른 남자들이 찾아오지 못하도록 새벽 4시까지 대문 앞을 지켰다. 그의 질투심은 죽은 남편 구스타프 말러에게까지 뻗쳐 말러의 사진을 걸어놓고 그 아래서 사랑을 나눠야 직성이 풀리는 도착증을 드러냈다. 그러나 알마는 어디로 날아갈지 모르는 나비였다. 자신의 대형 초상화가 완성된 다음이라야 결혼하겠다고 약속한 후 코코슈카가 열정을 다 바쳐 초상화를 완성시키자 건축가 발터 그로피우스와 결혼해 빈을 떠났다.

실레는 외과의사 오스카 라이헬에게서 초상화를 그려달라는 부탁을 받는다. 실레는 정면을 바라보고 두 손을 가슴께에 모은 라이헬 상반신 초상화 초안 두 점을 그렸다. 그날 밤 실레는 라이헬이 소장한 안톤 로마코 콜렉션을 보기 위해 그의 집을 방문했다가 코코슈카가 그린 라이헬의 아들 한스 초상화를 보게 된다. 한스는 왼손을 머리에 올리고 오른손은 배 부분에 두른 포즈를 취하고 있다. 이 그림을 보고 실레는 자신의 라이헬 초상화 초안을 아들의 그림과 어울리게 하기 위해 포즈를 측면으로 바꾸고 왼손은 얼굴부분으로, 오른손은 복부 아랫부분으로 위치한 구도로 변경해 그림을 완성시켰다. 라이헬은 초안과 다르게 완성된 자신의 초상화를 보고 뢰슬러에게 말했다. "실레는 아이의 마음을 갖고 있더군요. 자신의 그림을 코코슈카의 그림에 맞춰 그리는 것은 화가로서는 상상하기 어려운 일일 텐데요."

실레는 이중초상화 <은둔자들>을 그린다. 화폭 중앙에 두 남자가 서 있는 그림이다. 클림트와 실레다. 클림트의 눈은 퀭하고, 실레는 법정 선고를 받은 사람처럼 우울하고 날카롭다. 클림트가 즐겨 입는, 폭이 헐렁한 카프탄을 입은 실레가 전면에 서 있고, 뒤의 클림트는 목을 빼고 바짝 다가서서 실레의 어깨에 대고 무언가를 말하고 있다. 클림트는 이 그림에서 구치소 수감 이후 실레의 좌절, 그러나 그 속에서도 일어서려고 하는 그의 소망을 동시에 본다. 클림트는 오센의 화실에 얹혀 그림을 그리는 실레를 위해 자신의 최대 후원자인 사업가 아우구스트 레데러를 소개시켜 준다.

실레는 아들 에리히 초상화를 그리기 위해 크리스마스를 4일 앞두고 헝가리 기요르에 있는 아우구스트 레데러의 대저택에 도착했다. 요제프 호프만이 설계한 저택은 가옥의 사치를 즐기고 싶어 하는 사람들을 위한 지상낙원이라고 할 만한 곳이었다. 옆 부지에 헝가리 전통주 제조공장을 거느린 저택의 현관은 이태리 산 흰 대리석으로 단순하게 치장을 했다. 그러나 실레가 안쪽으로 들어서자 스웨덴 산 검은 화강암으로 만든 막스 클링거의 <베토벤 좌상>이 그의 눈을 사로잡았다. 그 위에서 크리스털 샹들리에가 빛을 떨어뜨렸다. 저택의 내부는 복잡한 구조로 설계돼 있고, 그 속에 들어있는 수십 개의 룸은 가구부터 창틀까지, 조명기구에서 문고리 문양까지 모두 같은 디자인으로 되어있다. 실내화에도 하녀들이 양귀비꽃 수를 놓았다. 리셉션룸 안쪽에 위치한 그레이트홀에는 비엔나대학 천정화 프로젝트로 제작되었다가 논란이 일어나자 선불금 3만 크라운을 교육부에 반납하고 사들인 클림트의 <철학>이 전시되어 있다.

실레가 사용할 침실은 2층으로 오르는 계단 사이의 넓은 메자닌 층에 마련됐다. 입구에는 피칸꽃이 부조된 석등이 놓여있고 드레스룸과 스파시설을 갖춘 욕실이 딸려 있다. 적갈색 마호가니를 조각한 침대 위에는 주름 하나 없이 새하얀 침구가 정돈돼 있다. 실레는 구름 위에 떠있는 듯한 기분으로 침대에 누워 이불 홑청이 사각사각거리는 소리를 들었고, 앞 벽면을 장식한 옅은 풋사과 색깔이 이끄는 안정감 속으로 빠져들어 잠을 잤다. 밤중에 그는 노랑촉새의 휘파람 소리를 들었다. 어린 시절 그가 흉내를 내던 소리다. 실레는 새벽에 일어나 프렌치도어를 열어젖히고 발코니로 나간다. 멀리 라바 강과 도나우 강이 합류하는 리버레인지가 보인다. 그 뒤로는 에메랄드빛 산봉우리가 벨벳처럼 펼쳐져 있다.

아, 집에 왔구나!

실레는 기지개를 편다. 그러고 나서 깜짝 놀란다. 이렇게 윤택한 생활을 해본 적이 없는 자신이 문득 이곳을 자신의 집처럼 느끼다니! 귀어텔의 빈민촌을 순례하면서 고통스러우면서도 순진한 사람들을 그리는 사이에 어느새 귀족적인 사치스러움을 동경하고 편안해하는 화가가 된 것은 아닌가. 자신의 내부 어느 구석에 이런 편안함을 동경하는 사치가 자리 잡은 것일까. 실레는 그런 자신이 가엽다. 갑자기 눈물이 고인다. 마당 한 쪽 채소밭으로 이어지는 정원 입구에 강아지 한 마리가 닭 두 마리와 놀고 있다. 닭들이 두려워하지 않고 강아지 집을 쪼고 있다.

그것 때문이었을까. 마당에 강아지와 닭들이 뛰어노는 전원의 삶. 당나귀가 양쪽으로 늘어진 커다란 마대에 짐을 가득 싣고 역전을 지나가던 풍경, 늙은 마부가 회초리로 당나귀를 내려치고, 그녀의 어린 딸이 나귀를 가엽게 바라보면서 따라가던 툴른의 동화적인 삶을 그는 떠올린다. 거기로부터 지금 나는 너무 멀리까지 온 것이 아닌가. 아, 참 멀리 왔구나.

아침에는 이 지역 농부들이 직접 조달해온 신선한 재료를 받아 두 명의 셰프가 만든 작은 바닷가재, 새끼 양고기, 새벽에 낳은 계란으로 만든 스크램블, 귀리 케이크와 삶은 야채를 먹는다. 26명 용 식탁은 산호로 모자이크하고 꽃 부분은 금으로 세공되어 있다. 식당 맞은편은 정원으로 연결된다. 금색 단추가 달린 회색 유니폼을 입은 하인들이 새벽부터 시중을 든다. 실레는 대저택에서 부르주아들의 화려함과 친절함이 어떤 것인지를 경험한다.

에리히는 실레 옆에서 식사를 하면서 실레의 팔과 다리를 찌르고, 식후에도 실레의 룸을 기웃거린다. 귀엽고 총명한 소년 에리히와 실레는 금방 친해진다. 실레는 오전에 에리히 초상화를 그리고 오후에는 그에게 그림 지도를 해준다. 어느 날 오후 자신의 침대에서 멀리 리버레인지를 바라보며 휴식을 취하고 있을 때 에리히가 노크를 한다. 그는 클라우드베리를 듬뿍 얹은 아이스크림을 갖고 실레에게 오다가 클라우드베리 몇 알을 카펫바닥에 떨어뜨린다. 실레의 환심을 사려고 아이스크림을 갖고 온 에리히는 즉시 바닥에 엎드려 손수건으로 베리를 닦아낸다. 실레는 그 모습이 감옥에서 바닥을 청소하던 자신의 모습과 똑 같다고 생각한다. 실레는 에리히에게 그대로 멈춰있으라고 요구한다. 아니, 명령한다. 그리고 그 모습을 스케치한다. 시간은 오래 걸린다. 실레는 일부러 천천히 스케치를 하며 에리히를 학대하는 쾌감을 느낀다. 대저택의 귀공자가 무릎을 꿇고 엉덩이를 치켜든 자세로 벌을 서듯 바닥을 닦는다. 그는 실레의 요구라면 30분이라도 마다하지 않을 태세다. 실레는 스케치를 하며 실컷 즐긴다. 그가 기요르에서 그린 에리히 초상화와 드로잉 작품들은 젊은 날의 고통스러움으로부터 벗어난, 실레가 최초로 그린 밝은 표정의 그림이 된다.

많은 밤을 지낸 어느 날 새벽, 실레는 적갈색 마호가니 침대 위에서 일어나 프렌치도어를 열어젖히고 발코니로 나가 멀리 리버레인지와 부드러운 산봉우리를 바라본다. 그때 실레는 자신이 집에 돌아왔다는 감격이 사라졌다는 것을 느낀다. 청결함과 질서, 잘 가꾸어진 인공적

규격 속에는 구차한 삶에서 피어오르는 내밀한 열정과 그을린 아름다움이 없다. 아, 집에 왔구나, 그런 외침 대신에, 불충분한 것들과 채워질 수 없는 욕구, 거친 선과 색깔들에 대한 조바심이 일었다. 부족한 색감은 어디에 있는가. 인간들의 유치함과 거기서 오는 편안함은 어디에 있는가. 실레는 번잡하고 불결한 빈의 작은 화실을 생각했다. 때 묻고 꼬질꼬질한 것들이 이끄는 삶에 대한 그리움, 그것이 전달하는 소금기와 같은 간간함에 입맛을 다시며 그는 한동안 발코니에서 서성거린다. 한 달간의 귀요르 체류를 마치고 실레는 빈으로 돌아온다. 에리히도 화가를 따라 빈으로 온다.

실레는 <하인리히와 오토 베네슈 부자의 이중초상화>를 그린다. 베네슈는 화가에게 오래전부터 자신과 아들의 초상화를 한 점 그려줄 것을 부탁해놓았다. 그러나 실레는 베네슈 부자 초상화에 손을 대지 않았다. 그런 실레에게 베네슈는 그림값이 적어 그림을 미루는 것이 아니냐고 물었다. 실레는 즉시 제작에 착수했다. 준비를 마치니까 진척이 의외로 빨랐다. 열일곱 살의 오토는 자신의 움직이는 동작까지 그려내는 화가의 손놀림을 주의 깊게 관찰했다. 실레는 모델이 움직이면 거기에 하나의 선을 덧붙여 움직이는 모습을 새롭게 만들어냈다. 그가 작업을 시작하면 금세 도화지가 바닥에 떨어져 쌓였다. 연필을 들고 순간적으로 백지 위를 스쳐가는 그의 손놀림을 보는 것은 묘한 흥분을 불러일으켰다. 그러나 실레는 모델 앞에서 색을 입히지는 않았다.

초상화 속 베네슈 부자는 <은둔자들>에서처럼 녹회색의 배경에서 서로 떨어져 있다. 아버지는 등과 옆모습을 보이며 팔을 뻗어 아들에게 뭔가를 이야기하고 있다. 아들은 다소곳하게 두 손을 모으고 있지만 번뜩이는 두 눈은 아버지를 비켜나 앞쪽 다른 곳을 응시한다. 아버지와 아들의 명백한 대조는 두 사람 사이의 반목을 보여준다. 팔을 뻗어 아들의 가슴 앞을 가로지르는 아버지의 구질서가 그림을 살아나게 하는 힘을 갖고 있다. 주문을 받은 초상화치고는 색다르게 화가의 고집이 묻어난다. 그러나 이 작품은 베네슈 가의 재산이 되지 못했다. 베네슈는 실물 크기로 제작된 이 대작을 구입할 만한 여유가 없었다. 이 그림은 다음해 독일 뮌헨의 한스 골츠 화랑에서 열린 실레개인전에 선보인 후 카를 라이닝하우스가 600크로네에 사들였다. 그 다음 해 이 작품은 빈의 아르노화랑에서 열린 실레 개인전을 통해 오스트리아에 소개됐다.

아르노 화랑의 개인전에서는 실레와 베네슈 사이에 갈등이 있었다. 실레가 제작한 전시 포스터는 자신을 성 세바스천*에 비유해 고래잡이용 작살에 맞아 희생당하는 장면으로 묘사했다. 자신을 수도사에 비유해 묘사한 적은 있지만 고통스럽게 죽어가는 순교자의 모습으로 묘사하기는 처음이다. 실레의 유화 16점을 소개한 전시회 카탈로그 서문을 아들 오토가 썼다.

그러나 선의로 작성한 오토의 서문은 실레를 당혹스럽게 만들었다. 실레는 클림트와 코코슈카 사이에서 똑 같은 분량으로 언급됐으며, 주인공으로서의 혜택을 받지 못했다. "지금 비엔나에 무수한 클림트의 아류들이 존재하고 있다. 실레도 그런 상태를 지나가고 있으나 새

---

* 로마 황제의 근위병이었으나 기독교를 믿는다는 이유로 파직되어 서기 287년 화살을 맞는 공개처형을 당한 순교자

로운 가능성을 보여주고는 있다." 오토는 실레 그림의 뿌리는 고딕회화에 있는데 비해 처음부터 표현주의에서 시작한 사람은 코코슈카라고 평했다. 실레의 개인전 카탈로그에 실린 서문이 오히려 클림트나 코코슈카에 대한 헌사가 되고 말았다.

전시회가 끝난 후 실레는 오토에게 제안을 한다. "오토 씨, 나는 초대를 받아 베네슈 씨 댁을 방문을 할 때마다 집에 가득 걸려있는 내 그림을 보면서 항상 감사한 마음을 갖고 지내왔어요. 그렇지만 내 그림에 대한 회의나 의문이 있는 사람에게는 그림을 팔고 싶지가 않군요. 그래서 이런 제안을 하겠어요. 마음이 가는 내 그림이 있다면 얘기를 해주세요. 그러면 그 그림을 다른 사람에게 팔지 않고 2년간 보관하고 있을게요. 그렇게 2년이 지나고도 그림에 대한 의문이 가시지 않았다면 그 그림을 팔지 않겠습니다. 그러나 2년이 지나고도 마음에 든다면 그건 오토 씨의 소유가 될 것입니다."

아버지 하인리히가 실레에게 말한다. "나는 이제 안톤 파이스의 그림을 몇 점 사고 싶군요. 실레 씨의 그림은 좀 샀으니까요."

"훌륭한 결정입니다. 컬렉터라면 반드시 안톤의 그림을 사야 해요. 베네슈 씨와 같은 컬렉터가 안톤의 그림을 사지 않았다면 말이 안 되지요."

실레와 파이스의 관계를 알고 있기에 조심스럽게 말을 꺼냈던 베네슈는 실레의 대답을 듣고 안심한다.

5

실레는 히칭거 하우프트스트라세 101번지에 아틀리에를 마련한다. 그의 초상화에도 변화가 찾아온다. 실레는 더 이상 기괴한 자화상을 그리지 않는다. 자화상은 맹인이나 수도사나 성인으로 표현된 상징화로 대체된다. 여성누드화도 성적 농밀성이 약해지고 포즈와 각도는 거리감을 확보한다. 신체 곡선의 아름다움을 표현할 때는 하체 토르소로 그린다. 그의 일기는 그가 건조한 일상으로 돌아갔음을 알려준다.

1913년 2월 3일 월요일. 하루 종일 거울을 보고 자화상 습작.

4일 화요일. 붓을 빨고 난로를 수리. 10크로네 지출.

5일 수요일. 오토 바그너의 <건축> 독서.

6일 목요일. 9시 발리 옴. 종일 습작. 오후 6시에 카페 실러 방문했으나 하이미토 폰 도데러의 <악령>을 공연하기 위해 수리 중.

7일 금요일. 하루 종일 그림. 오후 5시 베네슈와 알세르호프 커피숍에서 만남.

8일 토요일. 오전 9시 발리 도착. 하루 종일 그림. 저녁에 오센과 알세르호프에서 만남.

10일 일요일. 오전 9시 발리 옴. 모네의 그림 <압생트를 마시는 남자>를 봄. 모네의 분위기에 취해 종일 스케치.

그림이 쏟아져 나온다. <성가족> <눈먼 사람> <조우> <추기경과

소녀> <예수의 고뇌> <사나운 대기 속의 가을나무> <다리> <지는
해> 같은 그림들이다. <추기경과 소녀>는 클림트의 <키스>를 변용
한 것이다. 빨간 주케토를 쓴 남자가 여자를 끌어안고 입을 맞추려고
한다. 삼각형의 구도를 가진 이 그림에서 남자는 빨강색, 여자는 검정
색 의상을 걸치고 있다. 여자는 입맞춤을 시도하는 남자를 밀어내는
포즈를 취하고 있고, 두 사람 모두 불안한 시선을 드러낸다. 이 그림
은 빈의 전시회에서 거부당한다. 뮌헨의 분리파는 이 그림을 골츠화
랑에서 열린 전시회 카탈로그의 표지그림으로 싣는다. 실레의 명성은
유럽으로 확산된다. 그의 작품은 함부르크, 브레슬라우, 드레스덴, 슈
투트가르트, 베를린 등지에도 소개된다. 실레는 베를린에서 발행되는
잡지 <디 악티온(Die Aktion)>의 발행인인 프란츠 펨페르트의 눈에
띈다. 펨페르트는 연속적으로 그의 작품을 잡지에 소개한다.

실레는 한스 뵐러 작품전에서 마리아 프리드리케 베어를 만난다. 연
극과 전시회와 오페라 무대를 찾아다니는 것이 일과인 마리아는 아
무리 사소한 실내용품이라도 빈미술공방 제품이 아니면 사용하지 않
는 전형적인 부르주아다. 그녀는 키가 크고 말랐으며 부끄러움을 타
는 실레에게 호감을 갖는다. 짙은 갈색 머릿결을 길게 늘어뜨리고 한
스와 이야기를 나누고 있는 실레에게 다가와 그녀는 자신의 초상화
를 그려달라고 부탁한다. 마리아는 매일 아침 히칭거 하우프트거리
101번지에 있는 실레의 화실로 간다. 마리아는 초상화를 위해 빈공방
에서 세벌의 드레스를 주문한다. 실레는 그림을 그릴 때는 누구에게
든 냉정하다. 마리아를 화실 바닥에 놓인 매트리스 위에서 포즈를 취
하게 한 다음 자신은 사다리에 올라가 모델을 내려다보며 그린다. 모
델을 던져놓은 객체로 냉정하게 파악할 수 있다는 점 때문에 실레는

이 구도를 좋아한다. 모델의 입장에서는 내키지 않는 방식이다. 그러나 실레는 시작한 날부터 그림이 완료된 날까지 단일시점을 유지하기 위해 매번 같은 위치를 고수하고, 모델에게도 똑같은 포즈를 요구한다. 그림을 마치면 실레는 언제나 마리아를 전차정거장까지 바래다준다. 그림이 완성된다. 지그재그 문양의 화려한 드레스를 입은 마리아가 두 손을 머리 위로 올리고 있는 그림이다. 담백한 느낌을 주는 표정을 하고 눈은 살짝 위를 바라보고 있다. 사다리 위에서 얻은 표정이다. 인물에 입체감을 주기 위해 윤곽선은 짙은 갈색으로 처리했고 그 바깥은 옅은 황금색으로 후광을 주었다.

완성된 그림을 보고 마리아는 화가에게 자신이 묘지 위에 누워있는 것 같다는 불만을 표시한다. 그러자 실레는 그림을 천장에다 붙인다. 천장에 전시된 그림을 아래서 올려보니 몸의 모든 부분들이 춤을 추는 듯한 입체감을 보인다. 마리아는 화가의 감각을 이해한다. 그림 값으로 600크로네를 지불한다. 빈공방에서 주문한 세 벌의 드레스는 발리에게 선물하고 싶다고 화실에 남겨놓는다. 헤어지는 정거장에서 마리아는 실레에게 묻는다.

"실레 씨, 왜 저에게 맨발로 포즈를 취하라고 했나요?"

"그것이 좋을 것 같았어요."

"실레 씨, 저는 신발을 벗을 때부터 실레 씨의 개성을 느꼈어요. 앞으로 저는 실레 씨를 좋아하게 될 것 같아요."

실레는 마리아의 눈 속을 깊이 바라본다.

"마리아가 구두를 신고 있었다면 그림이 되기 어려웠을 겁니다."

마리아는 짙은 갈색으로 휘날리는 실레의 머리칼을 쓰다듬고 싶은 충동을 억누른다.

마리아는 클림트에게도 자신의 초상화를 의뢰한다. 클림트는 여성 모델을 다루는데 남다른 재능을 가진 화가다. 고객이 언짢아할 수도 있는 사다리 위의 그림 같은 것은 꿈도 꾸지 않는다. 의자의 머리 받침대를 광배처럼 표현하고 화려한 의상을 모두 등장시킨다. 그녀가 가장 좋아하는 마리나실크로 만든 의상을 입히고 겉에는 꽃무늬를 넣은 밍크 코트를 걸치게 한다. 배경은 실레처럼 여백을 두지 않고 중국의 휘황찬란한 벽걸이 그림으로 가득 채운다. 그녀는 클림트가 주는 무게감과 아틀리에의 분위기에 압도당해 2만 크라운을 지불한다. 마리아 프리드리케는 비엔나 유겐트스틸의 거장 클림트와 표현주의의 거장 실레 두 사람 모두에게서 초상화를 받은 유일한 여성이 된다.

6월 초순의 어느 날 실레는 자신의 스케치북에 메모를 남겨줄 것을 발리에게 요구한다. 발리는 실레가 요구하는 대로 쓴다. 나는 이제 세상 누구와도 사랑하지 않겠다. 발리.

실레는 뢰슬러로부터 알트뮌스터 별장에 초대를 받는다. 곧바로 답장을 보낸다. 뢰슬러 씨 나는 6월 16일 월요일 오후 5시 5분, 아니면 6시 15분, 그것도 아니면 7시15분에 알트뮌스터에 도착하는 기차로 가겠습니다. 1913년 6월 15일 일요일. 에곤 실레.

그러나 마지막 기차가 도착했어도 실레는 오지 않는다. 뢰슬러는 실레에게 실망한다. 그는 예상할 수 없는 실레의 행동방식에 화가 난다. 허탕을 치고 돌아와 뜨거운 차에 럼주를 타서 마시며 화를 달랜다. 조금 시간이 지나고, 다른 방향에서 실레의 목소리가 들려온다. 그는 발리를 데리고 나타난다. 실레와 발리는 카린시아를 거쳐 오느라 시간에 늦었다. 실레는 예정에 없던 카린시아 호수에서 시간을 보내며 자신을 돌아보고 정리했다. 그는 감옥에서의 치욕을 떠올렸다. 누드화가라고 발가벗고 수모를 당했다. 법관은 그림을 불태웠다. 비엔나에는 갈 곳이 없었다. 뮌헨으로 갔고, 기요르로 갔다. 부르주아의 섬세함과 친절을 보았다. 인간적인 고귀함과 편안함이 있었다. 그러나 실레는 화사한 그림을 그리지 않았다. 화려한 배경을 그릴 수 있는 사람은 그 속에서 살았던 사람이라는 것을 알았다. 호수를 떠날 때 그는 자신이 달라지는 것을 느꼈다. 발리에게 메모를 부탁한 것은 물론 농담이다. 그러나 그것이 일말의 진심을 담은 것이라면 너무 가혹한가. 누구도 사랑하지 말라고 요구한다는 것은 너무 독선적인가. 실레는 자신의 상처와 화해한다. 그림을 그리기 위해서는 상처와 화해해야 한다는 것을 깨닫는다. 달라진 자신의 모습이 그의 안에 들어오기 시작한다. 실레는 안나 수녀와 작별하던 순간을 기억한다. 그때 실레는 물었다. '수녀님 지금도 스테판 학장님을 사랑하나요?'

'네, 지금도 그를 존경해요. 그러나 연인으로서는 아니에요. 한때 나는 그의 아내가 되고 싶다고 생각했어요. 그에게는 아내가 있었지요. 나는 그의 하녀가 되어도 좋다고 생각했어요. 그건 나의 모든 것을 다 바칠 수 있는 진정한 사랑의 감정이었어요. 그러나 얼마 후 나는 그것이 나 자신만을 생각하는 이기적인 사랑이라는 것을 알았어요. 사랑은 서로를 지켜주는 것이잖아요. 그렇게 추운 겨울을 보내고 나는 그 도시를 떠나기로 결심했어요. 참사회의에서 결정해준 곳이 이곳입니다. 벌써 6년 전의 일이네요.'

'어떻게 그를 잊었습니까.'

'쉽게 잊히지는 않았지만 저는 밤늦도록 브레겐츠를 지켜주는 성 마틴탑의 불빛을 보면서 제 자신을 이길 수 있었습니다.'

콘스탄트호(보덴호)의 작은 나무 Little Chestnut Tree at Lake Constance
1912, 종이에 수채와 연필 / 46×30cm, 개인소장

'수녀님, 지금도 에곤 실레를 사랑하나요?'

'아니요, 이제는 더 이상 에곤을 사랑하지 않아요. 오래 전에 그를 떠나보냈습니다. 내 가슴에 남은 것은 그가 클로스터노이부르크를 그린 도시의 전경그림 한 점뿐입니다. 그래요. 그런데 나는 그를 7년 만에 다시 만났습니다. 그는 여전히 선연한 아름다움을 지니고 있는 젊은이더군요. 그러나 나는 옛날처럼 그를 사랑하지 않으려고 노력하고 있어요. 마틴탑이 그것을 이기게 해줍니다.'

'수녀님에게 마틴탑이란 무엇인가요?'

'수백 년 비바람을 견디고 서 있는 성자의 모습을 지닌 기념탑이랍니다. 마틴탑은 13세기 중엽부터 있었던 성벽 밑의 작은 경당이 그 기원이었다고 해요. 그것을 한 수도사가 성당으로 증축하기 시작하자 신심 깊은 사람들이 대를 이어가며 삼백 년 동안 탑을 쌓아올렸고, 1660년에 가서야 지금의 형태로 완성시켰다고 해요. 그렇게 수세기 동안 사람들은 마틴탑을 쌓아올렸고, 그 탑 망루에서 화재가 발생한 곳은 없는지, 보덴호반으로 침략해오는 적군은 없는지를 감시하며 도시를 지켰답니다. 그 덕에 브레겐츠는 대형 화재가 없는 도시가 되었지요. 그래서 브레겐츠는 밤을 새워 지킨 사람들의 도시라고 한답니다. 나는 어느 날 마틴탑에 올라갔다가 깨달았어요. 이 탑의 생명은 사람들이 말하듯 중부 유럽 최초의 바로크건축 양식과 양파형 돔에 있는 것이 아니라 그것을 지탱하고 있는 모래 알갱이들의 힘에 있다고요.'

'탑을 쌓고 밤새 지킨 사람들이 모래알이란 말인가요?'

'그런 비유가 가능하겠지요. 그러나 비유만이 아니라 실상으로도 그래요. 모래를 체로 쳐서 굵은 모래는 버리고 가는 모래를 석회에 섞어

프레스코를 만들 듯, 마틴탑의 벽은 바로 그렇게 고운 모래로 이루어져 있답니다. 보덴호의 햇살과 바람이 모래를 그렇게 고운 사암으로 만든 것이지요. 모래와 햇살과 바람이라는 자연과 인간들의 땀방울과 믿음이 한군데에 적절하게 결합된 것이 마틴탑이라는 것을 알았지요. 그렇게 균형이 잡혀 있고 적당한 무게를 가진 탑은 무너지지 않을 것입니다. 무겁지도, 가볍지도 않은 탑. 맑은 날 탑 꼭대기에 올라가 사방을 바라보면 독일의 바이에른, 스위스 장크트 갈렌, 오스트리아의 포이아를베르크까지 다 바라다보여요. 영혼의 약국이라고 불리는 장크트 갈렌 수도원은 생각만 해도 마음속에 스위스의 맑은 바람을 실어다주지요. 아일랜드의 수도사 갈루스가 세운 장크트 갈렌 수도원은 중세 유럽의 학문과 예술의 중심지였어요. 이름난 수도사들이 이곳에서 오랜 기간 라틴어 성경을 필사하고 금욕생활을 했대요. 수도원의 부속 도서관인 갈렌 도서관은 8세기에서 18세기의 고서 15만 권이 보관되어 있습니다. 이 중 2,000여 권은 당시 수도사들이 직접 필사한 고서들이지요. 그 빼곡한 고서들이나 마틴탑을 보면 뭔가를 남긴 사람들의 건조한 일상, 그 충실한 하루하루의 루틴에 대해 다시 생각하게 돼요.'

'건조함이 그렇게 가치 있는 건가요?'

'그럼요. 건조함을 달리 표현하면 거룩함이 될 거예요. 맑은 건조함, 참 좋지 않아요?' 실레는 잔에 조금 남아있는 커피를 마저 다 마셨다. 유월절 만찬에서 마지막으로 포도주를 마시는 사람 같았다.

'수녀님, 돌아가겠습니다. 빈으로 돌아가서 베토벤이 아니라, 마틴탑이나 수도원의 장서가 아니라, 수녀님처럼 자신을 이기는 건조한 힘을 키우고 싶네요.'

실레는 주머니 속에 들어있던 오돌 한 알을 입에 넣었다. 민트 향은 혈관을 타고 퍼지는 나르코틱처럼 실레의 전신을 자극했다.

'수녀님, 브레겐츠는 말러의 음악이 가장 잘 어울리는 곳이라는 생각이 듭니다.'

'예전의 에곤 그대로군요.'

'수녀님 제가 언제 이곳에 다시 올 수 있을까요?'

'빈을 사랑하게 되면 언제든 오세요. 그때까지는 집주인에게, 하인에게, 요리사에게 비웃음을 사면서도 자신의 그림을 그리기 위해 고통을 이겨야 합니다.'

'브레겐츠를 기억하겠습니다.'

보덴호에서 바람이 불어왔다. 그는 안나 수녀와 헤어졌다. 수녀는 손을 내미는 대신 하얀 이빨을 드러내며 맑게 웃어주었다. 실레는 브레겐츠 역으로 가면서 호숫가에 서 있는 작은 나무 한 그루를 보았다. 그 나무가 실레의 걸음을 멈추게 했다. 그렇게 앙상한 나무는 처음 보았다. 살짝 굽은 아랫부분에 버팀목을 달고 서 있는 나무는 곧 쓰러질 듯 보였다. 실레는 그 나무에 마음을 빼앗겼다. 나무가 달고 있는 몇 개의 잎은 시들기 직전의 연녹색으로 하늘거렸고, 건너편 산은 투명한 초록보라색으로 이울고 있었다. 옅은 그 색감이 건조한 아름다움을 말해주었다. 스케치를 하며 자세히 살펴보니 앙상하지만 더없이 당당한 나무였다. 그는 나무를 떠났다.

밤의 마차

1

　바람이 거세졌다. 저녁바람이 솔잎처럼 따갑다. 벌판의 나뭇가지들이 바람 속에서 비명을 지른다. 나무들은 벌판의 유령과 같다. 실레는 스케치북을 덮었다. 그의 스케치북에는 저녁 벌판을 날름거리는 바람이 몇 장이나 들어있다. 실레는 오랜만에 툴른으로 나와 풍경을 스케치했다. 이제 빈으로 돌아가야 할 시간이다.

　그때였다. 툴른 벌판을 달리는 기차가 눈에 들어왔고, 서쪽 하늘이 황혼으로 불타오르는 것이 보였다. 하늘은 겹겹의 황혼을 찬란하게 펼쳐내고 있다. 검붉은 빨강색으로, 붉으면서도 연보라색으로, 짙고 연한 분홍의, 갈색과 고동색이 감도는, 선홍색과 주황과 오렌지 빛의, 노랗고 번쩍이는 황금색으로, 하늘은 불타오르며 투명하게 붉은 색깔들을 수십 폭의 블라인드 커튼처럼 펼치고 있다.

　'에곤, 이리 좀 오시오.'

　벌판에서 한 사람이 실레를 불렀다. 처음 본 노신사다. 벌판에 홀로 앉아 모닥불을 피우고 있다.

　'잠깐 불 좀 쬐고 가시오. 어서 이리 와요.'

　해가 지는 벌판은 낮은 음계로 가득 차 있다. 구름은 자박자박 흘러가고, 새들도 낮게 난다.

　'에곤, 내 오늘 당신을 만나려고 여기 왔소. 나는 당신을 국제미술전에서도 만났고, 그룹전과 개인전에 나온 당신의 그림도 다 보았소.'

　실레는 노신사의 성화에 못 이겨 그의 곁으로 다가간다. 어디서 만났는지 분명하지는 않지만 낯설어 보이지는 않는다. 그가 피운 모닥불이 발갛고 투명하게 잉걸덩이를 만들고 있다. 황혼과 잉걸덩이가 선겁게 똑같다는 느낌을 준다.

'저는 노인장을 만난 기억이 분명치 않은데요.'

'나는 해바라기 그림을 본 이후 당신을 꼭 만나야 한다고 생각했더랬소.'

실레는 보이지 말아야 할 것을 보인 것 같았다. 그의 해바라기 그림은 꽃이 시들어 고개를 숙이고, 마르고 큰 잎이 화폭 가득 늘어진 것을 그린 것이다. 그 그림을 보는 사람들은 해바라기를 이렇게 그렸구나, 하는 반응을 보였다. 잎이 마르고 시들어가는 해바라기 그림을 그릴 때 실레는 마음이 불편했다. 그러나 꼭 그리고 싶은 그림이었다.

'부족한 그림일수록 많은 분들이 기억을 해주신답니다.'

'내 말은 부족하다기보다 넘친다는 뜻이라오. 해바라기를 그렇게 그릴 수 있는 남다른 힘 말이오.'

노인은 시간을 잃어버린 사람 같다. 벌판의 모닥불이 집안의 벽난로이기라도 한 듯 편안하게, 서두르지도 않고, 거듭 해바라기 그림 이야기에 머문다. 실레는 오랜만에 툴른에 와서 여기저기 쏘다니며 스케치를 했다. 그에게 툴른은 바람이 불어오는 진원지이다. 어린 시절 툴른의 바람은 열차에 실려 어딘가로 부터 그에게로 왔다. 실레는 그 바람을 좋아했다. 바람에는 선과 색깔이 있다. 아이는 바람을 곧잘 그렸다. 어느 날부터 바람을 그리는 법을 스스로 깨달았다. 나뭇잎의 앞면과 뒷면의 색깔을 구분할 수 있고, 그 다른 색깔 사이로 흔들리는 배경을 그리면 화폭 위로 바람이 지나가는 것을 느낄 수 있다. 그는 기적소리를 그리는 방법도 알고 있다. 그러나 툴른을 떠난 이후 실레에게 예전의 명료한 바람은 불어오지 않았다.

'에곤, 당신은 잘 걸어 다니는 방랑자이지. 오늘은 어디를 다니며 무엇을 그렸소? 클라이네툴른도 가봤소?'

클라이네툴른은 실레가 어렸을 때 가곤 했던 비밀의 장소다. '거기를 다 아시는군요!'

'오늘은 무엇을 그렸소?'

'교회당과 마을, 화물열차요. 묘지도 그렸고요.'

실레는 노인을 다시 쳐다보았다. 클라이네툴른을 이야기하는 노신사. 그는 노인의 말대로 화물 적하장이 있는 클라이네툴른엘 다녀오는 길이다. 화물열차, 어린 실레는 우악스럽게 달리는 화물열차를 좋아했다. 목적지까지 쉬지 않고 요란하게 달리는 화물열차는 얼마나 독선적이고, 남모르는 유폐인가. 그는 화물열차 칸에 숨어 멀리 가는 꿈을 꾸곤 했다. 그는 어느 날 화물운송사무장의 도움을 받아 부친과 기관사 몰래 기관차 바로 뒤에 연결된 유개화차에 탑승해 세 시간 넘게 툴른에서 벨스역까지 숨어 간 적도 있다.

'빈까지는 시간이 충분하니 여기서 이야기 좀 합시다. 클로스터노이부르크까지는 내 마차를 타고 같이 갑시다. 밤이 오면 4륜 마차가 도착할 것이오. 내 마차는 밤이라야 온다오. 나는 클로스터노이부르크까지만 간다오. 에곤, 내 마차에 당신이 탑승할 날이 올 것을 알고 있었소.'

'저는 기차를 탈 계획입니다.'

'초면이 아니오, 우리는. 오늘 밤 당신은 내 마차를 타시오. 우리가 오늘 만난 것은 우연이 아니니까.'

'저는 기억이 없습니다만, 툴른에 사시는 분인가요?'

'과거 툴른에 살았소.'

'툴른은 기차의 고장이지요!'

'에곤, 나는 한 소년이 툴른 역장관저 2층 방에서 태어나 화가가 되었다는 것을 알고 있소. 거기엔 방이 4개 있고 넓은 거실과 주방도 별도로 있지. 그 집에 고용된 하녀가 말썽을 피운 적이 있는데, 주인이 철도청에 탄원을 해 문제를 해결해 준 적도 있소.'

에곤은 노신사를 자세히 바라보았다. 코가 오뚝하고 파란 눈을 갖고 있다. 키가 크고, 긴 손등에는 뼈마디와 힘줄이 고집스럽게 드러나 있다. 어둠 속에서 그의 파란 눈이 깊어 보인다.

'손을 이리 내보시오.'

노신사는 에곤의 손을 덥석 잡는다. 그리고 그의 손을 모닥불 앞으로 끌어낸다.

'교회당과 묘지를 그렸으면 마음이 추울 거요. 어서 불을 좀 쬐시오. 내 당신을 위해 피운 모닥불이니까. 이제 당신은 화물열차를 탈수 없소.'

벌판 위의 모닥불은 연기도 내지 않고 투명한 진홍색으로 타오르고 있다. 10월인데도 대기의 차가운 기운은 저녁 어스름보다 빠르게 내려앉는다. 저녁의 철길은 가물가물하게 이어져 있다.

'화가들이란 대관절 알 수 없는 존재들이지. 온종일 벌판을 돌아다니지를 않나, 몸을 좀 녹여요.'

노신사의 음성은 낮게 가라앉았다. 그 음색에는 메아리를 일으키며 저무는 벌판을 건너가는 힘이 있다.

'에곤, 내 한 가지 이야기해도 괜찮겠소? 실례가 되겠소만, 당신이 그린 자화상은 이해하기가 어렵다오. 전부터 당신에게 하고 싶던 말이 이것이오.'

에곤은 그의 다음 말을 기다렸다.

'당신이 개인전 때 그린 성 세바스천 포스터를 보았소. 나는 전시장을 들어가기가 꺼려졌다오. 이 화가는 자신의 그림을 다스리지 못하고 있구나, 하고 나는 생각했지.'

노인은 에곤에게 미소를 보낸다. 양해를 구하는 미소 같다. 그리고 다시 말을 이어간다.

'잔 베르니니를 알지요?'

'네. 조금….'

'내 젊어 신혼여행 때는 트리에스테 항구를 지나 로마까지 갔다오. 로마서 보르게세 미술관엘 갔는데, 한 번 휙 둘러보고 나오다가 아주 독특한 조각품을 하나 보지 않았겠소?'

'잔 베르니니의 조각 작품이었나요?'

'그래요. <플루토와 프로세르피나>라는 제목이 붙어있었는데, 그 제목을 지금껏 기억할 정도로 나를 놀라게 한 조각품이었소. 베르니니의 조각은 대리석을 인간의 살덩어리마냥 다루고 있었소. 도망가려고 몸부림치는 여자의 몸이 실제보다 더 생생하더란 말이지. 어찌나 꽉 잡혔는지 남자의 손가락이 닿은 곳마다 여자의 허벅지와 허리는 밀가루 반죽처럼 쏙 쏙 들어가 있었다오. 그건 대리석이 아니었소. 여자의 피와 살이었지. 남자의 손이 여자의 허벅지를 잡았는데, 손가락 하나하나 닿은 곳마다 대리석이 인간의 피부로 변해 있었소. 그런데 에곤, 미안하지만 당신의 자화상도 그렇게 그렸으면 얼마나 좋았을까, 내가 말하는 것은 이것이오.'

'사람마다 표현방법은 다를 수밖에 없습니다.'

'그렇지, 그것은 내가 인정해요. 나는 당신의 그림을 보고 당신이 천생 화가라는 것을 알았소. 나도 젊었을 때는 아마추어 소묘가였소. 그렇지만 당신은 뭇 사람들이 좋아할 만한 아름다운 것을 그리지는 않더군.'

'누구나 보기에 아름다운 것, 봐서 편한 것, 그런 것은 너무나 많은 사람이 그려왔습니다.'

'에곤, 당신이 고통스럽게 그림을 그린다는 것을 나는 알아요. 화가라면 누구나 그럴 거요만, 당신의 그림에는 커다란 아픔이 있어요. 나는 그것이 안쓰럽소. 편하고 아름다운 것을 그리면 얼마나 좋겠소.'

'저는 고통스러운 것이야말로 제가 그려야 한다고 생각합니다. 어떤 일로 고통스러워하는 사람에게 진실로 고통스러운 것을 보여준다면 그 작품은 커다란 감동을 주게 될 것입니다. 아픔을 다스려주는 효과까지도 나타낼 수 있겠죠. 그래서 아파하는 사람의 표정은 기뻐하는 사람의 표정보다 표현하기가 훨씬 어렵습니다.'

실레는 자신이 필요 이상으로 이야기하고 있음을 느낀다. 그러면서도 말한다.

'고통을 겪어보지 않은 사람은 고통스러운 사람을 그려낼 수 없습니다.'

'에곤, 내가 안타깝게 생각하는 것은 당신이 너무 괴로워하는 것이오. 내 당신을 아끼기에 하는 말이오. 모차르트의 천재는 모차르트의 아버지가 그만큼 이끌어줬기 때문에 가능했던 것이라고 하더이다. 지금 당신은 누구의 도움도 받지 못하고 굶주리고 있지 않소? 그림을 보면 알 수 있지.'

'화가라면 그런 어려움을 스스로 극복해야만 하지요.'

'에곤, 나는 당신이 자기연민에 빠져있다는 것을 해바라기 그림을 통해서 알았소. 그런 그림을 전시회에 내놓는다는 것 자체가 자기연민을 갖고 있다는 증거가 아니고 무엇이겠소?'

노인은 혼자서 중얼거린다.

2

'자기연민은 뭔가 트라우마를 갖고 있게 마련이오. 이 모닥불은 치유의 불이 될 것이오. 상실에 대한 치유, 억압에 대한 치유, 말 못할 아픔의 치유…. 여기는 사람들의 마을에서 벗어나 있고, 삶의 시시비비를 떠난 곳이지 않소? 불빛을 바라보시오. 저 혼합되지 않은 단색의 아름다움을 보시오. 바람이 불고, 철은 이울고, 풀은 시들고 꽃은 떨어질 것이로되, 언어의 주술은 계속되고, 꿈과 소망이 결실을 얻듯 빛속에 선 해바라기는 열매를 맺고, 그 씨앗은 땅에 떨어져 묻히고, 대지에서 껍질은 썩어 자양이 되고…. 그렇게 해바라기는 영원히 사라지지 않을 것이오. 당신의 꿈도 말이오.'

에곤은 기억해냈다. 노인의 목소리는 기차를 타기 위해 새벽 일찍 역사에 나온 이웃에게 차 한 잔을 대접하던 바로 그 목소리를 닮았다.

'에곤, 당신에게 그림이란 무엇이오? 대체 무엇 때문에 스케치북 한 장으로는 중단할 수 없다는 것이오? 그림 때문에 뺨을 맞고, 스케치북이 난로 속으로 내던져지고, 시장통에서 손수레를 끌게 될 것이라는 저주를 당하면서도 에곤, 당신은 왜 꼭 그려야만 한다는 것이오?'

모닥불에 비친 노인의 얼굴은 백짓장처럼 하얗고, 목소리는 부드럽다. 그의 목소리 속으로 파란 눈빛이 떠올랐다. 어린 에곤에게 그림은 긁지 않고는 참을 수 없는 가려움 같은 것이었다. 그는 어느 날부터 그리지 않으면 안 되었다. 하루에 스케치북 한 장으로는 결코 채울 수 없는, 멈춰지지 않는 간지러움이었다. 그의 내부에서는 이상한 말들이 솟아올랐고, 달려와 그의 창 앞에 선 기차를 볼 때 그는 참을 수 없는 충동에 사로잡혔다. 말하는 새, 춤추는 벌판, 날아가는 꽃, 시시각각 바뀌는 사람들의 표정. 그런 이명과 환각을 경험하면서 그는 그런 것을 땅바닥 위에 손으로 그렸고, 깜짝 놀라 발로 지웠다. 그리고 그 다음날에는 연필로 종이 위에 그렸고 색을 칠했다. 그리고 그것을 찢었다. 그러나 그는 다시 그려야만 했다. 에곤은 그것이 어떻게든 표현돼야만 하는 내부의 울림이라는 것을 알았다. 그가 가업을 이어 3대째, 더 나아가 4대나 5대째로 이어가며 기차 엔지니어로 살 수 있다면 그것은 더할 나위없는 행복이었을 것이다. 감람나무와 호두나무가 있는 정원을 가진 3층집, 그 앞에는 작은 냇물이 흐르고 미루나무 아래서 할머니는 물감이 묻은 손자의 손을 씻어주었을 것이다. 아이의 훌륭한 그림 솜씨는 금빛 액자에 끼워져 벽에 걸려 있는 그림 한 점으로 두고두고 칭송받을 수 있었을 것이다. 이 집안의 예술성은 그 지점까지 고양되고, 그 지점에서 멈춰야 했다. 그러나 아이는 거기서 멈추지 못했다. 그는 그림을 그리는 과정의 고통과 설렘을 사랑했다. 그리는 것을 세상에서 가장 좋은 것으로 생각했다. 아이는 커서도 그림쟁이가 처한 현실의 불모성을 극복하지 못하고 멸시당하면서도, 자신의 그림을 빵이나 돈과 바꿔주는 사람에 감격하여 눈물을 흘리면서도, 그것을 지상최고의 기쁨이라고 생각하는 자기모순에 빠져 살았다.

모닥불은 참을 수 없는 그림처럼 활활 불타올랐다. 그날, 게르티와 에곤은 두려운 황혼을 보았다. 게르티, 나는 집에 가지 않을 거야. 에곤, 이제 그만 가. 조금 더 가면 안 돼. 벌써 캄캄해졌어. 집에 가면 뭐해? 없는 사람을 위해 식탁을 차려줘야 되잖아. 둘은 철길을 따라 걸었다. 강물은 어느새 밤의 소리를 냈다. 에곤은 게르티를 꼭 끌어안았다. 게르티는 작은 가슴을 실레의 품에 비비며 터져 나오는 흐느낌을 억누르고 있었다. 집으로 돌아왔을 때였다. 순식간의 일이었다. 날름거리는 무서운 불길이었다. 배화교도라도 된 것일까. 주식과 채권은 신성한 제물이 되어 재로 사라지고, 발작의 무서운 저주와 분노는 집안을 삼킬 듯 활활 거렸다. 에곤은 진저리를 쳤다. 그 순간 이상한 힘이 에곤을 불 속으로 잡아 이끌었다. 마력의 불이 혀를 날름거리며 진홍빛으로 에곤을 유혹했다. 에곤은 그 강렬하고도 두려운 힘에 사로잡혀 스케치북을 불 속으로 던졌다. 불은 새로운 침입자를 시험하듯 스케치북 한 바퀴를 돌더니 가장자리에 옮겨 붙었다. 노인이 미동도 하지 않고 에곤을 지켜봤다. 스케치북은 맹렬하게 타올랐다. 마을도 묘지도 전부 불타올랐다. 노인이 주문을 외는 것처럼 혼자 중얼거렸다. '바람이 불고, 풀은 시들고 꽃은 떨어질 것이로되, 빛 속에 선 해바라기는 열매를 맺고, 그 씨앗은 사라지지 않을 것이오.' 스케치북이 활활 타올랐다. '불로 치유된 씨앗은 두고두고 열매를 맺을 것이오.' 에곤은 자신의 그림을 태우는 희열에 젖어 이번에는 재킷을 벗어 불 속으로 던졌다. 이유를 알 수 없는 기쁨에 얼굴이 발갛게 달아올랐다. 에곤은 모든 것을 전부 벗어 불 속으로 집어던지고 싶은 광기에 사로잡혔다. 아돌프가 외쳤다. 저 놈을 잡아다오. 저 검은 놈을 찔러다오.

노인이 에곤의 손을 잡았다.

'그만! 그만하시오.'

그때 마차가 요란한 소리를 내며 달려왔다.

'시간이 됐소. 그만 갑시다.'

두 마리의 말이 끄는 마차는 어둠 속에서도 환하게 보일 정도로 대지 가득히 뽀얀 흙먼지를 일으키며 급박하게 달려왔다. 그리고 마차는 모닥불이 기차 정거장의 정차 마크라도 되는 양 모닥불 앞에서 멈춰 섰다.

'에곤, 오늘 밤 당신은 내 마차를 타야만 하오.'

그의 말은 권위로 가득 찬 선고와 같이 밤의 벌판에 울려 퍼졌다. 반백이었던 노신사는 어느새 백발의 노인으로 변해있었다. 그러나 그의 얼굴은 짐마차 가득 실었던 사과를 모두 파는 데 성공한 노인처럼 편안하기 이를 데 없어 보였다. 그는 에곤의 손을 잡아 이끌었다. 에곤은 아무런 의지도 방향도 지니지 않은 물건처럼 노인의 인력 속으로 끌려갔다. '안쪽으로 타시오.' 노인은 에곤을 보호하듯 안쪽 좌석에 앉히고 그 옆에 나란히 앉았다. 마부석에 앉은 검은 사내가 말고삐를 다잡았다. 그의 손길은 민첩하게 보였다. 아니, 마부는 단지 고삐만을 잡고 있을 뿐, 두 마리의 리피자너가 정해진 코스대로 달려 나가는 것 같기도 했다. 리피자너는 말기 부분만 회색일 뿐 나머지 몸통은 모두 백색으로 털갈이가 되어있다. 또각또각 거리는 말발굽소리가 리피자너의 은백색 반짝거림으로 울렸다. 어둠이 가위눌림처럼 엄습해 왔다가 물러나곤 했다. 노인이 말했다.

'에곤, 세상에서 가장 신비로운 강이 어느 것인지 아시오?'

'도나우 강 아닙니까?'

'에곤, 한 번 강물에 손을 씻은 사람은 다시 그 강으로 돌아와 손을

씻게 하는 강이 있다는 것을 아시오?'

'전설 속의 강인가요?'

'진실의 강이오.'

'도나우 강인가요? 린츠 할아버지는 세상의 모든 것을 잃은 다음 도나우 강변으로 돌아왔습니다.'

'에곤, 당신의 대답은 신화가 되기엔 아직 멀었소. 신화로 만들어져야만 진실이 되는 법이오. 린츠 노인이 신화가 되기엔 죽음 이후에까지 연결될 수 있는 삶의 이야기가 필요하오. 먼 동쪽에 세상에서 가장 신비로운 강이 있다오. 유브라데라고, 평원을 흐르는 강이지. 바로 그 강이오. 흘러간 강물에 손을 씻을 수 있는 강은 세상에 없는 법이오. 미래의 강물에 손을 씻을 수도 없듯이 말이지. 그러나 흘러간 강물에 다시 한 번 손을 씻을 수 있는 유일한 강물이 있소. 유브라데만은 다시 한 번….'

'그게 인간들에게 허용된 단 하나 신화의 강인가요?'

'그곳은 인간들의 어머니인 대지, 즉 뮤터란트(Mutterlnad)요. 그렇지 않겠소? 이 세상 어디에도 두 번 다시 손을 씻을 수 있는 강물이 없다면 세상에 구원은 없소. 그것이 없다면 에곤, 나와 당신도 만날 수 없소. 어머니인 대지는 한 번 다시 아들을 받아줘야만 하는 법이라오. 이건 진실이 된 신화요. 유브라데는 인간들이 만든 단 하나의 예외적인 강이오. 유브라데의 아들은 다시 한 번 그 강에 돌아가 옛날의 물에 손을 씻을 수 있지, 내 오늘 그를 만나 강물에 손을 씻은 것처럼.'

'누구를 만나셨나요?'

'나는 강가에서 곱슬머리의 젊은 나를 만났소. 그는 나에게 어서 빨리 이 강물에 손을 씻으라고 알려줬지.'

'바로 그 옛날의 물이었나요?'

'그렇소. 바로 그때의 물이었소. 잉크처럼 푸르렀고, 나는 상처를 씻었소. 나의 상처는 인간세상의 약으로 아물어질 수 있는 것이 아니라, 다시 손을 씻을 수 있도록 허락된 강물만이 치유해 줄 수 있었소.'

'요오드나 수은이 아니라 잉크빛 유브라데 강물이라야 하는 건가요?'

'그렇다오. 바로 그 얘기요. 내가 오늘 당신에게 들려주고 싶었던 말이 바로 그거요. 나는 유브라데의 강물을 발견했소. 이제 내가 에곤을 만났으니 당신은 더 이상 슬퍼할 필요가 없소. 앞으로 쭉 가시오. 꽃핀 해바라기를 그리시오.'

'저는 슬퍼하지 않습니다. 다시 여름이 오면 해바라기가 꽃을 피우겠지요.'

'에곤, 내가 당신의 아비라면 당신은 기뻐하겠소?'

'아니오. 저는 제 아버지에 대해 기뻐하지도 슬퍼하지도 않습니다. 저의 아버지 아돌프 오이겐 실레는 툴른의 공동묘지에 묻혔습니다.'

에곤은 노인의 얼굴을 쳐다보았다. 백발의 긴 수염을 달고 노인은 캄캄한 하늘을 바라보고 있었다. 그의 수염이 캄캄함 속에서 한 올 한 올 은빛으로 빛났다.

'에곤, 오랜 방황 끝에 집으로 돌아온 오딧세우스는 그 아들 텔레마코스에게 이렇게 말했다오. 나는 네가 신음하고, 많은 고통을 당하고, 남자들의 행패를 감수했던 네 아버지니라, 라고 말이오.'

에곤이 말했다.

'텔레마코스는 대답했어요. 그대는 나의 아버지 오딧세우스가 아니오, 라고요.'

'에곤, 오딧세우스는 이어 말했다오. 너는 지금 날이 밝는 대로 집으로 가 오만불손한 자들과 어울리도록 하라,고 말이지요. 에곤 당신은 여러 사람들과 더 부대껴야만 하오. 혼자 가지 마시오. 에곤, 당신을 위해 울어줄 사람이 누구겠소?'

'저는 저를 위해 울어줄 사람이 필요하지 않습니다.'

'에곤, 자부심을 잃지 마시오. 당신은 오늘 밤 내 아들 에곤 실레라오. 내 사랑하는, 아들 에곤 실레!'

에곤은 더 이상 그를 쳐다보지 않았다. 캄캄한 밤이었다.

'다 왔군! 이제 내리시오. 당신은 더 가면 안 되오.'

노인이 말을 마치자 마차가 멈췄다. 또각거리던 말발굽 소리도 그쳤다.

'당신의 그림은 활짝 꽃 필 것이오. 이게 내가 아들에게 주는 축복이오.'

이상한 노인이었다.

'마지막으로 한마디 하겠소. 내가 이 밤에 왜 툴른에서 이곳으로 왔는지 아시오?'

'마굿간에서 그림을 그리는 아이들에 대한 얘기를 알고 계시나요?'

'그렇소. 나는 죽으러 이곳으로 왔소. 에곤 나 먼저 가리다. 이제 날 잊으시오.'

말을 마친 노인은 마차와 함께 어둠 속으로 순식간에 사라졌다. 실레는 노인과의 대화가 어떻게 해서 동문서답으로 끝났는지 이해할 수 없었다. 실레는 클로스터노이부르크역 뒤편으로 내려간 다음 계단을 통해 개찰구로 나왔다. 실레는 나무벤치에 앉았다. 그가 앉은 곳은 비엔나 반대쪽으로 가는 방향이었다. 방향을 잃은 실레의 얼굴은 표정이 빠져나간 인형 같은 몰골이었다. 노인의 목소리가 들려왔다. 이게 내가 아들에게 주는 축복이오. 이제 날 잊으시오.

두 개의 포옹

2008년 10월 30일 오후. 칼렌베르크 언덕 위에 서 있는 3층집. 담쟁이 넝쿨이 저택을 가득 덮고 있다. 겉으로 보기에도 방이 많은 집이라는 것을 알 수 있다. 제인이 다니엘의 초청을 받았다. 10년 만에 지켜진 약속이다. 다니엘이 제인의 손을 잡고 1층 거실 안쪽으로 난 계단을 올라갔다. 넓은 대리석 계단에는 양쪽 가장자리에 방향초 그림으로 짜인 카펫이 깔려있다. 계단을 오르자 넓은 리셉션 룸이 나왔다. 비엔나가 한눈에 들어왔다. 왼쪽에는 푸른 도나우랜드가 펼쳐지고 중앙은 비엔나 도심, 오른쪽으로는 비엔나숲이다. 대규모 참나무군락의 나무들이 바람에 수런거리고 있다.

"외부에서는 보이지 않았는데, 내부에서 보니 참 좋은 경관을 가지고 있군요."

"오랫동안 부지를 물색해 지은 집이랍니다."

연한 바닐라색의 벽엔 콜로만 모저의 그림 <여인의 초상>과 로이 리히텐슈타인의 <여인>이 1m 조금 넘을 정도의 사이를 두고 같은 높이로 나란히 걸려있다. 화면을 가득 채운 두 여인의 얼굴과 눈동자, 흘러넘치는 머릿결. 두 그림의 분위기가 유사하다. 제인은 다니엘이 모저와 리히텐슈타인의 그림을 한 장소에 걸었다는 것에 흥미를 느꼈다.

"19세기 말 비엔나의 장식 화풍이 20세기 후반 뉴욕에서 흘러넘치는군요."

"제인, 투자가치가 있겠지요?"

"저는 거기까지는 몰라요."

"다음 방으로 가시지요."

그가 제인의 손을 이끌고 그녀를 오른쪽 복도로 안내했다. 다음 방은 거실이었다. 다니엘이 거실 안쪽으로 난 도어를 열었다. 그 안에 서재가 나타났다. 다시 서재의 안쪽 도어를 열었다. 거기 넓은 거실이 또 하나 나타났다.

"미로 속으로 저를 납치하는 건가요?"

"앞부분은 맞아요. 뒷부분은 틀렸고요. 납치가 아니라 특별히 모시는 거랍니다. 누구도 이 방에 들어온 외부인은 없거든요."

거실에 조르주 민느의 조각 <무릎 꿇은 소년>과 앙리 고디에 브르제스카*가 그린 남녀 누드의 그림세트가 걸려있었다. 천장과 벽이 상아빛으로 치장된 넓은 거실이다. 5m는 돼 보이는 아치형의 높은 천정에서 온백색의 조명이 쏟아졌다.

"민느와 브르제스카 작품을 소장하고 있군요. 어떻게 이 둘을 한 공간에 비치할 생각을 하셨지요?"

"서로 비슷해 보이니까요."

"브르제스카의 초기 드로잉이네요. 실레의 작품처럼 선이 간결하고 터치가 빠른 작품이군요. 다니엘, 빈에서 브르제스카의 작품을 소장하고 있다니 의외인데요."

"전에 뉴욕 크리스티 경매에서 구입한 작품인데, 돈이 될 거라고 판단했지요. 실레의 분위기와 유사한 모더니티가 있고, 출생과 사망 시기도 두 사람이 거의 비슷하다는 것을 알고 구입했어요."

* 1891~1915 프랑스 조각가

"빈과 파리는 아주 먼 거리이고, 두 사람은 생존 당시 상대국에서 서로 알려지지도 않은 사람인데, 이렇게 유사하다는 사실에 놀랐습니다. 서로 직접적인 영향을 주고받지 않아도, 시간과 장소를 넘어서는 예술의 초월성을 느끼게 되는군요. 물론 브르제스카의 후기 조각 작품은 아주 다르지만."

"나는 예술의 초월성 같은 것은 몰라요. 투자가치가 얼마나 되느냐, 그것이 중요한 거니까."

"투자가치를 무척 중요시하는군요!"

"나는 솔직히 말합니다."

오른쪽엔 장지문이 설치돼 있다. 문살에 창호지를 바른 장지문이다. 창호지에 희고 미세한 물결무늬가 들어있다.

"이 종이는 한지 아닌가요?"

"맞아요. 앞뒤로 두껍게 한국종이를 발랐어요. 외기를 차단시키는 데는 한지가 최고랍니다."

다니엘이 미닫이로 된 장지문을 열었다. 그 안쪽에 희미한 공간이 펼쳐졌다. 제인은 이 집에서 지금까지 몇 개의 룸과 벽을 지나왔는지 잠시 헤아렸다.

다니엘이 조명을 밝혔다. 그 안에 또 하나의 그림이 걸려있었다.

"아!"

제인이 놀랐다. 실례 '사라진 자화상'이라고 일컬어져 온 수수께끼 속의 그림 <양손을 엉덩이에 댄 자화상>이다. 제인이 오랫동안 찾아 왔고, 다니엘이 10년간을 기다려달라고 약속한 바로 그 그림이다. 프레임 없이 그림만 걸려있다.

제인이 가까이 다가갔다. 다니엘이 구석에서 테이블을 밀고나왔다.

면포가 깔린 이동식테이블 위에 흰 면장갑, 접사용 카메라, 줄자와 나무 자, 라이트가 달린 확대경, 블랙라이트, 할로겐 전등 따위가 놓여있다. 제인이 먼저 작품에 코를 대고 냄새를 맡았다.

다니엘이 물었다. "테레핀 냄새라도 있나요? 아니면 곰팡이 냄새?"

"아니요, 냄새는 없어요."

제인이 이번에는 확대경에 달린 라이트를 켜고 화가의 서명을 살펴봤다. 한동안 서명을 살펴본 제인이 이번에는 블랙라이트 램프를 집어 들었다. 다니엘이 실내의 조명을 낮췄다. 제인이 블랙라이트로 화폭 전반을 살펴봤다. 실내에는 침묵이 흘렀다. 한동안 그림을 살펴본 제인이 다니엘에게 말했다.

"지금까지 많은 연구자들이 궁금하게 여겨온 실레의 3개의 자화상 중 하나가 분명합니다. 152 × 150cm의 크기도 정확하구요. 크랙이나 변형이 일어나지도 않았군요. 보존상태가 대단히 좋습니다."

"제인, 당신도 알다시피 이 작품에 대해서는 지금까지 작은 흑백사진 하나만이 전해져왔어요. 실레의 그림 진품이라고 확신하는 근거는 뭐지요?"

"왼쪽 아래에 들어있는 이 사인은 실레 스무 살 때의 서명이 분명합니다. 실레는 여러 가지의 서명을 남겼고, 해마다 서명을 조금씩 달리했습니다. 같은 서명을 하더라도 세상 어떤 화가의 작품이든 똑같은 서명이란 없어요. 삐침이나 말림, 굵기와 힘의 세기가 모두 달라요. 그러나 나는 실레의 서명만큼은 분명하게 알 수 있어요."

"실레 서명의 특징을 설명해주실 수 있나요?"

"어떤 것이든 그의 서명은 처음부터 끝까지 멈춤이 없습니다. 실레의 서명은 그의 선을 닮았습니다. 단번에 흘러가지요. 그의 감각을 모르면 구분하기 어려운 부분이랍니다."

"실레 위작을 구분한 적이 있나요?"

"물론이지요. 뉴욕에서 거래되는 실레의 위작들은 모두 서명에서 멈춘 흔적이 나타납니다. 모사한 서명과 화가가 단번에 사인한 서명은 다르지요. 특히 알파벳 G에서 꼬부라지는 부분은 실레 서명의 가장 도드라지는 특색을 보인답니다."

"제인, 이 그림이 세 개의 자화상 시리즈 중 몇 번째로 제작된 걸까요?"

"저는 이 그림을 20분 전에 처음 보았습니다. 그건 콜렉터가 더 잘 아는 부분이 아닐까요?"

"이 작품 최초의 소장자였던 카를 라이닝하우스가 이 작품을 두 번째의 자화상이라는 기록을 남겼다는 말이 있는데, 정확하지는 않아요. 그것이 사실이라 하더라도 왜 그렇게 기록했는지도 미스터리이구요. 착각이거나 아니면—"

"무슨 의도라도 있는 걸까요?"

잠시 침묵한 후 다니엘이 입을 열었다. "콜렉터들 중에는 일종의 신화를 쓰고 싶어 하는 사람들이 있답니다. 오랜 세월에 걸쳐 어떤 이야기의 구조에 따라 그 신화를 한 꺼풀씩 벗겨나가지요."

"다니엘, 당신도 그런 신화를 위해서 이 작품을 소장하고 있나요?"

"나는 콜렉터가 그림에 신화를 채색하는 것을 원치 않아요."

"이 그림의 구입처를 물어봐도 될까요?"

"제인, 당신도 아는 갤러리입니다."

"뉴욕에서요?"

"아니요, 뉴욕 노이에 갤러리는 아닙니다."

"그럼요?"

"L.A 가고스 갤러리입니다."

"상상이 안 되네요. 이 작품이 L.A 가고스까지 흘러갔다는 것이 말이지요. 경매에서 구입했나요?"

"아니요. 경매였다면 나는 이 작품을 구입하지 않았을 겁니다. 이 작품은 아까 말했듯이 흑백사진 한 장만이 남아있는 초상화입니다. 지금 이 순간에도 세상 사람들은 이 초상화가 나치정권에서 소각된 것으로 알고 있습니다."

"그림 값을 올리기 위해서 공개하지 않는 것인가요?"

"그래요. 그림 값 때문에. 15년 전에 빈의 한 중개인에게서 연락이 있었습니다. 빈에 실레의 알려지지 않은 초기자화상이 한 점 있다고요. 물론 관심이 없다고 했지요. 조잡한 위작들이 난장을 이루던 때였으니까요."

"이 자화상이었나요?"

"보여 달라고도 하지 않았습니다. 그 후 2년이 지나 뉴욕에서 다시 같은 연락이 왔지요."

"지하시장의 커넥션은 대단하지요."

"다시 2년 후 로스엔젤리스에서 연락이 있었습니다. 가고스 프라이빗서비스 매니저와 통화를 했는데, 그가 에곤 실레의 초기 자화상 중 특급 유화 작품이 나왔다고 하더군요. 나는 직감적으로 깨달았습니다. 세 번씩이나 나에게 기회가 왔다면 이 그림은 나를 찾고 있는 것이다. 이 기회를 잡지 못하면 나에게 기회는 오지 않을 것이라고요. 콜렉터들은 그런 감이 있지요."

"구입 가격을 물어봐도 될까요?"

"이 그림은 공식 절차를 밟아 제 값에 거래된 것입니다. 가고스에서 미국미술품감정사협회의 확인을 거치겠다고 했습니다. 물론 나는 AAA의 감정을 원하지 않았습니다. 프라이빗서비스의 특성상 구매자가 원할 때까지 어떤 방식으로든 노출시키지 않는다는 조건으로 구입했지요."

"왜 그런 조건을 원했나요?"

"아까도 말했듯이 투자를 위한 것입니다. 나는 콜렉터의 신화보다는 수익을 중시하는 장사꾼이니까요."

다니엘은 계속 이야기를 풀어놓을 태세였지만 제인은 이어지는 투자 이야기를 더 이상 듣고 싶지 않았다.

"다니엘, 이제 일어서야 할 시간이군요. 약속대로 10년 만에 이 그림을 확인시켜준 것을 감사하게 생각합니다. 오늘 밤을 오랫동안 기억하게 될 거에요. 약속대로 앞으로 10년 동안 이 그림에 대한 언급을 하지 않겠습니다."

"가시려고요? 말씀드리고 싶은 것이 더 있긴 합니다만…."

"죄송합니다만, 오늘은 이 그림을 본 것으로 충분합니다."

"그렇다면 제가 호텔까지 모셔다 드리지요."

다니엘은 계단을 내려가는 제인의 팔을 조심스럽게 잡아주었다. 호텔이 가까워지자 다니엘이 말했다.

"제인, 좀 언짢으셨겠지만 제가 투자하는 방식을 이해해 주시길 부탁드립니다."

"물론이에요. 사람마다 방식은 다 다르니까요. 저에게 그림을 보여주신 것에 대해 다시 한 번 감사드립니다."

"제인, 내일 새벽에 다시 저희 집을 방문해 주실 수 있을까요? 제가 다시 모시러 오겠습니다."

"죄송합니다만, 나중에 다시 제가 연락드릴게요."

"연락을 기다리겠습니다."

제인은 차에서 빠져나와 호텔 안으로 들어갔다. 뒤에서 다니엘이 보고 있다는 생각을 하니 최대한 빠른 걸음으로 그의 시야에서 벗어나고 싶은 기분이었지만 일부러 천천히 발걸음을 떼어놓았다. 다니엘이 그렇게 돈벌이를 떠벌릴 줄은 생각도 못했다. 그러나 제인은 무언가가 있다는 것을 느꼈다. 다니엘이 그림을 보여준 공간에는 분명 제인을 자극하는 어떤 것이 있었다. 그 순간 제인은 뒤를 돌아보았다.

다니엘이 차 밖으로 나와 제인을 바라보며 서 있었다. 다니엘이 제인에게로 걸어왔다. "내일 아침 5시 30분에 모시러 오겠습니다."

2

발리는 실레가 뢰슬러의 여름 별장으로 초대를 받아 알트뮌스터로 떠나기 전 자신에게 요구한 메모를 기억하고 있다. 나 발레리에 노이칠은 에곤 실레 외에는 아무도 사랑하지 않겠다.

발리는 화가의 스케치북에 그가 원하는 대로 썼다. 그녀는 종알거렸다. 왜 다른 사람을 사랑하지 않겠다고 쓰라고 하지요? 어떻게 이런 기막힌 아이디어를 생각해 냈지요? 제가 다른 사람을 사랑하면 안되는 거예요? 저는 다른 사람의 곁에는 가지도 말라는 거지요? 참새 발리는 계속 종알거렸다. 그러나 실레 씨, 당신은 써주지 않겠지요? 내가 그런 요구를 한다면 말이에요. 저처럼 행복한 여자는 없을 거예요. 당신이 저를 온전히 소유하기 위하여 그 증표를 내놓으라고 떼를 쓰니까요. 실레 씨, 당신도 누군가에게 소유 당하고 싶어서 그러는 거지요? 발리는 실레의 요구를 농담으로 받아들인다. 농담은 그 자체의 비현실성 때문에 현실의 문턱을 넘지 못한다. 가끔.

실레는 뢰슬러에게 편지 한 통을 보냈다.

"나는 이제 결혼을 하려고 합니다. 상대는 발리가 아닌 것만은 틀림없습니다."

편지를 보낸 다음 날 실레는 발리에게 카페 아이베르거에서 만나자고 약속했다. 히칭 인근에는 황실에서 오랫동안 가꿔온 빈 숲 주변의 아름다운 카페가 많다. 그러나 실레는 자신이 당구를 치던 허름한 카페로 택했다.

실레가 폭 폭 폭 담배연기를 품어내고 있다. 평소에는 거의 피지 않던 담배다. 발리는 실레의 속을 짐작하고 있지만 내색하지 않는다. 실레는 다리를 꼬고 앉아서 위쪽으로 올린 오른발을 까닥까닥 흔든다. 손으로 볼을 긁는다. 발리가 자리에 앉자 두 번 접은 종이쪽지를 그녀에게 내민다.

"여기 모든 것이 적혀 있소."

"이게 뭐죠? 우린 평소 서로의 의견을 말로 하지 않았나요?"

"읽어봐요. 왜 내가 글로 썼는지 이해할 거요."

발리는 조용한 흥분 속에서 종이쪽지를 펼친다.

오늘 이후로 나 에곤 실레는 매년 여름 몇 주간은 발리와 함께 보낼 것을 의무사항으로 약속한다.

단 한 문장으로 이루어진 편지다. 실레가 자필로 공증문서를 흉내
낸 편지의 내용을 발리는 이해했다. 발리는 실레의 눈동자를 똑바로
바라본다. 그녀는 지금까지 화가를 똑바로 쳐다보지 않는 것을 모델
의 수칙이라고 생각해왔다.

"실레 씨, 대단한 발상을 하셨군요! 에디트가 이 제안을 수용할 거
라고 생각하나요?

"나로선 달리 할 말이 없소. 약속을 지키기 위해 말로 하기 보다는
글로 쓴 것이오."

"당신은 이런 생각을 할 수 있는 사람이지요. 당신이 옳아요. 저는
모델이니까, 하라는 대로 다 했어요. 많은 사람에게 그림 심부름을 다
했어요. 실레 씨가 저를 의심했을 때에도 저는 아무 말도 안했어요. 페
스커가 돈을 가져갔다는 말도 하지 않았어요."

"발리, 그게 뭔 말이요. 페스커가 내 그림 판 돈 300크라운을 받아
가졌다는 것이 사실이오?" 실레의 큰 눈이 일그러진다.

"저는 아무 말도 안한다니까요. 사람들이 물어보았어요. 저는 창피
했지만 아무런 표정도 노출시키지 않았어요. 실레 씨는 그림에서 저
를 보호해주지 않았어요. 남자들은 그런 그림을 더 좋아한다고, 그래
야 더 많은 돈을 받아올 수 있다고 생각했어요. 제 생각이 틀릴 수도
있겠죠. 저는 화가의 요구대로 다 했어요. 어떤 고객들은 물어보더군
요. 진짜 당신의 누드도 그림과 똑같으냐고요. 저는 고객 앞에서는 입
술을 꼭 깨물었어요. 그리고 그 신사가 지갑을 열 때까지 버텼어요.
그냥 뛰어나오고 싶었지요. 그렇지만 웃음을 보이며 참았어요. 그림

구매자가 저를 무시하는 말을 하더라도 버티겠다고 맘먹었어요. 그가 지갑을 열 때는 모른 척했어요. 돈 앞에서 반응을 나타내면 안 된다는 것 정도는 저도 알아요. 저는 별도로 돈을 요구하지도 않았어요. 실레 씨는 저를 마다할 자격이 있어요. 저는 모델이니까요. 이제부터 저는 아무 말도 안 할 거예요. 말을 하고 싶더라도 말할 기회가 사라졌으니까요. 평소 저에게 수다스럽다고 하셨지요? 저처럼 말이 없는 사람에게 말이에요. 그래도 저는 아무 말도 안했어요. 저는 워낙 말이 없는 모델이니까요."

실레가 침을 꼴깍 삼킨다. "그래요 발리, 당신은 하고 싶은 말이 많을 거예요. 하고 싶은 말은 다 하세요."

"아니에요, 저는 하고 싶은 말이 없어요. 아무 말도 안 할 거예요. 지금까지 아무 말도 하지 않은 것처럼요. 말할 기회도 없잖아요? 당신이 기회를 빼앗어버렸잖아요?"

그녀는 실레가 내민 제안서를 돌돌 말았다. 그리고 그 종이를 테이블 위에 올려놓는다.

발리는 자신이 이 남자에게 줄 수 있는 모든 것을 다 주었다는 사실을 떠올린다. 그녀는 실레에게 에디트와의 만남을 주선해 주었다. 히칭거 하우프트 거리 101번지 4층에 위치한 화실에서 그림을 그리며 실레는 길 건너 맞은편의 114번지 2층에 양가집 자매가 살고 있다는 것을 알게 되었다. 실레는 창가에 자신의 그림을 붙여놓거나 자매들이 눈에 띄면 인디언 아파치의 함성으로 아가씨들의 환심을 사려고 애썼다. 언니 아델레 하름스와 동생 에디트 하름스다. 실레는 발리를 채근했다. 그녀는 실레의 심부름을 했다. 처음엔 네 명이 함께 산책을 즐겼다. 남자 한 명과 여자 세 명의 나들이였다. 그 만남은 얼마 후 남자 한 명과 여자 두 명의 만남으로 바뀌었다. 발리가 제외된 것이다. 나중에는 남자 한 사람과 여자 한 사람의 만남으로 축소됐다. 여자는 동생 에디트였다.

6월 28일, 오스트리아의 왕위계승자인 프란츠 페르난디트 황태자 부부가 보스니아의 열병식에 나갔다가 세르비아 한 민족주의자의 총에 사살됐다. 황태자 부부는 오스트리아 국민들의 전적인 사랑을 받지 못하는 인물이었지만, 제국은 이런 수치를 감내하거나 정치적으로 해결하려 하지 않았다. 오스트리아는 곧바로 최후통첩을 했고, 7월 말 세르비아에 선전포고를 했다. 결과는 제1차 세계대전으로 이어졌다. 아슬아슬하게 평화를 담고 있던 유럽의 도자기는 산산조각이 났다. 오케스트라의 연습이 중단된 빈은 흥분의 도가니가 되었다. 총동원령이 내려졌고 도시는 깃발과 리본, 출정하는 신병들과 그들을 고무시키는 음악으로 가득 찼다.

실레는 허약체질이라 군복무에 적합하지 않다는 의사의 증명서를 갖고 있는 것을 행운이라 여겼다. 행진곡이 울려 퍼지고 깃발이 나부꼈다. 유럽의 각 도시에 나가있던 오스트리아인들이 매일 열차 가득 쏟아져 들어왔다. 실레는 하루빨리 결혼을 해야 한다는 강박에 시달렸다. 그러나 중산층인 하름스 가에서는 동거녀가 있는 화가를 달가워하지 않았다. 자매의 아버지 요한은 국교가 가톨릭인 나라에서 독일계 개신교인이라는 자부심을 갖고 있는 은퇴한 철도기술자였다. 요한은 미국이 세계를 주도하는 세상이 올 것이라며 두 딸에게 수준 높은 영어와 독일어를 구사할 수 있도록 교육을 시켰고 가정교육도 엄격했다. 그러나 동생인 에디트는 실레에게 마음을 빼앗겼다.

"제 가족에 대해서는 너무 신경 쓰지 마세요. 저는 제 가족의 생각과 다릅니다. 나는 당신을 따를 것입니다. 그러나 발리와의 관계를 정리해주세요." 이 요구는 그들이 함께 본 무성영화 <여자의 질투>에서 배운 것이었을까. 에디트는 그렇게 생각하지 않는다. 그녀는 이 요구를 결혼의 순결한 서약으로 여긴다. 그러나 실레는 클림트처럼 자신이 복수의 여성에게 나눠줄 수 있는 사랑의 분배 같은 것으로 받아들인다. 발리는 에디트의 신분이 자신의 처지와는 다르기 때문에 실레에게 이 정도의 요구를 하는 것은 당연하다고 생각한다. 분하다. 아무런 요구도 못하는 자신의 처지를 저주한다.

  발리는 실레가 에로틱한 그림의 깊이에 도달할 수 있도록 여자가 취할 수 있는 모든 포즈를 다했고, 누드모델이라고 수모를 겪으면서도 어떤 심부름도 마다하지 않았다. 그녀는 실레가 <성가족>에서 수감의 날들을 지켜준 자신을 마리아로 그렸고, <견자들>에서는 영혼의 동반자로 그렸다는 사실을 생각한다. 발리는 그의 뮤즈였고, 보호자였다. 그녀는 실레의 <자화상과 모델>, <추기경과 수녀>의 모델이었다는 사실도 떠올린다. 그러나 발리는 자신이 모델이라는 현실을 다시 생각한다. 그녀는 모델이 거리의 여자 같은 것이라고 자각한다. 실레는 다른 여자를 선택할만한 자격이 있는 남자라는 것, 발리는 여기까지가 자신이 그에게 줄 수 있는 모든 것이라는 사실을 인정한다. 실레의 엄마가 아들에게 만들어준 슈니첼, 그의 고모가 즐겨 만든다는 굴라쉬, 모델 이다가 가져다줬다는 포미스, 그런 요리들을 잘 만들 수 있게 됐지만 더 이상 실레를 위해 요리를 해줄 기회는 사라졌다는 것을 깨닫는다.

  발리는 일어선다.

그녀는 동전지갑마냥 입을 꼭 닫고 있다. 그리고 실레를 떠난다. 결코 눈물 같은 것은 없다. 이 도시의 어디에서나 있는 하천한 동거녀의 버림받음, 거리의 여자와 비슷하게 취급받는 모델이 도착한 어느 한 정거장일 뿐이라고 생각한다. 그녀는 이것이 남다른 개성을 가진 실레가 선택할 수 있는 이별의 방식이라고, 그러나 앞으로 이 남자를 그리워해서는 안 된다고 다짐한다.

실레는 단호하게 떠나가는 그녀의 뒷모습을 보며 발리가 수다스럽지만 미덕이 있는 여자라고 생각한다. 실레는 그런 여자를 보내야 하는 자신을 이해할 수 없다. 발리는 모델로서 뛰어난 육감적인 조건을 갖추었고 자기 표현력과 포즈를 취하는 능력이 천부적인 여자다. 발리 이전의 에로틱한 그림들이 훔쳐보기나 상상의 차원에서 나온 것이라면, 발리의 육체에서 관찰과 드로잉의 구체성을 체득했다. 그로부터 자신의 드로잉이 비약적으로 발전했다는 것을 그는 인정한다. 실레는 깨닫는다. 발리는 화가에게 육체의 구체성을 알려준 뛰어난 모델이자 불안하게 날뛰는 망아지를 잡아준 마부였다. 다른 모델들은 육체의 피상성만을 보여줬을 뿐 구체성을 알려주지는 못했다. 발리 육체의 구체성을 보고 냄새를 맡게 되었을 때 그림의 개성이 살아났다. 그 구체성은 땀방울과 체취, 교접과 신음, 그런 것을 통해서 상대의 진솔한 감정에까지 도달할 수 있을 때 나왔다. 실레는 이 지점까지 와서 발리와 작별하는 것이다. 실레는 발리에게 빚졌다는 사실에 부담감을 느낀다. 앞으로도 자신의 그림은 발리에게 빚질 수밖에 없다는 것을 안다. 그럼에도 그는 그녀를 버린다.

떠나가는 발리는 자신의 품속에서 잠을 재웠던 실레를 생각한다. 성숙한 남자였지만 자신의 품에서 신음하며 잠들었던 아이. 그녀는 그 아이를 맡아줄 에디트가 거친 화가의 심부름을 도맡아주고, 콜렉터들과 원만하게 비즈니스를 진척시키고, 화가가 원하는 어떤 포즈로도 자신 있게 단 위에 서고, 그러고도 몸과 마음으로 그를 위로해줘야 하는 고행을 기꺼워할 수 있을지를 생각한다. 그러고 보니 그런 고행은 자신에게는 고통이 아니라 실은 즐거움이었으며, 실레의 거칢 또한 어린아이 같은 응석부림의 한 방식이었다는 것을 생각한다. 그러나 발리는 이어지는 회한을 재빨리 던져버린다. 실레가 준 기념품을 모두 쓰레기통에 처박는다. 그녀는 무시당하는 삶을 살지 않기 위하여 다시는 모델이 되지 않겠다고 각오했고, 가능한 빨리 비엔나를 떠나겠다고 생각한다.

3

막상 발리가 떠나자 실레는 그녀가 없는 화실의 공백을 이기기 어려웠다.

그는 주변 사람들의 비난을 감수했다. 지나친 이기주의라고, 헌신적이었던 모델을 버리고 중산층 여자를 선택한 영악하고도 천박한 선택이라고 비난이 들끓는다. 포즈를 요구하는 매너가 거칠고, 마음속에 음흉함이 가득하다는 소리도 견뎌낸다. 그러나 에디트의 가문이 좋은 것은 아니다. 그녀의 아버지는 퇴직한 철도공무원으로 가진 재산이 거의 없다. 실레는 변명하지 않는다. 그는 어떤 일이 있어도 변명해서는 안 된다는 것을 깨달았다. 그것을 그는 떠나가는 발리에게서 배웠다.

　그러나 지금까지 그녀의 포즈와 체취로 가득 찬 화실에서 그녀가 남기고 간 공백을 견디기란 어려웠다. 새로운 그림에 손을 대도 습관처럼 발리의 표정과 포즈가 나온다. 실레는 두 명의 여자가 등장하는 그림을 자주 그린다. 젊은 여자들의 포옹장면을 그린 <얼싸안은 두 여자>와 <반대쪽을 보고 누운 두 여자>는 그가 생각했던 기이하고 무모한 동거의 환상에서 나왔다. 그러나 그런 그림을 그리면 그릴수록 그는 더욱 괴로워진다.

레오폴딘 아펠 : 비엔나 13, 골드쉴라그스트라세 155번지.

로사 필린 : 비엔나 5, 포르수가세 9번지.

미치 페리스투티 : 비엔나 5, 엘라크가세 131번지.

엘리자베스 사틀러 : 비엔나 13, 브라이텐시에르스트라세 41번지.

캐롤라인 오프너 : 비엔나 16, 후텐가세 69번지.

파울 사바이 : 비엔나 6, 모리츠가세 13번지.

엘리 피카르트 : 비엔나 13, 쿠에프스타인가세 17번지.

그레테 포케르트 : 비엔나 9, 세스침멜가세 9번지.

엘라 제리츠 : 비엔나 3, 크라이글러가세 3번지.

헬레네 시들러 : 비엔나 4, 라이벤프로스트가세 4번지.

어떤 모델도 발리를 대신할 수는 없다. 실레는 떠난 발리를 소재로 그림을 그리기 시작한다. 구겨진 하얀 시트 위에서 두 남녀가 서로를 끌어안고 있다. 배경은 노란색과 갈색이 어우러진 공간, 초록빛 실루

엣이 감돈다. 두 남녀는 허공 위에 떠있는 듯 불안함을 가셔내지 못하고 있다. 검은 옷차림의 남자는 그에게 매달리는 여자 쪽으로 몸을 구부리고 왼손으로는 여자의 머리를 감싸고 있다. 그러나 오른 손은 여자의 어깨를 은연중 밀어낸다. 남자는 실레를, 여자는 발리를 연상시킨다. 남자를 끌어안은 여자의 팔은 남자의 옷에 가려 일부분만 실오라기처럼 가늘게 드러나 있다. 그러나 간신히 남자의 등 뒤에서 맞잡은 여자의 왼손과 오른손은 손가락 하나만으로 연결돼 있을 뿐이다. 여자의 표정은 체념과 서글픔에 감싸여 있다. 힘을 잃은 남자의 눈은 다른 생각에 골몰해 있다. 밀착해 있으면서도 거리감이 있는 <죽음과 소녀>는 완성되지 않는 사랑, 그 이면에 존재하는 죽음의 그림자를 보여준다. 여자는 처절하고 남자는 계산적이다. 불안한 포옹이 가져다주는 이 그림의 분위기는 우울하다. 발리를 버린 죄악과 상실감으로부터 해방되고자 했던 실레의 이기심이 들어있다. 달아나는 포옹이 어떤 것인지를 알려준다.

죽음의 신 플루토가 아름다운 여인 페르세포네를 납치하는 그리스의 신화에 바탕을 둔 <죽음과 소녀>는 시대를 따라 많은 예술작품에서 변주돼 왔다. 한스 발둥 그린은 얇은 천으로 아랫도리만 살짝 가린 소녀를 해골 모양의 사신(死神)이 뒤에서 꽉 붙잡고 있는 그림으로, 잔 베르니니는 죽음의 신이 도망치는 여인을 꽉 잡은 조각작품 <플루토와 프로세르피나>로, 에드바르트 뭉크는 벌거벗은 소녀가 검은 나신의 죽음을 끌어안고 자신에게 키스해 달라고 애원하는 그림으로 그렸다. 소녀는 "죽음의 그림자여, 다가오지 마세요. 저는 죽음과 키스하기에는 너무 어려요"라고 애원한다. 그러나 죽음은 "내게 다정한 손길을 주길 바란다. 난 너의 친구이며, 해치지 않는다. 꿈꾸는 소녀여, 내 품에서 편히 잠들거라." 하며 소녀를 유혹한다. 슈베르트는 음악적 자서전 같은 <죽음과 소녀>를 썼다. 잠시 그라프 피아노를 가졌던 것 외에는 평생 제대로 된 피아노조차 소유하지 못했던 슈베르트는 매일 밤, 잠들 때마다 다음날에 눈을 뜰 수 없다면 좋겠다고 소망했을 만큼 불행한 나날을 보냈다. 그러니 그가 쓴 작품들 중에서 죽음이라는 주제와 연관된 곡이 50여 개에 달한다는 사실은 실상 많은 것도 아니다. 슈베르트의 소녀는 죽음에게 애원한다. 나는 아직 어려요. 그냥 지나가 주세요. 발리는 실레에게 애원한다. 실레 씨, 우리가 헤어지는 것이 죽음으로 가는 길은 아닐까요? 슈베르트 가곡의 죽음은 말한다. 나는 친구란다. 괴롭히러 온 것이 아니야. 내 팔 안에서 꿈결같이 편히 잠들어다오. 실레는 말한다. 발리여, 나는 이젤 앞을 떠도는 죽음이오. 어서 나를 떠나 삶으로 가시오.

두 사람은 사랑이 빠져나간 껍데기를 껴안고 있다. 아니 그 껍데기에 매달려 있다. 연약한 여자를 보호하는 척하는 남자의 의무감과 그러나 다른 곳으로 눈길을 돌리려고 하는 이기심이 얽혀있다. 그래서 그의 눈빛은 가식적으로 번쩍거릴 뿐, 그의 입술은 그녀의 부드러운 볼에 가까이 가지 못한다. 그녀의 머리카락에 입술을 대고 있는 남자는 여자가 가까이 다가올까 봐 두려워한다. 자기 자신을 죽음으로 표현한 실레의 자기부정은 치사하고도 조금은 솔직하다. 실레는 죽음을 무서워하지 않고, 기꺼이 그 자신이 죽음이 되었다. 전통적인 알레고리를 벗어나 자신이 죽음이 되어버린 그림. 그는 발리에게 빚을 갚지 않으면 슈베르트처럼 다음날 일어나기 어려웠을까.

실레는 두 번째 징병검사를 받는다. '군복무에 접합하다'는 판정이 나온다. 이탈리아가 오스트리아에 선전포고를 한 긴박한 상황에서 허약체질이라는 의사의 증명서 한 장이 더 이상 징집을 면제시키는 효력을 발휘할 수 없었다. 실레는 게르티의 결혼을 허락한다. 어렸을 때 같이 살자고 약속했던 게르티를 안톤 페스커에게 맡기고 싶지 않았다. 게르티는 페스커의 아이를 임신해 분만일이 얼마 남지 않은 상태다. 실레는 게르티에게 편지를 보낸다.

게르티, 우리는 지금까지 참혹한 시간을 살아왔다. 우리는 많은 어려움을 경험했고 거기에 적응해 왔다. 지금은 전쟁 중이어서 수만 명의 사람들이 비참하게 죽어가고 있다. 누구나 자기의 운명을 받아들여야 한다. 우리는 강해졌고 두려움이 없다. 지금까지 있었던 것들은 모두 과거의 세계에 속한 것이다. 우리는 항상 미래를 바라보아야 한다. 지금 희망을 잃어버리면 죽음 앞에 무릎을 꿇게 될 것이다. 삶이 우리에게 요구하는 모든 것들을 받아들이자. 폭풍이 지나가면 태양이 비치게 될 것이다. 1914년 11월 23일, 에곤.

실레는 여동생 부부에게 결혼선물로 아이에게 젖을 먹이는 여인을 그린 유화 <젊은 엄마>와 아이가 젖을 먹고 있을 때 눈을 감고 있는 여인을 그린 <눈 먼 엄마>를 선물했다.

실레는 6월 21일 입대하라는 통지서를 받는다. 그는 서둘러 결혼식 날짜를 잡는다. 부모의 결혼 36주년 기념일인 6월 17일, 예식은 하름스 가문의 개신교 의식에 따라 비엔나 1구역에 있는 루터교회에서 간소하게 치렀다. 결혼식에는 에디트의 가족들만 참석했다. 아는 사업가의 딸을 며느리로 맞으려고 했던 마레는 에디트를 탐탁지 않게 여겼다.

다음날 아침 8시. 부부는 에디트의 언니 아델레의 전송을 받으며 징병지인 프라하로 가는 기차를 타고 신혼여행을 떠난다. 실레는 징집되는 자신을 따라오는 에디트가 사랑스럽다.

"에디트, 여기에 모든 것을 기록하세요. 당신이 그리고 싶은 것을 그리고 일기도 쓰세요. 훗날 우리에게 좋은 추억이 될 거에요. 거기에서 새로운 씨앗이 자라날 겁니다."

실레는 에디트에게 스케치북과 일기책 한 권을 준다. 그것이 결혼 선물이다.

"실레 씨만을 믿고 따라갑니다. 조금 두려워요."

"에디트, 내가 훈련소로 들어가면 만나기도 쉽지 않을 거요. 외롭고 힘든 일이 생겨도 잘 견뎌야 합니다. 전쟁 중이니까 우리가 상상할 수 없었던 일들도 많이 일어날 겁니다. 우리가 만나지 못하더라도 내가 어떤 순간이든 최선을 다하고 있다고 믿어주세요."

"실레 씨 전쟁은 언제 끝날까요? 당신은 많은 것을 경험한 사람이니까 모든 것을 잘 하실 거예요. 그런데 저는….."

"두려워요?"

"네, 조금요. 아니, 많이요. 제가 전쟁 중에 살아남아서 우리의 행복한 가정을 꾸리게 될 수 있을까요?"

"에디트, 당신이 편안한 마음으로 생활하면 전쟁은 곧 끝납니다. 넓은 정원이 있는 근사한 곳에 집을 마련해서 그림을 그리며 행복하게 살아야지요."

두 사람은 프라하역에서 내려 센트럴 노이하우스 호텔에 여장을 풀고 시내를 산책한다. 백탑의 도시 프라하는 시가지가 삼각형의 블록으로 조성돼 있다. 많은 도로가 사선으로 구성돼 있어 실레는 도시풍경이 큐비즘적 요소가 강하다고 느낀다.

"에디트, 입대하더라도 시간이 나면 언제든 이렇게 빠른 지름길을 타고 당신에게 달려올게."

"당신이 없으면 무서울 거예요. 잘 견딜 수 있을까요?"

실레와 에디트는 호텔 맨 위층 방에서 잘 익은 살구 빛으로 포근하게 빛나는 프라하의 야경을 바라보며 포옹한다. 신혼의 반려자와 작별하는 안타까운 그리움에서 사랑이 보드랍게 부풀어 오른다. 담홍색의 젖꼭지를 가진 에디트는 부끄러움을 탄다. 그런 아내를 낯선 도시에 두고 병영으로 간다는 사실이 실레에게 극적인 느낌을 준다. 에디트가 기차에서 했던 말이 떠오른다. 제가 살아남아서 행복한 가정을 꾸리게 될 수 있을까요. 실레는 밤이 새도록 에디트에게 팔베개를 해준다.

급히 신병 입소대대로 개조된 프라하홀은 살벌한 장소로 변했다. 심장발작을 일으킨 병사는 앰뷸런스에 실려 간다. 그의 생사를 궁금해 하는 병사들은 더 이상 어떤 설명도 듣지 못한다. 담을 뛰어넘어 탈영을 시도한 한 병사는 현장에서 사살된다. 인간이 갖춰야 할 최소한의 품위도 없이 생명이 다뤄진다. 입소한 실레는 신병들과 함께 짚더미를 깔아 만든 침대에서 담요도 없이 잠을 잔다. 비누나 그릇도 없고, 귀리죽을 먹을 제대로 된 수저도 없다. 에디트가 프라하홀 담 너머에서 애타게 손을 흔든다. 하루 종일 담장 너머에서 기다리는 에디트와 이야기를 나눌 수 있는 시간은 채 5분도 안 된다. "에디트, 용기를 내요. 전쟁은 곧 끝날 거예요. 프라하홀은 예전에 내 그림을 전시했던 곳이에요. 여기 콜렉터들이 곧 나를 찾아올 겁니다."

그러나 입소대대는 점차 이성적인 대화를 나누는 것이 불가능해진다. 개인주의적이고 부드러운 감성을 보였던 사병들은 광신적인 애국주의자로 변해간다. 전쟁이 쉽게 끝날 수 있다는 생각은 환상이다.

실레는 담장 대화를 통해 에디트에게 레더러 부인에게 자금과 관련된 전보를 치고, 라이닝하우스에게 편지를 쓰고, 자신의 그림에 관심을 가졌던 프라하 콜렉터들을 관리하는 방법을 가르쳐 준다. 그러나 에디트는 이런 일에 겁을 낸다. 에디트는 매일 외롭고 두려운 프라하의 밤을 보낸다. 어느 날 그녀는 어린 시절 동창생이었던 오이겐 파카스를 우연히 만난다. 장교가 된 파카스는 에디트를 토요일 저녁 식사에 초대한다. 실레는 프라하 입소대대에서 남부 보헤미아의 75연대 신병훈련소로 이송된다. 에디트는 실레보다 이틀 뒤 보헴에 도착해 작은 호텔을 얻는다. 그리고 곧바로 파카스에게 감사의 편지를 쓴다.

'에디트, 지금은 전쟁중이오. 여자는 힘든 때야말로 현명한 선택을 할 권리를 갖고 있소.'

다음 날 파카스로부터 날아온 답장이다. 에디트의 실레를 사랑하는 마음은 변함이 없다. 나는 에곤과 결혼했고, 어떤 경우도 다른 사람을 원하지 않는다. 아무리 유혹이 극심하더라도 에곤을 사랑하는 마음은 변하지 않을 것이다. 나는 에곤이 있는 한 누구의 유혹이라도 이겨낼 힘이 있다. 에곤은 날 믿을 것이다.

실레가 준 노트에 기록한 이 일기는 7월 말 경 실레에게 발견된다. 실레는 곧바로 파카스에게 항의서신을 보낸다. 파카스 중위, 다시 에디트에게 편지를 보내거나 비밀리에 만난다면 당신의 생명은 더 이상 유지될 수 없게 될 것이다.

"에곤, 당신을 사랑하는 저의 마음은 언제까지 변하지 않을 거예요. 당신이 나를 의심한다면 나는 빈으로 돌아가겠어요."

에디트는 완강해진 실레가 무섭다. 빈으로 돌아갈 여비마저 바닥난 상태였지만 더 이상 홀로 지낼 자신이 없어진다. 에디트는 화가의 요청을 다 받아주고 어떤 어려움도 극복해내는 발리와는 다르다. 실레는 이런 차이에서 오는 생활의 어려움을 극복하는 방법을 알지 못한다. 그는 아내에게 간청한다.

"에디트, 당신이 떠나간다면 나는 호수에 몸을 던질 테요."

신혼의 아내가 비엔나에서 보헤미아까지 따라와 홀로 생활하고 있다는 것을 안 훈련소 장교는 시간이 날 때마다 실레에게 외박을 허락해 준다. 하루 10시간의 기본 훈련을 받고 나머지 시간은 경비 근무를 하다가 모처럼 외박이 허가되면 실레는 집에 도착하는 순간부터 다음날 새벽까지 에디트의 육체를 탐닉한다. 그림과 군대생활과 아내에 대한 욕구불만으로 화가는 밤새도록 미친 정사를 벌이고, 에디트는 남편의 그런 욕구를 받아들이는데 고통스러워한다.

4

실레는 화실의 커튼을 뜯어낸다. 흰색과 검정 줄무늬로 된 커튼이다. 그는 그 천으로 에디트의 드레스를 만들어 입힌다.

"에디트, 당신의 포즈를 자연스럽게 나타내 봐요. 쉔부른 공원의 단

풍나무 아래 앉아있던 소녀를 생각해 봅시다. 그 소녀가 일어서자 단풍나무가 나부끼지요? 소녀가 손을 잡고 있는 사람의 얼굴을 떠올려 봐요. 그 소녀가 일어섰을 때의 모습을 보여줘요."

그러나 에디트의 표정은 살아나지 않는다. 서 있는 자세가 어색해 허리춤이 점점 굳어진다. 허리가 경직되면 몸의 모든 근육이 수축되고, 모델 특유의 표정이 사라진다. 이래서는 초상화가 되지 않는다. 신병 훈련을 마친 실레는 비엔나 인근부대에 배치돼 라인츠 야생동물공원에 참호를 파는 임무를 맡았다. 라인츠에서 히칭의 화실까지는 트램으로 이동할 수 있는 가까운 거리다. 밤에 귀가가 허락되면 시간을 아껴 에디트를 모델로 세운다. 입대한 후 처음으로 그리는 그림이다. 에디트는 모델로서의 자기 표현력이 부족하다. 모델의 표정이 살아나지 않자 화가는 화실을 좀 더 우아하게 꾸미고 그녀가 좋아하는 장식이 풍부한 옷을 사온다. 모델은 단추가 많고 여러 겹의 레이스가 달린 블라우스와 풍성하게 펼쳐진 줄무늬 치마를 입는다. 칼라 깃을 세우고 벨트로 허리를 잘록하게 묶는다.

"에디트, 햇살이 밝게 비치는 아침의 부엌을 생각해 봐요. 당신이 오목한 그릇에 계란을 깨 넣고 그 안에 게살과 버터와 파슬리를 넣고 거품기로 휘휘 젓고 있네요. 프라이팬에 올리브유를 두르고 스크램블을 만들고 있군요. 계란이 불 위에서 볼록볼록 솟아오르네요. 치즈의 향기가 화실에 가득 스며들고 있군요."

실레가 경쾌한 이미지가 넘치는 이야기를 펼쳐준다. 햇볕이 찰랑찰랑 춤을 춘다. 화실 분위기가 더없이 좋다. 그래도 실레가 원하는 그림은 되지 않는다. 두 달 동안 그린 아내의 전신상 <서 있는 화가 아내의 초상>은 추운 침대에서 일어난 여자처럼 표정을 펴지 못하는 그림이 된다. 실레의 고민은 깊어진다. 아무리 힘을 쏟아도 조신한 표정만이 나올 뿐, 살아있는 여성의 개성과 육신을 그려낼 수 없다. 과거 자신의 그림은 이렇지 않았다. 발리는 스스로 이야기를 만들었고, 화가가 무엇을 요구하는지를 알고 넘치는 포즈를 취해주었다. 아내는 게르티나 발리보다 훨씬 안정적이고 깊이를 담아낼 모델이 될 것이라고 생각했지만 오히려 정반대다.

다음해 1월 실레는 겐센도르프로 이동해 러시아 포로들을 후송하는 임무를 맡는다. 일이 주어지지 않은 저녁에는 비엔나로 돌아가 밤을 보내고 아침에 복귀한다. 포로 후송을 마치고 밤늦게라도 시간이 나면 화실로 돌아와 밤새도록 아내를 쓰다듬고 찬미하고 마시며 뒹군다. 뜻대로 되지 않는 그림, 정훈본부에서 그림을 그리는 친구들과는 달리 참호를 파거나 적군 포로를 관리해야 하는 군 생활, 표정을 펴지 않는 모델. 현실이 어렵고 앞날이 불안하면 할수록 실레는 보상을 받으려는 듯 화실바닥에서건, 침대 위에서건 필사적으로 여자와의 교접에 집착한다. 새벽에 일어나지 못한 실레는 아침 점호에 늦었다.

"외박허가증을 보여주게나."

일직사령관이 실레에게 외박허가증을 요구한다. 업무에 차질이 없으면 허가증을 발급받지 않아도 인정해주던 외박이었다. 실레에게 외출금지 및 영내대기 명령이 떨어진다. 실레의 불안감은 더욱 고조된다. 그는 에디트에게 서신을 보낸다. 외출·외박을 할 수 없게 됐으니 영내 대기명령이 해제될 때까지 부대 옆 호텔에 와서 지내달라고 요구한다. 그러나 호텔에서 견디기 어려운 외로움을 경험했던 에디트는 그의 요구를 받아들이지 않는다. 영내 면회소로 찾아온 에디트가 실레의 부탁을 거절한다.

"내가 이 고적한 호텔에 와서 기약 없는 날을 보내게 된다면 이제는 무슨 일을 겪게 될지 무서워요. 지금 나는 몸이 좋지 않아요. 여기 와서 다시 힘든 날을 보내게 된다면 나는 심각한 병을 얻게 될 거예요."

"당신은 나의 괴로움을 이해해주지 않는군요."

"더 이상 호수로 가겠다는 그런 소리는 듣기 싫어요."

실레는 자신의 감금생활을 지켜줬던 발리를 생각한다. "내가 멀리서 밤늦게 당신을 찾는 것은 당신의 외로움을 생각하기 때문이오. 그런 내 생각을 알면서도 당신은 조금도 헌신하려 하지 않는군요. 발리와의 삶은 이렇게 처참하지 않았어요. 내가 발리를 얘기하는 것을 당신은 이해하기 어렵겠지요. 그러나 나는 이미 오랫동안 다른 세계에서 살아왔다는 사실을 인정해줘야 할 것이오. 나는 내가 없는 사이에 당신이 거리를 활보하고 다니는 것을 원치 않아요."

"이제 발리와 비교를 하려 드는군요. 당신의 의심은 지긋지긋해요. 과거의 생활이 그립다면 그걸 선택하세요. 당신이 원한다면 나도 그게 좋겠어요. 게르티는 나를 쳐다보지도 않아요. 모델 자격도 없는 여자가 왜 오빠의 다른 모델은 시기하느냐고 따져요. 당신과의 잠자리도 이제 지쳤어요. 나는 당신을 느끼지 못해요."

두 사람 사이에 다리도 없는 강이 놓인다. 발리는 헌신적인 동거녀였다. 모델이었고 관리자였고, 수모를 당하고 눈물을 흘리면서도 돈을 받아오는 심부름꾼이었다. 그러나 중산층 가문에서 성장한 에디트는 다르다. 그런 일을 처리하지 못하고 시도할 생각도 하지 않는다. 떠나간 여자가 다시 언급되면서 두 사람은 서로 깊은 상처를 입는다.

실레의 외출금지명령은 두 달 만에 해제되지만 그는 새로운 걱정거리를 안는다. 후방에서 경고 이상의 징계를 당한 사병은 전방 전투지역으로 배치된다는 것을 알게 된다. 두 달간 영내대기 처분을 받은 자신은 전투지역으로 배치될 것이 분명하다. 그렇게 되면 에디트는 자신을 따라오지 않을 것이고, 아내와의 결혼생활이 파국을 맞을 것이라는 불안이 그를 짓누른다. 실레의 몰골이 나날이 쇠약해진다. 그림조차 그릴 수 없게 된 실레의 얼굴이 새카맣게 변한다. 비엔나의 지인들이 사정을 알고 국방부에 탄원을 한다. 에디트는 감감무소식이다. 신체검사를 받으라는 조치가 내려진다.

신체검사 결과 C등급이 나온다. 무장 병력으로는 부적합하다는 판정이다. 군 당국은 실레를 오스트리아 남부 얼라우프 강변의 포로수용소로 보낸다. 실레는 혼자 뮐링 포로수용소를 찾아가 행정장교에게 전입신고를 한다. 카를 모저는 바짝 야위고 까무잡잡하게 탄 얼굴에다 헤진 군복을 입고 온 실레에게 행정실의 잡무를 맡긴다.

당신은 더 아파야합니다. 베토벤이 그랬듯이요.

실레는 과거와는 다른 자신이 되기 위해 힘쓴다. 일과가 종료되기 이전에는 자리를 비우지 않고, 모저가 일을 시키면 빈틈없이 처리한다. 시키지 않아도 스스로 일을 찾아서 한다. 손으로 보고서를 꾸미다가 곧바로 타이핑을 익혀 문서작업을 빠르고 효율적으로 처리한다. 업무일지도 상세하게 기록한다.

"자네 내 초상화를 한 번 그려보게나."

어느 날 모저가 자신의 초상화를 제안한다.

"그림에 대한 저의 생각을 존중해 주십시오."

"좋아, 자네 뜻대로 그리게."

실레와 그림에 대해 이야기를 나눈 적도 없고, 그림에 대해 아는 것도 거의 없는 장교는 실레에게 별 기대를 하지 않는다. 그러나 모델을 관찰하고 스케치를 하는 병사의 진지한 태도를 보면서 거리의 화가는 아닌 것 같다는 느낌을 받는다. 곧바로 실레에 대한 정보를 파악한다. 보고서가 올라온다. '빈 미술아카데미 중퇴. 드로잉에 천재성을 보임. 아동 누드화를 그려 수감된 전력이 있음. 오스트리아를 대표하는 화가로 선정돼 독일 존더분트에 초대 받았음. 유럽 여러 나라에서 초대전을 가짐.'

모저는 놀란다. 자신의 사무실에서 일하는 행정병이 오스트리아를 대표할 정도의 화가라는 것이다. 즉시 실레를 호출한다.

"자네에게 명령하겠다. 당장 비품창고로 쓰는 옆 사무실을 정리해 충분한 공간을 마련하라. 공간은 내일부터 자네의 화실로 쓰도록 허용한다. 그림을 그릴 재료는 모두 제공해 주겠다."

실레는 모저의 말이 무슨 뜻인지를 이해하지 못할 정도였다. 자신은 화가라고, 다른 화가들처럼 정훈본부에 종군화가로 배속돼 그림을 그려야 한다고 말할 때마다 얼마나 조롱을 받았던가. 그는 군대에서 그림을 그리겠다는 꿈은 포기한 상태였다.

"일과에 지장을 주지 않는 한도 내에서 최대한 시간을 내서 그려도 좋다."

실레는 얼라우프 강의 빠른 물살과 같은 경쾌함을 느낀다. 하루에 다섯 시간 이상씩 그림을 그린다. 실레의 업무 범위도 점차 넓혀진다. 그는 러시아 병사들과 가까이 지내면서 그들과 나눈 대화도 꼼꼼하게 업무일지에 기록한다.

실레는 러시아 장교 그리고리와 친하게 지낸다. 그는 포로였지만 자신이 러시아제국의 군인이라는 자부심을 갖고 있고 흐트러짐이 없다. 두 사람은 공식적으로는 서로 적이라는 사실을 인식하고 있다. 그렇기에 법에 저촉되지 않는 선에서 서로 주의하며 관계를 이어간다. 두 사람은 담배를 교환하지도 않고, 어떤 은어로 대화를 나누는 것도 삼간다. 혹 있을 수 있는 감시자로부터 '적과의 거래'에 해당하는 범죄를 추궁당할 수도 있다는 것을 두 사람은 충분히 알고 있다.

그리고리가 독일어로 실레에게 말한다. "나는 유럽의 평화를 지지한다."

두 사람은 서로의 심중을 읽는다. 실레는 러시아 장교와의 간략한 대화를 일지에 자세히 기록한다. 혹 있을지도 모르는 의혹을 피하기 위해 나눈 대화를 가감 없이 적는다. 그는 이런 의견도 적어넣는다. "항구적인 평화를 바라는 러시아 병사들의 갈망은 오스트리아 병사들의 갈망과 다를 것이 없다."

실레는 그리고리의 초상화를 그린다. 러시아 장교는 전쟁 중이라도 예술을 지지하는 마음으로 자세를 취해준다. 흐트러지기 쉬운 전선에서의 내면적 고양감이 적군을 통해 다시 살아나는 것은 특별한 경험이다. 그리고리의 초상화는 초췌하지만 표정이 살아있다. 실레는 다른 러시아 병사들의 그림도 몇 점 그린다. 그들의 표정에서도 인간적 연대의 감정이 스며들어 있다. 러시아 병사들은 자연스런 눈빛으로 먼 허공을 바라보거나 눈빛을 내리깔고 있다. 과거 실레의 인물화가 판토마임을 하듯 손으로 어떤 제스처를 취하고 있던 것에 비해 러시아 병사들은 다소곳하게 손을 무릎 위에 얹어놓고 있거나 자연스런 모습을 하고 있다.

에디트가 뮐링으로 왔다. 그러나 부부는 서로 등을 보이고 잠든다. 한 사람이 얼라우프 강의 플라이 낚시와 같이 경쾌한 흐름이라면 한 사람은 뭘링 평원 가득히 일어나는 흙먼지 바람처럼 음울하고 앞을 내다보기 어려운 흐름이다.

에디트는 시름시름 앓는다.

여기서는 사람들이 평화로운 듯 살아간다. 그러나 나는 평화롭지 못하다. 행복은 비엔나처럼 너무 먼 거리에 있다. 외로움은 나를 견딜 수 없는 무게로 짓누른다. 나는 다른 사람들을 만나지 않는다. 남편이 와서 분주하게 시간을 보내다 가면 며칠간 이어지는 그 나머지 시간의 무게를 감당할 수 없다. 나는 남편이 무섭고, 남편은 나를 싫어한다. 잠자리에서도 나는 에곤을 느낄 수 없다. 나의 신경은 더욱 예민해지고, 육신의 고통은 심해져간다. 작은 생각들이 꼬리를 물고 나를 괴롭히고, 사소한 것들이 나를 에워싸 꼼짝 못하게 만든다. 에곤은 내가 지나치게 민감하다고 말하지만, 내가 이런 말을 할 때는 정말 아픈 것이다. 마레 스쿠포바와 멜라가 우리의 결혼기념일에 잠시 다녀갔다. 시어머니는 나에게 이제 너는 내가 바라던 진정한 며느리라고 말했지만 나는 자신이 없다. 게르티는 내가 화가의 아내로서, 모델로서 부족하다고 에곤에게 이간질을 한다. 그녀는 지금껏 나에게 미소 띤 얼굴을 보여준 적이 없다. 그녀는 나를 시샘하는 것이다. 에곤을 자신의 남자처럼 생각하는 그녀를 나는 이해할 수 없다. 나는 몸이 아프다. 누구도 나를 이해하지 못한다. 당신들이 생각하는 것보다 나는 많이 아프다.

에디트는 불면의 밤을 보낸다. 부대 가까운 곳에 작은 집을 하나 얻어 그레이하운드를 한 마리 키우며 산다. 실레가 찾아와 산책을 하고,

외곽의 주막에서 저녁식사를 하고, 그리고 볼링이나 당구 게임을 할 때 에디트는 구석에서 로드를 끌어안고 네가 나의 친구로구나, 네가 나를 지켜주는 주인이구나 하고 실의에 빠진다.

주말에 모처럼의 휴무가 주어진다. 실레는 에디트와 함께 기차를 타고 노이렝바흐로 간다. 노이렝바흐 구치소 앞 산책길에서 화가가 구치소 내부의 구조를 설명하며 4년 전에 있었던 일을 얘기해준다. "내가 저 안에서 23일간 갇혀 있었소. 그때 당한 치욕은 지금도 가끔 꿈속에 나타나곤 한다오."

에디트는 말이 없다. 두 사람은 두 시간 넘게 노이렝바흐의 전원을 거닌다. 전원에는 꽈리열매가 익어가고 있다. 돌아오는 기차에서 실레가 에디트의 어깨를 안아주자 그녀는 눈물을 흘린다. "에곤, 우리 사이가 많이 틀어져 있지만, 당신은 나쁜 남자는 아니에요. 이런 곳까지 나에게 보여주니까요."

"나의 옛날을 사실대로 당신에게 말해주고 싶었어요. 그것이 치욕적일지라도."

"당신에게 한 가지 부탁을 해도 될까요?"

"얘기해 보시오."

"당신이 모델을 쓰지 않았으면 좋겠어요. 내가 당신이 원하는 모든 포즈를 취할게요. 나는 당신이 화실에서 모델과 단 둘이 있다는 생각을 할 때마다 무서워져요."

실레는 자신과 아내 사이에 여자 모델이라는 장애물까지 놓여 있다는 것을 알게 된다. 첩첩산중이다. 에디트는 실레를 사랑한다. 그러나 남편에게는 자신 외에도 모델이 있다는 생각 때문에 시름시름 앓고 있다. 인물화를 그리는 화가는 아내만으로는 그림이 될 수 없는 미흡함 때문에 마음이 무거워진다.

집으로 돌아온 실레는 부부 사이의 거리감을 지우기 위해 라인츠에서 세 점이나 습작했던 포옹 시리즈에 다시 도전한다. 습작 세 점은 부부가 껴안고 있지만 서로 스며들지 못하고 있다. 화가는 첫 그림에 <포옹Ⅰ>이라는 제목을 붙였다. 그리고 휴지기를 가졌다. 얼마 후 목탄과 템페라로 다시 <포옹Ⅱ>를 그렸다. 이번 그림에서 에디트는 좀 더 적극적인 모습을 보여줬다. 그러나 여자는 불감증에서 헤어나지 못하는 표정이고, 그런 아내의 표정을 보는 남자 역시 불만족스럽기는 마찬가지다. 그리고 다시, 화합되지 않는 시간을 인내하며, 그림을 그리지 않고서는 존재할 수 없다는 자존감으로 실레는 <포옹 Ⅲ>를 그렸다. 검정 목탄과 수채로 제작한 그림은 표정을 잃어버린 채 앉아 있는 실레를 에디트가 뒤에서 끌어안고 있는 자세로 되어 있다. 그러나 그녀는 뭔가를 포기한 표정이다. 세 점의 그림은 부부가 갈라진 틈바구니 사이로 서로를 바라보고 있음을 숨기지 못한다.

실레는 이번에야말로 마음과 마음이 닿아있는 포옹을 그리겠다고 다짐한다. 화가는 아내에게 사랑스런 눈길을 던진다. 그는 가두리장식이 달린 침대 매트 위에서 서로 끌어안고 있는 그림을 그린다. 두 사람은 서로의 기호를 일치시킨다. 남편은 아내에게 비엔나에서의 날들을 이야기해 달라고 부탁하고, 밤새도록 아내의 이야기를 들어준다. 아내를 목욕시켜주고 보드라운 타올로 감싸준다. 괴테의 소설과 실러의 시를 읽어준다. 새벽에 일어나서 아침을 거르고 부대로 들어간다. 1년 만에 <포옹>이 완성된다. 그러나 부부는 완전한 결합을 이루지 못한다. 그림에서 두 사람이 얽혀있는 부분은 상반신뿐이다. 하반신은 여자의 왼쪽 다리와 남자의 오른쪽 다리가 살짝 닿아있는 정도다. 감옥에서 상처를 얻은 실레는 그동안 은둔자, 수도사, 성자 등의 상징화로 육신의 나체 상태를 가려왔다. 그는 <포옹>에서 5년 만에 벌거벗은 모습으로 나섰다. 그동안 어린이 그림과 여성 누드의 유화는 물론 수채나 드로잉도 거의 없었다. <은둔자들>과 <고통>에서는 수도사의 복장을, <추기경과 수녀>에서는 진홍색 수단을 입었던 그가 오랜만에 나신으로 캔버스에 들어온 것이다. 두 사람의 포옹은 절실하다. 처절하기까지 하다. 그러나 서로 끌어안고 있는 두 사람 위로 흐르는 분위기는 정겹지도, 에로틱하지도 않다. 그들의 포옹에는 일치감이 없다. 무료하고 힘든 나날을 보내는 에디트는 어떻게 견뎌야 할지 알 수 없는 존재의 불안감으로 실레를 끌어안고 있다. 그녀는 긴 전쟁의 나날에 무엇을 해야 할지, 어떻게 살아야 할지 예민하고 불안한 날들을 보내고 있다. 침대를 정돈하고, 세탁을 하고, 말리고, 기다리며, 잘 잡히지 않는 단파라디오를 듣는다. 그레이하운드가 그녀를 걱정스럽게 지켜준다. 그녀는 지친 얼굴로 집안을 돌아다니며 일을 하거나 부족한 생활비를 계산하고, 화실을 청소한다. 남편의 옷을 세탁하며 그를 의심하고 그의 모델들을 질투한다. 그녀는 실레라는 남자가 뭔 생각을 갖고 있는 사람인지를 따져본다. 그는 자신의 손에 잡히지 않는 남자다. 화가의 아내로 사는 것이 무엇인지 날마다 자문해 본다. 남편이 여자모델에게 어떤 포즈를 요구하는지 알 수 없다. 알 수 없기 때문에 불안하다. 그러나 자신이 남편의 모델이 되기엔 부족한 점이 많다는 것도 안다. 그녀는 그림을 향한 남편의 열정을 이해할 수는 있다. 자신이 화가의 에너지를 채워주지 못하는 것도 알고 있다. 여러 모델을 그리는 화가에 대해 불안해하는 자신의 편협함도 알고 있다. 그러나 어느 것 하나 바꾸지 못한다. 그런 자신을 알고 있으면서도 뮐링에 와서 하루하루 죽어가고 있다. 통증은 복부의 한쪽에서 가늘게 시작해 전신 구석구석에까지 사무치도록 뻗쳐온다. 그녀는 진실로 아프다. 아픈 그녀를 위로하기 위하여 비엔나에서 아델레가 온다. 언니가 오자 에디트는 명랑해진다. 집안에 화기가 감돈다. 아델레는 여동생의 아픔을 돌보아준다. 세 사람은 전원을 산책하고, 늦은 저녁을 먹고, 여러 일들을 소재로 대화를 나눈다. 그런 사이에 아델레는 또한 실레의 외로움을 본다. 모델을 구하여 다양한 그림을 그리지 못하는 실레의 좌절감을 이해한다. 그녀는 실레를 위하여 모델이 되어준다. 긴 부츠의 끈을 풀고 맨발의 모델이 된다. 초록색 조끼에 검은 스타킹을 신은 아델레는 왼쪽 무릎을 세우고, 세운 무릎 위에 볼을 댄 자세로 화가를 바라보는 포즈를 취한다. 그녀는 왼쪽 팔을 바닥에 짚고 비스듬히 누워 오른손으로 다리를 감아 허벅지 안쪽을 노출시킨다. 밤이 깊어간다. 아델레는 모델을 구하지 못하는 화가의 오랜 갈망을 위하여 옷을 다 벗어버린다. 그녀의 표현력은 대담해서 애당초 에디트를 능가한다. 그녀는 화가가 심야에 자신의 몸을 집요하게 탐색하며 그림을 그리는 것에 도취한다. 그녀는 더욱 대담한 포즈로 화가를 위로한다. 옆방에서 에디트는 시름시름 죽어간다. 에디트는 상상한다. 나신으로 정면 포즈를 취한 아델레가 이번에는 왼쪽으로 눕거나 오른쪽으로 누운 포즈를 취할 것이다. 에디트는 더욱 아파온다. 화실에서는 아무 소리도 들리지 않는다. 긴장과 침묵 속에서 에디트는 시간조차 분간하지 못한다. 그녀는 언제 끝날지 모를 전쟁 속에서 행복한 가정을 꾸리는 것이 가능할지를 회의한다. 자신만으로는 채워지지 않는 허공을 가진 남편과 불안해하는 자신의 미래는 어떻게 전개될 것인지를 공상한다.

팔과 다리에 살이 오른 화가 또한 갈등의 시절을 보내고 있다. 2년 전에 <죽음과 소녀>를 그릴 때에도 그는 옷을 벗지 않았다. 그 작품을 습작할 때 그는 나신의 자신을 스케치한 적이 있지만 결국은 옷을 입은 자신을 죽음으로 그렸다. 그러나 이제는 모든 것을 벗어버렸다. 그만큼 눅눅해진 것이다.

"아델레, 와 줘서 고마워요. 에디트는 지금 아파요. 나도 가끔 옆구리에 통증을 느껴요." 아델레는 실레와 함께 아파한다.

"에곤, 병원에는 가 보셨나요?"

"아니요. 나는 알아요. 이 통증은 내가 그리고 싶은 그림에서 멀리 있기 때문에 오는 것이에요. 마음대로 그릴 수 없다는 미진함 때문에 아픈 거예요. 드로잉은 내 허기를 채우는 영혼의 쿠키 같은 것이었어요." 실레는 그리워한다. 이다 제리츠, 레오폴딘 아펠, 로사 필린, 미치 페리스투티, 엘리자베스 사틀러, 캐롤라인 오프너, 파울 사바이….

"에디트는 왜 아픈가요?"

"말하기 쉽지 않아요. 나는 말했지요. 여보, 몸이 아프면 병원으로 가요. 나는 진실로 아픈 아내가 안타까워요. 에디트는 대답해요. 아니요, 에곤. 나는 아프지 않아요. 단지 힘이 없을 뿐이에요. 내일은 괜찮아질 거예요."

여자는 남자의 가슴 부근에 얼굴을 묻고 있다. 여자는 갈 곳이 없다. 그러니 커플은 편안한 것인가. 여자는 남자의 어깨에 얼굴을 묻고, 남자는 여자의 어깨를 끌어안고 있으니 이들은 서로 신뢰하고, 그런 신뢰감으로 얽혀있는 것인가. <포옹>은 왜 이처럼 서로 다른 것을 껴안고 있는가. 서로 끌어안은 사람들의 외로움은 얼마나 허전해 보이는가. 실레와 발리가 함께 한 날들이 <죽음과 소녀>의 포옹으로 이루어져 있다면, 실레와 에디트의 날들은 왜 이렇게 외로운 <포옹>으로 이루어져 있는가. 남자의 목을 감싼 여자의 오른손과 귓불 부근을 어루만지는 왼손이 왜 이토록 불안한 호소력을 갖는가. '불안한 호소력'이라는 말이 존재할 수 있는가.

두 사람의 호흡이 맞지 않거나 화음이 빗나갈 때 실레는 벌판으로 나간다. 그는 스케치북에 '모든 사물은 죽어 있으면서 동시에 살아 있다'고 쓴다. 벌판의 작은 나무 아래서 그는 브레겐츠를 생각한다. 풍경화는 화가가 막혀있을 때 새로운 힘을 준다. 풍경은 그에게 시를 쓰게 한다.

5

태양의 향기를 맡는다.
푸른 밤이 오고 있다.
나에게 들판의 노래를 듣게 해다오.
희미한 붉은 기운이 푸른 산을 씻길 때까지
나를 둘러싼 갖가지 향내가 꿈을 꾼다.

베를린에서 발행되는 표현주의의 중심잡지인 <디 악티온>*이 잡지

* Die Aktion 문예비평가 프란츠 펨페르트가 1911년에 창간한 문예·시사주간지

전체를 실레의 특집호로 마련했다. 실레는 구아슈로 제작한 자화상과 드로잉 작품들, 목판화, 그리고 시편들을 베를린의 펨페르트에게 보냈다. 디 악티온은 표지에 실레의 자화상을 실었고 안에는 드로잉 다섯 점을 소개했다. 뒤표지에는 실레가 쓴 시 <저 마을에서>와 목판화를 실었다. 특집에서 독일 미술계는 호평을 보냈다. 브렌델은 실레를 "현대예술을 대표하는 가장 매혹적인 작가" "우리시대가 아직 이해할 수 없는 독특한 표현양식을 보여주는 작가"라고 평가했다.

실레는 뮐링 포로수용소에서 근무하며 시간이 날 때는 그림을 그리고 오후에는 전원을 산책한다. 여름철보다 더 빨리 흘러가는 가을 강, 구름 덮인 산에 내리는 비, 바람이 돌아가는 산, 강물을 따라 흘러가는 하루…. 산책을 하며 그는 그런 자연의 품을 볼 수 있고, 그런 것들은 그림이나 시가 되어 나온다.

그는 인물화와 마찬가지로 풍경화 역시 아름답게 표현하려고 애쓰지 않는다. 회색 공간에 마른 가지로 서 있는 늦가을의 나무는 그의 자화상을 방불케 한다. 도시의 그림에서도 오래된 거리의 낮은 우울함을 그린다. 실레는 집 뒤편의 언덕 위에 선 작은 나무를 좋아한다. 밑둥치가 굽은 작은 나무는 가지를 똑바로 뻗쳐내고 있다. 굽은 나무일지라도 솟구쳐 오르는 힘을 가지고 있다는 것이 명랑하다. 그 나무는 브레겐츠 호숫가에 서 있던 나무와 흡사하다. 안나 수녀와 작별하고 기차역으로 올 때 보았던 브레겐츠의 참나무는 마른 해바라기처럼 앙상한 줄기에 셀 수 있을 만큼의 잎을 달고 있었다. 실레는 그 나무를 화폭 중간에 세우고 호숫가의 산이 가로를 3등분한 구도로 잡았다. 아랫부분은 호수, 3분의 2가량을 차지하는 윗부분은 하늘이다. 호수와 하늘이 모두 옅은 황토 오커색으로 물들어 있다. 실레는 초록빛이 감도는 산의 투명한 보라색과 나무의 연초록 색감에 마음을 빼앗겼다. 맑은 건조함. 브레겐츠에서 돌아와 연속적으로 그린 나무들은 화가의 심상을 담았다. 그는 풍경을 관찰하고 돌아와 자신의 마음속에서 울림이 일어날 때까지 그림을 그리지 않고 대상을 숙고했다. 그러다 대상이 어떻게 그리라고 말해줄 때 다시 현장으로 나아가 풍경을 그렸다.

모서리 땅에 서 있는 나무 세 그루를 그린 <가을나무>는 엷은 회청색 하늘을 배경으로 비스듬하게 서 있다. 화폭을 채우고 있는 색이 담백하다. 나무들만이 아니라 하늘과 땅과 나무버팀목과 대기의 색깔이 모두 하나로 어울려 늦가을의 조합을 만들어낸다. 단순하지만 다시 읽어보게 하는 시 같다. 살아있는 것과 죽어가는 것이 풍경의 겉과 밖으로 배접되어 있다. 이 그림을 그리면서 마음에 생선가시 걸림 같은 것이 남아있던 실레는 다시 판지에 유화로 <사나운 대기 속의 가을나무>를 그린다. 나무는 정사각형의 화폭 속에서 기묘한 형상으로 서 있다. 사방으로 꼬이고 비틀려 있어서 보는 이를 불편하게 하는 나무다. 이파리 하나 달지 않은 가지는 군데군데 벗겨져 있다. 구릉은 바람 속에서 해체돼 버렸고 땅 위에 홀로선 나무는 소리 없는 비명을 지르고 있다. 그러나 자세히 보면 비명을 지르고 난 후, 불편함이 편안함으로 전도되는 것을 느끼게 한다. 잿빛과 갈색의 농담(濃淡)이 흘러가는 하늘을 배경으로 약한 줄기에서 뻗어 나온 가지들이 사방으로 휘어지고 뻗치면서 조화를 이룬다. 불안정함 속에서 안정감을 갖춘 나무다. 추상적이면서도 구체적이다. 가지들이 제멋대로 굽어있고, 휘고, 뻗쳐있지만 살아있다.

화가는 오래 전부터 구상했던 또 다른 풍경화에 손을 댄다. 두 개의 섬 사이로 지는 해가 하늘을 옅은 암갈색과 스틸블루의 선으로 가르고 있다. 바다는 푸른빛 감도는 보라색으로 물들어 있다. 바다 이쪽의 내륙은 어두워졌다. 두 그루의 참나무 중 하나는 잎이 모두 떨어졌고, 또 하나는 얼마 남지 않은 잎이 붙어있다. 트리에스테 항구의 저녁 풍경을 그린 <지는 해>다(뢰슬러가 소장했던 이 풍경화는 훗날 레오폴트 미술관을 설립한 아돌프 레오폴트에게 넘어갔다. 당시 뢰슬러는 "이 노을을 보고 무슨 생각이 듭니까?" 하고 물었다. 그러자 레오폴트는 "전경은 어두워졌고 나뭇잎은 모두 뻣뻣해졌군요. 이렇게 처절하게 지는 해가 과연 다시 떠오를 것인지 묻고 싶어질 정도입니다."라고 대답했다). 저녁의 바다가 푸른자주색으로 펼쳐져 있다.

실레는 뮐링에서 여덟 점의 유화를 그려 베를린, 뮌헨, 드레스덴에서 열린 전시회에 출품했다. 그는 말테(릴케 <말테의 수기>의 주인공)의 말에 동의한다. 말테는 파리 시내를 돌아다니며 말했다. 사람은 무릇 기다려야 한다고, 평생을 두고 꿀벌처럼 꿀을 모아 의미를 모아들이는 사람이라야 생의 끝에 가서 열줄 정도의 좋은 시를 쓸 수 있을 것이라고. 실레는 초겨울 바람이 몰아치는 도시를 걸어 다니며 그 속에 존재하는 생명을 본다. 생명의 도시를 오가며 그 속에서 죽어가는 것들을 만난다. 여전히 전쟁은 사방에서 날아다니고 있다. 뮐링은 비전투지역이지만 전쟁의 먹구름이 비켜가지는 않는다. 잔뜩 흐린 날씨에 무거운 먹구름이 하늘 가득 사방에 퍼져있다. 물기를 머금은 나무들이 경고를 한다. 오두막집이 미미한 소리를 내고 나무들이 윙윙 거린다. 새들이 나뭇잎처럼 바람에 흔들린다.

실레의 나무 그림 시리즈는 <네 그루의 나무>로 이어진다. 실레는 봄부터 가을까지 주둔지의 산과 하늘을 여러 차례 스케치했다. 그는 첫 스케치를 하러 야외로 나갈 때 에디트에게 함께 가자고 부탁했다. 실레를 따라온 그녀는 남편이 오랫동안 나무를 스케치하자 지루해서 중간에 혼자 돌아오려고 했다. 그녀가 집으로 혼자 돌아가도 괜찮겠느냐고 물었을 때 스케치에 몰두하고 있던 실레는 아무 대답도 없었다. 에디트는 홀로 집을 향해 걸었다. 그렇게 조금 걷다가 뒤를 돌아보았을 때 남편이 그녀를 바라보고 있었다. 그의 눈빛은 실망한 것처럼 보였다. 에디트는 다시 그의 곁으로 돌아가지 않을 수 없었다. 두 달 후 실레가 다시 스케치를 나갈 때 에디트는 로드를 데리고 갔다. 실레는 스케치를 하고 에디트는 온종일 개와 놀다가 돌아왔다. 실레는 늦여름에 접어들며 부쩍 이 그림에 열성을 보였다. 평소보다 훨씬 많은 습작을 했다.

이런 과정 속에서 에디트는 어느 날 지상의 모습이 화가를 통해 화폭 위에서 변이되는 경이로운 창조의 세계를 보았다. 밑그림 속의 나무들이 무성하게 가지를 뻗쳐 올리고, 푸른 잎들은 점점 색깔이 짙어지더니 붉은 색으로 변화되기 시작했다. 그림을 그리는 남편은 혼자 중얼거리고, 끼니를 거르고, 내면의 리듬에 맞춰 몸을 흔들다 쓰러져 잠들곤 했다. 여러 번의 현장 탐방을 거쳐 나무들이 변해가는 것을 화폭에 옮겨내는 마력, 오랜 사색과 휴지. 색을 뒤섞을 때의 혼란스러움, 뒤섞은 색을 칠하지 않고 유보해놓고 있는 절제. 그런 것을 통해 에디트는 캔버스 앞에 선 화가의 천진스러움과 집요함을 동시에 보았다. 어떤 순간에 화가는 단칼에 사자의 멱을 따듯 강력하게 붓질을 하며 공격을 하다가도, 또 어떤 순간에는 그리기를 멈추고 치욕스러움인지 자랑스러움인지를 분간하기 어려운 침묵 속에 빠져들곤 했다. 그렇게 밤새도록 채색을 하고 나이프로 긁다 새벽에 잠시 눈을 붙인

후 벌떡 일어나 주둔부대로 가는 남편을 위하여 그녀는 털장갑을 짜기 시작했다.

에디트는 화가가 <네 그루의 나무>를 다 그린 후 아내에게로 와서 침대 위에 쓰러지던 새벽을 잊지 못한다. 색을 입히고, 마르기를 기다리고, 덧칠을 하고, 문지르고, 긁어내면서 그림을 그리는 고통 때문인지, 군생활의 피로감 때문인지 간간이 신음을 내뱉으며 그림을 그리던 화가는 어느 날 새벽 발을 절룩거리며 아내에게로 왔다. 잠에서 깨어난 여자는 화가에게 왜 발을 저느냐고 물어보았다. 화가는 손과 발에서 쥐가 나는 것 같다고 했다. 그는 자신이 그린 그림에 만족하지 못하는지 찡그리고, 자신의 가슴을 손바닥으로 툭툭 치고, 무슨 뜻인지 알 수 없는 짧은 말을 뱉어냈다. 아내는 침대로 와서 쓰러진 남자가 수년간에 걸친 전투에서 다쳐 집으로 돌아온 부상병처럼 보였다. 에디트는 화실로 가 남편이 그린 그림을 보았다. 아랫부분에 서명까지 넣어 완성된 <네 그루의 나무>는 부드럽게 달리는 몇 겹의 검은 구릉과 산의 리듬이 하늘로 이어지는 배경을 갖고 있었다. 연한 회청색과 잿빛이 감도는 하늘은 단조의 음계로 이루어진 듯했다. 구름 사이로 한줄기 푸른 바람이 일고 있었다. 네 그루 나무들은 일정한 거리를 유지하며 나란히 버티고 서서 각기 고유의 존재감을 보여주었다. 색감은 밝지도 어둡지도 않았다. 건조하고, 불투명하고, 맑았다. 남편이 과거에 그린 그림과는 다른 세상이었다. 절망한 듯 침대 위에 쓰러진 남편의 눈가에는 물기마저 어려 있었다. 이 예기치 않은 남편의 추락에 당황한 여자는 그의 이마를 짚어주고 얼굴에 묻은 물감과 눈의 물기를 닦아준 후 자신의 젖을 꺼내 환자의 입에 물려주었다. 새벽의 으스스함 속에서 오랜 허기에 시달린 듯 환자는 젖을 입에 물고 몸을 떨며 그녀의 이름을 불렀다. 여자는 환자에게 자신이 떠나가지 않고 그를 지켜줄 것임을 주지시키며 그의 옷을 벗겨냈다. 환자의 아랫도리는 터질 듯 부풀어 오른 상태였다. 새벽의 이 당황스런 사태에 직면한 여자는 자신의 치유력에 스스로 놀라 오랜 냉기를 버리고 남자의 팽창을 자신의 몸으로, 볼과 혀와 손과 가슴을 다하여 자신의 전신으로 따뜻하게 감싸주었다. 의심과 불면의 잠자리에서 깨어난 아내는 자신의 몸 위에 쓰러진 남편의 전율을 보면서 오랜 기간 동안 끙끙대며 작업을 마친 예술가의 몸살기운이 얼마나 심각한 것인지, 그로 인해 돌발적으로 치솟은 남자의 발기가 얼마나 대담한 것인지, 그림 그리기를 마친 직후의 한 순간이 얼마나 폭발적인 에너지로 가득 찬 것인지를 깨달았다. 그리하여 그녀는 온몸으로 남편을 받아들이며 남자와 여자의 섞임이 예술 창조와 얼마나 비슷하게 고통스럽고 격렬한 것인지를 가물거리는 열락 속에서 느끼게 되었고, 또한 그리하여 그녀는 한 인간이 다른 인간과 서로 어울려 하나로 만들어지는 뜨거움과 끈끈함의 눈물겨움을 깨우치게 되었고, 마침내 여자는 그 자각에 항복하여 소리쳐 눈물을 흘리는 지경에 이르고 말았다. 여자의 간호는 일회성으로 종료되지 않았다. 그녀는 지금까지의 수동적인 위치에서 자리를 바꿔 환자를 똑바로 병상에 눕히고 남자에게로 올라갔다. 그때 그녀는 누워있는 남자의 앙상한 갈비뼈와 빈약한 가슴, 쪼그라든 뱃가죽, 여러 주둔지를 오가며 얻은 얼굴의 주름살 같은 것을 세밀하게 마주할 수 있었다. 그녀는 남편의 내부에 오랜 상심과 고통이 자리했다는 것을 느끼며 그의 모든 아픔을 위로해 줄 수 있다는 자신감을 얻었고, 그래서 곧바로 자신의 품을 세마포처럼 펼쳐 부드럽게 그를 감싸주었다. 그러자 오랫동안 증오해왔던 남편은 사지의 모든 긴장을 풀며 여자에게 응답했고, 마침내는 이마와 머리카락 사이로 솟아오르는 미성을 뽑아냈다. 여자는 환자의 긴장과 불안을 달래 남성을 모두 소진시킨 후 마침내 기진한 남편의 몸 위에서 역사적 사실을 선언하게 되었다.

"에곤, 이제 저는 당신을 느낄 수 있게 되었어요."

"에디트, 진실로 그 짙은 안개가 걷힌 거요?"

"에곤, 당신의 영혼을 부르던 호수도 사라진 거예요."

그날부터 실레는 에디트가 짜준 털장갑을 영혼의 전신갑주처럼 두르고 주둔지로 갔다가 밤이면 그의 사랑을 기꺼워하는 여자와 결사적인 결합을 추구하게 되었다. 에디트와의 사이에 놓여있던 강이 사라졌다. 화가는 하룻밤에도 얼마나 많이 사랑할 수 있는지, 장소는 침대였는지 카우치였는지 아니면 마룻바닥에서였는지, 클림트가 간밤에 얼마나 많은 승리의 전투를 치렀는지 수첩 속에 여러 개의 X표시를 해놓은 것을 보여주었듯, 에곤도 자신만의 체크리스트를 만들고, 중부 유럽의 문호 요한 볼프강 폰 괴테와 북부 유럽의 문호 아우구스트 스트린드베리가 한 손은 사랑을 나누는데 사용하고 다른 한 손으로는 고통과 기쁨이 결합된 순간을 시와 산문으로 기록했듯, 실레도 한 손으로 사랑을 나누고 다른 한 손으로는 자신들이 처한 상황을 종이 위에 그리는 새로운 학습을 시작했다. 검정 목탄으로 그린 사랑의 크로키에는, 표정까지 다 읽어낼 수 있을 정도로 디테일이 세세하지는 않지만, 오랫동안 힘들어했던 아내의 얼굴에 적극적인 수용성이 넘치고 마스크와 같이 무표정했던 남편의 얼굴에는 안도감이 들어찬다.

영원한 아이

1

아침 5시35분, 제인은 가벼운 스웨터와 머플러 차림으로 호텔 프런트로 내려갔다. 다니엘이 기다리고 있다가 손을 흔들며 다가와 제인의 손을 잡아주었다.

"나와 주셔서 감사합니다."

제인은 다니엘이 늙어가고 있다는 것을 알았다. 눈가에 잔주름이 늘었고 마른 체구지만 뱃살이 출렁거렸다. 콜로만 모저와 로이 리히텐슈타인의 그림을 하나의 벽면에 걸어놓고, 생각할 수도 없었던 두 작품의 유사성을 강조하고 있는 남자, 그 안쪽 거실에는 조르주 민느의 조각과 브르제스카의 드로잉을 세팅해 놓고 있는 콜렉터. 제인은 다니엘이 앞으로 그 작품들과 함께 어떻게 변해갈지 호기심이 일었다. 소실된 것으로 알려진 실레 스무 살 때의 자화상 한 점을 비밀리에 소장하고 있으면서도 10년이라는 세월을 기다려달라고 했고, 다시 또 공개하기까지는 10년을 필요로 하는 이유는 대체 뭘까. 차가 링슈트라세 구역을 빠져나가자 제인이 물었다.

"다니엘, 질문이 하나 있어요."

"네. 무엇이든지요."

"우리가 처음 자허에서 만났을 때 당신은 10년을 기다려 달라고 했었지요? 그때 이유를 분명하게 말하지는 않았어요."

"이유는 제인이 10년이라는 세월을 기다려 줄 수 있는 미술사학자라는 믿음이 있었기 때문입니다. 나에게는 시간이 필요했고요." 다니엘이 제인의 질문을 비켜났다.

"그 그림을 공개하기까지 또 10년이 필요하다고 했지요?"

"그렇습니다."

"그 이유는 뭐지요?"

"투자와 관련된 이유 때문입니다."

"그렇다면 적당한 시점에서 공개하는 것이 유리하지 않을까요?"

"제 생각은 그렇지 않습니다."

"오늘 저에게 보여줄 것은 어떤 것인가요? 또 다른 그림이 있나요?"

"공개되지 않은 그림은 그 외에 없습니다. 알려진 미술품이 조금 있기는 하지만 이것저것 펼쳐놓는다면 혼란스러울 것입니다. 오늘 저는 당신에게 일출을 보여드리고 싶습니다. 어제 제가 일출에 대해서 말씀드렸던가요?"

"아니요. 그런 말은 하지 않았어요."

"아, 그랬던가요? 제가 실수를 했군요. 요즘은 실수를 자주 한답니다."

칼렌베르크에 도착한 다니엘은 전날과 똑같은 방식으로 주차를 하고, 계단을 오르고 리셉션룸과 복도와 거실을 통해 서재로 들어섰고, 그 안쪽의 문을 통해 어제의 그 방으로 제인을 안내했다.

어제는 없었던 긴 탁자와 의자 두 개가 놓여있었다.

"곧 먼동이 트고 일출 광경을 보실 수 있을 겁니다."

"이 방에서요?"

"그렇습니다."

다니엘이 왼쪽 벽의 옅은 회색 커튼을 걷어내자 한지를 바른 격자문이 나타났다. 한지에는 ㅅㅈㄷㅇ 따위의 한글 자음 무늬가 들어있었다.

"한국 문화에 관심이 많으시군요."

"한지가 채광도 뛰어나다는 것은 알고 있습니다. 오래될수록 깊이 있는 색깔을 낸다는 것도요."

다니엘이 문을 당겨 열었다. 안쪽문은 여닫이로 되어있고 뒤는 유리창으로 된 이중 창문이다.

"장지문은 미닫이로 했지만 창은 여닫이랍니다. 창문은 당겨 여는 것이라야 제 멋이지요."

"처음 들어보는 소리군요."

"한국의 건축 디자이너에게서 배운 것입니다."

창문 너머로 희부윰하게 길다란 띠가 늘어져 있는 것이 보였다.

"저 줄기가 도나우 강입니다. 조금 있으면 좀 더 자세히 보이고, 그 너머로 해가 떠오를 것입니다."

"아, 저 강 너머로요?"

"저는 해가 뜰 때 가끔은 이 방에 와서 저 자화상을 감상하곤 한답니다. 오늘은 제인 교수와 함께 감상하고 싶어서요."

도나우 강줄기가 모습을 드러내기 시작했다. 새벽 강줄기는 얼어붙은 겨울강을 연상시켰다. 그 위로 빈 숲에서 일어난 바람이 휘파람을 불며 달려가는 것이 보이는 듯했다.

"동이 트는군요."

다니엘이 여닫이문을 닫았다. 경첩에서 삐걱거리는 소리가 났다.

"동이 틀 때 이 방에서 느끼는 햇살은 기가 막히지요."

다니엘이 자리를 권했다. 제인이 왼쪽에, 다니엘이 오른쪽 의자에 앉았다. 쿠션도 없는 딱딱한 나무의자였다. 조명을 끈 방에 새벽빛이 흘러들어오고 있었다. 실내가 점차 따사로워졌다.

"저는 먼동이 틀 때 한지를 투과해 들어오는 햇살을 등으로 받으며 피로한 눈을 쉬곤 한답니다. 이보다 더 좋은 힐링은 없지요. 어느 날 발견했어요. 저 저화상의 눈빛을 보세요."

제인은 다니엘이 가리키는 자화상을 바라보았다.

"광채로 번쩍거리지 않나요?"

"아! 정말 그렇군요." 제인은 동의하지 않을 수 없었다.

"이 시간이 아니면 저 눈빛은 어느 시간에도 볼 수 없답니다. 새벽에 태어난 화가가 이 자화상을 바로 그 새벽시간에 그린 것이 분명합니다."

제인은 다니엘에게서 한 방 얻어맞은 기분이었다. "그런 추측이 가능하겠네요."

"이건 추측이라고 보기엔 아까운 진실이라고 나는 확신합니다. 이 그림에는 화가의 삶에서 빠뜨릴 수 없는 어떤 분명한 팩트가 들어있습니다. 이 그림을 그릴 무렵에 실레는 개인적으로 극적인 상황을 지나고 있었을 것입니다."

"저 눈빛에서 그런 것을 느끼나요?"

"또 있습니다. 그가 마침내 일어섰다는 것이 바로 그것입니다. 초기 실레의 자화상 시리즈 중 세 작품은 엄청난 주목과 비난을 받았어요. 무덤에서 꺼내온 해골 같은 그림이라거나, 센세이션을 일으키기 위해 의도적으로 사악하게 그린 그림이라는 평까지 나왔지요. 그러나 제작 동기가 사악한 것이라면 그림은 그려지지 않을 것입니다. 창작하는 사람은 누구나 그렇지만, 특히 실레의 내부에는 그런 사악함이 없었다는 것을 나는 알 수 있습니다. 라이닝하우스는 이 자화상을 제대로 보는 안목이 있었습니다. 그래서 화가에게서 이 작품을 고가에 구입했고, 짧은 기록을 남겼는데 이 작품 시리즈의 두 번째라는 기록을 남겼다는 말을 전해왔습니다. 이건 어제도 얘기한 부분입니다."

"왜 이 초상화를 시리즈의 세 번째 작품이라고 생각하시죠?"

"제인, 저는 당신처럼 미술사학자가 아닙니다. 그냥 어설픈 컬렉터죠. 사람들은 세 점의 자화상 시리즈는 제작순서를 알 수 없다고 했지만 나는 내 나름의 순서를 매겼습니다. 화가는 처음에 <팔을 머리에 올리고 앉아있는 누드 자화상>을 그렸습니다. 두 번째로는 <무릎 꿇고 한쪽 팔을 든 자화상>을 그렸을 겁니다. 절망적인 상태에서 몸부림치던 화가가 한쪽은 기도하는 듯한 자세로 무릎을 꿇고, 반대쪽 다리로는 일어서려는 순간을 그린 것이지요. 그 마지막이 바로 이 그림입니다. 마침내 화가는 일어선 겁니다. 그러나 일어선 자세가 좀 색다르죠. 머리가 왼쪽 꼭대기에서 시작해 발은 오른쪽 끝부분에서 끝납니다. 완전한 사선으로 된 그림입니다. 직선으로 서기에 화폭이 작았던 겁니다. 그런 구도에서 화가는 정면을 바라보고 있습니다. 실레는 세상을 그리는 화가였지만 결국은 자신의 모습을 그린 화가였고, 더 좁혀 말하면 자신의 내부를 바라본 화가였습니다. 그가 자신을 이 그림처럼 정면에서 바라본 작품은 드물지 않나요?"

"듣고 보니 그렇군요. 서양에서나 동양에서나 정면을 바라보고 있는 자화상 그림은 많습니다. 그러나 실레가 자신을 정면에서 응시한 초기의 그림은 별로 없어요. <가족>과 같은 후기 작품에서는 눈길을 정면으로 향하고 있기는 하지만요. 실레의 저 눈빛은 어떤 의미를 갖는 것일까요?" 제인은 자신이 다니엘의 학생이 되었다는 생각을 했다.

"그가 본 것은 거울에 비친 자신의 알몸, 그 안에서 번쩍거리는 영혼의 모습일 거라고 생각합니다."

"재미있는 설명이군요."

"그래요. 실레 애호가들에게는 재미있는 플롯이지요. 드디어 화가의 자화상 중에 곡선과 직선이 파도치는 그림이 나온 것입니다. 이 그림을 그리기 전까지 실레의 자화상 중에서 얼굴윤곽선을 제외한다면 곡선은 거의 없었습니다. 거칠고 날카로운 직선만 존재했지요. 그런데 이 그림에서 직선과 곡선이 파도치기 시작했습니다."

제인은 다니엘에게로 시선을 던졌다. 그의 표정이 더없이 진지해졌다. 그림 값을 올리겠다는 능청맞은 표정이 아니었다.

"다니엘, 당신이 집중적으로 수집한 작품은 어떤 것들인가요?"

"클림트, 실레, 코코슈카와 같이 세기말 빈을 설명할 수 있는 작품들입니다."

"이 작품을 유통시킬 수도 있지 않았나요?"

"아니요. 이 그림은 화가가 크루마우로 떠나기 전 해 가을과 겨울에 걸쳐 그린 그림입니다. 당시는 곡선적 자화상이 나올 수 없는 때였습니다. 곡선이 틈입할 여지가 없었지요. 자퇴를 했다고는 하지만 사실상 아카데미에서 퇴학을 당했고, 새 예술가그룹은 해체돼가는 과정중에 있었습니다. 온갖 비난이 쏟아졌지요. 그런데 이 자화상은 뜻밖에도 여성성을 드러냈습니다. 당시 그에게 돌아가고 싶은 여성성, 새로움을 잉태하는 자궁성에 대한 자각이 있었던 것 같습니다."

제인이 그의 말을 제지하고 물었다. "다니엘, L.A를 아시나요?"

"이 그림이 L.A에서 구입한 것이라니까요. 보세요. 기묘하지요? 엉덩이와 허리에 대고 있는 왼손의 곡선을 보십시오. 굽힌 왼쪽 팔과 옆구리 사이로 드러난 저 공간구성을 보세요. 어깨와 팔의 각도가 이루는 직선의 날카로움과 그 아랫부분의 손과 엉덩이의 곡선이 만들어 내는 여성성에서 나는 어떤 조화를 느끼곤 한답니다. 이렇게 햇살이 쏟아져 들어오는 순간이면 말이죠. 약간 굽힌 그의 무릎과 안쪽으로 오무린 다리의 각도는 민느의 조각에서 영향을 받은 포즈일 겁니다. 이 포즈는 게르티의 누드화에서 수줍어하는 자세로 나타났지요. 허리를 짚은 양팔의 수평과 팔꿈치의 예각, 왼쪽 손과 엉덩이가 만들어 내는 곡선의 풍요로움, 그의 번쩍이는 눈빛. 화가의 삶에서 엄청난 무엇이 있었던 것은 분명해요. 그는 아주 괴상한 상태로 웅크려 있다가, 일어서기 위해 발버둥 쳤고, 그리고 마침내 일어선 것입니다. 아무튼 이 그림은 실레 초기작 중 최고의 작품이라고 보면 틀림없을 겁니다."

"다니엘, 당신은 투기꾼이 아닙니다. 당신은 이 그림을 소장할 자격을 갖춘 유일한 사람입니다."

다니엘의 왼손이 제인의 오른손을 잡았다.

"아니오, 나는 투기꾼일 뿐입니다. 그러나 투기꾼 중에서도 어떤 작품의 경우에는 공공미술관의 보호보다 더 가치 있게 보관할 수 있는 사람이 있습니다. 나에게는 에곤 실레의 이 작품이 그런 경우입니다. 클림트는 거장이 되어 오랫동안 생존했기 때문에 그의 작품들은 유통의 경로가 다 드러나 있었고, 화가의 생존기에 논란의 위험성을 스스로 극복했습니다. 코코슈카는 더욱 오래 살았기 때문에 초기를 제외하고는 자신의 작품을 스스로 관리할 수 있었습니다. 그러나 실레의 경우는 다르지요. 그의 초기 작품들이 아직 논란을 벗어나지 못했을 때 그는 죽었고, 2차 대전이 시작되자마자 그의 작품들은 눈에 띄는 대로 압수되거나 불살라졌습니다. 그에겐 아직도 세월이 필요합니다. 화가는 평생 어린아이로 살았고, 그의 그림을 보호해줄 콜렉터가 필요했습니다. 이것은 카를 라이닝하우스의 유언입니다. 그는 이 그림에 대한 소장이력을 밝히기를 원치 않았습니다. 파산한 그는 비밀리에 이 그림을 내놓았거나 아니면 숨지기 직전 도난을 당했을 것입니다."

"언제 이 그림을 공개할 예정입니까?"

"거기에 대한 라이닝하우스의 기록은 없습니다. 나는 앞으로 10년을 더 기다릴 겁니다. 화가의 타계 100주년이 될 때까지요."

"이 그림은 당신에게 값으로 환산할 수 없는 작품이 아닌가요?"

이 질문에 대해 다니엘은 이렇게 답했다. "이 그림을 구입할 당시 나는 남자로서 불능상태에 있었고, 아내는 떠났습니다. 그러나 나는 이 그림을 통해 일어섰습니다. 먼동이 틀 때 이 그림을 마주하고 등 뒤로 쏟아져오는 빛을 받고 있노라니까 차츰 힐링이 되었습니다. 한지를 투과해 쏟아지는 새벽빛은 처음에는 진홍빛이었다가 차츰 주황색으로 바뀌었고 마침내는 황금빛으로 나를 감싸주었습니다. 그 빛 속에 앉아있노라니까 나의 내부에 아주 작은 알 같은 것이 하나 생겨나더군요. 그 알은 날이 갈수록 커졌고, 나를 일으켜 세웠습니다. 나는 그렇게 일어서게 되었지요."

다니엘의 눈빛이 타올랐다. 그가 두 손으로 제인의 두 손을 잡았다. 강직하고 메마른 손이었다. 다니엘은 제인의 손을 잡고 일어섰다. 두 사람은 3층으로 올라갔다. 상아색 카펫이 깔린 침실이 나타났다.

"제인, 내가 이 자화상을 구입한 직후 베이즐이 나를 찾아왔습니다. 뉴욕에 있는 것으로 알려진 실레의 대작 한 점이 어딘가로 이동된 것 같다고 하더군요. 그녀는 3대에 걸쳐 비엔나 미술품을 수집해온 명문 출신이니까 그런 정보력이 있지요. 나는 그녀에게 끝까지 아무 말도 안했어요. 그리고 두 번째로 그 이야기를 꺼낸 당신에게 10년 후에 보자고 말했지요."

"처음으로 정보를 수집한 사람에게 우선권을 줘야 하는 게 아닌가요?"

"제인, 나는 당신이 약속을 끝까지 지키고 참을 수 있는 사람이라는 걸 압니다. 당신의 내면은 아주 깊다는 것을 나는 느꼈지요. 당신의 작고 고요한 눈이 그것을 말해줍니다. 나는 한국 친구들에게서 그런 특징을 여러 번 발견했어요. 다른 나라 사람들에서는 발견하기 어려운 독특한 점입니다. 그것은 중국인이나 일본인과도 다른 것이지요."

"다니엘, 나는 네 살 때부터 미국 시민으로 자랐는데요?"

"제인, 당신에게는 그런 DNA가 있어요. 이제 막 얼기 시작하려는 호수와 같은 깊이와 냉정함 말이에요."

다니엘은 십년간에 걸친 전투를 승리로 끝낸 장군처럼 당당하게 제인을 안았다. 아침 햇살 속에서 소용돌이치며 일어선 황금알이 침실 위의 공간을 가득 채울 만큼 부풀어 올랐다. 다니엘은 고통이 몰려오는 듯 우렁찬 저음으로 외쳤다. 아, 아르스, 마그나!

제인은 소리를 지르는 다니엘의 늙은 뱃가죽을 보았다. 쭈그러든 뱃살의 말랑거림이 그녀를 달아오르게 했다. 그녀는 한지를 투과해 쏟아지는 햇살을 느꼈다. 햇살은 하얀 다니엘의 몸을 황금색 출렁거림으로 바꾸고 있었다.

2

겨울비가 일주일 동안이나 세차게 몰아쳤다. 온통 물바다가 된 가운데 실레는 부대와 집의 짐을 정리하느라 옷과 군화까지 온통 젖었다.

"자네는 포로수용소보다는 군사령부에서 필요한 자원일세. 국가의 주요 임무를 수행하는 군인이 되기를 바라네."

실레가 빈으로 갈 수 있도록 힘을 써준 포로수용소의 행정장교 카를 모저, 포로수용소장 조셉 두라스, 보급장교 구스타프 헤르만은 실레가 전출 명령을 받자 그와의 이별을 아쉬워했다.

실레는 빈으로 올라오자마자 열과 구토에 시달렸다. 입술이 하얘지고 음식도 삼키지를 못했다. "에곤, 부디 일어나줘요. 나는 에곤 만을 위해서 살겠어요." 신혼의 프라하에서 실레가 에디트를 위해 그랬던 것처럼 에디트가 실레를 위해 밤을 새워 팔베개를 해주며 남편을 지켜준다. 에디트는 실레의 간호를 위해 깊은 밤에도 잠들지 않고 실레 곁에 머문다. 몸살이 물러가자 이번에는 맹장염이 다시 공격해 왔고, 수술합병증까지 이어졌다. 2주가 넘는 기간 동안 고통을 겪으며 실레는 에디트의 오붓한 사랑을 느낀다. 그런 보살핌을 받는 그는 자신이 에디트에게 제대로 사랑을 베푼 적이 없다는 것을 깨닫는다. 자신만을 위한 삶을 살았다는 사실에 생각이 미친다. 그것이 두 사람을 아프게 하고, 어려운 날을 보내게 한 원인이라고 생각한다. 그런 생각을 하자 내부에 감치고 있던 여러 감정의 찌꺼기들이 모두 개풀려 나가는 것을 느낀다.

실레는 병상에서 일어섰다. 그는 육군 병참부대로 간다. 한 장교가 그를 반갑게 맞아준다. 그는 실레의 근황과 인사정보를 점검한 후 오돌 한 통을 준다. 뜻밖이다. 날이 선 콧날을 가진 고미술품 수집담당 카를 그륀발트.

"저는 정말 오돌을 좋아합니다. 무슨 향의 오돌인가요?"

"실레 씨가 좋아하는 민트향이지요."

실레는 그륀발트의 정보력과 감각에 대해 놀란다. 실레는 육군병참 부대에서 여러 특혜를 제공받게 된다. 근무시간은 아침 7시부터 오후 5시까지이며 그 이후에는 귀가가 허가됐다. 근무시간 외에는 사복 착용도 허용됐다. 실레는 규정대로 사병 월급 70크로네, 가족 수당 40크로네를 받고, 별도로 식료품과 생활용품을 지급받을 수 있었다. 실레의 그림에도 변화가 생겼다.

그의 자화상에서 팔을 꺾어 올리고 기괴한 표정을 짓던 불안감은 사라졌다. 다른 사람의 초상화에서도 인물들이 두 손을 모은 모습으로 변했다. 모델들은 양손을 맞잡거나, 깍지를 끼거나, 하나의 물건을 잡기 위하여 두 손이 가슴 앞으로 모아지는 구도를 보인다. 주인공들의 제스처가 신뢰와 확신의 이미지로 연결된다. 그림엔 그가 직접 만들어 검정 페인트칠을 한 의자가 등장한다. 그는 자신이 직접 디자인한 의자 두 개와 장식장 하나를 화실에 들였다. 나무 의자는 앉는 바닥 뒷부분이 좁지만 앞쪽으로 나올수록 넓어지는 사다리꼴 형태로 디자인했다. 모델이 편안한 자세를 취할 수 있고, 직사각형 구도의 의자에 변화를 줘 조형성을 더 했다. 팔걸이와 다리도 모두 사다리꼴 형태로 구성돼 있어 전체적인 구조가 역동적이다. 실레의 장인 요한 하름스의 초상화에서 처음 등장한 이 검정의자는 이후 실레의 그림에 자주 나타났다. 앞부분이 넓어서 모델이 더 편한 포즈를 취할 수 있고,

인물이 넉넉한 느낌을 준다.

양손을 맞잡은 포즈는 병참 장교 그륀발트의 초상화에서 처음 선보였다. 실레는 모델이 자신의 몸을 오른쪽으로 돌린 각도에서 양손을 깍지 낀 포즈를 취하도록 했다. 그러자 부드럽고 정돈된 분위기가 살아났다. 프란츠 하베르디츨 국립현대미술관 관장은 휠체어에 앉아 실레의 해바라기 습작을 양손에 맞들고 있다. 병약한 하베르디츨이 두 손으로 들고 있는 실레의 해바라기 그림은 활짝 피어있다. 실레는 작가 로베르트 뮐러나 프란츠 블라이, 작곡가 아르놀드 쇤베르크의 미완성 습작, 빅토르 바우어 박사, 아르노 화랑 주인 구이도 아르노, 휴코 콜러 박사의 그림을 두 손을 맞잡은 구도로 그렸다.

두 손을 양쪽 허리 옆으로 길게 늘어뜨린 채 처녀처럼 수줍게 서 있던 에디트의 초상에도 어느 정도 활기가 찾아온다. 두 손으로 그레이하운드의 목을 감고 정면을 바라보고 있는 에디트의 표정이 안정감을 준다. 어머니를 그린 <마레 실레의 초상> 역시 두 손을 가슴 아래서 자연스럽게 맞잡고 있다. 의자의 팔걸이 위에서 만난 두 손, 책이나 작품을 함께 든 두 손, 혹은 빈손의 가벼운 맞잡음. 에디트와의 관계가 원활지면서 그림에도 변화가 찾아왔다.

실레는 느낀다. 오랜 기간에 걸쳐 <네 그루의 나무>를 완성시킨 그는 부부의 내부에 쌓여있던 경련이 빠져나가는 것을 경험했다. 하나의 작품이 일깨운 남녀의 영혼과 육신의 화해는 두 사람을 모두 회복시켰다. 두 사람의 부조화는 세상과의 부조화였고, 둘의 갈등은 세상과의 갈등이었다. 실레의 크고 거친 손과 에디트의 작고 보드라운 손이 서로 마주 잡았다.

화가는 빈손의 허전한 맞잡음일지라도 한 사람의 손과 다른 사람의 손이 만나는 것은 존재의 중심과의 악수라고 생각한다. 한 가지 더 있다. 뮐링을 떠나오던 날 러시아의 포로 두 명이 양 손바닥을 자신의 가슴에 엇갈려 대고 실레에게 인사를 했다. 실레는 그들의 작별인사에서 깊은 인상을 받았다. 손바닥을 자신의 양쪽 가슴에 얹은 그들의 몸짓은 존재의 선량함, 관계의 두터움을 말해주었다. 실레는 그들의 더운 가슴을 느꼈다. 포로수용소에서 만난 적군과의 작별이 그토록 아름다울 수 있다는 것은 충격이었다.

실레는 그림을 그리는 도중에 제작 중인 그림의 값에 대해 질문을 받는 경우가 종종 있다. 실레는 돈에 쪼들렸지만 그런 질문에는 단호하다. 그림을 시작하면 원시적인 흥분상태가 되어 그림이 끝날 때까지 다른 어떤 것도 생각할 수 없다. 그림을 그리며 돈을 계산하는 사람은 화가로서의 자격이 없다고 생각한다. 그러나 실레도 드로잉에 대한 요구가 쇄도하고, 갚아야 할 부채가 늘어나자 앙리 마티스의 후반기 드로잉처럼 선의 유연성과 고도의 기교만을 살린 간결한 드로잉을 한 적이 있다. 그러나 거기엔 깊이가 부족했다. 두께는 나타나지도 않았다. 선의 깊이를 잃지 않기 위하여 배경을 그리는 것까지 기피할 정도로 선에 대한 자부심을 갖고 있던 실레다. 화가는 배경에도 변화를 주었다. 선과 회화가 결합되기 시작했다. 빅토르 바우어 박사, 구이도 아르노, 휴코 콜러 박사 등 실레의 후기 초상화들은 선과 회화가 만나는 지점에서 탄생한다.

"나는 예술가들을 회원으로 하는 협회를 만들고 공동으로 전시하고 활동하는 새로운 종합예술운동인 쿤스트할레(Kunsthalle 예술의 전당) 프로젝트를 기획하고 있어. 사람들은 전쟁이 막바지에 이르고 있다고 말하고 있어. 예술가들이 전쟁 이후를 대비하는 구상이 필요하다는 생각이야." 실레가 히칭 화실을 찾아온 페스커에게 말한다.

"어떤 프로젝트인데?"

"뜻을 같이 하는 여러 분야의 예술인들이 참여해서 대규모 예술행사를 치르는 거야. 전쟁 중에 비엔나에는 예술 행사들이 모두 사라져버렸잖아."

"지금 그게 가능할까?"

"나는 가능하다고 생각해. 사람들은 전쟁에 잔뜩 주눅 들어 있어. 이제 사람들에게 예술의 새로운 힘을 보여줘야 한다고 생각돼. 파괴된 땅에서는 무엇보다 예술이 먼저 씨를 뿌려야 할 거야. 클림트에게 이 구상을 얘기했어. 그랬더니 그는 실레 씨, 이제는 당신들 차례요. 나는 우리 세대를 대표해서 당신을 지지하겠소, 이렇게 말하더군. 비엔나 분리파운동은 한 시대의 핵을 그은 운동이었지."

"우리는 지금 군인의 신분이잖아?"

"병참의 그륀발트와 이 계획을 추진하고 있어. 고미술품 전문가인 그는 명석하고 조직력이 뛰어난 장교야. 새로운 공간이 필요하다면 군에서 지원하는 방안을 마련해보겠다고 했어."

"파이스에게도 얘기해 봤나?"

"곧 만나게 되겠지. 파이스는 이 운동을 함께 추진할 수 있는 능력 있는 친구야. 전쟁이라는 난관을 지나왔으니까 서로 변했으리라고 믿어. 과거의 감정을 털어버려야지."

실레는 며칠 후 쿤스트할레 선언문을 발표했다.

많은 사람들이 피로 물든 전쟁의 처참함을 겪으며 예술이란 부르주아의 사치 그 이상의 것임을 이해하게 되었다. 나는 전쟁이 끝나게 되면 우리의 문화와 물질주의 간에 큰 논쟁이 펼쳐질 것이라고 전망한다. 이러한 상황에서 지식인들은 지금 당장 이 나라의 문화적 유산이 황폐해지는 것을 막아야 할 의무가 있다. 우리 일련의 예술인들은 전쟁을 마치고 돌아올 젊은이들을 위해서 준비하기로 했다. 그들이 새로운 계획을 펼칠 수 있도록 해줘야 한다. 새 세대를 격려하고 보호해야 하며, 그들이 가치 있는 삶을 살 수 있도록 환경을 가꿔나가야 한다. 이 운동을 위해 화가, 조각가, 건축가, 음악가, 문인, 무용가들이 모였다. 우리의 발의는 일시적인 생각에 의해서 비롯된 것이 아니라 예술을 사랑하는 정신과 나라를 사랑하는 정신의 발로 위에서 이루어진 것이다.

오토 바그너를 비롯해 화가 구스타프 클림트, 작곡가 아르놀트 쇤베르크, 건축가 요제프 호프만과 안톤 하낙, 시인 페터 알텐베르크, 화가 콜로만 모저 같은 사람들이 실레를 지지했다. 한때 오토 바그너가 초상화 제작을 중도에 그만두자 모든 예술가들이 실레를 외면했지만 전쟁을 겪으며 비엔나 대가들이 다시 실레를 지지했다. 그륀발트는 전쟁박물관측과 협의해 전시회와 강연장을 마련해주고, 연감과 예술 월간지 발간을 위해 자금을 후원해주기로 했다.

어두운 화실에서 홀로 그림을 그리며 예술지상주의와 신비주의에 경도되었던 실레는 전쟁을 겪으며 깨달았다. 자신들의 의지와는 관계없이 전선에 투입됐다가 죽은 무수한 젊은이들, 그들의 아내와 부모, 굶주린 노인과 아이들. 비극은 좁은 범위에 국한되지 않았다. 약탈과 방화는 도시의 어느 지역을 가리지 않고 일상화되었고, 전쟁을 찬양하는 지식인들의 전도된 가치관은 시민들의 선량한 가치관을 마비시켰다. 유럽의 정치인들은 어느 누구에게도 이익이 되지 않는 전쟁이라는 것을 알면서도 병사들을 참호의 진탕 속에서 뒹굴게 만들었다. 화폐가치는 추락하고, 불결해진 도시에는 전염병이 번졌다. 새롭고 아름다운 것에 도전해야 할 예술가들은 펜과 붓을 놓거나, 종군예술가로서 어떻게 해야 편안한 보직을 받을 수 있는지에만 관심을 쏟았다. 모두가 가난해지고, 낭만주의는 사라져버렸다. 새로운 세대들은 기성세대에 대한 존경심을 버렸고, 청년들은 부모와 교사와 정치가를 불신했다. 클림트가 주도한 빈 분리파는 창설된 지 20년이 지난데다 전쟁이 발발하며 작품발표가 멈췄다. 예술가들은 창작활동을 멈춘 채 고립돼 있다.

콜로만 모저는 실레의 쿤스트할레 계획을 누구보다 좋아했다. "실레 씨, 당신은 열정이 있어요. 남다른 열정을 가진 사람만이 이런 상황에서 예술운동을 이끌 수 있지. 우리들이 뒤에서 힘이 돼 주겠소."

"선생님께서 쿤스트할레 디자인을 맡아주세요."

"맡아주다마다요. 당신이 일을 할 때가 온 겁니다."

모저는 실업학교를 다니다 비엔나미술아카데미에 도전해 그림을 배웠다. 일찍 부친을 여읜 그는 그래픽 디자인을 공부해 빈의 장식미술을 세계 최고의 수준으로 끌어올렸고, 빈이 세기말의 퇴폐적인 분위기에 빠져있을 때 분리파 태동의 기초적인 이론을 수립했다.

실레는 군인박물관의 전쟁전시회 조직책임자로 임명됐다. 그는 그륀발트와 함께 전시회를 준비했다. 한스 로제 왕실예비사령부 소령도 참여했다. 전쟁 이후 처음으로 빈에서 전시회가 열렸다. 실레는 뮐링과 빈에서 그린 12점의 그림을 출품했다. 전쟁 중에 예술을 까맣게 잊었던 사람들이 몰려들었다. 전시회는 성공을 거뒀다. 오스트리아-헝가리 제국은 전쟁을 일으킨 자국이 우수한 문명과 문화를 지녔다는 것을 홍보하기 위해 이 전시회의 외국순회를 기획했다. 그의 그림은 뮌헨, 암스테르담, 스톡홀름, 코펜하겐으로 순회 전시되며 가는 곳마다 화제를 일으켰다.

국립현대미술관에서 실레의 그림을 구입했다. 출판업자 리하르트 라니는 실레의 드로잉과 수채화를 실은 작품집을 출간하고, 실레의 작품을 대중적으로 알리기 위해 우편엽서로 제작했다. 일간지 <새 비엔나 저널>은 특집기사를 통해 "실레에게 오스트리아는 너무 작다"는 평을 실었다.

3

실레는 에디트를 다시 단 위에 세운다. 모델을 구하기 어려운 뮐링에서 에디트를 단 위에 세웠던 화가는 그녀의 표정이 살아나지 않자 한동안 인물화에 손을 대지 않았다. 다시 선 에디트는 전보다 밝은 표정을 보인다. 조용한 아름다움이 들어있다. 에디트의 눈길은 선해 보이고 의자 팔걸이 위에서 모은 두 손은 허전하다. 화가는 에디트의 분위기가 소녀에서 성숙한 여자로 바뀐 것을 알게 된다. 화가는 실물 크기의 전신화를 그린다. 긴 팔을 늘어뜨리고 선한 눈으로 정면을 바라보는 <처녀>는 에디트의 분위기를 갖고 있다. 그러나 얼굴은 에디트와

다르다. <처녀>를 끝내고 실레는 새로운 그림을 그린다. 수감생활 후 수도사이거나 순교자의 알레고리로 자신을 그렸던 그는 벌거벗은 초상으로 거울 앞에 다시 선다. 내면의 오랜 회항을 거친 그는 다시 연필을 깎아 스케치북의 무수한 페이지를 채워나가기 시작한다. 그는 <웅크리고 있는 자화상>을 통해 수컷으로서의 자신을 습작했다. 웅크린 그는 자신을 잡아 가두거나 매장시키려는 적들로 구성된 웅성의 세계에서 자신의 땅과 울타리를 차지하기 위해 벌거벗은 채 대지에 웅크려 삵과 같이 번뜩이는 눈으로 한 뼘 앞의 세상을 수색한다. 그의 눈빛은 다른 동물들의 인광에 눌리지 않기 위하여 한순간도 감광하기를 멈추지 않는다. 그런 과정을 통해 얼마간의 땅 위에 자신의 집을 세울 수 있음을 확인한 그는 적의 공격으로부터 자신을 방어하기 위해 최대한으로 웅크렸던 자세에서 <쪼그려 앉은 자화상 I >을 그리며 도약할 수 있는 포즈로 자세를 바꾼다. 이어 II, III의 연작을 통해 실레는 보다 날렵하게 치솟아 오를 수 있는 자세를 취하고, 쪼그린 하지에는 공격과 방어를 감당할 수 있는 근육들을 갖춘다. 실레는 자신의 둥그스름한 어깨 위에 흙빛의 색깔을 입혀본다. 색은 전신을 타고 흘러 갈색의 육체를 꿈틀거리게 만든다. 그는 고립과 허공의 세상으로부터 섞임과 부대낌의 세상으로 들어온다.

그는 자신의 앞섶을 찢어버리고 앞에는 벌거벗은 여자를 앉힌다. 여자의 앞에는 주니어 실레를 앉혀 3단계로 구성되는 성(聖)가족의 우주를 그린다. 상징이 사실과 결합하는 연금술의 화폭이 나타난다. 갈색으로 번쩍거리는 황토빛 그의 어깨는 산성인가. 담홍색 꼭지를 가진 여자의 하얀 유방은 생명수를 담은 두레박인가. 하얀 잿빛으로 반짝이는 아이는 성읍의 역사를 이어갈 병사인가.

에디트가 그림을 그리는 실레에게 말한다. "에곤, 당신은 많이 달라졌어요."

실레가 묻는다. "무엇을 원해요?"

"당신은 아직도 조금은 멀게 느껴져요."

실레가 대답한다. "내가 당신을 사랑하는 것만큼은 틀림없어요. 그렇지만 당신은 내가 가까이에 있다는 느낌을 받지 못하는구려. 나는 어렸을 때 게르티에게 뭐든지 요구했고, 게르티는 나의 요구를 다 들어줬어요. 내가 그런 데 익숙해 있었던 것일까요?"

"에곤, 내가 아기를 가진다면 당신은 나에게 모든 것을 주겠지요? 내가 당신의 아기를 낳으면 당신을 차지할 권리를 갖게 될까요?"

"지금 당신은 나의 모든 것을 갖고 있어요. 우리가 아이를 갖는다면 당신의 권리는 더 많아지겠지요."

실레 부부는 아직 아이를 갖지 못했다. 아이 그림은 상상으로 그리는 그림이다. 아이를 그릴 때마다 실레에게는 아픔이 있다. 그라프 박사의 병동에서 그렸던 신생아와 사산아, 발리에게 주었던 기타가와 우타마로의 일본 아이인형이 생각난다.

에디트가 말한다. "당신이 하고 싶어 하는 것을 모두 존중하겠어요. 당신의 모델들을 질투하지 않을게요. 나는 뒤에서 당신의 그림을 가장 먼저 감상하는 것으로 만족할게요."

화가가 그린 남자의 표정에 눈길이 간다. 수척한 그는 긴 팔을 굽힌 무릎 아래로 내려뜨리고 있다. 그의 자화상에서 보이던 존재의 긴장과 불안 같은 것은 가셨지만 그 대신 가족을 보호하고 있는 한 남자의 소시민적인 표정이 들어있다. 우주에 가족이 있다. 가족 안에 우주가 있다. 그러나 가족들의 시선은 각자 다른 방향을 향하고 있다. 남자는 정면을, 여자는 오른쪽 측면을, 아이는 오른쪽 위쪽을 바라보면서 서로 다른 꿈을 꾼다. 실레는 이 그림에 사인을 넣지 않았다. 그는 <가족>을 완성작으로 생각하지 않는다. 이 그림도 <처녀>와 마찬가지로 수수께끼가 들어있다. 여자의 얼굴은 에디트와 다르다.

4

클림트가 죽었다. 한밤중에 실레는 에밀리 플뢰게*로부터 급한 연락을 받았다. 클림트가 운명할 것 같다는 소식이었다. 실레가 비엔나 대학 종합병원으로 급히 달려갔을 때 클림트는 이미 숨져 있었다. 한 달 전 뇌졸중 발작으로 쓰러졌던 클림트가 잠시 기운을 회복하는 듯하더니 끝내 일어나지 못한 것이다. 실레는 영안실 칠성판 위에 뉘어진 클림트의 볼과 턱을 어루만졌다. 콧수염은 그대로였지만 생전의 모습과는 달리 면도가 된 턱은 까칠했고 볼은 차가웠다. 완전히 닫아버린 눈과 입, 성근 머리칼과 주름진 이마, 불쑥 솟은 광대뼈…. 실레가 화가로 독립을 선언한 직후 어려움을 겪고 있을 때였다. 그륀베르

---

* 클림트의 대표작으로 꼽히는 〈키스〉의 유력한 두 명의 여자 모델 중의 한 사람으로 추정된다. 또 한 여자는 부유한 유태계 설탕제조업자의 아내인 아델레 블로흐-바우어. 에밀리는 클림트가 자신에게 평생 독신의 운명을 지워줄 남자인 줄 알면서도 그를 떠나지는 않았다. 그녀는 클림트와 결혼해 그를 독차지하려 한다면 많은 여성들과 남편의 관계를 따지고 울고불고하며 살아야 한다는 것을 간파한 여인이었다. 그녀는 클림트의 최후를 지켜줬고, 유언집행자로 지목돼 뭇 여성들과 주고받은 서신들과 관련 자료들을 불태워 버림으로써 훗날 발생할 상당수의 법정공방을 차단시켰다.

크스트라세에 있는 작은 화실에서 그림에 몰두하고 있던 화가는 실내가 팽팽하게 조여 오는 느낌을 받았다. 캔버스를 마주하고 있던 실레는 뒤를 돌아보았다. 화실로 들어온 클림트가 두 걸음쯤 떨어져 자신을 지켜보고 있었다. 클림트가 실레의 손을 잡았다. "실레 씨, 나는 당신이 부럽소. 나도 그대와 같은 열정에 물들고 싶소." 실레는 클림트의 예기치 않은 방문과 칭찬이 두렵기까지 했다. 자신의 손을 꼭 잡고 있는 클림트에게서 실레는 고양이 냄새를 맡았다. 그러나 그 냄새가 싫지는 않았다. 클림트는 깊은 우정으로 실레를 감싸주었다. 보헤미아 출신의 가난한 금세공업자의 아들로 태어난 클림트는 선물은커녕 빵조차 없는 크리스마스를 보낸 기억을 갖고 있다. 뛰어난 화가의 재능을 가진 두 살 아래 동생 에른스트를 잃고 헤맸던 클림트는 실레를 조카처럼 아껴주었다. 실레는 클림트에게서 자주 돈을 빌렸고, 빌린 돈은 이자까지 합쳐서 말끔하게 갚았다. 부르는 대로 그림값을 받을 수 있는 클림트는 굶주린 실레로부터 에누리 없이 한 푼 크로네까지 전부 받았다. 그는 그것이 실레를 도와주는 것이라고 생각했다. 실레는 클림트에게 돈으로 환산되지 않는, 영원히 갚을 수 없는 빚을 졌다는 사실을 떠올린다.

실레는 빠른 손놀림으로 눈을 감은 클림트의 얼굴을 정면과 좌우측에서 스케치를 했다. 그리고 세 점의 스케치에 각각 '구스타프 클림트 2월 7일, 1918년'이라고 적어 넣었다. 빈 분리파의 바람을 만들어냈고, 비엔나종합대학 천정화와 베토벤 벽화로 시대적인 논란을 일으켰으며, 여인들의 관능적인 초상화와 애욕주의적인 그림으로 한 시대를 사로잡았던 대가. 그는 비엔나의 양대 천재라고 불렸던 코코슈카와 실레를 때로는 경쟁시키고, 때로는 도와주면서 두 젊은이를 모두 세계적인 화가로 키워냈다.

그러나 클림트는 19세기를 넘어 20세기로 나오지 않았다. 그는 관능을 유연하고 아름답게 표현하는 남다른 경지를 보여주었지만 부유층 여인의 초상화에 머물렀다. 그는 두 차례의 큰 논란을 겪고 나서 세상을 멀리했다. 대학에서는 클림트의 그림 옆에 자신의 그림을 내걸꿈도 꾸지 못할 사람들이 강단을 차지하고는 클림트가 강단에 서는 것을 막았다. 클림트는 말년에 여름이 되면 아터 호수 부근에 있는 에밀리 플뢰게 집안의 별장에 머무르며 <캄머성 공원의 산책로>와 같은 풍경화 그림에 몰두했다. 실레는 클림트의 장례를 마치고 <디 안 부르크>에 짧은 추도사를 발표했다. "구스타프 클림트, 믿을 수 없을 만큼 완벽했던 화가. 보기 드물게 심오했던 한 사람. 그의 작품은 신성한 전당이다."

클림트가 떠난 빈의 하늘 아래 실레의 경쟁상대는 존재하지 않았다. 경쟁자로 꼽혔던 코코슈카는 전쟁을 지지하며 자원입대 했다가 총검으로 폐를 찔리는 심한 부상을 당해 드레스덴에서 치료를 받고 있다. 비엔나 분리파는 실레에게 제49회 전시회의 조직위원장 자리를 맡아달라고 요청했다. 실레는 빈 미술계를 이끌어갈 시대적 책무를 맡았다. 실레는 전시회 포스터를 제작했다. 아홉 명의 남자가 테이블에 둘러앉아 회의를 하는 그림을 그리고 <라운드테이블>이라는 제목을 달았다. 회의를 주재하는 앞쪽 자리에 젊고 호리호리한 사람이 앉아 있고 양 옆으로는 머리가 벗겨졌거나 삭발을 한 나이든 남자들이 네 명씩 앉아 있다. 주재자와 마주보이는 자리는 공석이다. 실레가 이 포스터를 제작하기 전에 그린 습작 포스터 <친구들>에는 머리 아랫부분에만 머리카락이 남아있는 인물이 그려져 있다. 클림트의 뒷모습이다. 이 회의를 주재하는 사람은 28세의 실레, 그가 빈 미술계를 대표하는 화가의 자리로 올라선 것을 보여준다. 포스터에 나오는 의자는 이미 몇 사람의 초상화에 등장한 실레의 의자를 복제한 것이다. 테이블 위에 올려져 있는 삼각뿔 형태의 물주전자 역시 실레의 그림 <노이렝바흐 화가의 방>에 등장했던 것이다.

포스터가 공개되자 큰 주목을 받는다. 사람들은 포스터의 인물이 누구인지 하나하나 살펴본다. 실레는 파이스를 만난다. 전쟁정훈본부 소속인 파이스는 잘츠부르크에 파견돼 미술관 재정비 업무를 담당하고 있었다.

"토니, 잘츠부르크 미술관이 재정비되면 비엔나와 연계하는 전시회를 마련하자."

"실레, 네가 분리파 의장을 맡았다면 어떻게 운영할지 계획을 나에게 알려줘야 하는 거 아니야? 포스터를 직접 만들었더군!"

"이건 오래 활동을 중단했던 빈 분리파가 새롭게 시작하는 전시회야. 나는 분리파의 요구를 받아들여야만 했어. 포스터에 의장의 뜻을 담는 것은 이 전시회의 오래된 전통이잖아. 이건 과거의 신예술가그룹 전시회와는 다르다고."

"에곤, 너는 미술아카데미에 와서야 1등 하는 방법을 알았다고 했지? 이미 여섯 살 때부터 1등을 했던 사람은 그렇게 말하지 않는다네. 나는 자네가 자신을 과대평가 하는 것을 보는 것이 싫었어."

"토니, 우리 사이가 언제부터 이렇게 된 거지?"

"나는 과거 속에서 살지 않아. 아카데미를 나오고 나는 알았어. 너는 리더로서의 역량을 갖추지 못했어. 너에겐 내가 필요해. 그러나 너는 네 자신의 가치를 높이는 명석한 재주가 있더군. 나는 페스커처럼 너의 꽁무니를 따라다니고 싶지는 않아."

"통쾌한 어퍼컷이구나. 어질어질해지는데! 그러나 토니, 그렇게 말한다고 너의 속이 시원해지지는 않을 거야. 제기랄, 너 때문에 받은 내 고통도 생각해봐!"

"뭐라고? 네가 나 때문에 고통을 받았다고? 어질어질하다더니 왜 그런 말을 하는 거지? 네가 나 때문에 비엔나를 떠났고, 나 때문에 감옥엘 갔다고 핑계를 대는 거야? 잘못 건드린 그 여자 때문에 도망간 게 아니고? 계집애들은 왜 너에게 사족을 못 쓰는 거지?"

실레는 분노를 삼키느라 숨을 멈추고 벽을 바라보았다. 벽에 게시된 포스터의 인물에 파이스는 들어있지 않다.

"토니, 너는 왜 이렇게 달라진 거야? 자네의 그 명석함을 왜 그렇게 쉽게 던져버리는 거지? 너는 치자 향기를 가진 친구였는데."

"아무튼…"

"아무튼? 그래, 하고 싶은 말이 있으면 다 해!"

"전시회를 너의 수중에 넣으려고 하면 너는 계속적으로 곤란을 겪게 될 거야. 과거처럼 말이야. 나는 뢰슬러에게도 내 의견을 말했어."

"알아. 내가 분리파 의장을 맡은 것을 유감으로 생각한다, 내 취향과 판단력을 신뢰하지 못한다, 그런 말이겠지?"

"아무튼…."

파이스는 포스터를 몇 번 접더니 쓰레기통 속에 처넣고 일어섰다. "치자나문지 뭔지 하는 얘기는 기억해 두겠다."

전시회는 3월에 열렸다. 빈 분리파는 전시장의 중앙전시실을 전부 실레전시실로 제공했다. 실레는 19점의 유화와 29점의 드로잉을 출품했다. 작품은 매진됐다. 오스트리아 정부는 국립현대미술관에 걸기 위해 에디트의 초상화를 3,200크라운에 구입했다. <가족>은 콜렉터 한스 뵐러가 5,000크라운에 사들였다. 실레가 그린 클림트의 사후 모습 3점도 전시했으나 실레는 이 그림은 판매하지 않았다. 개막식 날과 일요일에는 관람객들이 너무 많이 몰려 내부 이동이 어려울 정도였다. 그의 그림에는 구경꾼들이 진을 쳐 몇 시간을 기다린 다음에야 관람할 수 있었다.

각 언론에 실레에 대한 평가가 줄을 이었다. 과거 '클림트의 학생'이라거나 '정신분열증 환자'라고 평했던 평론가들은 더 이상 비판을 하지 않았다. 칭찬이 줄을 잇는다. 화가 실레는 뛰어난 강렬함과 잠재력으로 가득한 위대한 예술가다. 과거 그의 그림은 인물의 밝은 표정을 거부했다. 그의 그림은 우리의 등골을 오싹하게 했다. 그러나 이제 그의 그림은 미와 효율성의 차원에서 최고의 경지에 올라있다.

클림트가 타계한 직후의 전시회였기에 클림트와 실레를 비교하는 글도 많이 나왔다. 클림트의 작품에는 부드러움, 민감함, 여성적인 상냥함이 있지만, 실레의 작품은 원기왕성함과 남성적인 과격함으로 가득 차 있다. 클림트는 히스테리컬 하고 호색적이고 요염한 관능으로 드로잉하고 물감을 바른다. 이에 비해 실레는 도덕심이나 부끄러움 같은 것들을 버리고 물감을 바른다.

페스커가 실레에게 촌평을 해준다. "세상 민심이란 다 이런 거야."

실레에게 초상화 주문이 밀려오기 시작한다. 브르크극장 벽화와 같은 대형 프로젝트를 비롯해 상류층 여인들의 초상화 주문이 들어온다. 독일 외교관 부인들도 초상화를 의뢰해온다. 10월까지 14건의 초상화 제작 주문이 밀려있다. 작품 가격은 세 배로 뛰었다. 4월 21일엔 구이도 아르노가, 5월 6일에는 휴고 콜러 박사가, 5월 27, 29일에는 빅토르 바우어 박사가 초상화 제작을 위해 화실을 방문한다는 약속이 잡혔다. 5월에는 아르노화랑에서 대규모 전시회가 열린다. 실레 최대의 비판자였던 젤리크만이 처음으로 실레를 높이 평가하는 전시회 리뷰를 발표한다. 실레는 바트만가세 6번지에 넓은 화실과 정원이 딸린 2층짜리 단독 주택을 얻는다. 밀려드는 주문 때문에 비서를 둔다. 히칭거 하우프트슈트라세에 있는 화실은 젊은이들을 위한 미술학교로 전환한다는 계획을 세운다.

실레는 새 화실에서 그동안 구상했던 <홀리 패밀리>와 <만찬>을 준비하기 시작한다. 그가 높이 6미터의 커다란 화실을 얻은 이유는 이들 대형 그림을 제작하기 위한 것이다. 오래 전부터 구상해 온 <홀리 패밀리>는 얼마 전에 그린 <가족>을 완성시키기 위한 것이고, <만찬>은 분리파 전시회 포스터 <라운드테이블>을 발전시켜 클림트와 그 동료들의 회합을 대형 화폭에 담을 계획이다.

구이도 아르노, 휴고 콜러 박사, 빅토로 폰 바우어 박사의 초상에서 실레는 선과 회화를 접목시켰다. 벽 모서리 앞의 쿠션 의자에 앉은 바우어의 초상은 모델의 좌우를 가로지르는 열 개가 넘는 나무판자가 조형적인 라인을 만들어낸다. 아르노의 초상은 더욱 풍부한 배경을 보여준다. 발치께에 사선으로 놓인 테이블 위에는 사이즈가 다른 열 권의 양장본과 이집트 조각품이 놓여 있고, 모델의 왼쪽 뒤편에는 나무로 깎아 만든 말 조각품이 보인다. 아르노의 초상은 가구와 의자, 탁자와 책 등 구조적인 배경 속에서 주인공이 왼쪽 측면을 바라보는 구도를 갖고 있다(이 구도는 2년 후 피카소가 이고르 스트라빈스키와 에릭 사티의 초상에서 그대로 가져다 썼다). 애서가인 휴고 박사의 서재에서 제작된 휴고 콜러의 초상은 인물이 앉아있는 소파가 울타리처럼 그를 둘러싸고 있으며 소파 외부공간은 책들이 빽빽하게 에워싸고 있다. 책이 겹겹이 둘러싸인 가운데서 콜러 박사의 둥그런 어깨가 배경 속으로 흘러넘친다. 박사는 자신이 막 넘긴 책 페이지의 너머를 바라본다. 실레를 좋아한 콜러의 아내 브로니카 콜러는 실레 부부의 초상화를 그렸다. 유일한 실레 부부의 초상화다.

베네슈가 바트만가세에 있는 실레의 새 화실을 방문한다. 천정이 높은 화실에는 대형 캔버스가 설치되고 있다. 실레는 에디트가 아이를 낳으면 이 화실에서 미완의 <가족>을 완성시킬 <홀리 패밀리>를 그릴 것이라고 자랑한다. 책상 위에는 다음해 분리파 전시회 포스터에 그릴 소품을 스케치한 그림들이 놓여있다. 화가는 포스터 <라운드 테이블>의 후속 작품으로 클림트와 그의 친구들이 등장하는 대형 유화 <만찬>을 그릴 준비를 한다. 전시회에 출품할 화가 귀테슬로흐와 휴고 콜러 박사, 구이도 아르노의 초상화는 완성돼 벽에 세워져 있다.

콜로만 모저는 후두암으로 심한 고통에 시달리면서도 실레의 쿤스트할레 종합전시회 구상을 현실화시키는데 도움을 주지 못하는 것을 아쉬워했다. 그는 쿤스트할레의 디자인을 해주겠다고 약속했으나 병으로 일어나지 못하는 것을 한탄하며 가을에 세상을 떴다. 비엔나 가구를 비롯해 전반적인 생활용품을 실용적이면서도 간결한 아름다움을 지닌 명품으로 전환시킨 모저. 실레는 그의 장례식에 아내를 대동하지 않고 혼자 나타났다. 에디트에게 이상이 생긴 것이다.

스페인독감이 창궐했다. 어디를 가릴 것 없이 유럽 모든 도시가 전쟁의 장기화로 인해 생활조건이 매우 열악했고, 보건 위생도 극심하게 불량했다. 군대의 참호는 병균이 득실거리는 진창이었고 대도시는 쓰레기더미로 몸살을 앓았다. 상하수도 시설은 점점 불결해졌다. 인플루엔자가 유행할만한 조건을 갖춘 것이다*.

독감이 유행한다는 사실을 알자 실레 부부는 세심한 주의를 기울였다. 비엔나 숲 근방에 있는 바트만가세의 큰 화실은 히칭 화실보다 훨씬 춥고 난방이 어려웠다. 화실이 점점 추워지자 실레는 기름과 석탄을 제공해 달라고 요청했으나 군에도 물자가 부족했다. 추운 화실에서 밤새 떨던 에디트가 식료품을 구하기 위해 시장에 나갔다가 바이러스에 감염됐다.

실레는 에디트 간호를 위해 이악스럽게 매달렸다. 병원은 더 이상 환자를 받을 수 없는 상태가 되고 말았다. 남편은 실내에 최대한 채광을 하고 더운 물을 계속 아내의 입속으로 흘려 넣어주었다. 그는 모든 뼈마디가 쑤셔오는 듯한 아픔에 시달리는 에디트의 고통을 대신해 줄 수 없는 자신이 통탄스러웠다. 에디트는 초점 없는 눈으로 남편의 손길을 놓쳤다. 아이를 임신한 것을 알고 그렇게 좋아한 에디트였다. 남편을 모두 차지하지 못하는 결핍감에 시달리던 에디트는 아이를 갖게 되면서 삶의 활력을 찾았다. 아이를 낳은 이후의 새 생활에 대한 꿈에

---

* 1918년에 발생한 스페인 독감으로 2300만 명이 사망했다. 1차대전으로 인한 전사자는 950만 명이다.

부풀었다. 에디트가 위독해지자 실레는 어머니에게 편지를 보냈다.

"9일전 에디트가 스페인 독감에 걸려 폐렴을 앓고 있습니다. 집사람은 지금 임신 6개월인데 상태가 아주 절망적입니다. 병원에는 병실도 약도 없습니다. 저는 최악의 사태에 대비해 마음의 준비를 하고 있습니다."

에디트가 절망적인 상태를 보이자 실레는 가슴이 찢어진다. 실레는 가쁜 숨을 몰아쉬는 아내에게 팔베개를 해주며 거듭 입맞춤을 한다. 실레에게 감염의 염려 같은 것은 없다. 그는 죽어가는 아내에 대한 연민과 생명의 안타까움에 사로잡혀 그녀의 얼굴을 가슴에 안는다. 실레는 진실로 에디트를 사랑한 적이 없다는 사실에 마음을 익삭일 수가 없다. 그는 발리를 보냈지만 마음속으로는 영원히 보내지 못했고, 그렇다고 에디트와 볕바른 삶을 살지도 못했다는 수치를 느낀다. 이제야말로 그는 진정으로 에디트를 사랑하고, 그런 사랑을 위하여 모든 것을 바칠 각오가 되었다.

"에디트, 당신은 반드시 일어설 거예요. 눈을 더 부릅떠요."

실레는 사랑하는 사람을 위해서라면 자신의 모든 것을 내놓고 대결할 수 있다는 투지에 불탄다. 그것은 실레가 지금까지 느껴보지 못했던 에디트를 향한 진실이다. 에디트는 잠깐씩 잠에 빠져든다. 실레는 잠시 의식이 돌아온 에디트에게 종이와 연필을 쥐어준다. 그녀는 종이위에 "사랑해요, 무한 끊임없는 당신 항상… 에디트"라고 쓴다.

실레는 이젤 앞에 선다. 마음을 진정시키고 검정색 초크를 집어든다. 갸름한 얼굴 위로 흩어진 머리카락을 그린다. 몽롱하게 초점을 잃은 눈을 그린다. 화면 왼쪽 아랫부분에 '27일 밤 10시'라는 시간을 적어 넣는다. 실레가 그린 마지막 그림이다. 다음날 아침 8시 에디트는 숨진다.

아내에게서 감염된 실레는 에디트가 숨을 멈추자 그 역시 몸을 지탱할 수 없는 상태가 된다. 안톤 페스커와 에디트의 가족들이 실레를 히칭 하우프트슈트라세의 처가로 옮겼다. 아델레도 상태는 좋지 않았지만 실레를 돌볼 사람은 그녀밖에 없다.

"전쟁은 곧 끝날 것입니다."

실레의 목소리는 창자의 끝에서 가릉거리며 올라온다.

아델레는 간 야채로 만든 콩소메를 숟가락으로 떠서 실레의 입안에 흘려 넣어준다. 스프는 실레의 입가로 흘러내린다. 실레는 스프조차 삼키지 못한다.

아델레는 실레가 그림을 그리지 못해 고통을 겪고 있을 때 옷을 벗고 포즈를 취해주었다. 실레는 거듭된 전출명령과 에디트와의 갈등, 그리고 그림을 그리지 못하는 불만 때문에 얼굴이 새카맣게 변했고, 바짝 말랐으며, 눈만 무섭게 번쩍거리는 야수의 몰골을 하고 있었다. 두 사람은 아슬아슬하게 사랑하는 화가와 모델이 되었다. 나체로 선 아델레는 에디트보다 포즈와 표정이 훨씬 좋았다. 처음 만날 당시에는 실레도 두 자매 중 아델레를 좋아했다. 그러나 그녀는 집안의 반대를 무릅쓰고 결혼하기 보다는 수녀가 되겠다고 마음을 바꿨다. 동생을 잃은 아델레는 실레마저 위독해지자 치솟아 오르는 비통스러움을 견디지 못할 지경이다.

"에곤 일어나요. 이제 당신의 세상이 오고 있어요."

아델레는 실레에게 연필을 쥐어준다. 그러나 실레는 연필조차도 싫다는 듯 눈을 감는다. 연필과 스케치북만 있으면 어떤 경우라도 물러서지 않던 실레였다.

"그림을 못 그릴 것 같아요."

실레는 연필을 잡을 힘조차 없다.

"그러나 어디서든지 내 그림을 볼 수 있게 될 것입니다."

실레는 혼수와 깨어남을 거듭했다. 구치소에 수감되었을 때 나는 웅크리고 앉아 추위와 수치를 견디다 어느 순간 나락으로 굴러 떨어졌다. 바닥도 없는 그곳에 떨어져 피와 고름 사이를 기어가다 다시 또 굴러 떨어졌다. 나의 입과 내장은 피와 고름으로 가득 찼다. 나는 숨조차 쉴 수 없었다. 옷까지 빼앗겼다. 그 어디쯤에서 나는 죽었다. 그 캄캄한 죽음 속에서 나는 눈을 떴다. 얼마의 시간이 지났는지 모른다. 나는 어린애가 되어 손에 연필을 쥐고 있었다. 연필을 들고 나는 죽음 속에서 솟구쳐 나왔다. 그림을 그릴 수 있는 한 나의 자존과 에고는 소멸되지 않는다. 나는 상처로 가득 찬 삶을 살았으나 그림 때문에 누구보다 순전하게 존재할 수 있다.

실레의 손이 풀린다. 아델레가 쥐어준 연필은 방바닥 어디론가 굴러 사라진다. 한 밤에 그라프 박사가 찾아온다. 눈이 풀린 실레는 박사를 부를 힘조차 없다.

그라프 박사는 실레의 맥박을 재고 동공을 검사한다.

"실레, 곧 편안해질 거예요."

박사는 동공이 풀려가는 실레에게 몰핀을 주사했다. 실레의 마지막 시간은 평온했다. 한동안 호흡이 멎으면 실내는 깊은 바다 속으로 변했다. 그러다가 문득 수면 위로 부상해 그르렁거리는 숨을 몰아쉬었다. 머리가 이마로 흘러내려온 실레의 창백한 얼굴은 어디서 본 듯하면서도 낯설었다. 그의 얼굴빛은 연두색과 적갈색으로 덧칠돼 있다.

목탄 위에 구아슈를 마구 바른 그의 얼굴은 기이하게 비틀린 표정으로 고함을 치고 있다. 그 고함은 너무 희미해서 한마디도 들리지 않는다. 그의 얼굴은 흰 빛으로 변해간다. 152.5×162.5cm의 화폭 상단 부분에 머리카락과 이마의 주름 몇 개, 턱수염 몇 올, 그리고 입과 코와 두 눈이 들어차고 나머지는 여백이다. 그림은 팔레트를 들고 눈을 반짝이며 서 있는 열다섯 소년의 모습으로 변한다. 소년은 캔버스 너머에서 손을 뻗어 화폭 아래쪽에 네모꼴의 문양을 그려 넣고, 그 속에 '에곤 실레'라고 서명한다.

실레의 숨이 멎었다.

아델레는 실레의 손을 잡았다. 손가락은 가늘지만 뼈마디가 완강하다. 핏기를 잃은 손은 메마르고 차갑다. 그라프 박사는 미처 다 감지 못한 실레의 눈을 감겨주었다. 절멸(絶滅). 만성절 전날인 1918년 10월 31일 밤 새벽 1시. 28년 4개월의 삶이었다.

6

새벽에 실레의 모친 마레와 누나 멜라니가 찾아와 실레가 숨진 것을 확인했다. 아침 일찍 사진작가 마르타 파인이 달려와 숨진 실레의 모습을 사진에 담았다. 날이 밝자 에리히 레데러가 찾아왔다. 감염을 우려해 실레의 모친이 말렸지만 에리히는 거실로 들어와 자신의 우상이었던 화가에게 작별의 인사를 했다.

실레의 관은 10월 31일 오전 오베르 장크 파이트 공동묘지 영안실로 옮겨졌다. 사흘 후 영결식이 장인 요한 장례식의 절차를 그대로 따라 공원묘지 내 개신교 교회에서 열렸다. 예식에는 50여 명의 사람들이 참석했다. 목사의 영결 기도가 끝나자 안톤 페스커가 실레가 생전에 남긴 글을 낭독했다.

"세상에는 많은 현자들이 있고, 혜안을 가진 사람도 많이 있습니다. 그들 중에는 천재도 있고 발명가도 있고 창조자도 있습니다. 그리고 남다른 식견을 가진 사람은 몇 천 명이나 됩니다. 이 세상에는 셀 수 없이 많은 훌륭한 사람이 있고, 앞으로 훌륭하게 될 사람들이 계속 나오게 될 것입니다. 그러나 나는 나의 훌륭함이 좋습니다. 나는 내가 마음에 듭니다."

페스커의 낭독이 끝나자 조각가 구스티누스 암브로시가 나와 엷은 갈색 관의 뚜껑을 열었다. 의사가 감염을 우려해 제지했지만 암브로시는 개의치 않았다. 그는 실레에게 입혀진 디너자켓을 헤치고 넥타이를 풀어냈다. 햇살 아래 잠들어 있는 실레의 표정은 편안해 보였다. 암브로시는 조수와 함께 실레의 눈썹 부위에 바셀린을 바른 후 얼굴 전체에 물과 배합한 알지네이트를 입혔다. 그리고 그 위에 석고 거즈를 대고 얼굴을 골고루 다듬었다. 잠시 후 거즈가 굳어지자 그는 몰드를 떼어냈다. 실레 부부는 요한 하름스의 묘지 바로 옆인 오베르 장크 파이트 공동묘지 B구역 10번 라인 15번 지역에 안장됐다. 1918년에 20세기 비엔나 문화사에 큰 영향력을 끼친 중요한 4명이 세상을 떠났다. 구스타프 클림트(2월 6일), 오토 바그너(4월 11일), 콜로만 모저

(10월 18일), 에곤 실레 (10월 31일). 실레의 우상이었던 스위스 화가 페르디난트 호들러도 5월 18일 세상을 떴다.

장례를 마친 다음날 안톤 페스커와 게르티가 실레의 화실을 정리했다. 실레는 죽기 직전 대성공을 거두었지만 죽는 날까지 풍요로운 삶을 살지는 못했다. 그의 씀씀이가 헤펐고 모친과 게르티에게 정기적으로 보내는 생활비, 그리고 가난한 화가들을 지원하는 모금 등 지출이 많아 그에게 남아있는 돈은 없었다. 그는 자주 가는 카페에 늘 몇십 크로네의 외상을 지고 있었다. 그래도 수중에 돈이 있을 때 친구들이 어려운 소리를 하면 돈을 다 털어주곤 했다. 그는 돈은 광석이나 니켈 같은 것이기 때문에 필요한 사람이 가져야 한다는 생각을 갖고 있었다. 화실에는 완성 단계에 있는 <안톤 페스커 주니어의 초상>이 놓여있었다. 바이올렛 꽃을 들고 등받이가 높은 의자에 앉아 정면을 바라보고 있는 조카의 그림이다. 생전의 실레는 가까운 사람들에게 자신을 '영원한 아이'라고 말했다. 조카의 그림은 그의 유작이 되었다. 실레가 미처 끝내지 못한 이 그림에 아버지 페스커가 마무리 손질을 하고 실레의 사인을 그려 넣었다. 이 그림이 '영원한 아이'가 되었다.

"에곤 실레가 본 세상은 절망적이었다. 자연스런 그림만을 접해온 사람들은 그의 적나라한 그림을 보고 두려움을 느꼈을 것이다. 많은 사람들이 비판을 했음에도 그의 그림이 위대한 미술사의 전통 속에서 평가를 받게 된 것은 그의 그림 속에는 화가가 느꼈던 삶의 우수와 고민들이 메아리치고 있기 때문이다." 존더분트국제전에 실레를 오스트리아를 대표하는 화가로 추천했던 한스 티체의 평가다.

실레가 짧은 삶에서 가장 풍요로운 느낌을 받았던 순간들은 <네 그루의 나무>를 그리던 뮐링에서의 저녁시간이었다. 그의 오두막 뒤에는 구부정한 작은 참나무 한 그루가 서 있다. 퇴근 무렵 참나무 아래로 가면 작은 시냇물의 돌돌거리는 소리 외에는 아무 소리도 들리지 않았다. 그는 나무 뒤쪽의 별이 솟아오르는 옅은 회청색 공간으로부터 그 너머 해가 사라지는 회적색 공간까지의 절제되고 투명한 색감을 마음에 담으며 나무 아래 누워 휘파람을 불었다. 그는 떠오르는 별을 보며 자신의 옆에 함께 누워있을 동반자를 그리워했다. 게르티였을까, 발리였을까, 에디트였을까, 아니면 파이스나 모프이기라도 했을까. 아무 얘기도 나누고 있지 않지만 언제든지 손이 닿을 수 있는 거리에 누워있는 동반자, 절대적인 고독보다도 더 위대한 친교. 그는 자신을 순전하게 이해해 줄 한 사람이 그리웠다. 해가 지는 지평선으로 흐르는 저녁 안개, 떠오르는 별 몇 개. 밤하늘에 걸린 등불이 하나둘씩 불을 끄고 마침내는 점멸되듯 그렇게 사라진다.

뢰슬러는 실레가 숨졌을 때 발리가 장례식장을 찾아올 것으로 생각했다. 그러나 그녀는 끝내 모습을 나타내지 않았다. 뢰슬러는 떠나간 발리를 수소문했다. 실레에게서 버림받은 다음날 발리는 뢰슬러의 사무실을 찾아왔다. 그녀는 눈물을 보이지도, 실레를 원망하지도 않았다. 발리는 비엔나를 떠나겠다며 앞으로 공부를 해 비천한 삶을 살지 않겠다고 말했다. 뢰슬러는 1943년 10월에서야 발리의 소식을 찾아냈다. 실레를 떠나간 발리는 국제적십자에 들어가 단기 교육을 마친 후 간호사가 되었다. 그녀는 곧바로 달마시아* 국군병원으로 파송됐다. 그곳에서 발리는 종군간호사로 일하다 실레보다 10개월 전인 1917년 12월 23일 홍역으로 세상을 떴다. 뢰슬러는 입수한 사진을 공

---

* 현재는 크로아티아에 속해 있음

개했다. 흰 가운을 입은 발리가 달마시아 국군병원의 의료진 및 환자들과 함께 찍은 사진이다. 모델 출신의 키가 큰 발리는 뒷줄 중앙에 가장 눈에 띄는 포즈로 해맑게 서 있었다.

아버지들

"게르티 여사님, 와주셔서 감사합니다. 연로하신 여사님께 다시 부탁을 하게 되었습니다."

"에곤의 가족은 나 혼자 남았어요. 나도 팔십이 넘었지만, 제인을 도와드릴 수 있는 마지막 기회라고 생각하고 나왔어요."

비엔나 중심가 필하모니카스트라세에 자리한 자허 호텔, 제인이 게르티와의 대화를 위해 주니어스위트룸을 예약했다. 뉴욕대 대학원에서 서양현대미술을 전공하는 스물둘의 제인은 지난해에도 비엔나에서 한 학기 동안 공부하면서 게르티를 230시간이 넘게 인터뷰를 했다. 게르티는 제인의 열성에 감동받아 자신이 기억하는 에곤에 대한 모든 것을 이야기했고, 소장하고 있던 자료들을 거의 다 제인에게 제공했다. 제인이 뉴욕으로 돌아가 발표한 글 '제국의 신성'은 세기말 비엔나를 다룬 가장 심층적인 저술이라는 평가를 받았다.

"당신이 쓴 글은 내 생각과는 다르더군요. 조금 유감입니다."

"저는 여러 사람들로부터 객관적으로 자료를 수집하고 조사해 정확하게 글을 쓰려고 노력했습니다. 제가 쓴 글에서 틀린 부분이 있다면 말씀해주세요."

"제인, 틀렸다기보다는 우리와는 생각이 아주 딴판이라는 얘기입니다. 당신은 뢰슬러가 쓴 <감옥에서의 에곤 실레>의 사실성을 부인했더군요."

"네, 뢰슬러의 책은 틀린 부분이 많고 해석에도 무리가 있었습니다."

게르티가 창밖으로 눈길을 보냈다. 알베르티나 미술관 꼭대기에 설치된 조형물 진분홍 토끼가 눈에 들어왔다. 토끼는 파란 하늘 속으로 막 날아갈 듯한 모습이다.

"내가 거기에 대해 말할 입장은 아닙니다. 그러나 실레에 대한 연구는 뢰슬러로부터 시작된다는 것을 말씀드리고 싶군요. 뢰슬러의 책에 에곤이 법원으로 이송된 날짜라든가 그런 부분적인 것이 틀렸다는 제인의 조사는 사실일 것 같습니다. 그러나 그 책이 에곤 실레를 객관적으로 다룬 첫 연구서로서의 가치는 충분하다고 생각합니다."

"제가 그 책의 신뢰성을 전면 부인한 것은 아닙니다. 그렇기 때문에 제가 뢰슬러의 저서를 참고한 부분은 전부 미주와 각주를 통해 밝혔지요. 그 자체가 그 책의 가치를 평가한 것입니다. 뢰슬러의 해석이 과도하다고 여겨지는 부분도 꽤 있는데, 여사님의 의견을 존중해 다시 살펴보겠습니다. 또 말씀해주실 것이 있나요?"

게르티는 서두르지 않았다. 에곤의 그림을 설명하기 위해 연관 분야를 폭넓게 공부하고 있는 제인을 격려했다. 그리고 입을 열었다.

"아델레 하름스의 얘기도 하고 싶군요. 아델레는 에디트가 몹시 힘들어하자 그녀를 위로하러 뮐링에 갔다가 에곤 실레에게 모델이 되어주었습니다. 그때는 에곤도 몹시 힘든 시기였어요. 그런데 당신은 아델레가 에곤과 잠자리를 같이 했다고 쓰셨더군요."

"저는 글에서 아델레의 말을 그대로 전한다고 밝혔습니다. 그것을 누락한다면 필자가 개인적인 의도를 개입시키는 것이 될 것이라는 생각이었습니다."

"그러나 제인이 아델레와 인터뷰할 당시 그녀의 건강을 고려하셨다면 어떤 말이든 다 소개하는 것은 무리라고 생각되는군요. 아델레가 모델이 된 그림을 보나, 에디트가 몹시 힘들어했던 당시의 사정을 보나 그것은 비약이 아닐까요?"

"저는 당사자의 말을 그대로 받아들이는 것이 객관적이라고 생각했습니다. 에곤은 오래 전에 세상을 떴고, 아델레로선 사실과 다르게 이야기할 이유가 없다는 것이 저의 판단이었습니다."

"아델레가 선한 사람이라는 것은 분명합니다. 그러나 말년의 그녀는 정신이 맑은 상태가 아니었다는 것을 다시 말씀드립니다. 수녀가 되고 싶어 했던 아델레는 잡화점을 운영하며 가난하게 살았습니다. 우리의 생각을 물어보았더라면 당신이 종합적으로 판단하셨으리라 생각되네요. 아까 뢰슬러의 책에 대한 나의 의견을 존중하겠다고 얘기하셨듯, 아델레에 대한 나의 의견도 소개해 주시기를 부탁드립니다. 그리고 오빠와 평생토록 좋은 관계를 유지했던 뢰슬러와 베네슈가 한 말도 소개해 주신다면 고맙겠습니다. 그들은 에곤 실레가 난잡한 삶을 살았을 것 같지만 의외로 담백하고 도덕적인 삶을 살았다고 평가했어요. 그에 대한 자료는 제인도 쉽게 구할 수 있을 겁니다."

"아델레가 그렇게 말했다고 소개했듯, 여사님의 말도 그대로 소개하겠습니다. 유족의 의견으로요."

제인은 창밖을 내다보았다. 왼쪽으로는 오페라 하우스가, 오른쪽으로는 알베르티나 미술관의 전망이 들어왔다. 제인이 본론으로 접어들었다.

"슈베하트 공항에서 L.A에 대해 전화로 말씀을 드렸는데, 그 이후 알아보신 것은 없나요?" 제인은 화첩의 그림을 한 장 넘기듯 다른 챕터로 들어섰다.

"제인, 당신이 알다시피 에곤은 생전에 미국엘 간 적이 없습니다. 엘에이나 뉴욕이나 다 마찬가지지요.”

“저는 여사님이 에곤 실레의 삶에 대해 이 세상에서 가장 정확하게 얘기해주실 수 있는 사람이라고 알고 있습니다. 여사는 오빠의 28년간의 삶에 대해 하루도 빠짐없이 일기를 쓰실 수 있을 만큼 실레를 잘 아는 여동생 아닌가요?”

“그렇기 때문에 오빠는 엘에이에 간 적도, 어떤 관련성도 없다는 것을 말씀드리는 것입니다.”

“L.A는 누군가의 이니셜인 듯합니다. 화가의 짧은 삶의 행적은 거의 다 밝혀졌고, 그의 모델들도 누구였는지 다 분석이 된 상태입니다. 말년의 유화에 등장하는 여성을 제외하고는 말이지요. 여사님도 알다시피 〈가족〉과 그 무렵의 그림에 등장하는 여성은 에디트와는 상당히 얼굴 윤곽이 다르잖아요.”

게르티는 천천히 아인슈페너를 마셨다. “글쎄요. 나로선 전혀 아는 것이 없군요. 이번에는 내가 도움이 되지 못할 것 같은데요. 당신은 활동적이고 빈에서 많은 사람들을 알고 있으니까 어떻게든 알 수 있을 거예요. 이번에 두 달간 빈에 머물 예정이라고 했지요?”

“네, 비엔나 대학에서 두 달 간 공부할 예정입니다. 여사님은 에곤 실레를 세상에서 가장 좋아했지요? 그의 최초의 모델이 돼 준 것으로 알고 있는데요. 최초 모델이 된 것과 그 이후의 과정을 얘기해주실 수 있나요?” 제인이 이야기의 화첩을 넘겼다. 새로운 챕터가 펼쳐졌다.

게르티는 고개를 끄덕였다. “네, 에곤을 바르게 알려드리기 위해 나온 자리니 내가 아는 모든 것은 다 얘기해 드리지요. 에곤은 어렸을 때는 기차와 역 풍경에 대해서 그림을 그리다가 좀 지나자 인물 소묘를 많이 했어요. 저를 앉혀놓고 그리기 시작했고, 제가 싫증을 내면 강압적으로 앉아 있으라고 했어요. 새벽에는 매일 30분씩 모델을 서야 했답니다. 그리고 차츰 누드화를 그렸고요."

"어린 나이에 화가의 누드모델이 되었군요."

"네. 그래요. 내가 에곤의 첫 번째 누드모델이었으니까요. 처음에 에곤은 내 얼굴을 그리다가 좀 더 지나자 전신을 그렸고, 그리고 나중에는 상반신 누드를 그렸습니다. 툴른 관사 옆에 있던 마굿간에서 처음 가슴을 그렸지요. 내가 에곤의 전신 누드모델이 된 것은 트리에스테 항구로 여행을 갔을 때입니다."

"트리에스테는 부모님의 신혼여행지로 알고 있는데요."

"우리 부모님의 신혼여행지예요. 아버지가 돌아가시고 일 년 조금 지나 에곤은 나에게 트리에스테 여행을 가자고 했습니다. 오빠는 그 이후에도 몇 차례 트리에스테를 방문해 항구 그림을 꽤 그렸습니다. 오빠는 힘들거나 어려울 때 트리에스테를 찾아갔습니다."

제인이 속도를 냈다. "그날 밤에 전신 누드모델이 되셨다구요?"

게르티가 아이스페너 잔을 앞에 놓고 만지작거리며 속도를 늦췄다. "그렇답니다. 에곤이 시키는 대로요. 누드모델이 생각보다 어렵지는 않더군요. 늘 에곤의 모델을 했으니까요."

"어떤 포즈를 요구했는지 물어봐도 괜찮을까요?"

"처음에는 서서 두 손으로 가슴을 가리며 맞은 편 어깨를 잡은 포즈였어요. 다음에는 침대에 걸터앉아 앞을 보며 오른쪽 무릎을 세운 포즈였어요."

"에곤이 어린이 나체 그림을 많이 그린 데에는 소아성애적 콤플렉스가 있었던 것은 아닐까요?"

게르티가 테이블 위의 꽃을 보며 말했다. "이렇게 탐스럽지만 수국은 조금만 건조해져도 금세 말라버리는 꽃이랍니다. 그러나 물속에 담가 두면 다시 살아나지요. 주인에게 정을 달라고 떼를 쓰는 귀여운 고양이 같은 꽃이거든요. 아, 무엇을 얘기했지요?"

"아동 나체 그림이요."

"에곤은 인물화에서 마르고 비틀린 것, 아직 덜 성숙한 대상, 그런 것에 관심이 많았어요. 에곤의 여성초상화에서 풍만한 육체를 그린 그림은 거의 없어요. 이것은 1900년대 초반의 빈에서, 아니 유럽 전체를 통틀어보더라도 매우 특이한 점입니다. 에곤의 눈은 당대의 미인을 보는 관점과는 달랐다는 점은 분명해요. 아까 당신은 에곤의 <가족>을 얘기할 때 여자 모델이 에디트가 아니라고 했지요? 잘 보신 겁니다. 에곤은 에디트가 임신을 하고 몸집이 오르자 에디트를 더 이상 모델로 앉히지 않았어요. 그래서 에곤에게 <가족>은 훗날의 완성작을 위한 미완성일 수밖에 없는 작품이지요. 그럴 정도로 에곤은 살찐 모델을 기피했어요. 나는 그것을 청소년기의 상실감 때문이라고 생각해요. 청소년기에 그는 철저히 혼자였고, 모든 것을 잃어버린 사람이라고 생각했어요. 두각을 나타내는 경우도 없었고 칭찬받을 일도 없었어요. 그림 그리는 데에만 몰두했지요. 내가 에곤을 따르고, 에곤이 요구하는 대로 응한 이유는 그런 오빠가 안타까웠기 때문입니다. 마르고 모자란 것, 그것이 바로 젊은 시절의 에곤이었고, 그래서 벌거벗은 아이를 자주 그렸다고 생각해요."

"놀라운 분석을 해주시는군요. <가족>의 여인이 그런 이유 때문에 에디트가 아니었다는 것을 지금 알았습니다. 그런데, 아직 의문은 남아 있답니다."

"네, 계속하세요."

"에곤의 성장기를 이해하더라도, 화가가 그런 아동의 그림을 그린 데에는 병적인 심리가 있지 않았을까요?"

"나는 그런 부분에 대해 말할 수 있는 지식을 갖고 있지는 않아요. 그러나 그가 부족한 아이들에 대해 남다른 관심을 갖고 있었다는 것은 말할 수 있답니다. 그는 아이들을 좋아했고, 그렇기 때문에 아이들이 자주 찾아왔지요. 에곤이 병적인 상태였거나, 아이들을 성적으로 이용하려 했다면 아이들은 결코 두 번 다시 찾아오지 않았을 겁니다."

"노이렝바흐에서 옥바라지를 다 했고, 4년이나 동거한 발리 노이칠을 버리고 에디트 하름스와 결혼한 것을 어떻게 생각하나요?"

"나는 에곤의 삶에서 그 부분은 매우 중요하다고 생각합니다. 내가 안톤 페스커와 사귀었을 때 에곤은 우리를 매우 질투했습니다. 상대는 자신의 친구였는데도 말이죠. 그런데 발리가 생기고 나서 그는 질투를 멈췄습니다. 발리는 에곤에게 안정감과 그림의 깊이를 가져다준 모델입니다. 표정의 연기력도 돋보였고, 모델로서 많은 장점을 갖춘 여자였어요. 그런 모델이 있다는 것은 화가의 행복이지요. 구치소에 갇혔을 때 발리가 아니었다면 그가 어떻게 되었을지는 생각하기도 싫습니다. 발리는 모델이었고 동거녀였을 뿐만 아니라, 민감하고 참을성 없는 에곤을 인내하고 기다릴 수 있게 만들어준 여자였습니다. 나는 바로 그것 때문이라고 생각해요. 에곤의 자아는 그런 발리와 끝까지 해로할 수 없었던 겁니다. 에곤은 발리에게 빚을 졌다고 생각한 것 같아요. 그런 부채의식 때문에 그림이 그려지지 않았을 거예요."

"왜 에곤이 어렸을 때 결혼하지 않고 게르티와 둘이서 살겠다고 했을까요? 그만큼 여동생을 좋아했나요?" 제인이 다시 페이지를 앞으로 넘겼다.

"에곤은 한동안 그런 생각을 갖고 있었어요. 클림트 선생님이 그 말을 듣고 강한 인상을 받았다고 합니다."

"혹시 에곤은 첫 트리에스테 여행을 여동생과의 신혼여행으로 생각하지 않았을까요?" 페이지는 앞에서 멈췄다.

"나도 가끔 그런 공상을 해본답니다. 당신이 지금 말한 것처럼 상징적인 신혼여행이 아닐까 하고요."

"게르티 여사님, 이런 질문이 떠오르는군요. 혹시 주니어 에곤 실레를 생각해보셨나요?"

"당신의 독창성을 보여주는 생각이군요. 에디트는 임신 6개월인 상태에서 세상을 떠났습니다. 참 슬픈 일이지요. 에곤이 세상에 주니어를 하나 남겼다면 어머니와 우리 자매는 큰 위로를 받았을 테지요."

2

젊은 날 실레의 자화상은 나르키소스와 관련된 여러 측면을 포함하고 있다. 그는 자신의 내부에 갇혀 수많은 자화상을 그리는 나르시시즘에 빠져들었으며, 그런 고독 속에서 여동생을 사랑한 근친상간의 주제와도 얽혀있다. 훗날 화가가 된 실레는 '자화상을 위한 메모'라는 글에서 자신의 출생과 어린 시절에 대한 이야기를 썼다. '나는 안할트 공국의 법률 추밀고문관이자 베른부르크의 초대 시장이었던 프리드리히 카를 실레의 증손자요, 오스트리아 헝가리 제국 북 페르디난트

철도청의 가장 뛰어난 엔지니어이자 철로 설계가인 루드비히 빌헬름 실레의 손자로 태어났다.'

이 첫 문장에서 실레는 자신의 혈관에 독일인의 피가 흐르고 있음을 자랑스러워한다. 실레가 자신의 출신을 자랑한 기록은 이 메모가 유일하다. 이어 그는 자신이 빈 출신의 아버지와 크루마우 출신의 어머니 사이에서 도나우 강변의 툴른에서 태어났다는 사실을 간략히 썼다. 그리고 글은 이어진다. '머릿속에 아직도 생생히 각인되어 있는 어린 시절 최초의 영상은 거리에 가로수가 만발하고 때로는 폭풍우가 휘몰아치던 평범한 마을에 관한 것이었다. 그 최초의 나날에 나는 꽃들이 피어있는 고요한 정원에서 새들의 소리를 들었던 것 같다. 그런 뒤에 구속의 시간이 찾아왔다. 클로스터노이부르크에서 군대와 같이 엄격한 김나지움을 다녔다. 내 마음은 슬픔으로 가득 차 있었다. 그 시절에 나는 아버지의 사망을 목격했다. 선생들은 다른 사람들과 마찬가지로 나를 이해하지 못했다.' 라고.

실레는 자신이 나르키소스적 자기애에 빠져든 그림자인 부친의 사인을 누구에게도 말하지 않고 사춘기를 홀로 보냈다.

"칵투스 블루메(kaktus blume)!"

"칵투스…라고요?"

"틀림없다네. 모든 자료를 다 조사해보았어. 사진도 분명해."

칵투스 블루메! 선인장 꽃. 주치의 알랭 박사와 아돌프 사이의 은어였다.

아돌프 실레의 병은 매독이었다. 선인장 꽃처럼 피부 군데군데에 발진이 생겨나면서 악화되기 시작하는 치명적인 병.

아돌프는 훤칠한 키에 잘 생긴 용모를 가진 청년이었다. 마레 스쿠포바는 검은 눈이 아름다운 보헤미안 처녀였다. 아돌프의 아버지 루드비히 실레가 그린 철도설계 드로잉은 오스트리아 철도박물관에 보관돼 있다. 그림에 소질이 있어 아마추어 소묘가로도 이름을 날렸다. 당대 철도설계 분야 최고의 엔지니어로 인정받은 실레 가문의 아들과 철도사업으로 상당한 부를 축적한 건설업자 스쿠프 가문의 딸의 결혼은 많은 사람들의 축복을 받았다. 신랑 아돌프는 미래가 보장된 철도기술자였다. 열한 살 연상의 아돌프와 결혼한 열일곱 살의 신부 마레는 소녀에 지나지 않았다. 그녀는 남편과 동침하는 것이 부끄럽고 무서워서 신혼 시절 밤마다 침대 사이로 도망을 다녔다. 아돌프는 거리의 여자에게서 매독에 감염됐다. 마레는 신혼 후 3년에 걸쳐 두 명의 아들을 사산하고 남편의 병이 매독이라는 사실을 알았다. 그녀의 태양은 그렇게 빛을 잃었다. 후에 딸 엘비라와 멜라니, 아들 에곤, 딸 게르티를 얻었지만 엘비라를 열 살 때 잃었다*.

아버지의 병으로 인한 그림자와 여자들에게 둘러싸인 가정환경은 실레의 성장에 큰 영향을 미쳤다. 외아들 실레가 열두 살 될 무렵부터

---

* 세기전환기 예술의 도시 파리와 비엔나의 젊은 남자들 15% 가량이 매독에 감염된 환자였다고 한다. 오스트리아에서는 14세의 매춘이 합법이었고, 비엔나 인구 180만 명 중 매춘부가 2만 명에 이르렀다. 포주만 해도 4000~5000명을 헤아렸다. '신의 징벌'이라고 불렸던 매독은 누구에게 말하기 어려운 병이었다. 의사와 환자는 두 사람만이 알 수 있는 은어로 이 병을 지칭했고 사망 증명서에도 매독이라는 병명을 기록하지 않았다. 매독균이 뇌에 기생하면 뇌매독 보균자는 병적 흥분상태에서 의식이 명료해지고, 정서적인 극치감을 맛보게 된다. 놀랍도록 뛰어난 통찰력을 보이고, 신비로운 지혜와 천재적인 창의성이 발현하는 순간을 경험하게 된다. 미국 캘리포니아 의대 정신의학과 교수 데버러 헤이든은 『매독』이라는 저서에서 콜럼버스, 루트비히 판 베토벤, 프란츠 슈베르트, 로베르트 슈만, 샤를 보들레르, 에이브러햄 링컨, 귀스타브 플로베르, 기 드 모파상, 빈센트 반 고흐, 프리드리히 니체, 오스카 와일드, 카렌 블릭센, 제임스 조이스, 아돌프 히틀러의 질환을 매독으로 추정했다.

아돌프의 증세가 심해지면서 아버지는 사춘기에 접어들기 시작한 아들에게 부친으로서의 역할을 하지 못했다. 실레는 그림을 그리는 것으로 음울한 분위기에서 탈출하려고 했다. 그림은 그가 현실로부터 도망쳐 숨어있을 수 있는 비밀의 방이었다. 그 어두운 방 속에서 그는 자신의 불두덩에 솟아나는 거웃과 반 의지적인 발기를 보았고, 때로는 성이자 때로는 죽음인 기이한 자화상을 그렸다.

사춘기의 실레에게 각인된 아버지에 대한 기억은 발작과 자살기도와 끝내 죽음으로 이어지는 참혹한 것이었다. 그는 아버지를 증오했다. 가문을 괴롭힌 병과 죽음에 괴로워하며 홀로 생활했고, 여동생 게르티만을 사랑하는 남자로 성장했다. 실레는 열여섯 살 여름에 여동생 게르티와 단 둘이서 부모의 신혼여행지였던 트리에스테로 기차여행을 떠났다.

항구에 도착해 실레가 스케치하는 동안 게르티는 심부름을 하며 에곤을 도와줬다. 에곤은 항구에 정박해 있는 배를 그렸다. 배보다는 물결에 흔들리는 배의 출렁거림을 길게 그렸다. 밤에는 트리에스테 호텔에 묵었다. 더블베드룸이다.

"에곤, 우리가 결혼한 사이야?"

"게르티, 트윈베드룸이 뭐가 필요해?"

"하나의 침대에서 오빠와 내가 함께 잔다는 거야?"

"게르티, 걱정 마. 오빠가 시키는 대로 해! 너는 나의 모델이잖아. 모델은 화가의 말에 순종해야만 하는 거야."

"나는 오빠가 싫어."

"내가 시키는 대로 해. 나는 너를 지켜줄 의무가 있어. 너는 나의 모델이잖아?"

이날 에곤은 게르티에게 전신 누드포즈를 요구했다. 세미누드모델은 여러 번 해봤지만 전신 누드모델은 처음이다. 게르티가 침대 속에서 옷을 벗은 후 두 손으로 가슴으로 가리고 포즈를 취했다. 부끄러워하면서도 게르티 특유의 아름다운 자태가 나왔다. 에곤이 감탄을 했다.

"수줍은 게르티 포즈! 조르주 민느의 조각보다 더 청순하고 아름다운데!"

오랫동안 관찰을 하며 그림을 그린 에곤은 포즈를 하나 더 요구했다. 그렇게 침대에 걸터앉아. 그래, 정면으로. 오른쪽 무릎을 세우고. 그래 그렇게 누워. 좋아, 그렇게.

나중에 게르티는 살며시 잠이 들었다. 연약하면서도 봉긋해지기 시작하는 게르티의 몸은 아름답고 가슴을 두근거리게 하는 설렘을 주었다. 게르티의 몸에서는 복숭아 향기가 났다. 에곤은 잠든 게르티에게 타올을 덮어주고 룸을 나갔다. 새벽에 잠이 깬 게르티는 자신의 옆에 누워있는 에곤을 보았다. 수염도 깎지 않고 수척한 에곤은 오랫동안 떠나있던 둥지를 찾아온 작은 새 같았다. 게르티는 에곤을 가볍게 안아주었다. 에곤은 게르티의 품에 안겼다. 게르티는 에곤의 옷을 벗기기 시작했다. 에곤이 잠을 깼다.

"게르티, 뭐하는 거야?"

"에곤, 내가 오빠 누드화를 그려줄 게."

에곤이 눈을 번쩍 떴다. "뭐라고? 네가 내 누드화를 그린다고?"

"오빠는 내 누드를 그렸잖아."

"아이고! 모델이 화가의 누드화를 그려준 경우는 지금까지 세상에 한 번도 없어. 어쩌다 그런 공상으로 가득 찬 게르티가 되었지?"

그날 밤 게르티를 그린 실레의 그림은 지금까지의 드로잉과는 달리 과감한 선과 절제된 선이 조화를 이루는 새로운 것이었다. 44.2×30.4cm 크기의 두 장의 도화지에 실레는 서 있는 게리티와 누워있는 게르티를 그렸다. 게르티의 음모까지 다 그렸다. 가슴선과 허리를 목탄으로 강렬하게 터치했다. 살짝 감은 눈동자와 봉긋한 젖꼭지, 그리고 곱실거리는 음모로 이어지는 선은 절제돼 있다. 전체적으로 단순하면서도 양감이 풍부한 드로잉이다. 실레가 클림트를 찾아가 두 사람이 처음 만났던 날, 클림트는 게르티를 그린 드로잉을 들여다보며 물었다.

"이 모델이 여동생이란 말이지요?"

"그렇습니다."

"게르티라고 했나요? 이런 여동생이 부럽소. 더 놀라운 것은 이런 포즈로 여동생의 누드를 그리는 실레 당신이오. 지금 비엔나에서 당신의 이런 감각을 따라올 화가는 없을 거요."

제인은 '에곤 실레를 위한 비망록'에 이렇게 썼다.

외부에 발설하기 곤란한 환경에서 성장한 에곤과 게르티 남매는 외부세계로 나가기를 기피하고 둘만의 비밀벙커를 형성했다. 거기서 여동생은 오빠의 그림을 위해 기꺼이 옷을 벗어줄 만큼 충실한 하녀가 되었다. 에곤은 성장해서도 클림트에게 결혼하지 않고 여동생과 단둘이 살 것이라고 자랑할 만큼 게르티를 소유하고 싶었고 질투했다. 에곤에게는 자신의 사랑을 받는 여자가 자신의 욕구대로 다스림을 받아야 만족하는 가학적인 성향이 있다. 외아들 에곤의 독특한 성격이다. 착란과 환각에 시달린 부친은 자신의 분신으로 생각했던 아들을 훈육시키지 못했고, 몽환 속에서 아들이 가장 아낀 스케치북을 난로에 태워버렸다. 사랑하는 사람을 편하게 사랑해줄 줄 모르는 부친에게서 배운 아들은 사랑하는 여자가 최대한으로 고통스러운 상태에 처해져야 만족해하는 남자가 되었다. 여자가 곤경에 처해 자신만을 바라보는 희생을 치러야 기뻐하는 에곤, 그러나 그가 일방적인 희생만을 요구한 것은 아니다. 사랑하는 여자가 자신에게 바치는 그런 희생의 대가로 그는 여자에게 자신의 모든 것을 다 주고 싶어 했다. 그래서 에곤은 자신이 사랑하는 사람을 지배하고 자신에게 종속시켜야 했으며, 그의 사랑을 받는 사람은 에곤이 주는 사랑을 다소곳이 받아들일 수밖에 없는 말랑말랑한 백치, 귀여운 벙어리, 갈 곳 없는 절름발이라야 했다. 그가 오타크링의 빈민가를 다니며 그림을 그린 것도 가난한 사람들에 대한 친화력만이 아니라 주체하지 못하는 그런 욕망이 가미된 순례라고 본대서 과도한 억측이라고 치부할 수 있을 것인가. 그러나 에곤이 일방적인 자신의 욕구만을 충족시키려 한 것은 아니다. 그는 사랑하는 사람이 하녀가 되어 희생하는 대가로 자신이 가진 물질과 꿈을 전부 줄 수 있는 계산되지 않는 남자였다. 그것이 비록 당장 채권자에게는 불균등한 거래일지라도 가난한 채무자인 에곤은 자신이 미래에 획득할 재화까지 통째로 바칠 자신이 있었다. 그 무모함을 전부 다 수용해준 이상적인 여인이 발리였다. 그녀는 에곤이 원하는 모든 것을 다 들어주었고, 눈물을 흘리면서도 그림 심부름을 했다. 그녀는 질투할 줄도, 거부할 줄도 모르는 백치였다. 육감적인 실리콘으로 만든 인간마네킹이었다. 그러나 에곤의 감옥살이는 그런 절대성에 금이 가게 만들었다. 출옥 후 에곤은 발리의 희생에 대해 여러 차례 고마워했다. 그럴수록 에곤은 부채를 짊어진 자신이 발리에게 백치가 되어줄 것을 강요할 수 없다는 심리적 압박감에 시달렸다. 그는 더 이상 발리에게 불멸의 사랑을 요구하지 못했다. 다른 이를 사랑하지 않겠다는 각서를 써달라고 요구하는 집착을 보이다 마침내 자신이 빚지지 않은 여자 에디트를 선택했다. 에디트는 결혼을 반대하는 부모를 버리고 에곤의 소유물이 되기를 희망하는 새로운 백치였다. 이것이 에곤 실레가 가진 사랑의 독재성과 순진함, 무모함과 치열함의 양면성이다. 그러나 에디트는 발리만큼 순전한 백치는 되지 못했다. 발리가 모든 것을 수용할 수 있는 잡종이었다면, 에디트는 연약하고 섬세한 순종의 백치였다. 실레는 파카스의 편지를 발견한 순간 에디트가 자신에게 백치와 벙어리와 절름발이가 될 수 없는 여성이라는 것을 깨닫고 이성을 잃었다. 그의 광기는 호수에 투신하겠다는 투정과 발리와의 동거를 찬양하는 데까지 나아갔다. 그러나 에디트는 실레의 그 날선 광기를 받아들여 녹여내지 못했고, 그렇다고 자신이 실레에게 없어서는 안 되는 불멸의 여인이라는 사실도 증명해내지 못했다. 그녀가 할 수 있는 것은 화실에 어떤 모델이 앉아 있는지를 공상하면서 시름시름 죽어가는 것뿐이었다.

3

실레는 한 때 후견인이었던 치하체크를 부친처럼 여기고 존경했다. 후견인을 자신의 부친으로 동일시하곤 했다. 그러나 치하체크는 실레의 부친을 줄곧 비난했다. "에곤은 제 아비를 닮아 야심을 주체할 줄 모르고, 오만하고, 우쭐거리기만 해. 아돌프는 아들에게 남겨준 것이 없다니까."

이 말을 듣고 실레는 더 이상 치하체크를 찾지 않았다. 치하체크와 사이가 틀어지면서 마레와의 관계도 소원해졌다. 어느날 실레는 마레에게서 휘슬러의 그림 <화가의 어머니>*가 인쇄된 그림엽서를 받는다. "에곤, 너는 많은 돈을 낭비하면서도 내게는 시간을 내주지도 않는구나. 도대체 누가 널 그렇게 바꾸어 놓았단 말이냐. 난 네 녀석을 앞으로 받아들이지 않을 테다."

실레는 돌아선 어머니를 이해하지 못한다. 아들은 자신의 메모첩에 이렇게 적는다. "어머니는 성장한 자식이 별도의 삶을 살아가더라도 자식을 자신의 일부로 생각하고 대해줘야 하지 않을까요? 그런데 어머니는 저를 이해하려고 하지 않아요. 어머니는 왜 돌아가신 아버지와 저에게 그렇게 냉정하신 건가요?"

실레는 아들과 어머니의 관계가 틀어지는 것에 많은 고민을 한다. 크리스마스이브에 실레는 그림 한 점을 들고 뢰슬러를 찾아간다. 뢰슬러가 포장을 벗기고 보니 물감이 채 마르지도 않은 그림이다. "아침부터 지금까지 이 그림을 그렸습니다. 선생님께 크리스마스 선물로 드리려구요."

실레는 자신이 구상하고 있는 <죽은 어머니> 시리즈의 첫 작품이라고 알려줬다. 암갈색이 화면을 지배하는 가운데 숨을 거둔 어머니는 아이를 안고 있고, 어린 아이는 엄마의 품속에서 세상의 빛을 바

---

* 미국 화가 James McNeill Whistler(1834~1903)의 1871년 작품. 화면의 조형요소를 이루는 액자, 커튼, 벽 등 오브제들의 배치와 무채색의 배열 속에서 어머니의 인상이 특징적으로 드러난다.

라보는 그림이다.

"선생님께서 어머니 그림을 그려보라고 얘기해 주셔서 그린 그림입니다."

실레는 가족사의 비밀을 누구에게도 말하지 못했다. 한 번은 뢰슬러의 사무실을 찾아가 어머니와의 좋지 않은 관계 때문에 마음고생을 많이 하고 있다는 말을 했다. 어릴 때부터 어머니의 사랑을 제대로 받지 못했다는 생각을 많이 해왔다고 괴로워했다. 뢰슬러는 화가에게 어머니 그림을 그려보면 서운한 감정이 풀리지 않겠느냐고 말했다.

"그림을 시작하려니까 내 마음 속에는 어머니를 사랑하는 마음보다는 미워하는 감정이 더 크다는 것을 깨달았습니다. 그림을 그리면서 어머니를 사랑할 수 있는 힘을 회복하게 되어 기쁩니다."

실레는 <죽은 어머니>에 이어 <죽은 어머니 2>를 그린다. 그 후에도 실레는 '어머니와 아이'라는 주제 아래 변주된 여러 작품을 내놓는다. <눈 먼 어머니> <젊은 어머니> <눈 먼 어머니2> <예술가 어머니의 초상> 같은 그림들이다.

실레는 에디트와의 결혼을 앞두고 클로스터노이부르크 분데스레알김나지움 시절 은사인 볼프강 파우커를 만난다.

"에곤, 자네가 어려움을 극복하고 여기까지 왔으니 얼마나 기쁜가. 자네는 앞으로 훌륭한 그림을 많이 그려야 하네!"

"선생님 결혼을 앞두고 저는 이상한 일을 경험하곤 한답니다. 가끔 잠 속에서 누군가 저를 찾아옵니다. 며칠 전에도 그랬습니다. 저를 찾아온 사람은 저의 아버지였지요. 전 아버지에게 눌려 있었습니다. 아버지가 말하는 동안 저는 아무 말도 못한 채 꼼짝할 수가 없었어요."

은사는 실레의 눈동자 속을 바라본다.

"에곤, 자네의 말에는 지독하게 허무한 분위기가 있어. 자네의 그림에도 그런 허무와 죽음의 분위기가 있었는데 말이야."

"아버지에 대한 기억을 지우려하면 할수록 자꾸 아버지에게 다가가게 됩니다. 제가 왜 자꾸 아버지가 머물렀던 장소들을 찾아가는지, 그리고 아버지는 왜 자꾸 저를 찾아오는지, 어떤 날은 비통스런 감정 때문에 하루 종일 그림을 그리지 못하는 경우도 있답니다."

"에곤, 나는 자네의 고통을 이해할 수 있어. 자네가 김나지움에 결석하고 누구와도 말을 나누지 않으며 힘들어할 때, 자네를 위해 해줄 수 있는 것이 없어서 안타까웠다네. 이제 자네와 이런 이야기를 나눌 수 있게 됐으니 과거의 안타까움이 소중하게 여겨지기까지 하지. 자네가 돌아가신 부친을 만난다는 말을 나는 이해할 수 있어. 자네는 아주 민감한 청년이었고, 부친의 죽음에 대해 오랫동안 슬퍼했었으니까."

"저는 왜 자주 아버지의 영혼을 만나는 것일까요?"

"부친께서 뭐라고 하시지?"

"저는 아버지에게서 많은 말을 듣곤 하는데, 그 순간이 지나면 아버지가 말씀하신 내용을 옮겨낼 수가 없어요. 정말 이상한 노릇이지요."

"자네가 너무 예민해진 거야."

실레는 자신의 그림과 글에 '견자(見者)'라는 말을 자주 사용했다. 나는 견자가 되었습니다. 나는 기화되어 강하게 퍼져나가는 것을 느낍니다. 나의 진동은 더 빨라지고 단순해져서 세상의 위대한 의미를 알고 있는 사람의 진동과 유사해진다는 것을 느낍니다. 아버지 날 보세요. 거기에 있는 아버지, 나를 미워하지 마세요. 저의 그림을 다 불태워주세요. 저의 그림은 어두움 속에 갇혀 있습니다. 제 그림이 불타오르는 것을 볼 수 있다면 저는 아주 다른 그림을 그릴 것만 같습니다.

실레가 파우커에게 말한다. "선생님, 저의 아버지에 관한 기억들은 이리저리 뒤섞여 있답니다. 제가 왜 무덤이나 그 비슷한 것들을 자꾸 그리느냐고, 그런 질문을 하는 사람들이 있습니다. 제가 그런 그림을 그리는 이유는 그것들이 저의 마음속에서 움직이고 있기 때문입니다. 아버지는 저에게 마차를 탄 오디세우스가 되어 찾아오시곤 합니다."

"에곤, 결혼을 앞둔 자네는 어른이 돼가고 있는 거야. 어른이 되기 위해서는 아버지를 만나는 과정이 필요하지. 자네가 아들 텔레마코스가 되어 아버지 오디세우스를 만나는 것은 이제 자네도 성인이 되어 또 다른 항해를 해야 한다는 것을 알려주는 하늘의 뜻일 걸세."

"선생님, 저는 어른이 되는 것이 두렵습니다."

"남자가 아버지가 되는 것을 두려워해서는 안 되는 법일세. 나는 자네에게 두 가지를 얘기해주고 싶어. 하나는, 자네가 얘기한 것과 같이 아버지는 아들을 찾아오는 남자의 이름이라는 것일세. 오디세우스가 20년간의 험난한 귀향길에서 온갖 유혹을 견디고 다시 돌아오듯이 말일세. 그것이 아버지인 거야. 아버지는 어떤 바다라도 건너와 아들이 있는 집으로 돌아오는 남자라는 걸세."

"아버지는 반드시 돌아온다, 어른이 되려는 아들은 반드시 아버지를 만난다, 그런 말씀인가요?"

"그렇다네. 그런데 내가 말하려는 두 번째가 중요해. 그것이 뭔가 하면, 돌아오는 아버지는 아들에게 해줄 말을 갖고 있다는 거야. 다시 말해 아버지는 아들에게 해줄 말이 있기 때문에 반드시 집으로 돌아오는 거지. 핏덩이 아들과 헤어졌다가 그 아들이 성인이 되어 조우하게 됐을 때 아버지 오디세우스가 아들 텔레마코스에게 한 말이 무엇이었는지 알고 있나? 거지로 변장한 오디세우스는, 아들이 어머니에게 구혼하는 자들을 한 방에 물리치고 가문을 지켜줄 것을 기대했다네. 그러나 그는 그 비법을 알려주지는 않고 다른 것을 주문하지."

"그런 비법이 있기나 한 건가요?"

"물론 아버지는 비법을 알고 있지. 비법을 알면서도 오디세우스는 돼지우리에서 기거하는 치욕을 겪으며 구혼자들이 무례하게 굴더라도 절대 나서지 말라고 아들에게 충고해 줬지."

"아버지의 굴욕이 아닐까요?"

"그것을 굴욕이나 비굴함이라고 생각하는 것은 아들의 오해야. 오디세우스는 아들에게 적들을 단칼에 무찌르는 방법을 알려주지 않았어. 아버지는 비법의 전수자가 아니지. 그래서 세상의 아버지들은 아들에게 조급해하지 말고 인내하는 법을 가르쳐 주는 거라고."

"인내를 하며 이길 수 있는 계획을 수립하라. 때가 오더라도 승리할 수 있는 계획이 없으면 이길 수 없다, 이런 말인가요?"

"그런 셈이라네. 인내는 세상의 향락이나 즉흥성을 막아낼 수 있는 방패인 거지. 또 계획은 방종을 물리칠 수 있는 창이고 말이야. 바로 이것이 아버지가 아들에게 말해주는 교훈이라네. 그렇게 해서 텔레마코스 부자는 무례하게 구는 구혼자들을 물리치고 왕국을 되찾게 되지."

"생전의 아버지는 저에게 두 가지 얼굴을 보여주셨습니다. 저를 사랑하셨는가 하면, 엄청난 분노를 쏟아내시곤 했지요."

"누구나 그렇다네. 사랑하는 아들에게 엄한 사람. 그게 바로 아버지인 거지."

실레가 그린 <예언자>와 <나의 영혼>은 영적인 분위기를 가진 그림이다. <자화상>이라는 부제를 단 <예언자>에는 실레가 앞쪽에, 그 뒤에는 두 눈을 크게 뜬 한 남자가 서 있다. 앞의 인물은 흰색이, 뒤의 인물은 어두운 암갈색이 주조를 이룬다. <나의 영혼>은 훨씬 무거운 분위기를 지녔다. 색조는 <자화상>과 반대다. 뒤의 인물은 연민 어린 표정을 담고 있다. 화가 자신의 이중자화상이기도 하고, 부자의 상징적 이중자화상이기도 하다.

스승이 말했다. "에곤, 자네는 어린 시절, 부친, 질병, 섹스, 그런 것들이 야기하는 두려움을 이겨야만 돼. 자네의 자화상을 보면 자네에게는 큰 두려움이 있다는 것을 알 수 있어. 그렇게 고통스러워하는 자화상은 지금까지 누구도 본 적이 없을 거야. 어떤 화가도 자네처럼 메마르고 수척한 나체를 통해 뒤틀리고 일그러진 욕망의 치부를 드러낸 적이 없었지. 자화상을 보면 자네는 자기 자신을 처벌과 자책의 대상, 혐오와 두려움의 대상으로 보고 있어. 그 두려움을 극복하게. 그리고 앞으로 나가게."

"사람들은 제 자화상이 보기에 불편하다고 했지만, 저는 그렇게 그려야만 했던 그림이라고 말씀드리고 싶습니다."

"에곤, 자네는 그런 열정에 홀려 있었어. 충동이나 아름다움에도 예민했고 말이야. 그래 이제 뭐가 보이는가?"

"충동으로는 결코 진실을 볼 수 없다는 것을 알았습니다. 예술가는 그만큼 위태로운 존재라는 것도 깨닫고 있습니다. 어떤 것을 진실이라고 확신하는 순간 예술은 그 자리에서 끝난다고 생각합니다."

"에곤, 자네는 아름다움을 찾기 위하여 자네에게 주어진 삶의 특권을 다 바칠 수 있는 예술가일세."

클로스터노이부르크 수도원의 박물관장이자 수도원 합창단 단장이

기도 했던 파우커 신부는 실레의 결혼선물로 그의 자화상 한 점과 드로잉 두 점을 500크로네에 구입했다. 제자와 헤어지면서 그는 실레에게 이렇게 말했다.

"에곤, 당나귀의 걸음걸이를 본 적이 있나? 사람들은 당나귀를 업신여기지만 당나귀는 말보다도 훨씬 짐을 잘 나른다네. 당나귀는 멍청이 취급을 받지만 실제로는 말보다도 똑똑하고 상황 판단력도 뛰어난 동물이라네. 절벽에서 뛰어내리라고 주인이 명령하면 말은 아무 생각 없이 뛰어내리지만 당나귀는 위험을 알아채고 명령을 거부하지. 그래서 당나귀를 잘 아는 사람들은 귀중한 보물은 당나귀에게 싣는다네. 미술을 향한 자네의 오딧세이가 행복한 땅에 닻을 내리길 기도하겠네."

에곤은 파우커 신부의 말을 조급해하지 말고 예술이라는 보물을 세상에 귀중하게 전달하라는 당부로 받아들였다. 아버지 오디세우스는 무거운 짐을 지고 끝내 집으로 돌아온다. 실레가 어린 시절에 본 당나귀는 양쪽으로 늘어진 커다란 마대에 짐을 가득 싣고 역전을 천천히 지나가곤 했다. 나귀의 늙은 주인이 '프릇' '프릇'하고 소리치며 회초리로 사정없이 내리치면 그제야 당나귀는 눈을 껌뻑거리며 걸음을 바쁘게 떼어놓았다. 에곤과 아이들은 이상한 울음소리를 내는 당나귀를 보고 돌을 집어 들었다. 그러나 에곤은 당나귀에게 돌을 던지지는 못했다. 늙은 주인의 예쁜 딸이 따라오며 안타까운 표정을 짓고 있다가 아이들이 돌을 던지려고 하니까 그녀도 돌을 집어 들고 아이들에게 맞서 싸울 태세를 취했기 때문이다. 실레는 아버지의 리피자너가 제국의 마차를 끄는 명마가 아니라, 사실은 죽어가는 남자가 평생 무거운 짐을 짊어져야 했던 당나귀의 다른 이름이라고 생각한다.

백년 후에
부는 바람

1

실레의 백 주기를 맞은 2018년 10월 31일 그의 출생지인 툴른의 에곤 실레미술관에서 실레 회고전과 국제심포지엄이 열렸다. 실레가 세상을 뜨던 해에 그린 제49회 비엔나 분리파 전시회 포스터를 본 떠 <사후 100년, 에곤의 친구들>로 이름붙인 심포지엄에는 세기전환기의 빈 문화를 연구한 전문가들이 주제발표자와 패널로 초청됐다. 크리스티안 페테르 에곤 실레미술관 큐레이터, 서양미술사학자인 제인 마가렛 블로호 뉴욕대 교수, 힐러리 베이츨 뉴욕 노이에 미술관 관장, 다이안느 토도스 시카고대 서양미술사 교수, 실레 그림 최고의 개인 소장가 지그프리드 사바르스키, 런던 볼프강 피셔미술관 관장의 동생 에른스트 피셔, 구겐하임미술관 수석 큐레이터 토마스 메서, 비엔나 레오폴트미술관 실레다큐멘테이션센터 함메르트 뮐러 소장, 독일 다름슈타트 마틸덴회에미술관 루퍼트 퓨체르트 관장 등 세계의 전문가들이 한자리에 모인 라운드테이블이다.

크리스티안 페테르 박사가 에곤 실레 100주기를 기념하는 논찬을 했다. 페테르 박사는 근년의 실레의 붐은 서양 미술사에서 드문 케이스라고 말했다. 화가가 세상을 떠난 지 오랜 세월이 지났음에도 해마다 세계의 유명 대학이나 미술관에서 전시회나 심포지엄을 열고 주목할 만한 새로운 연구서들이 계속 쏟아져 나오는 이유에 대해 그는 설명했다.

"실레는 사후 50년이 지나서 다시 조명되기 시작한 매우 특이한 화가다. 나치 정권에서 퇴폐화가로 몰리면서 실레는 생명을 다한 화가로 여겨졌다. 독일과 오스트리아의 모든 미술관에서 그의 그림은 내려졌고, 눈에 띄는 대로 불태워졌으며 그를 언급하는 미디어와 도서들은 사라졌다. 그에 대한 연구서는 자취를 감췄다. 실레와 관련한 어떤 논의도 불가능한 시절이 이어졌다. 이럴 경우 그 주인공이 잊히는 것은 세월의 법칙이다. 이미 화가는 죽었고, 사람들은 죽은 자에 대해 관심을 갖지 않기 때문이다."

그러나 실레가 죽고 인플루엔자가 여전히 극성을 부리는 가운데서도 그의 그림은 비밀리에 거래됐고 뜯겨진 스케치북이나 일기장, 낙서 같은 개인적 기록들도 낱장으로 팔렸다. 나치의 탄압이 심해지자 그의 그림들은 뉴욕으로 밀반출됐다. 뉴욕으로 건너간 비엔나 이민자들이 짐 속에 실레의 그림을 숨겨가지고 간 것이다. 그들이 암거래상들에게 그림을 팔면서 뉴욕에서 퇴폐화가의 시장이 형성되기 시작했다. 그렇게 불기 시작한 바람은 전 미주지역으로 번졌다. 유럽에서는 암스테르담에서 시작돼 런던과 파리와 전 도시로 퍼져나갔다. 그가 살아나는 100년의 과정은 연속된 경이로 이루어져 있다.

페테르 박사는 덧붙였다. "실레의 붐이 다시 일기까지 그의 그림 수집과 연구에 생애를 바친 사람들이 없지 않을 수 없다. 아니 너무 많다. 그의 가치를 처음으로 인식한 후 평생 그를 알리기에 힘쓴 평론가 아르투르 뢰슬러, 적은 급료를 받으면서도 실레의 그림이 걸리는 곳마다 뛰어다니며 그림을 구입해온 하인리히 베네슈, 학생 시절에 돈을 모아 책을 사는 대신에 실레의 그림을 사 모아 실레 전문미술관을 세운 루돌프 레오폴트 같은 사람들을 다시 한 번 언급해야 할 것이다."

그는 심포지엄에 예상외로 많은 사람들이 예약을 해 쾌적하게 수용하지 못하는 것에 다시 한 번 사과한다며 이렇게 말했다. "사람들이 죽은 실레를 살려낸 이유는 무엇일까. 그의 그림을 사 모으면 돈이 되기 때문이었을까. 그렇지 않다. 지금은 실레 그림 한 점이 크리스티 경매가 미화 5000만 달러를 넘어섰지만, 세계대전 후 경제공황 속에서 그림에 투자해 돈을 번다는 것은 생각할 수 없는 것이었다. 그가 선정적인 누드화를 그렸기 때문일까. 누드화는 사람들의 관심을 모으기는 하지만, 그것만으로는 설명이 불가능하다. 실레 붐의 근원은 화가가 인간의 고통과 성과 죽음에 대해 집요하게 탐색했고, 그의 그림이 지속적으로 화가의 한계를 넘어서는 과정을 보여줬기 때문이다. 나는 그것을 화가의 순수함이라고 말하고 싶다. 그의 인간적 순수함이 후세대 사람들에게 받아들여졌다는 점은 매우 중요하다고 생각한다. 우리 미술관에 찾아오는 관객들 중에 실레의 그림을 보면 설명하기 힘든 아픔을 느낀다고 말하는 사람이 많다. 관객들은 아주 먼 외국에서도 온다. 오는 데 이틀이 걸렸다며 실레의 그림을 마주하고 감격해 하는 사람도 있다. 그의 데생은 당시도 그랬지만 지금도 그를 능가할 사람이 거의 없다는 평가를 유지하고 있다. 그가 화가로 산 세월은 고작 10년이다. 그나마 그 중 3년은 1차 세계대전에 징집된 군인으로 살았다. 그 기간에 그는 350여점의 유화를 비롯해 2,600여 점의 드로잉과 수채 등 총 3,000점이 넘는 작품을 남겼다."

주제발표자인 제인 교수는 자신의 연구가 청중들의 기대와는 다를지라도 양해해 달라고 운을 뗐다. 이미 에곤 실레를 연구한 몇 권의 저서를 통해 비엔나와 뉴욕에서 각각 한 차례씩 상을 받은 제인은 세상을 떠난 화가가 묻힌 땅의 쓸쓸함에 대해 먼저 얘기했다.

오베르 장크 바이트 공동묘지의 실레 묘를 방문한 사람이라면 화가의 고적함 앞에서 한 송이 꽃을 드리지 않을 수 없을 것이다.

그녀는 합스부르크 왕가에서 각 파트별 연주자마다 유럽 최고의 기량을 갖추도록 연마시킨 황실 오케스트라의 선율이 유럽을 지배하던 시절의 푸른 비엔나의 하늘을 이야기했다. 그녀는 또 그 찬란한 하늘을 수놓았던 사람들이 잠들어 있는 짐머링의 중앙묘지나 히칭거 공동묘지의 아름다움을 예찬했다. 이런 장소들이 죽은 이들의 품위를 높이는 예술도시 비엔나의 힘이라고 말했다. 그러나 저 궁벽한 오베르 장크 바이트에 묻힌 실레를 얘기할 때 그녀의 목소리는 흔들렸고, 오래된 석비가 허물어져가고 있다고 말할 때는 플로어에서 한탄이 흘러나왔다.

이것은 에곤 실레의 담백함을 보여주는 대표적인 사례라고 해야 할 것이다. 별다른 유명인사의 묘지를 찾아볼 수 없는 변두리의 쓸쓸한 곳, 천국의 안식을 가져다주거나 지상의 화려한 궁전을 모방한 어떤 조형물도 없는 언덕 위에, 비바람에 부식돼가는 작은 돌비 하나를 벗 삼아 누워 있는 실레의 초라한 묘지는 의식의 허영을 과시하지 않고, 외관의 사치를 소유하지 않았던 화가의 진면목을 보여주는 현장이라고 해야 할 것이다. 이 도시에 이런 현장이 있다는 것은 슬픔이기도 하고 기쁨이기도 하다.

그녀의 목소리는 리듬을 타고 흘러갔다. 그녀의 스피치는 계속됐다.

그렇다고 나는 지금 에곤 실레의 삶이 순수하기만 했다거나, 그가 인간적으로 빛나는 삶을 산 화가라는 것을 말하려는 것은 아니다. 오히려 그 반대다. 나는 그의 부끄러움과 수치, 그가 보여준 이중적인 삶과 위선에 대하여 말하지 않을 수 없다. 비록 이것이 추정에 지나지 않는 것일지라도 나는 지금까지 내가 찾고 연구해 온 결론을 이 자리에서 유보하는 비겁함을 보이기 싫다.

그녀는 잠시 객석을 바라보며 홀을 가득 채운 사람들에게 질문을 유도하듯 말했다. 오베르 장크 바이트의 쓸쓸함 못지않게, 아니 그보다 더 눈물겹게 사라진 한 사람이 있다면 어쩔 것인가?

그녀는 누군가 손으로 쓴 낡은 편지 한 통의 사진을 화면에 띄웠다.

Gestern kam L.A. an die Klink und wurde aufgenommen. Sie bewohnt ein Zimmer mit einer 2ten Frau zusammen, und scheint sehr unglucklich uber Ihre Untreue zu sein. Es ist wohl fur Sie und sie besser so, May 18, 1910 (어제 L.A가 클리닉에 도착해 입원했다. 그녀는 다른 부인과 2인실 방에 배정됐는데, 당신이 떠난 것에 매우 슬퍼하는 것 같았다. 이 방법이 두 사람 모두에게 좋을 것이다. 1910년 5월 18일)

세미나장은 도나우 강변을 불어가는 바람소리가 들려올 정도로 조용해졌다. 제인은 입을 열었다. "실레가 아카데미를 중퇴하고 화단의 주목을 받던 중 돌연 크루마우로 간 이유를 아십니까?"

사람들은 귀를 기울였다.

"물론 실레는 전원을 사랑했고 극심한 가난에 허덕였습니다. 그는 당시 영양실조 상태에 있었습니다. 파티가 없는 날에는 추운 화실에서 굶주려야 했습니다. 그렇다고 그것이 신예술가그룹의 의장이 된 실레가 비엔나를 떠나야 할 근본적인 이유는 되지 못할 것입니다. 저는 그 이유를 오랫동안 찾아왔습니다. 실레는 당시 한 여자가 잉태했던 자신의 아이를 버려야만 하는 상황에 놓여 있었습니다."

객석에서 웅성거림이 터져 나왔다.

"우리가 아카데미즘에 근거하지 않은 저런 개인적인 추리를 여기서 계속 들어야할까요?"

힐러리 베이즐이 이의를 제기했다. 제인은 청중을 둘러보았다. 회의장은 금세 침묵 속으로 잠겨들었다. 도나우 강의 바람소리가 들려왔다. 제인은 청중들의 침묵을 계속하라는 요구로 받아들였다.

"개인적인 추리라고 지적해 주셔서 감사합니다. 그럼에도 이 추리는 여전히 유효하다고 저는 자신합니다. 계속하겠습니다. 이것은 게르티 여사가 말년에 저에게 넘겨준 에곤 실레의 자료 중에서 찾은 것입니다. 두툼한 보드지로 된 작은 메모첩의 뒷 표지에 끼어져 있어 넘겨받은 지 몇 년 후에야 발견한 이 편지는 비엔나 의대 산부인과 에르빈 그라프 박사가 크루마우로 간 에곤 실레에게 보냈던 것입니다."

그녀가 단단하게 감긴 실 뭉치에서 한 가닥의 실을 잡아당기자 스토리의 뭉치는 데굴데굴 굴러 내부에 감싸여있던 비밀을 드러내기 시작했다.

"오래 전 나는 뉴욕에서 실레의 스무살 때의 스케치북 한 권을 입수했습니다. 몇 장이 뜯겨져나간 스케치북에는 L.A라는 이니셜이 두 군데 적혀 있었습니다. 그것은 뭔지 알 수 없었지만, 직감적으로 중요한 메모라는 느낌을 받았습니다. 그때부터 나는 L.A가 무엇인지 알아내려고 노력하기 시작했습니다. 그 후 이 편지를 발견하고 L.A가 한 여자 이름의 머리글자라는 것을 알게 됐습니다."

"추운 겨울에 봄은 결코 오지 않을 것 같지만 그야말로 '어느 날 갑자기' 찾아와서 세상을 생명과 시로 가득 채웁니다. 봄은 얼어붙었던 바위마저 감동케 하지요. 그러나 여기에 '어느 날 갑자기'라는 표현이 다시 등장한다면 얘기는 달라집니다. 봄의 반란이 일어난 거지요. 나이 스물의 실레가 바로 그렇습니다."

제인의 비유는 직접어법으로 바뀌었다. "그 겨울에 실레는 피스코 예술살롱에서 열린 신예술가그룹 전시회를 앞두고 만장일치로 의장에 선출됐습니다. 김나지움에서 외톨이로 지냈고, 아카데미에서는 중퇴한 그가 미래에 대한 자신감을 회복하는 중요한 시기였지요. 그러나 갑자기 가장 친한 친구 파이스가 변했습니다. 파이스는 실레의 리더십을 비판하면서 신예술가그룹이 내용 없이 유행만을 추구한다고 사람들 앞에서 실레를 비판했습니다."

어떤 신통력이라도 있었던 걸까. 파이스의 비판은 비엔나의 새로운 화가그룹이라고 소문이 무성했던 전시회에 찬바람을 몰고 왔다. 분위기가 어수선해지자 일부 회원들이 탈퇴를 선언했다. 전시회는 그림을 거의 팔지 못하고 실패로 끝났다. 알마의 문제는 실레를 더욱 곤경에 빠뜨렸다. 결국 실레는 사임하고 파이스에게 의장 자리를 물려주었다. 실레는 자신에게 던져진 스무 살의 엉킨 실타래를 풀어낼 경륜이 부족했다. 그는 5월 12일 비엔나를 떠났다. 비엔나를 떠나 전원도시 크루마우에서 그림만 그리며 살 계획으로. 6일 후인 5월 18일, 실레는 그라프 박사로부터 긴급 서신을 받았다. '어제 L.A가 클리닉

으로 왔다.'

"얼마나 현란한 시차입니까?"

제인이 외쳤다. "그라프 박사가 사용한 L.A라는 말은 알마 로베르를 일컫는 것입니다. 실레는 알마 로베르의 이니셜을 순서를 바꿔 L.A라고 표기했고, 두 사람은 그렇게 사용했습니다. 알마, 그러니까 L.A는 실레의 아이를 임신한 상태였습니다."

알마는 실레가 한 해 전 잘츠부르크에서 만난 여자다. 그녀는 야간 열차를 타고 빈으로 돌아오는 실레를 무작정 따라왔다. 간밤에 비를 흠뻑 맞은 알마는 열차가 출발하고 조금 시간이 지나자 춥다고 떨었다. 감기에 걸린 것이다. 그녀는 빈에 도착할 때까지 손을 잡아준 친절한 실레를 따라 화실로 왔다. 그러고는 나흘 동안 꼬박 실레의 침대에 몸져누웠다. 실레는 갈 곳 없는 알마가 누추한 화실에서 끙끙거리면서도 자신에게 더없이 미안해 한다는 사실에 오히려 그녀에게 미안해 하고, 가슴 아파했다. 알마는 화실 나무의자에서 꼬부려 잠을 자며 수프를 끓여주는 실레가 더없이 고마웠다. 그녀에게 화실을 맡기고 외출하는 실레에게서 말할 수 없는 감동을 받았다. 며칠을 앓고 일어난 알마는 실레의 순수한 심장 속으로 뛰어들었다. 그녀는 며칠 동안 실레의 연약한 품안에서 혼곤하게 잠을 잤고, 깨어나면 자신의 잃어버린 꿈과 다른 여자에게로 간 잘츠부르크 최고의 목관악기 주자인 부친, 그리고 자살한 어머니에 대해 이야기했다.

그녀는 떠나야 했다. 알마는 실레에게 잘츠부르크까지 자신을 데려다 달라고 부탁했다. 그녀는 실레를 떠나고 싶지 않았다. 단 일분이라도 더 그와 함께 있고 싶었다. 실레는 자신에게 빠져든 여자를 위하여 잘츠부르크까지 동행해 주었다. 두 사람은 처음 만났던 잘자흐 강의 작은 다리를 건너 카페 자허로 갔다. 마조히즘이란 정신의학 용어를 만들어낸 작가 자허 마조흐의 친척이 오픈한 카페 자허 말이다. 아인 슈페너의 향기가 가득한 카페에서 두 사람은 이별을 위하여 독한 압생트를 한 잔씩 마셨다. 알마는 살포시 짝눈을 뜨고 실레를 바라보았다. 실레는 그녀의 눈빛을 보며 면도칼이 손등을 긋는 듯한 아픔을 느꼈다. 그 아픔은 초록빛 압생트의 취기에 실려 더욱 짜릿하게 전달됐다. 아무런 화장기가 없는 알마는 체념한 표정을 하고, 실레가 돌아갈 시간임을 알려줬다. 그녀의 왼쪽 눈 아래 주근깨가 박혀있는 것을 보며 실레는 일어섰다.

실레가 잘자흐 강의 다리를 건너올 때였다. 뒤에서 비명 소리가 들렸다. 알마가 실레를 부르며 그에게로 달려온 것이다. 압생트 때문이었다. 실레를 보내줘야 한다고 자신을 누르고 있던 그녀는 압생트 한 잔의 취기에 무너졌다. 달려온 그녀는 오늘 밤은 무서워서 견딜 수 없을 것 같다고 실레에게 매달렸다. 잘츠부르크에서 지낼 준비가 안 돼 있기 때문에 다시 빈으로 가 사흘만 더 실레의 화실에서 지내고, 그 다음에는 혼자서 내려오겠다고 약속했다.

그렇게 두 사람은 실타래처럼 엉켜들었다. 결국 그녀는 빈을 떠나지 못했다. 알마는 실레의 아이를 잉태했다. 결혼을 할 수도, 아이를 키울 형편도 되지 않는 실레는 뒤죽박죽이 되었다. 물감 살 돈도 없는 그에게 미래는 비바람 속에 서 있는 비엔나 숲의 한 그루 갈참나무 같이 막연하기만 했다. 실레의 아이를 잉태한 알마는 아이를 낳아 함께 살 수 없다면 차라리 실레의 품속에서 죽고 싶다고 울었다. 알마는 파이스를 찾아갔다. 그녀는 파이스에게 실레가 떠나지 않도록 도와달라고 부탁하며 매달렸다. 생각다 못한 실레는 그라프 박사를 찾아갔다. 그라프 박사는 어린 화가의 처지를 이해했다. 그는 화가를 도와줄 테니 어떤 방법으로 도와줄 것인지, 그 이후에는 어떻게 될 것인지를 묻지 말라는 조건을 제시했다. 부인과 의사가 실레와 임신한 L.A의 문제를 해결해 줄 수 있는 방법은 많지 않았을 것이다. 실레는 그라프 박사에게 분만 직전의 임부와 신생아, 그리고 사산아의 그림을 그리게 해달라고 요청했다. 그라프 박사는 실레의 요청을, 실레는 그라프 박사의 요청을 서로 수락했다.

"실레가 심리적 압박감을 받으면서도 그런 그림을 그려야 했던 것은 모델을 구할 수 없는 입장이기 때문만은 아니었을 것입니다. 정신분석학의 영향으로 당시 많은 작가들이 병동을 찾아다니며 그림을 그렸습니다. 파울 클레와 르드비히 마이드너가 정신병동의 환자들을 스케치했고, 알프레드 쿠빈이 장애인 병동을 찾았습니다. 토마스 만이 작품을 위해 스위스 결핵요양원을 순례하고 다녔고, 코코슈카는 결핵요양원을 방문해 로스의 아내 비시에의 초상과 죽어가는 환자의 모습을 그렸습니다. 그러나 실레의 경우는 그런 이유 때문만은 아니었을 것입니다. 그렇게 마음속에 사산아의 그림이라도 그려 넣지 못하면 그는 견딜 수 없었을 것입니다. 그림은 그에게 제의였습니다. 실레는 몇 달 후 크루마우에서 쫓겨나다시피 돌아와 그라프 박사의 초상화를 그려 그에게 선물했습니다. 박사의 오른손 약지 끝마디에 반창고가 감겨져 있는 그림입니다."

실레는 한 뼘이 조금 넘는 크기의 사산아를 그리며, 생명을 잃은 아이의 꼬부린 척추를 보았다. 심하게 꼬부린 척추는 죽음의 자세이자, 모태 속에서 잠든 가장 편한 생명의 자세였다. 사산아는 어머니 마레의 사산아였으며, 자신의 사산아였고, 이름 모를 어느 집안의 사산아였다. 장의차가 잠시 후 관을 싣고 가 형식적인 장례를 치를 것이고, 생명을 다 주지 못한 어머니는 사산아가 묻힌 벌판을 날아가는 까마귀의 울음소리를 듣고 마음 아파하게 될 것이다. 그라프 박사의 짧은 서신에 더 이상의 정보는 없었다. 그 후 실레는 알마가 비엔나를 떠났다는 말을 들었다. 그녀가 임신한 아이는 어떻게 되었는지 실레가 아는 것은 없다. 더 이상 알 수 없도록 한 것이 그라프 박사가 제시한 조건이었다.

제인은 알마 로베르의 행적을 찾기 위해 잘츠부르크를 몇 차례 방문한 과정을 설명했다.

"세계대전 전후의 기간에 플루트와 오보에의 명연주자로 꼽혔던 사람 중 로베르라는 성을 가진 남자에 대한 기록은 어디에도 없었습니다. 목관악기만이 아니라 관악기 모든 분야에서도 로베르라는 연주자는 없었습니다. 잘츠부르크 모차르테움 오케스트라에서 트럼본을 연주하던 루페르트라는 성을 가진 남자는 한 명 있었는데, 오케스트라 사무국에서 당시 연주자들의 몇몇 제자와 관련자들에게 수소문해 본 결과 프랑크 루페르트라는 이름의 그 남자는 2차 대전 중 미국으로 이민을 떠났다는 말을 들었다고 알려주었습니다. 전쟁 중이었고 50년 가까이 지난 후여서 더 이상 알 수 있는 것은 없었습니다."

그 이후로도 제인은 잘츠부르크 최고의 목관악기 연주자였다고 하는 알마의 부친을 계속적으로 수소문했다. 그러나 세계 1차대전 전후에 잘츠부르크에서 활동하던 로베르와 유사한 성을 가진 남자 관악기 주자는 없었다. 그러니 잘츠부르크와 비엔나에서 알마 로베를 찾는 것은 불가능했다. 빈의대에서 확인한 산부인과 의사 에르빈 그라프 박사는 2차 대전 말기인 1943년 82세로 세상을 떠났다. 그가 남긴 임상기록은 오래 전에 파기되었다.

제인은 알마가 가졌던 아이가 어떻게 되었을지는 청중들의 판단에 맡겼다. 그리고 덧붙였다. "그래서 나의 추정은 결론에 도달했습니다. 알마는 그 슬픔을 이기지 못해 얼마 후 이 세상에서 사라졌다고 말입니다."

"슬픔 때문에 세상에서 사라졌다고요? 순전한 추측 아닙니까?" 플로어에서 질문이 나왔다.

"알마가 더 오래 생존해 있었다면 어떻게든 자취를 남겼을 것입니다." 제인의 입에서는 자신을 낳아준 여자의 경우에 비추어, 삶을 포기한 사람에게서는 특이하면서도 분명한 어떤 느낌을 받을 수 있다는 말이 맴돌았다. 그러나 그녀는 이런 말로 대신했다.

"첫 사랑이었던 클로스터노이부르크의 소녀 마가레테도, 실레를 짝사랑하여 홀로 노이렝바흐를 떠났던 타티아나도, 실레에게서 버림을 받았던 발리도 결국은 어떻게 살았고 어디서 세상을 떴는지 모두 드러났습니다. 그러나 알마는 아무도 모르게 영원히 미지의 세계로 떠났습니다."

청중들 사이에 다니엘이 앉아 있는 것이 제인의 눈에 들어왔다. 청중들은 조용히 제인의 말을 경청하며 그녀가 다음에 무슨 말을 할지 궁금해 했다. 라운드테이블과 뒷 벽면을 장식한 붉은 꽈리열매를 배경으로 앉아 있는 그녀는 실레초상화 속의 모델처럼 보였다.

제인은 마지막 챕터에 도달했다. "사학자들에게 추론은 위험하기 짝이 없는 것입니다. 추론은 결코 사실로 받아들여지지 않습니다. 그러나 사실로 인정받지 못하더라도, 때로는 필수적인 추론이 있을 수 있다고 나는 확신합니다. 내가 이런 결론을 선택하지 않는다면 알마 로베르는 끝내 편안히 잠들 수 없을 것입니다."

그녀는 이렇게 덧붙였다. "내가 왜 백년이 넘은 어떤 이야기를 들추어내는 걸까요? 이유는 이렇습니다. 실레의 스무 살 때 자화상 시리즈 세 점의 기괴함을 이해하기 위해서, 실레의 자화상이 갖고 있는 놀라운 반전을 이해하기 위해서입니다. 그리고 죽기 직전 화가가 계획했던 <홀리 패밀리>와 <만찬>의 꿈을 이해하기 위해서입니다. 1910년 자화상 시리즈 세 작품 중 하나인 <엉덩이에 양손을 대고 서 있는 자화상>은 소실된 것으로 알려져 왔습니다. 그러나 그 작품은 소실되지 않았습니다. 지금 그 작품은 양호한 상태로 비엔나에 현존하고 있습니다. 이 그림은 흑백 구아슈가 아니라 유화로 제작됐으며, 시리즈의 마지막으로 그려진 작품으로 보기에 충분한 구도를 갖고 있습니다. 이 작품을 소장하고 있는 사람은 가까운 시일 내에 전시회를 통해 이 작품을 공개할 계획인 것으로 나는 알고 있습니다."

3

주제발표를 마친 제인은 도나우강변의 선착장에 나가 잠시 바람을 쐰 후 자전거 도로를 따라 페달을 밟아 비엔나로 돌아왔다. 오후 5시가 조금 넘었는데 거리는 벌써 오렌지색 조명을 밝히고 있었다. 역사가 140년이 넘었고, 룸이 150개가 안 된다는 것을 자랑거리로 내세우고 있는 호텔. 자주색 제복을 입은 직원이 목도리를 두른 듯 목 부위에 검은 털을 가진 하얀 스피츠와 함께 있다가 들어서는 제인에게 눈인사를 했다. 제인은 발레를 하듯 가벼운 걸음으로 엘리베이터로 갔다. 그리고 꼭대기인 7층의 단추를 눌렀다. 엘리베이터가 열리자 그녀는 싱글 룸으로 들어갔고, 손을 씻은 후 곧바로 작고 딱딱한 의자에 앉아 실레의 비망록 마지막 부분을 써내려갔다.

어제 나는 비엔나 벨베데레 미술관을 찾았다. 오랜만에 오스트리아 명화들을 감상했다. 미술관에는 여러 나라에서 온 관람객들로 넘쳐났다. 내가 미술관 2층에서 클림트의 <키스>를 관람하고 있을 때 외국 어느 한 나라의 관람객들이 들어왔다.

"이 그림이 그 유명한 클림트의 <키스>입니다."

미술관 도슨트는 아니었다. 그는 그 나라의 말로 <키스>를 설명하기 시작했다.

"이 그림 원본을 보는 것으로 비엔나 여행의 정점을 찍었다고 하는 사람들도 있답니다."

나는 관람객들을 위해 좁은 전시실의 한쪽으로 자리를 비켜섰다. 이어지는 그의 설명이 내 귀에 들어왔다.

"키스를 받는 여자의 꺾인 고개를 주목해 보세요. 고개가 심하게 꺾여 있지 않나요? 어떤 전문가들은 저런 자세는 해부학적으로 살아있는 사람에게서는 나올 수 없는 것이라고 합니다. 그래서 <키스>를 시간(屍姦)하는 그림이라고 분석하는 사람들도 있지요."

나는 내 귀를 의심했다. 나의 그 나라 언어 능력은 화자가 의도하는 세세한 내역까지 전부 알아듣기 어려운 정도지만, 그가 말하는 의미는 분명히 그런 것이었다. 한 시대의 아이콘으로 살다 간 클림트가 대체 무슨 이유로 시간하는 그림을 그린다는 말인가. 예술작품을 마주할 때 화가의 영혼과 마주하지 않으면 무엇을 얻을 수 있는가.

나는 그의 특이한 설명을 들으며 무리를 따라 실레 그림 전시실로 갔다. 그는 이번에는 실레를 설명했다.

"이 화가가 최근 들어 세계적인 붐을 일으키고 있는 에곤 실레입니다. 잘 봐두세요. 선정적인 그림의 길을 개척한 화가의 그림이니까요. 요즘은 무엇이든 선정적으로 하지 않으면 누구도 알아주지 않는 세상 아닙니까. 이 미술관에서는 선정적인 그림을 전시하지는 않지만."

나는 그의 설명에서 몇 가지를 깨달았다. 클림트나 실레의 그림을 보는 세계인들의 시각은 오래 전부터 변화돼 왔다. 오늘날 이들의 그림을 퇴폐적인 그림으로 분류할 사람은 없다. 미의식이 변한 것이다. 실레의 후반기 그림은 누구에게나 잘 받아들여진다. 전반기의 그림이 주로 논란의 대상이 되어왔으나 전쟁을 겪은 후 세계인들은 실레의 전반기 그림을 새로운 눈으로 보기 시작했다. 과거와 다르다고, 추하다고, 기이하다고 무시했던 그림들이 전후 세계인들의 눈에 들어와 그들의 미의식을 자극했고, 많은 전문가들이 실레 전반기 그림의 독특함에 주목했다. 그럼에도 아직도 많은 사람들이 그림을 논란 위주로 대하려고 한다. 한번 주입된 의식은 그만큼 변하기 어렵다. 미의식이 변화되려면 남다른 예술적 직관의 순간을 경험해야 한다. 보통 사람들이 그런 직관을 경험하기 어렵지만 훌륭한 예술작품들은 그것을 제공한다. 뛰어난 예술가가 모든 힘을 다 쏟아내 만든 작품에는 세상 사람들의 미의식을 변화시킬만한 어떤 것이 있는 것이다.

더구나 천년 동안 초국가적인 수도로 존재했던 빈이 배출한 특징적인 화가들에게서 그런 것을 찾아보게 된다면 방문자가 어디에서 왔는지를 불문하고 큰 기쁨이 될 것이다. 빈이 제국의 황혼기에 그런 예술가들을 무수히 배출했다는 것은 문화사적으로도 주목되는 일이다. 이 도시는 다민족 다문화의 이질적인 혼합과 그를 바탕으로 한 독특한 질서 속에서 그 짧았던 기간에 새로운 20세기를 만들어낸 철학자, 심리학자, 작가, 화가, 건축가, 경제학자들을 대거 탄생시켰다.* 그림에서는 표현주의의 정점을 찍은 구스타프 클림트와 에곤 실레와 오스카 코코슈카가 나왔다. 19세기 말 프랑스를 중심으로 일어난 인상주의는 유럽을 휩쓸었다. 그러나 부르주아적 현실 인식과 관습적인 예술에 대한 반동으로 내면을 중시하는 표현주의가 대두했다. 표현주의의 중심은 독일의 드레스덴과 뮌헨이었다. 그러나 그 정점을 찍은 곳은 빈이다.

오늘날의 미국이 의료과학 분야에서 최첨단의 기술과 실력을 갖추게 된 것은 많은 의대생들이 헤브라, 스코다, 크라프트에빙, 빌로트와 같은 빈 의료계 권위자들 밑에서 연구하기 위해 오스트리아에 유학을 왔기 때문에 가능했다는 것은 잘 알려진 사실이다. 정신분석학을

---

* 비엔나는 합스부르크 왕가 말기에 유례를 찾기 어려울 정도로 유명한 사람들을 많이 배출했다. 음악가는 너무 많아 꼽지 않더라도, 법학분야에서 하얀톤 멩거, 한스 그로스, 한스 켈젠, 마르크스주의자들인 빅토르 아들러, 오토 바우어, 카를 레너, 막스 아들러, 작가로는 아르투어 슈니츨러, 헤르만 바르, 리하르트 베르호프만, 페테르 알텐베르크, 슈테판 츠바이크, 휴고 호프만슈탈, 과학철학자들인 에른스트 마흐, 루트비히 볼츠만, 모리츠 슐릭, 오토 노이라트, 철학자들로 프리츠 마우트너, 아돌프 슈퇴어, 리하르트 발레, 카를 크라우스, 루드비히 비트겐슈타인, 마르틴 부버, 죄르지 루카치, 정신분석학의 지그문트 프로이트, 알프레트 아들러, 오토 랑크, 건축의 리하르트 쿠르디오프스키, 오토 바그너, 요제프 마리아 올브리히, 요제프 호프만, 아돌프 로스, 프리덴슈라이히 훈데르트바서, 보헤미아·체코 출신 철학자들인 베른하르트 볼차노, 프리드리히 헤르바르트, 로베르트 치머만, 시인인 라이너 마리아 릴케와 소설가 프란츠 카프카 등 많은 사람을 꼽을 수 있다.

창시한 프로이트가 20세기 문화전반에 끼친 영향력은 별도로 언급해야 마땅하고, 비트겐슈타인이 영미권 철학자들이 풀지 못하고 남겨둔 논리학과 철학의 장애를 돌파하고 20세기 최고의 철학자로 올라섰다는 사실도 역시 그렇다.

제국이 분열하는 기간 동안 이렇게 새로운 조합을 만든 시대를 학자들은 '즐거운 종말'*이라고 불러주었으니, 이 도시가 만들어낸 문화의 폭과 깊이를 미루어 짐작할 수 있을 것이다. 그러나 폐쇄성 또한 유별난 것이었다. 고전적인 아름다움을 절제 있게 단순화시킨 문화를 향유한 이 도시의 비더마이어들은 전통에 치중하느라 젊은이들의 새로운 시도는 여간해서 받아주지 않았다(1차 대전 후 잘츠부르크 연극제를 창시한 빈 출신의 막스 라인하르트는 베를린에서는 2년이면 획득할 수 있었던 극장의 총감독 지위를 빈에서는 20년이나 기다려야 했다).

이런 분위기 속에서 실레는 화폭 위에 개인의 고독과 절망을 표현했다. 그의 그림에 등장하는 뼈가 앙상한 남녀들의 적나라한 누드는 상처받은 감수성으로 불편한 눈빛을 던진다. 게르스틀, 코코슈카, 실레가 보여준 충동적인 그림들은 화려한 문명의 외투를 벗어버리고 상처 입기를 감수하는 야만의 아름다움을 보여준다. 이것은 일찍이 독일 표현주의자 가운데도, 바로셀로나, 파리, 프라하, 밀라노, 모스크바의 아방가르드 속에도 없던 것이다.

그러니 얼마나 유쾌한 역설인가. 유럽의 별이 된 클림트에게 그림

---

* 합스부르크 왕조의 황금기를 장식한 프란츠 요제프 1세가 즉위한 1848년에서 왕국이 붕괴된 1918년 사이의 기간. 전통적 사조와 제국 멸망 당시 생겨난 혁신적 사조가 한데 어울려 유럽에서 보기 드물게 종합성이 나타났던 시기를 지칭한다.

을 바꾸자고 찾아가는 청년, 빈 문화예술계의 대부인 고령의 오토 바그너를 삐걱거리는 화실계단을 오르내리게 만들고 몇 시간씩 꼬박 단위에 세우다가 퇴짜 맞은 화가. 이런 비극을 희극으로 전환시켜 실레는 비엔나에 섰다. 그의 삶은 동시대의 빈 사람들이 보기에 특기할 만한 것은 없다. 그러나 그는 전쟁의 시대를 가로질러가는 순수한 힘을 갖고 있었다. 실레는 이런 힘으로 선과 회화를 결합시키는 통합성에 도달했다. 자신의 골방에서 우주적인 것을 찾았고, 추를 미의 수준으로 끌어올렸다. 풍경화에서도 사실과 알레고리를 접목시켰다. 10년 동안에 이런 유쾌한 코미디를 완성시킨 예술가는 드물다.

더구나 시대는 죽은 실레에게 불리했다. 실레가 묻힌 다음날인 1918년 11월 4일에는 오스트리아가 휴전에 합의해 연합국 측과 단독강화를 맺기로 결정했다. 제1차 대전이 끝났고, 제국은 종말을 고했다. 오스트리아-헝가리제국은 해체됐다. 영토는 8분의 1, 인구는 9분의 1로 줄어들었다. 1938년 3월에는 독일에 합병 당했다. 이런 역사가 진행되는 동안 문화예술인들에 대한 나치의 박해는 점점 심해졌다. 나치 권력자 아돌프 히틀러는 오스트리아 출신의 화가 지망생이었다. 화가를 동경했던 그는 권력자가 되자 자신이 부러워했던 화가들을 노골적으로 증오했다. 마침 베를린에서 <위대한 독일전>과 <퇴폐미술전>이라는 두 개의 전시회가 나란히 열렸다. 나치의 지지를 받은 <위대한 독일전>은 아카데믹한 회화와 조각, 아리아인종을 그린 교과서적인 누드 작품들을 선보였다. 그러나 관객들은 왜곡된 신체 이미지를 전시한 <퇴폐미술전>에 몰렸다. 화가 난 히틀러는 퇴폐 작품들을 추방해야 한다는 괴벨스의 의견을 받아들였다. '퇴폐화가'로 몰린 대표적인 사람들이 표현주의 화가들이었다.

심포지엄을 마친 제인은 비엔나로 돌아오기 전 툴른 선착장으로 가 흰 꽃 한 송이를 강물에 던졌다. 실레가 노이렝바흐에서 수감되었을 때 소식을 들은 린츠 할아버지는 하룻밤을 꼬박 선착장의 배 위에 앉아 있었고, 그 후 얼마 되지 않아 세상을 떠났다고 했다. 국화꽃은 강물의 흐름을 따라 다리 쪽으로 천천히 흘러갔다. 꽃을 던지고 비엔나로 돌아오는 길에서 제인은 실레 그림이 주는 우울함이 경쾌함으로 바뀌는 느낌을 받았다. 이상한 노릇이었다. 실레의 그림 중 경쾌한 인상을 주는 작품은 매우 드물지 않은가. 그녀는 자신이 밟는 페달 소리에서 푸른 도나우강의 선율을 들었다. 그 산뜻한 느낌은 비망록 마지막 부분을 써 가는 동안 밤새 이어졌다. 오랜 작업 끝에 찍게 되는 마침표, 그 문장부호의 사용을 목전에 둔 사람이 심리적으로, 또 육체적으로 느끼는 경쾌함. 창밖으로 보이는 슈테판 성당은 은백색 조명 속에 환하게 서 있었다. 그녀는 마지막 장을 썼다.

실레는 마지막 순간에 두 개의 대작을 구상하고 있었다. 하나는 그의 미완의 작품 <가족>을 완성시키려 한 <홀리 패밀리>이고, 다른 하나는 <라운드테이블>을 잇는 <만찬>이다. <가족>에서의 남자는 실레 자신이다. 그러나 아내는 에디트의 모습으로 보기 어렵다. 그 여자는 그 전의 그림 <처녀> <쪼그려 앉은 여자들> <남자와 여자Ⅱ>에 나오는 모델이다. 이 여자는 3년 전의 그림 <에디트의 초상>에서부터 변형되기 시작해 얼굴은 동그랗고 유순하며 몸피는 좀 더 풍요로운 체형을 보였다. 얼굴 없는 모델의 첫 작품인 <처녀>의 주인공은 누구일까. 그녀는 에디트 초상화에서 볼 수 있는 동그란 눈을 갖고 있다는 점에서 1차 모델은 아내 에디트라고 할 수 있다. 그러나 이 그림은 모델의 범위가 넓다. 동그란 눈의 선한 분위기는 아내 에디트, 풍만한 가슴과 체형은 발리, 긴 머릿결과 고요한 분위기는 알마 로베르, 오뚝한 코는 최초의 모델인 게르티와 연결된다.

여기서 알마를 얘기하는 데에는 그만한 이유가 있다. 알마가 긴 머릿결과 고요한 분위기를 가졌다는 것은 실레가 그녀를 만난 얼마 후 그린 드로잉 <잠자는 커플>에서 나타난다. 긴 머리카락을 가진 여자와 실레로 보이는 남자가 좁은 침대에서 잠들어 있는 모습을 그린 것은 이 작품 하나뿐이다. 눈 밑에 주근깨가 있고, 동양풍의 아담한 분위기를 가진 여자, 3,000여 점 실레의 모든 그림을 조사해보면 알마 로베르가 확실시되는 이 여자는 실레의 그림에서 두 번 다시 나타나지 않는다.

이 여인들의 이미지가 합쳐진 그림을 그린 후 실레는 에디트가 아이를 낳으면, 미완성으로 남겨둔 <가족>의 완성으로서 실제 에디트와 주니어 에곤 실레를 모델로 한 <홀리 패밀리>를 그릴 계획을 갖고 있었다. 화가는 그것을 에디트와의 사랑을 완성시킬 그림으로 생각했다. 그는 그때까지 에디트를 진심으로 사랑하지 못했음을 깨닫고 안타깝게 생각하고 있었다. 이때 에디트가 독감에 감염된 것이다. 실레는 죽음을 두려워하지 않고 에디트를 간호했다. 병상에서 그는 최선을 다했다. 실레는 그 사랑을 완성시키고 죽었다. 그러나 그의 그림은 완성되지 못했다.

에곤 실레, 그가 죽은 지 백년이 지났다. 생전에 실레와 화해하지 못했던 안톤 파이스는 실레가 세상을 떠난 후 낸 『새로운 화가들』이라는 책에서 실레를 이렇게 평가했다. "실레는 내부에 꿈이 가득한 화가였다. 그러나 그는 그것을 정신적으로 통제할 줄 몰랐다. 그는 그 비전의 원천이나 의미를 고찰해보기 위해 잠시도 멈출 줄 모르고 단순히, 아무런 의문도 없이, 그저 그려대는 화가일 뿐이었다. 그러나 그는 타계하기 몇 년 전부터 놀라울 만큼 변했다. 자신을 되돌아보고, 세상과 그림의 답을 얻기 위하여 끊임없이 질문을 했다. 그때부터 위대한 작품들이 쏟아져 나오기 시작했다. 실레의 그림은 인간 본성과 진실에 대한 통찰력을 보여줬다. 그리고 28세에 그는 세상을 떴다."

실레의 작품은 그 자신의 말마따나 지금은 세계 어느 미술관에서나 전시되고 있다. 그의 그림을 보는 시각은 크게 양분된다. 한쪽에서는 그의 그림을 미술사의 가십으로 간주하려고 한다. 실레에게 비판적인 사람들은 그의 그림을 미술사의 중심이 되기 어려운 가벼운 그림 몇 점이라고, 실레를 누드화에 사로잡혀 살다간 비중 없는 화가라고 비판한다. 다른 한쪽에서는 그의 그림이 세월의 법정을 통과하여 살아남을 고전으로서의 당당한 무게감을 갖고 있다고 주장한다. 그들은 작품이 나온 지 백년 후에 바람이 부는 것은 지금까지의 미술사에서 유례가 드문 일이며, 누구도 세월의 평가를 가벼이 할 수 없다고 말한다.

그러나 나는 그의 그림에 대한 판단을 유보하고 싶다. 왜냐하면 그의 그림은 판단을 원치 않는 작품이라고 나는 생각하기 때문이다. 나의 바람은 화가와 그의 그림이 밝은 불빛 앞으로 나오기 보다는 여전히 어두운 구석에 방치돼 있는 것처럼, 아프면서도 소리 지르지 않는 개별적인 몇 개의 그림으로 걸려 있었으면 하는 것이다. 나는 어느 전시장에서도 그의 그림을 한꺼번에 많이 걸지 않았으면 하고 소망한다. 서너 작품, 아니면 그보다 한 두 개쯤 더 많은 불과 몇 개의 그림이기를, 떠들썩한 무리보다는 자신의 이름을 밝히거나 '예' '아니오'

따위의 말 외에는 입 여는 것을 수줍어하는 처녀, 혹은 작은 도시에서 온 소년이 물끄러미 바라보는 벽 앞에 걸려있는 그림이기를, 실레의 작품이 스스로 말하고 있는 최적의 위치는 바로 그런 지점이라고 나는 말하고 싶다. 실레의 그림에 대해 이렇게 말 할 수 있는 것은 그가 진실로 혼자인 자신을 만났고, 그래서 그것을 그려야만 했다는 점 때문이다. 그의 그림은 누구도 돌아보지 않은 곳에서 싹튼 그 무엇이다. 어떤 화가에게서도 그렇게 바닥에 닿은 그림은 찾아보기 어렵다. 그는 계속적으로 어려운 것들에 얻어터지며 꼬부려 새우잠을 잤지만, 나약한 자신을 사랑하는 힘이 있었다. 그는 어려움에 굴복하지 않고 그림을 향해 솟아오르는 에너지로 자신에게 충실한 삶을 살았다. 그래서 그의 그림은 예나 지금이나 고통을 겪고 있는 사람들에게 오랜 친구처럼 받아들여진다. 그의 3,000여점에 이르는 작품들을 하나하나 뜯어보면 세상의 바닥에서 울려나오는 메아리가 담겨있다는 것을 깨닫게 된다. 풍경화조차도 그렇다. <가을나무>와 같은 그림을 보면 그가 소멸하는 것들에 대해 얼마나 예민하게 반응하고 있는지를, 그가 사라지는 것을 얼마나 맑은 눈으로 들여다보고 있는지를 이해하게 될 것이다. 그의 그 많은 인물화 중에서 미소 짓고 있는 사람을 그린 그림은 한 점도 없다. 생전의 그를 찍은 사진에서도 웃고 있는 모습은 없다. 그는 웃지 않는 화가인 것이다. 그 미소 없음이 그의 진실이다. 그의 작품과 삶에 미소가 없었다는 것을 이제야 알게 되면서 나는 비로소 실레를 이해했다고 생각하며 미소 짓게 된다. 미소 없음에서 미소를 발견하고 있다.

실레의 그림은 왜 이런 아이러니 속에서 빛나는가. 왜 예술은 시대를 이어가면서 문제가 되는가.

4

"제인, 저는 가끔 결혼에 대해 생각하게 된답니다. 이제는 저를 이해해주는 여성이 곁에 있었으면 하곤 생각합니다." 다니엘의 목소리가 전화로 건너왔다.

제인이 말했다. "그 외로움을 이해할 수 있을 것 같아요. 에곤의 애호가가 언덕 위에서 홀로 사는 것은 분명히 자극적인 일일 거예요. 절제에서 오는 자극 같은 거 말이에요."

"저는 별다른 절제 없이 살거든요."

"다니엘은 크게 의식하지 않았더라도 늘 절제가 뒤따랐을 것이라고 생각되네요. 그런데 그런 자극과 고독을 지속적으로 밀고 나갈 수 있는 시기는, 젊을 때, 그러니까 비교적 짧은 기간일 것 같은데요. 그런데 다니엘, 지금 시간이 없어요."

제인은 다니엘에게 비행기 출발시간이 얼마 남지 않았음을 알리며 통화를 끝냈다. 그리고 가방을 쌌다. 자주색 스니커즈는 가방에 넣지 않았다. 보풀이 피어나기 시작한 스니커즈가 주인과 작별하기 전 한층 아름다운 자주 빛을 뿜내고 있다. 제인은 종이 박스, 안내책자, 신문과 잡지 따위의 버릴 물건들 위에 스니커즈를 넣은 종이쇼핑백을 올려놓았다. 오랫동안 신은 신발이다. 뉴욕에서도 많이 신었지만 빈에서 더 많이 신은 것 같다. 겉모양은 투박해 보이지만 누벅가죽으로 돼 있어 신어보면 발을 편하게 감싸주는데다 바닥이 단단해 신을 때마다 지구의 중심에 똑바로 서 있다는 기분 좋은 느낌을 받았다. 바닥이 꽤 닳았다. 좋은 신발은 바닥이 빨리 닳는다.

제인의 휴대용 DAC에서 음악이 흐르고 있다. 음악은 홀로 동떨어져서 훔쳐보고, 머뭇거리며, 실레의 세계에 동참하기를 꺼리듯 이어진다. 록그룹 레이첼스가 만든 실내악 <뮤직 포 에곤 실레>. 시카고프로덕션이 아이티너런트 시어터길드 무대에 올린 무용극 <에곤 실레>의 사운드트랙이다. 투명하게 느껴지는 황갈색 바탕 위에 실레의 <가을 나무>를 표지 그림으로 얹은 앨범재킷을 보고 제인은 땅 속 깊이 묻혀있던 호박을 발견한 듯 기쁜 마음으로 음반을 샀다.

뮌헨 피나코테크였을 것이다. 인상주의와 다리파의 그림이 쫙 걸려있는 전시장을 둘러보다가 20m쯤 되는 건너편에 있는 그림이 눈에 띄었다. 에곤 실레의 그림이었다. 곧장 그쪽으로 가서 그림 앞에 서는 순간 눈물이 뚝뚝 쏟아졌다. 그때 나는 젊은 나이였고, 너무 일찍 절망을 느끼고 있을 때였다. 도판에서 보던 것과는 달리 원화의 실제 사이즈로 본 실레의 그림은 직접 손으로 만질 수 있는 절망을 대면하는 것과 같았다.

음악 해설지의 글을 보면서 제인은 오마하 평원에서, 뉴욕이나 툴른에서 만난 화가의 절망감을 떠올렸다. 피아노, 첼로, 비올라가 만들어내는 록그룹의 실내악은 실레 그림처럼 음이 단선적으로 진행하면서 투명한 색감을 얻어내 공간을 넓혀가고 있다.

제인은 어느 도시에서나 그 곳을 떠나올 때는 자신이 쓰던 물건을 하나씩 남겨두고 왔다. 정확히 말하면 버리고 온 것이다. 그녀는 더 이상 쓸모없어지기 전, 조금은 아까운 상태에 있던 모자, 가방, 브래지어, 셔츠, 운동화, 파우치, 머플러와 같은 일상적 애용품들과 작별했다. 호텔 청소부들은 그 물건이 투숙객의 분실물이 아니라는 것을 아는 것 같았다. 한 번도 분실물을 보관하고 있다는 연락을 받은 적이 없다. 자신이 쓰던 물건을 남겨놓고 도시를 떠나올 때마다 그녀는 야릇한 전율을 느꼈다. 쓰레기통에 처박는 것이 아니라 호텔 룸에 남겨놓고 오면서 그녀는 그것을 오랫동안 사용한 물건에 대한 고마움의 표시이자 도시와 작별을 고하는 자신만의 방식이라고 생각했다. 자신이 머물렀던 도시에서 다른 곳으로 가기 직전, 그 도시에 자신의 손때가 묻은 물건을 남겨두고 오는 것, 그것은 제인이 한 도시를 떠나 다른 도시로 가는 여정상의 퍼포먼스였다. 그러고 보면 제인은 자신이 지금까지 여러 도시를 방문했던 것이 단지 배우고 가르치기 위한 것이나 아니면 실레의 그림이나 연관된 사람들을 만나기 위한 것, 혹은 얼마간의 일탈을 꿈꾼 단순한 여행 같은 것만은 아니라는 생각이 들었다. 여러 도시를 오간 그 여행들은 닻을 내릴 곳을 찾아 여기저기를 기웃거렸던 탐색 같은 것은 아니었을까.

제인은 세상에서 가방을 가장 잘 싼다는 한 남자를 만난 적이 있다.

그녀가 춘천 소재 한 대학의 경영자 최고위과정에서 석 달간 현대미술과 경영학을 강의할 때 그녀의 강의를 들었던 남자다. 어느 날 춘천 시내에서 우연히 만난 그는 뉴욕 현대미술에 대한 얘기를 듣고 싶다며 제인을 고풍스런 카페로 안내했다. 그는 자동차 회사의 중견 간부로 낙서미술과 심리학에 관심이 많은 사람이었다. 여자 종업원이 카페 앞 호숫가에 비치된 테이블 위에 작은 호롱불을 하나하나 밝히는 것을 바라보면서 그는 말했다.

"바스키아도 가방을 잘 쌌다고 합니다."

무슨 말인지 의아해하는 제인에게 그가 덧붙였다. "바스키아는 각종 스프레이와 자신이 좋아하는 물건들을 가득 담은 가방을 끌고 푸에르토리코로, 로마로, 뮌헨으로, 뉴욕으로 돌아다녔지요. 그 가방 안에는 가루약도 들어있었고요."

제인이 그 말을 받았다. "앤디 워홀이 말했어요. 친구가 자신을 쇼핑백에 넣어 피츠버그에서 뉴욕으로 데리고 갔다고요. 그 말처럼 바스키아도 자신을 가방에 넣고 다닌 건가요?"

"바로 그 말입니다. 어떤 사람에게 가방은 그의 분신이기도 하지요. 저도 가방을 잘 싼답니다. 저는 세상에서 가방을 가장 잘 싼다고 생각해요."

"낙서미술팀을 이끌고 계신가요?"

"아니요. 저는 집에서 자주 쫓겨나거든요. 분위기가 심상치 않다 싶으면 곧바로 가방을 싸지요. 그리고 춘천으로 달려온답니다. 가방 싸는 시간이 이제는 5분도 안 걸려요."

"부인과 왜 다투나요?"

남자는 와인을 홀짝 마시고 입술을 손으로 닦았다. "제 집사람은 무엇이든 저를 못마땅해 해요. 춘천지부에서 일하게 된 것이 얼마나 다행인지 몰라요."

남자는 모딜리아니 그림의 모델처럼 턱이 뾰족하고 입술선이 분명했다. 저녁어스름이 내리던 시간이라서 그런지 그의 입술에는 짙은 갈색의 깊이가 있었다. 다른 사람들과의 경쟁에서 앞서가지 못한다고 핀잔을 하는 아내. 회사 오너의 눈치를 잘 살피지 못한다고, 실세 쪽으로 줄을 서지 못한다고, 직원들과의 술자리에서 폭탄주를 마시지 않고 일찍 자리를 피한다고, 자동차 회사에 다니면서 낙서미술 따위에 관심을 갖는다고 야단을 맞는 남편. 제인은 얇은 그의 입술을 떠올렸다. 어떤 사람에게 가방은 그의 분신이기도 하지요.

제인은 그날 그에게 이렇게 말했던 것 같다. "가방에는 집을 탈출하기 위한 일상용품만이 들어있나요? 그 가방 안에는 당신의 비장의 물품이 들어 있을 것 같은데요."

남자는 그냥 웃기만 했다. 그의 가방에는 무엇이 들어있을까. 그는 암흑과 같은 절망을 만난 적이 있을까. 그는 그 절망에 대항하는 에너지를 가방에 가득 담아 그만의 목적지를 향해 사납게 운전을 하고 있는 것일까. 제인은 가방을 끌고 호텔 카운터로 갔다.

에곤 실레 Egon Schiele 1890~1918

오스트리아 화가. 8년제 중·고교(김나지움)에서 낙제하고 중부유럽 최고의 미술대학인 비엔나 미술아카데미에 최연소로 입학했다. 20대 후반에 오스트리아 최고의 화가로 올라섰으나 1차 대전이 종료되기 3일전 28세의 군인으로 숨졌다. 그 후 나치정권에 의해 '퇴폐화가'로 몰려 미술사에서 지워졌다가 사후 50년경부터 새롭게 조명되기 시작해 날이 갈수록 재평가 바람을 일으키고 있다.

사진 설명_ 스무 살 때의 에곤 실레

연보

1890년 오스트리아 수도 비엔나(빈)에서 북서쪽 도나우 강변에 있는 작은 도시 툴른에서 6월 12일 출생. 1894년에는 실레의 그림 모델로 등장하며 각별히 친밀한 관계를 유지한 여동생 게르트루데(게르티)가 태어난다.

1896~1905년 툴른에서 초등학교를 마친 후 크렘스의 레알김나지움에 잠시 다니다 1902년 클로스터노이부르크의 란데스 레알 김나지움으로 옮긴다. 1905년 아버지가 사망하자 고모부 레오폴트 치하체크가 후견인이 된다.

1906년 여름 클로스터노이부르크 김나지움에서 낙제하고 빈 미술아카데미 입학시험에 최연소 학생으로 합격해 가족들이 빈으로 이주한다.

1907년 구스타프 클림트와 친분을 맺고 그의 영향을 받는다.

1908년 클로스터노이부르크에서 열린 지역화가들의 전시회에 초청된다.

1909년 동료들과 함께 빈 미술아카데미 개혁안을 제출했다가 거부당하자 자퇴한다. 제2회 빈국제미술전에 작품 네 점을 출품한다. 12월 '새로운예술가그룹(Neukunstgruppe)'을 결성해 피스코화랑에서 전시회를 개최한다. 평생의 멘토가 되는 평론가 아르투르 뢰슬러를 만난다.

1910년 건축가 오토 바그너의 제안으로 비엔나 명사들을 초상화로 그리기로 했으나 이 프로젝트는 성공하지 못한다. 친구인 에르빈 오젠과 함께 어머니의 고향인 크루마우(현재 체코 체스키 크룸로프)에서 여름을 보낸다.

1911년 2월 빈의 미트케화랑에서 첫 개인전을 갖는다. 클림트의 소개로 모델 발리 노이칠을 만나 그림에 전념하기 위해 크루마우로 갔으나 3개월 만에 추방당한다. 빈 근교의 작은 도시인 노이렝바흐로 옮긴다.

1912년 열세 살 소녀를 유괴하고 아이들 정서에 맞지 않는 그림을 보여줬다는 혐의로 4월 13일부터 24일 동안 노이렝바흐 교도소에 수감된다. 재판에서 누드화를 부주의하게 다뤘다는 사실이 인정돼 3일간의 구류처분을 받고 풀려나 빈으로 돌아온다. 뮌헨의 한스 골츠 화랑에서 전시회를 갖는다. 7월 하겐분트 전시회에 7점의 유화를 출품하고, 8월30일부터 12월 30일까지 뮌헨에서 개최된 제1회 존더분트국제전에 오스트리아를 대표하는 화가로 초대된다. 뮌헨, 린다우, 브레겐츠 등지를 여행한다. 클림트의 소개로 매우 큰 영향력을 갖고 있던 아우구스트 레데러를 만나 헝가리 기요르에 있는 그의 대저택에서 크리스마스와 새해를 보낸다.

1913년	뮌헨에서 분리파 전시회에 참여하고, 작품이 한스 골츠 화랑에서 계속 전시·판매된다. 전시회가 베를린, 뒤셀도르프 등지로 넓혀진다. 베를린의 정기간행물 〈디 악티온〉에 소개된다.
1914년	7월 28일 오스트리아-헝가리 제국이 세르비아에 대해 선전포고를 함으로써 제1차 세계대전이 시작된다. 드레스덴, 함부르크, 뮌헨, 쾰른, 로마, 브뤼셀의 전시회에 초대된다.
1915년	빈의 아르노화랑에서 개인전을 갖는다. 6월 17일 에디트 하름스와 결혼하고 4일 후 징집돼 프라하로 떠난다. 신병훈련소에서 훈련을 마치고 러시아 군 전쟁포로를 호송하는 부대로 편입된다.
1916년	오스트리아 남부 뮐링에 설치된 러시아 군 포로수용소에서 근무하며 러시와 군과 오스트리아 장교들을 모델로 다수의 그림을 그린다. 암스테르담, 스톡홀름, 코펜하겐의 전시회에 초대된다. 베를린의 시사잡지 〈디 악티온〉에서 잡지 전체를 에곤 실레 특집호로 발행한다.
1917년	1월 육군병참부대로 발령받아 빈으로 전출된다. 비엔나 유명 문화예술인들과 함께 종합예술운동인 '쿤스트할레(Kunsthalle)' 프로젝트를 기획한다. 출판업자 리하르트 라니가 실레의 수채화와 드로잉을 실은 작품집을 발간하고, 실레를 홍보하기 위한 우편엽서를 제작한다.
1918년	제49회 빈분리파 전시회 의장으로 초대되어 포스터를 제작한다. 전시장 중앙홀을 단독으로 제공받아 19점의 유화와 29점의 드로잉을 출품해 작품이 매진된다. 취리히, 프라하, 드레스덴으로 확산된 전시회에서 호평을 받는다. 비엔나 바트만가세 6번지에 대형 화실을 마련한다. 세계1차대전 막바지에 유럽을 휩쓴 스페인 독감으로 아내 에디트가 10월 28일 사망하고, 아내에게서 감염된 실레는 10월 31일 세상을 뜬다. 11월 3일 오베르 장크 파이트 공동묘지에 묻혔다.

거울 앞에 선 에곤 실레. 1916년 요하네스 피셔 촬영